KB024679

헤일로 | 플러드

윌리엄 C. 디츠 지음 · 정호운 옮김

제우미디어

HALO: The Flood
Copyright © 2003 by Microsoft Corporation
All rights reserved.

Korean Translation Copyright © 2015 by Jeu Media
Korean edition is published by arrangement with Tom Doherty Associates LLC, c/o St. Martin's Press through Imprima Korea
Agency

이 책의 한국어판 저작권은 Imprima Korea Agency를 통해 Tom Doherty Associates LLC, c/o St. Martin's Press와의 독점계약으로 제우미디
어에 있습니다.
저작권법에 의해 한국 내에서 보호를 받는 저작물이므로 무단전재와 무단복제를 금합니다.

헤일로 | 플러드

초판 1쇄 | 2015년 7월 15일

지은이 | 윌리엄 C. 디츠
옮긴이 | 정호운

펴낸이 | 서인석
펴낸곳 | 제우미디어
출판등록 | 제 3-429호
등록일자 | 1992년 8월 17일
주소 | 서울시 마포구 독막로 76-1 한주빌딩 5층
전화 | 02-3142-6845
팩스 | 02-3142-0075
홈페이지 | www.jeumedia.com

ISBN | 978-89-5952-397-9
         978-89-5952-395-5(SET)
※파본은 본사나 구입하신 서점에서 교환해 드립니다.

제우미디어 소설 공식 카페 | cafe.naver.com/jeunovels
제우미디어 페이스북 | www.facebook.com/jeumedia

만든 사람들
출판사업부 총괄 손대현 | **편집장** 전태준
책임 편집 김혜리 | **기획** 홍지영, 신한길, 여인우, 윤여은 | **디자인** 장상호
제작 김금남 | **영업** 김영욱, 박임혜

사랑과 감사의 마음을 담아 마저리에게 바친다.

서문

혹시나 이 글의 내용이 무슨 말인지 감이 잡히지 않는다면 서문을 건너 뛰고 곧장 주요리로 넘어가시기 바랍니다. 분명히 경고했습니다.

플러드, 제3의 변수이자 소름 끼치는 공포이며 선조의 어두운 구석에 도사리던 괴물. 굉장히 흥미로운 동시에 전혀 예상치 못했던 적이자, 고대 의 수치이자 망각된 원죄. 그리고 한편으로는 헤일로 세계관을 묶어주는 기분 나쁘고 끈적이는 풀과도 같은 존재.

『플러드』는 게임의 줄거리를 고스란히 따라가는 최초의 소설이자 유일 한 소설입니다. 세계관을 넓힘으로써 탐험이 가득한 모험의 길을 열어주 는 소설을 읽는다는 것은 즐거운 일입니다. 아득히 머나먼 세상을 찾아가 고, 방대한 연대기 속을 넘나드는가 하면 여러 장소를 마치 나비처럼 오가 게 해주는 그런 소설 말이지요. 그러나 『플러드』는 오로지 헤일로 시리즈 의 첫 게임만을 중점에 두고 있는데, 바로 그 점에서 유일무이하다 하겠습 니다.

물론 게이머들의 반응은 저마다 달랐습니다. 전설 난이도로 라이브러리 를 느릿느릿 돌파하는 변태적 악몽을 만끽하며, 바닥날 기미가 보이지 않는 탄약 더미 속에서 산탄총으로 썩어 문드러진 괴물들을 날려버리는 플레이어가 있는가 하면, 그런 악전고투는 말만 들어도 학을 떼며 밝은 햇살과 풍광을 찾으면서, 헤일로의 포근한 날씨에서 위안을 찾는 플레이어도 있는 법이니까요.

그러나 헤일로 설정 속에서 나름의 막중한 업무를 담당한 빌 디츠는 소설을 쓰는 과정에서 곧잘 빠져드는 시험, 바로 손쉬운 우회로를 택하고자 하는 유혹을 굳이 뿌리치지 않음으로써, 헤일로라는 신생 게임의 세계관의 서술구조를 따와 흥미로운 소설과 모험으로 탈바꿈시켰습니다.

디츠는 게임에서 간략하게만 언급되었던 묘사의 상당 부분을 깊이 파고들었습니다. 이전에는 자세한 설명을 들을 기회가 없었던 수수께끼를 풀어냈고, 04시설의 통로와 좁은 길목을 재미있게 그려냄으로써, 독자들에게도 이미 익숙한 지하관광에 앞장서면서도 계속해서 외계의 신비로 놀라움을 선사했습니다.

그레이브마인드의 정체, 그리고 과거에 있었던 선조와 플러드의 전쟁을 아는 지금에 와서 다시 보니, '헤일로: 전쟁의 서막'에서 일어난 사건들을 다뤘던 디츠의 예리한 통찰력이란 전문가의 시각에서도 여전히 새롭게 다가오며 놀라움을 선사하는군요. 그러니 즐겁게 읽어주시기 바랍니다. 그리고 책 곳곳에 있는 다른 소소한 놀라움도 빼놓지 마시고 말입니다.

프랭크 오코너
워싱턴 레드몬드에서
2010년 7월

프롤로그

2552년 9월 19일 0103시 (군사 표준력)/
국제연합 우주사령부 순양함 필라 오브 어텀, 위치 불명

　내선 통신기 호출음 때문에 단잠을 깬 기술관 샘 마커스 삼등상사는 욕을 내뱉었다. 그는 게슴츠레한 눈을 비비며 침대 위쪽 벽에 걸린 시계를 힐끗 쳐다보았다. 제기랄, 36시간 만에 찾아온 수면 시간이었는데 고작 세 시간밖에 자지 못했다니. 함선이 슬립스페이스 점프에 돌입한 뒤로 계속 뜬눈으로 버티다 막 눈을 붙였건만.

　"염병할, 중요한 용건이 아니기만 해봐라."

　리치 행성에서 점프한 뒤로 키예스 함장은 기술병들을 3교대로 돌렸다. 전투에서 입은 손상이 이만저만이 아니어서, 낡아빠진 순양함인 필라 오브 어텀이 무사히 가동되도록 항해 내내 수리 작업에 매달려야 했다. 리치 행성에서 이동하는 사이 기술진의 약 3분의 1이 죽은 탓에, 함내 전 부서가 최소 인원으로 돌아가고 있었다.

　다른 승무원들은 냉동실로 직행했다. 슬립스페이스 점프에 돌입하면 최

소 인원을 제외한 나머지는 냉동수면에 들기 마련이다. 마커스는 200회에 달하는 실전 항해를 겪었지만 냉동수면을 취했던 시간은 72시간도 채 되지 않았다. 하지만 지금은 너무나도 고단한 나머지, 귓가를 파고드는 냉동수면 복귀음에도 아랑곳하지 않고 곯아떨어질 정도였다.

그렇다고 마냥 군소리를 늘어놓을 처지는 못 되었다. 리치 행성이 코버넌트의 손에 함락되던 순간, 전술 구사의 귀재인 키예스 함장이 기지를 발휘한 덕분에 승무원 모두 탈출해 가까스로 목숨을 건졌으니까. 주요 해군 기지가 박살 나고, 코버넌트가 행성을 불사르면서 수많은 사람이 가뭇없이 스러졌다. 지구로 가는 길목에 남은 몇 안 되는 방어거점 중 하나였던 리치 행성은 그렇게 시체와 잿더미로 가득 찬 지옥으로 변하고 말았다.

그런 상황에서 살아남았다는 사실 자체가 엄청난 행운이었다. 하지만 샘은 필라 오브 어텀에 탑승한 승무원들에게도 시간이 얼마 남지 않았다는 생각을 떨쳐내기가 힘들었다.

내선 통신기에서 다시 호출음이 나왔다. 그는 침대에서 몸을 뒤척여 단추를 눌렀다.

"말씀하십시오."

"샘, 곤히 자는 데 깨워서 미안하지만 지금 2번 냉동수면실로 좀 와줘야겠어. 중요한 일이야."

기술관 톰 셰퍼드 상등상사의 헐떡이는 목소리가 통신기에서 흘러나왔다.

"2번 냉동수면실? 무슨 일인데 그럽니까? 전 냉동수면기 담당도 아니잖습니까?"

샘은 어리둥절한 투로 되물었다.

"자세하게는 말할 수 없어. 통신으로는 내용을 전하지 말라는 함장님의 지시가 있었어."

셰퍼드는 소곤거리듯 작게 말했다.

"누가 도청할지도 모른다고 하시더라고."

상관의 기어들어가는 목소리에 샘은 몸을 움찔거렸다. 톰 셰퍼드와는 부사관 학교에서부터 아는 사이였지만, 그가 이토록 진지한 목소리로 얘기하기는 이번이 처음이었다.

"이봐, 나도 기댈 사람이 있어야지. 자네 말고 누가 있겠어? 예전에 냉동수면 시스템 전반을 점검한 적도 있잖아."

"그렇긴 하지만…… 그거야 몇 달도 더 된 일이잖습니까?"

"컴퓨터로 자료를 전송할게. 시원하게까진 아니더라도 궁금증에 어느 정도 답이 되겠지. 휴대용 통신패드에 저장한 다음 장비 챙겨서 내려와."

"알겠습니다."

샘은 일어나 어깨를 움츠리며 몸에 달라붙는 작업복 윗도리를 입은 다음 컴퓨터 쪽으로 걸어갔다. 그리고는 전원을 켜고 셰퍼드가 자료를 전송하기를 기다렸다.

기다리는 동안 모니터 구석에 붙여둔 작은 사진을 빤히 바라보았다. 손으로 사진을 슥 문질러보았다. 사진 속의 젊고 아리따운 여자가 그를 향해 활짝 웃고 있었다.

알림음과 함께 셰퍼드가 보낸 자료가 메시지 대기목록에 올라왔다. 샘은 통신기를 들었다.

"받는 중입니다."

파일을 열었다. 메시지가 화면에 뜨자 그는 잔뜩 인상을 썼다.

⟩암호화 파일/열람 전용/마커스, 새뮤얼 N./군번: 18827318209-M.
⟩해독 키: [개인 암호: "엘렌과의 결혼기념일"]

샘은 아내 사진을 다시 힐끔 쳐다보았다. 지구에서 있었던 상륙허가 이후로 엘렌을 보지 못한 지가 벌써 3년째였다. 현역 중에서 사랑하는 가족의 얼굴을 몇 년째 보지 못한 사람이 샘 혼자만은 아니었다. 이 전쟁 통에 가족과 함께 있는 사람이 몇이나 되겠냐만.

샘의 안색이 점점 험악해졌다. 국제연합 우주사령부 소속 장병들은 대체로 가족에 관해 이야기하기를 꺼렸다. 전세가 기운 지 너무 오래돼서 사기가 바닥을 기는 판국에 고향 집 생각을 해봐야 기분만 잡치기 일쑤니까. 그런 줄 뻔히 알면서 개인사와 관련된 날짜를 보안 암호로 정해서 근무 중에 아내 생각이 나게 만들어? 이는 전혀 톰 셰퍼드답지 않은 행동이었다. 보안 관리에 시달리다 강박증에 걸리기라도 했나 보군.

샘은 날짜를 꾹꾹 눌렀다. 곧 화면 위로 도표와 상세기록이 빼곡하게 올라왔다. 그는 자료를 찬찬히 살펴보았다. 몸속에서 아드레날린이 번개처럼 치솟으면서 묵은 피로가 확 달아났다.

"이럴 수가."

샘이 갑자기 쉰 목소리로 물었다.

"이거 혹시…… 그 사람 아닙니까?"

"제대로 봤어. 어서 2번 냉동수면실로 내려와. 당장 수면에서 복귀시켜야 하니까."

"금방 갑니다."

샘은 서둘러 파일을 휴대용 통신패드에 옮기고 컴퓨터에 있는 원본을 지웠다. 그리고는 개인 선실로 걸어가다 문 앞에서 우뚝 멈췄다. 모니터에 붙여둔 아내 사진을 떼어내 무심결에 주머니에 찔러 넣고 승강기로 달려갔다.

정말로 키예스 함장님이 2번 냉동수면실에 들어 있는 사람을 깨우라고 지시했다면 뭔가 심상찮은 일이 임박했거나, 아니면 벌써 상황이 틀어졌을지도 모른다.

인간이 설계한 함선은 대개 함수에 함교가 달린 반면, 코버넌트 함선은 보다 안전한 곳에 함교가 있었다. 인간 전함의 함교에 해당하는 관제실이 코버넌트 함선에서는 장갑으로 두껍게 보강된 함내의 깊숙한 곳에 있기 때문에, 아주 치명적인 공격이 아니고서야 어지간한 충격에는 끄떡도 없었다.

차이점은 그뿐만이 아니다. 인간들은 함교 주변에 온갖 제어반과 표시 장치를 덕지덕지 두르는 것도 모자라 하급 장교까지 여럿 붙여두는 반면, 엘리트는 얼기설기 얽힌 중력장 지지대 위로 외로이 솟아오른 관제실에 앉아 금욕수행이라도 하듯 홀로 지휘했다.

하지만 구축함의 관제실에 서서 눈앞에 떠 있는 홀로그램 자료를 바라보는 오르나 풀삼이 함장에게 그런 것은 중요하지 않았다. 홀로그램 이미지 중 하나는 고리형 구조물 '헤일로'를, 다른 하나는 'C-Ⅱ형 인간 공격함'이라 명명된 함선을 나타냈다. 인간 함선에서 가느다란 화살표가 나와 놈의 진로를 그렸고, 나머지 하나는 쉴 새 없이 올라오는 조준 데이터와 감지기 판독치를 표시했다.

그는 순간적으로 끓어오르는 혐오감에 몸서리쳤다. 저 더럽고 미개하기 짝이 없는 족속들이 만든 함선에 C-Ⅱ형 인간 공격함이라는 이름이 버젓이 붙었다는 사실에 속이 뒤집힐 지경이었다. 천부당만부당한 처사다. 본디 이름이란 정통성을 내포한다. 버러지만도 못한 인간들은 깡그리 박멸해야 할 대상일 뿐, 이름을 지닐 가치조차도 없는 족속이다.

인간들은 그의 종족을 "엘리트"로, 나머지 코버넌트 하위 종족도 "자칼", "그런트", "헌터" 따위의 이름으로 불렀다. 주제도 모르고 감히 더러운 입을 놀려 멋대로 이름을 붙이다니, 건방이 하늘을 찌르는군.

풀삼이는 잠시 생각을 멈추고 냉정을 되찾았다. 그리고는 태연하게 아래턱을 서로 맞부딪히며 경구를 암송했다.

'사제님의 뜻이 그러하시다면 이에 따르겠나이다.'

함장직에 있는 그로서도 여기에 대해서는 결코 의문을 품지 않았다. 놈들의 함선에 명칭을 붙인 분은 사제이니 뜻대로 받들어야 했다. 이를 가벼이 여겨 본분에 오명을 남겨서는 아니 될 일이다.

나머지 종족 구성원들과 마찬가지로 오르나 풀삼이와 같은 코버넌트 장교도 전투복을 입었다. 묵직하고 각진 전투복과 약간 구부정한 상체, 네 갈래로 갈라진 크고 무시무시한 턱 덕분에 위협적인 전사의 인상을 풍겼다. 그는 상황을 검토하며 진지한 목소리로 말했다.

풀삼이의 옆에 있던 사제는 갑작스러운 바람에 관복이 펄럭이자 머리를 살짝 숙였다. 사제는 호박색 장식 줄을 얹은 호사스러운 금속 관모를 쓰고 있었다. 목이 뱀처럼 길고 머리는 세모꼴이었으며, 연둣빛 두 눈동자에서는 영악한 눈빛이 뿜어져 나왔다. 겉에는 붉고 헐거운 관복을 걸치고 속에는 금빛 관복을 입었으며, 반중력 보좌에 앉아 있어서 바닥에서 1유닛[1] 가량 공중에 떠 있었다. 비록 하위 사제이지만 풀삼이의 깍듯한 태도에서 드러나듯 신분은 그보다 높았다.

경구를 외는 도중에 어릴 적에 잡고 놀았던 자그마한 비명다람쥐 생각이 자꾸만 끼어들었다. 그는 다람쥐 피가 손에 묻었던 기억을 지워버리고 다시 사제와 그 성가신 당번병에게 주의를 돌렸다.

사제의 시중을 드는 당번병이자 낮은 계급에 있는 엘리트 바코 이카포람이가 사제의 말씀을 전하고자 앞으로 걸어 나왔다. 그는 항상 자기 자신을 "우리"라 칭했는데, 풀삼이는 이 점이 몹시 거슬렀다.

"그럴 가능성은 극히 낮습니다, 함장님. 놈들이 슬립스페이스 점프로 우리 함선을 추격해올 만큼 잽싸지는 않은 줄로 압니다. 추격이 가능하다 한들 순양함 한 척만 보낸다는 것도 이상합니다. 지금껏 놈들이 이렇게 움직이는 경우를 본 적이 있습니까? 차라리 우연히 이곳에 도착했다고 보는 편이 타당합니다."

거드름 피우는 말투에 짜증이 치밀었지만, 불편한 심기를 겉으로 드러낼 수는 없는 노릇이었다. 사제의 면전인 만큼 가능한 말을 가려야 하나,

---

1) 유닛(Unit). 시간과 길이에 쓰이는 코버넌트 측량단위.

그렇다고 순순히 뜻을 굽힐 마음은 없었다. 풀삼이는 이카포람이에게만 들리도록 목소리를 작게 낮추었다.

"놈들이 그야말로 우연히 이곳까지 왔다는 얘기를 나더러 믿으란 말인가?"

"그럴 리 있겠습니까."

이카포람이가 점잔 빼며 대답했다.

"우리 눈에는 인간들이 미개해 보일지 모르나, 무릇 지적 생명체가 그러하듯 놈들도 무의식중에 우리의 선조께서 남기신 진실과 지식에 이끌렸을지 모르잖습니까."

과거 한때 사제의 모행성에서 수수께끼에 싸인 고대문명이 융성했다는 사실은 풀삼이도 잘 알고 있었다. 무슨 영문인지 그들은 유적만을 남기고 어느 날 홀연히 사라졌다. 지금 눈앞에 있는 헤일로는 그들을 둘러싼 신비와 상상을 초월하는 과학기술을 증명하는 표본과도 같았다.

인간들이 선조께서 남긴 지혜의 산물에 목말라 이곳까지 왔다는 이야기가 그리 신빙성 있게 들리지는 않았지만, 이카포람이의 말이 곧 사제의 뜻을 대변하는 만큼 허튼소리는 아니었다. 앞에 있는 홀로그램 제어반을 누르자 기호가 붉게 빛났다.

"플라즈마 어뢰 발사를 준비하라. 내가 지시하면 발사하도록."

그러자 이카포람이가 펄쩍 뛰었다.

"안 됩니다! 인간 함선이 구조물에 너무 가까이 있습니다. 신성한 유물이 손상이라도 입으면 어쩔 생각이십니까? 놈을 추격한 다음 침투부대를 보내 통제권을 장악하십시오. 곧바로 공격하기에는 너무 위험합니다."

이카포람이의 참견에 풀삼이는 머리끝까지 화가 치밀었다. 그는 이를 갈며 말했다.

"사제님의 말씀대로 하자면 사상자가 다수 발생할지도 모른다. 꼭 그렇게 해야겠나?"

"현세를 초월할 방법을 알아낼 기회가 코앞에 있다면 누구나 눈에 불을 켜고 달려들겠지요. 인간들도 저러할진대 하물며 우리야 두말할 것 있겠 습니까?"

'그보다 더 원대한 목적을 열망해야 하건만.'

풀삼이는 속으로 그리 생각하며 아래턱을 딱딱거리고는 제어반을 다시 눌렀다.

"발사 명령을 취소한다. 침투정 네 대에 병력을 탑승시키고 나머지 전투 기 편대도 발진하라. 침투정이 목표물에 근접하기 전에 놈들의 무장을 해 제하도록."

구축함 함미로 100유닛 떨어진 화기관제소에 있던 부사령관은 명령을 받아 즉각 지시를 내렸다. 경고등이 깜박이면서 구축함 내부가 어둑한 불 빛으로 술렁거렸다. 300명이 넘는 엘리트와 자칼, 그런트들이 각기 지정 된 침투정에 올랐다. 인간들이 저 함선에 있다.

재미 볼 기회를 마다할 이는 아무도 없었다.

제1부

필라 오브 어텀

1

2552년 9월 19일(군사 표준력) 0127시(함선 시각)/

국제연합 우주사령부 구축함 필라 오브 어텀, 위치 불명

티타늄-A 장갑판이 직격당하자 필라 오브 어텀이 우르르 떨렸다.

'그놈의 무궁무진한 무기고에서 새 장난감을 꺼내왔나 보군. 플라즈마 어뢰에 맞았더라면 진즉에 분자로 분해됐을 테니 어뢰는 아닐 테고.'

키예스 함장은 속으로 생각했다.

리치 행성 전투에서 코버넌트 함대로부터 한차례 두들겨 맞고도 아직 선체가 멀쩡한 데다, 무사히 슬립스페이스 점프에 성공했다는 점부터가 사실상 기적이었다.

"상황 보고하라! 우릴 공격한 건 대체 뭔가?"

키예스 함장이 소리쳤다.

"코버넌트 세라프급 전투기입니다."

화기 관제사인 히코와 대위가 대답했다.

"놈들이 동력을 낮추고 초계기의 눈을 피했던 모양입니다."

키예스 함장은 딱딱한 웃음을 지었다. 히코와 대위는 우수한 화기 관제사로 결코 전투에서 물러설 줄 모르는 사람이었다. 그녀는 코버넌트 조종사들이 부린 교묘한 기동법을 자신에 대한 인신공격으로 여기는 듯했다.

"버릇을 단단히 고쳐주도록, 대위."

대위는 고개를 끄덕이고는, 제어반에 연달아 명령을 입력하여 전투기 편대에 지시를 내렸다.

잠시 뒤 놈들을 잡으러 나간 C709 롱소드 요격기 편대의 무전으로 환호성이 들려왔다. 자그마한 세라프 전투기가 태양처럼 둥글게 폭발하면서, 떨어져나온 파편이 성계 내를 공전하던 잔해 대열에 합류했다.

키예스 함장은 이마에 흐른 땀줄기를 닦고 개인 표시창을 확인했다. 슬립스페이스에서 벗어나 노멀 스페이스로 진입한 지 20분이 지났다. 고작 그 정도밖에 되지 않았는데 코버넌트 정찰대가 벌써 이쪽의 위치를 알아내고 공격해온 것이다.

그는 필라 오브 어텀의 함수에서 툭 튀어나온 함교 전면을 차지한 널찍한 주 조망창으로 몸을 돌렸다. 반투명한 조망창 위로 보랏빛 가스행성 '트레셜드'가 나타났다. 롱소드 요격기 한 대가 정찰 비행을 계속하며 앞을 스쳐 지나갔다.

필라 오브 어텀의 함장으로 임명될 당시, 키예스 대령은 함교의 앞머리를 잡아먹는 큼직한 관측창을 탐탁잖게 여겼었다. 스탠포드 중장에게 항의까지 했었다.

"코버넌트는 그렇잖아도 상대하기 벅찬 놈들입니다. 그런데 이렇게 함교를 훤히 드러내면 어쩌잔 겁니까?"

당연히 대령이 언쟁으로 중장을 이길 리 만무했고, 관측창에 추가로 장갑을 두를 겨를도 없었다. 결국에는 시야가 넓게 트였으니 위험을 감수할 만하다고 받아들이는 수밖에 없었다.

키예스 함장은 늘 지니고 다니는 파이프 담뱃대를 만지작거리며 생각에 잠겼다. 놈들의 눈을 피해 가스 행성의 그림자 속으로 숨어들자니 그의 성미가 좀처럼 허락지 않았다. 호락호락하지 않은 막강한 적수라는 점에서는 코버넌트에게 일말의 경의를 표했지만, 놈들이 이주지의 거주민과 그곳의 군인들까지 잔혹하게 도륙하는 데는 치가 떨렸다. 그렇다고 해서 두렵지는 않았다. 모름지기 군인이란 적을 눈앞에 두고 꽁무니를 빼서는 안 된다. 반드시 정면으로 맞서야 한다.

그는 지휘석으로 걸어가 항법 프로그램을 실행했다. 성계 내부 깊숙한 곳으로 항로를 설정한 다음, 항법사인 러블 소위에게 데이터를 전송했다.

"함장님, 감지기에 접근 중인 적 전투기 편대가 포착됐습니다. 침투정을 대동한 듯합니다."

히코와 대위가 큰 소리로 보고했다. 키예스 함장은 한숨을 내쉬었다.

"그렇다면 붙잡히기는 시간문제로군. 천년만년 숨어 있을 수는 없다."

필라 오브 어텀은 가스 행성이 드리운 그림자를 미끄러지듯 벗어나 빛이 비치는 밝은 면으로 나왔다.

함선이 행성에서 벗어나자, 키예스 함장은 놀라움에 눈을 휘둥그렇게 떴다. 방금까지만 해도 코버넌트 순양함이나 세라프 편대 등이 기다렸다는 듯이 달려들 줄로만 알았다. 하지만 그의 눈앞에 나타난 것은 트레셜드와 그 위성 '베이시스' 사이의 중력장 평형지점에 떠 있는 거대한 구조물이었다.

거대한 고리형 구조물은 별빛을 받아 아른거리며 반짝였다. 마치 속에서부터 광채가 나는 보석 같았다. 회색 금속으로 된 표면에는 기하학무늬가 깊이 새겨져 있었다.

"코타나, 저게 뭔가?"

키예스 함장이 나지막하게 물었다. 그가 앉은 지휘석 가까이에 있는 홀로탱크 위로 높이 30센티미터 가량의 형체가 흐릿하게 나타났다. 함선에 탑재된 고성능 인공지능인 코타나는 장거리 탐지기를 가동하다 말고 얼굴을 찡그렸다. 감지기 표시창과 코타나의 몸을 따라 수치가 물결치듯 올라왔다.

"저 고리형 구조물은 지름이 1만 킬로미터, 두께는 22.3킬로미터입니다. 분광분석 결과만으로 확정 짓기는 어려우나, 지금까지 알려진 코버넌트 물질과 전혀 일치하지 않습니다."

키예스 함장은 고개를 끄덕였다. 코버넌트가 이쪽보다 먼저 슬립스페이스에서 빠져나와 준비에 들어갔음을 생각하면, 전투가 벌어지기도 전에 이런 엄청난 물체를 발견했다는 사실 자체가 아주 흥미로운 일이다. 처음에는 저 물체가 거대한 코버넌트 기지인 줄 알고 맥이 탁 풀렸었다. 척 봐도 사람의 기술로 만들 법한 물건이 아니었으니까. 하지만 저 구조물이 코버넌트의 기술력을 초월하는 존재의 산물일지도 모른다는 생각에 마음이 살짝 놓였다.

하지만 불안하기는 매한가지였다.

엡실론 에리다니 행성계의 리치 행성, 국제연합 우주사령부의 마지막 주요 해군기지가 대규모 적 함대의 공격을 받은 위기의 순간에서, 필라 오브 어텀은 코버넌트를 지구로 유인해서는 안 된다는 철칙에 따라 코타나가 산출한 무작위 좌표로 점프에 돌입했다.

그렇게 간신히 놈들을 따돌리나 했는데, 이제는 생판 처음 와보는 곳에서 더 많은 적과 맞닥뜨리고 말았다.

코타나는 장거리 카메라 배열을 고리형 물체에 조준하여 화면을 확대했다. 키예스 함장은 낮은 휘파람을 길게 불었다. 구조물의 안쪽 표면은 초록, 파랑, 갈색 모자이크 무늬로 가득했다. 사람의 발길이 닿지 않은 사막, 밀림, 빙하, 깊고 넓은 바다가 펼쳐졌고, 기다랗고 흰 구름이 지면 위로 짙은 그림자를 드리웠다. 구조물이 돌아가면서 또 다른 풍광이 드러났다. 상상조차 못할 넓은 바다 위로 거대한 회오리바람이 휘몰아쳤다.

들어오는 정보를 계속 분석하면서 코타나의 반투명한 몸 위로 수식이 이리저리 오갔다.

"함장님, 저 물체는 완벽한 인공 구조물입니다. 자체 중력장이 있어 회전을 제어하고 내부 대기권을 유지합니다. 현재 거리에서 이런 탐색 장비로 100퍼센트 정확히 말씀드리기는 어려우나, 저 물체의 대기는 산소와 질소로 구성되며 중력은 지구와 비슷합니다."

키예스 함장은 한쪽 눈썹을 치켜세웠다.

"인공 구조물이라면 누가 저걸 지었단 말인가…… 대체 무슨 목적으로?"

코타나는 정확히 3초 동안 질문을 처리하다 마침내 대답했다.

"저도 잘 모르겠습니다."

'규정은 얼어 죽을.'

키예스 함장은 그놈의 '국제연합 우주사령부 소속함 내부 가연성 물질 인화 개별규정'을 속으로 생각하면서 파이프 담뱃대를 꺼내, 고릿적 성냥으로 불을 붙이고는 연기를 후 뿜었다. 상태창 위로 고리형 구조물이 아른거리며 반짝였다.

"그럼 우리가 직접 알아봐야겠군."

샘 마커스는 피로로 떨리는 손을 들어 욱신거리는 목을 주물렀다. 셰퍼드에게 설명을 들을 때만 해도 아드레날린이 솟구쳤지만, 그것도 약발이 떨어진 지 오래였다. 지금은 그저 졸리고 초조하고 긴장되었다.

샘은 고개를 휘휘 내저어 정신을 차리고 관측창 아래편을 살폈다. 냉동수면실에는 내부에 설치된 수많은 냉동수면기를 한꺼번에 살피는 중앙 관제실이 따로 붙어 있었다. 함내 규정에 따라 2번 냉동수면실에는 널찍한 관측실이 있었지만, 각 냉동수면기에 생명신호 표시창, 진단기, 컴퓨터 단말기가 다닥다닥 붙은 탓에 관측창에서 내려다보이는 수면실은 좁고 갑갑하기 그지없었다.

알림음이 들리자 샘은 상태창으로 눈을 돌렸다. 2번 냉동수면실에서 유일하게 가동 중인 수면기에서 온 신호였다. 그는 주 제어반을 재점검한 뒤 내선 통신기를 켰다.

"슬슬 깨려나 봅니다."

샘은 관측실 유리창 아래를 내려다보았다. 2번 냉동수면기 옆에 서 있던 톰 셰퍼드가 그를 향해 손을 흔들었다.

"잘했어, 샘. 이제 덮개를 열기만 하면 되겠군."

상태창에서 관측실로 계속해서 정보가 올라왔다. 체온이 점점 상승하는 중이고 대부분의 냉동수면 화학약품은 체내에서 배출된 뒤였다. 사실 스파르탄 대원을 수면에서 복귀시키기는 이번이 처음이었기 때문에 정상 체온은 이쯤이려니 어림짐작만 해볼 따름이었다.

"현재 렘 수면상태에 있습니다. 뇌파 활동을 보니 꿈을 꾸는 중인데, 거의 다 해동된 모양입니다. 지금 바로 합시다."

"좋아, 신경 수치를 잘 살펴. 전투복을 착용한 상태로 수면에 들었으니 피드백 효과가 있을지도 몰라."

"알겠습니다."

보안 단말기에 적색 표시등이 켜지면서 화면 위로 글자가 깜박였다.

〉수면복귀 절차 실행대기 중. [알파 우선순위] 보안장치 가동.

〉x-코타나.1.0-냉동수면실.23.4.7

"뭐지?"

샘은 중얼거리며 통신기를 다시 켰다.

"상사님? 좀 이상합니다. 함교에서 무슨 잠금을 걸었습니다."

"알았어."

셰퍼드가 함교를 호출하면서 지직거리는 잡음이 새어나왔다.

"여기는 2번 냉동수면실."

"듣고 있다."

인공적인 느낌이 다분한 목소리로 함선의 인공지능이 대답해왔다.

"손님을 깨울 준비가 끝났습니다, 코타나. 이제⋯⋯."

인공지능은 말을 자르며 짧게 끝맺었다.

"보안 암호만 전송하면 되겠지. 전송 중이다, 이상."

말이 끝나기가 무섭게 보안창 위로 새 글귀가 올라왔다.

> 냉동수면기 밀폐 해제.

샘은 실행 명령어를 입력했다. 보안 잠금이 해제되면서 수면복귀 절차가 완료되기까지 남은 시간을 표시한 타이머가 떴다.

수면기 속에 누운 남자가 잠에서 깨어났다. 심박과 호흡 모두 정상치로 돌아왔다.

'드디어 진짜배기 스파르탄 대원이 일어나시는군.'

그것도 그냥 스파르탄이 아니라 최후의 스파르탄 대원일지도 모른다. 함내에 떠도는 소문으로는 나머지 대원들이 리치 행성에서 뼈를 묻었다고들 하니까.

동료 기술병과 마찬가지로 샘도 스파르탄 양성계획에 대한 소문은 들은 적이 있었지만, 스파르탄 대원을 직접 만나보기는 처음이었다. 2491년, 나날이 증가하는 민간 소요사태에 대처하고자 이주 군정은 비밀리에 오리온 프로젝트를 시행했다. 오리온 프로젝트는 초인 병사를 양성하는 데 목적이 있었고, 동원된 장병들은 특수 훈련과 신체 강화수술을 거쳤다.

첫 시도가 실효를 거둔 데 힘입어, 2517년에는 이들의 다음 세대를 짊어질 새로운 스파르탄-Ⅱ 부대의 양성이 시작되었다. 양성 초기만 해도 끝까지 비밀로 남을 계획이었으나, 코버넌트와의 전쟁이 발발하면서 상황이 뒤바뀌었다.

인류가 패망의 끝자락까지 몰렸다는 점은 공공연한 사실이었다. 전함의 성능은 물론이고 코버넌트의 우주운항 기술은 인류를 훨씬 앞질렀다. 놈들은 지상전에서 밀린다 싶으면 우주로 물러나 궤도에서 행성을 통째로 유리화했다.

전세가 참담하리만치 기울면서, 장성들은 우주에서 몰려드는 코버넌트와 지상에서 속속 무너져가는 인류 사회라는 두 전선과 동시에 맞붙어야 했다. 일반 대중과 대다수 사병의 사기를 높이는 전략의 일환으로, 결국 스파르탄-II 양성계획의 존재는 세간에 널리 알려졌다.

남녀 스파르탄 대원들은 코버넌트와의 몇몇 전투에서 결정적 승리를 따내며 명실상부한 영웅이 되었다. 코버넌트도 스파르탄 대원만큼은 겁을 내는 눈치였다.

하지만 코버넌트에 밀려 멸망의 위기에 처한 인류를 구해낸 그들은 이제 단 한 명을 빼고 전부 죽고 말았다. 샘은 눈앞의 스파르탄 대원에게 경외감을 느꼈다. 무덤에서 도로 살아나듯, 진정한 영웅이 지금 잠에서 깨어나려 한다. 억세게 운이 좋아서 살아 돌아간다면 이 순간을 기억했다가 자식들에게 들려줘야겠다는 생각이 문득 들었다.

하지만 그런 생각을 해본들 좀처럼 긴장이 풀리지 않았다. 소문이 사실이라면 냉동수면실 한구석에서 서서히 의식을 되찾고 있는 저 대원은 코버넌트 같은 외계 종족만큼이나 무시무시한 존재일 테니까.

꿈에 빠져들면서 그는 냉동수면과 의식 사이의 별세계를 노닐었다.

꿈속의 배경은 낯설지 않고 포근하게 느껴졌다. 무엇보다도 전장에 얽힌 꿈이 아니라서 안심이 되었다. 그는 자신이 태어난 곳이자 오래전에 코버넌트의 손에 파괴된 행성, 에리다누스-II에 발을 딛고 있었다. 사방에서 즐거운 웃음소리가 들려왔다.

"존."

어느 여자가 그를 불렀다. 여자가 팔로 그를 꼭 껴안자 익숙한 비누 향이 느껴졌다. 여자가 감미로운 목소리로 무어라 말했다. 대답하고 싶었지만, 입이 떨어지지 않았다. 여자의 얼굴을 가린 뿌연 안개를 걷어내자, 서글서글한 눈매와 오뚝한 코와 통통한 입술이 드러났다.

눈앞의 얼굴이 물웅덩이에 비친 형상처럼 흐릿하게 일렁거렸다. 눈을 깜박이고 나니, 그를 안아주던 여자의 얼굴은 갈색 머리칼에 푸른 눈매가 날카롭고 피부가 창백한 모습으로 바뀌어 있었다.

핼시 박사였다.

캐서린 핼시 박사는 그를 스파르탄-II 양성계획에 선발한 장본인이었다. 사람들은 스파르탄 대원들이 국제연합 우주사령부의 각 부대에서 차출한 군인으로 구성한 특수부대인 줄로만 알았지, 이면의 진실을 아는 사람은 거의 없었다.

실제로 핼시 박사는 계획을 실행하는 과정에서 엄선된 아이들을 납치했다. 아이들의 빈자리는 은밀히 플래시 클론(신경계 이상으로 수명이 짧은 복제인간)으로 바꿔치기해서 부모의 품으로 돌려보냈고, 부모들은 자기네 아들딸들이 복제인간이라는 사실을 전혀 알아채지 못했다. 여러 면에서 핼시 박사는 그에게 유일한 '어머니'나 마찬가지였다.

하지만 핼시 박사나 박사를 빼닮은 코타나의 반투명한 얼굴이나 둘 다 진짜 어머니는 아니었다.

꿈속의 배경이 다시 바뀌었다. 어머니와 핼시 박사와 코타나의 뒤로 거대한 먹구름 같은 형상이 모습을 드러냈다. 뭔지는 잘 몰라도 분명 길조는 아니다.

갖은 전투로 몸에 밴 감각이 본능처럼 깨어나면서 온몸으로 아드레날린이 솟구쳤다. 주변 곳곳에 높다란 나무 장대가 꽂혀 있었다. 그는 왠지 모르게 눈에 익은 운동장을 서둘러 살피며 몰려오는 위협에 대처할 최선의 방법을 짜냈다. 근처를 둘러보니 MA5B 돌격소총이 있었다. 다가오는 먹구름과 세 사람의 사이에 끼어든다면 공격을 전투복으로 받아내는 동시에 곧장 반격에 나설 수 있다.

그는 잽싸게 뛰어들었다. 시커먼 형상이 소름 끼치는 괴성을 내질렀다.

검은 괴물이 엄청난 속도로 코앞에 불쑥 나타났다.

존은 소총을 집어 들고 방아쇠를 당기려 했다. 하지만 총을 들지 못한다는 사실에 공포가 온몸을 엄습해왔다. 팔이 너무나도 여리고 가늘었다. 어느새 전투복은 사라지고 여섯 살배기 사내아이의 여린 몸이 드러났다.

위협이 눈앞에 닥쳤는데도 아무것도 할 수가 없었다. 분노와 공포에 질려 괴물을 향해 고래고래 악을 썼다. 놈에게 화가 나기도 했지만, 무력하기 짝이 없는 자기 처지가 너무나도 분했다…….

꿈에서 깨어나면서 눈꺼풀 사이로 불빛이 새어 들어왔다. 증기가 소용돌이치며 빠져나와 공기 중으로 흩어졌다. 아득히 멀리서 목소리가 들려왔다. 딱딱한 남자 목소리였다.

"너무 빨리 복귀시켜드려 죄송합니다. 긴박한 상황이라 어쩔 수 없었습니다. 방향 감각은 곧 되찾으실 겁니다."

자신을 반기는 목소리에, 마스터 치프는 냉동수면에 들기 직전의 상황이 불현듯 기억났다. 전투, 그것도 삽시간에 형제자매 스파르탄 대원들의 목숨을 앗아간 처참한 전투가. 여섯 살배기 사내아이였던 때부터 함께 크며 훈련을 받았던 동료 대원들, 그리고 이들이 이제 새로운 가족이 된다고 했던 핼시 박사님의 말도 어렴풋이 생각났다.

기억을 떠올리는 동안 허파를 가득 채운 가스가 조금씩 변하면서 다시 몸에 힘이 들어갔다. 팔다리가 뻣뻣하게 굳어 잘 움직이지 않았다. 그는 기술관이 "조직 손상" 어쩌고 하는 말을 들으면서 몸을 일으켜 으슬으슬한 냉동수면기의 품에서 나왔다.

"이런 세상에."

샘이 나지막하게 중얼거렸다. 스파르탄 대원은 키가 족히 2미터는 넘었다. 은은한 녹색 광택이 나는 전투복이 온몸을 감싸서 꼭 신화 속에서 튀어나온 인물이나 다른 세상에서 건너온 이방인처럼 소름 끼쳤다. 마스터 치프 스파르탄-117은 냉동수면기에 발을 올리고 수면실을 빙 둘러보았다. 헬멧 안면보호대 때문에 얼굴이 보이지 않아서, 으스스하고 정체 모를 파괴와 죽음의 군인 같은 인상을 풍겼다.

냉동수면실 바닥에서 스파르탄 대원을 직접 맞이하지 않고 멀찍이 떨어진 관측실에서 내려다보고 있어서 다행이라는 생각마저 들 정도였다.

셰퍼드는 샘이 진단 데이터를 확인하기를 가만히 기다렸다. 그제야 샘은 퍼뜩 정신을 차리고 표시창을 살핀 뒤 내선 통신기를 켰다.

"이제 체력 표시창을 온라인 상태로 만들겠습니다."

샘은 셰퍼드가 여러 검사 장비 앞으로 스파르탄 대원을 안내하는 모습을 지켜보면서, 필요한 기기 조작을 담당했다. 짤막한 지시가 오간 뒤, 스파르탄 대원의 전투복은 모두 온라인 상태로 바뀌었다. 에너지 방어막 재충전 시스템, 실시간 체력 표시기, 시각 조준 시스템 모두 다 정상이었다.

스파르탄 대원이 착용한 '묠니르'라는 암호명이 붙은 전투복은 실로 기계공학의 경이에 가까웠다. 샘이 받아본 성능 상세내역에는 묠니르 전투복이 다층 고강도 합금장갑, 상당량의 에너지 무기 직격탄을 분산시키는 굴절성 코팅층, 함선 탑재급 인공지능 내장이 가능한 크리스털 저장회로, 착용자의 체온을 일정하게 유지하는 젤라틴층으로 구성된다고 적혀 있었다.

거기다 스파르탄 대원의 몸에는 메모리 패킷과 신호 회로가, 두개골 아랫부분에는 외부 입력용 삽입구 두 개가 심어져 있었다. 이러한 시스템을 모두 합치면 착용자의 힘은 두 배까지 올라가고, 그렇잖아도 번개처럼 빠른 반응속도를 더욱 높여주며, 복잡한 최첨단 전장에서도 신속히 경로를 찾아내도록 만들어준다.

몰니르 전투복에는 생명 유지장치도 다수 내장되어 있었다. 피복이 피부를 덮으면 냉동 과정에서 부작용이 일어나기 때문에 보통 알몸으로 냉동수면에 들어간다. 언젠가 샘은 붕대를 감고 냉동수면기에 들어간 적이 있었다. 일어나 보니 살갗이 온통 까지고 물집이 잡혔었지.

그러니 저 스파르탄 대원은 정말 끔찍하게 고통스러울 듯했다. 하지만 그는 아무런 말도 없이 셰퍼드의 물음이나 지시에 고개를 끄덕이거나 따르기만 했다. 로봇이나 기계처럼 검사 장비 사이를 무서우리만치 정확히 움직였다.

코타나의 목소리가 함내 통신기를 통해 들려왔다.

"감지기에 접근 중인 코버넌트 침투부대가 포착되었다. 침입자에 대비하라."

순간, 샘은 공포에 몸서리쳤다. 하지만 동시에 저 스파르탄 대원을 맞닥뜨려야 할 코버넌트를 떠올리자니 놈들도 참 지지리 복이 없구나 하는 생각이 들었다.

마스터 치프와 몰니르 전투복을 이어주는 신경회로 칩은 완벽하게 작동했다. 곧 헬멧 전방투영창으로 정보가 속속 올라왔다.

움직이는 데 별 이상은 없었다. 마스터 치프는 조용히 손을 쥐락펴락해 보았다. 냉동수면 가스를 들이마신 부작용 때문에 살갗이 조금 가렵고 콕콕 쏘는 기분이 들었지만, 그런 아픔은 머릿속에서 금방 지워버렸다. 불편을 감수하는 방법쯤이야 옛날에 통달했다.

코타나의 말소리가 들렸다. 코버넌트가 이리로 오는 중이라고, 잘됐군. 수면실 내부를 둘러보았으나 총기 선반이나 관물대는 보이지 않았다. 하지만 크게 문제가 될 것은 없었다. '걸어 다니는 무기고'인 적들한테서 무기를 빼앗아 쓰면 그만이다.

내선 통신기에서 다시 지직거리는 소리가 났다.

"2번 냉동수면실, 키예스 함장이다. 마스터 치프를 함교로 안내하라."

기술관은 아직 검사가 남아 있다고 답했지만 키예스 함장은 한 가지 대답밖에 못하도록 못을 박았다.

"명령이다. 즉시 실행하라."

"알겠습니다."

기술관은 고개를 돌리고 그와 얼굴을 마주 보았다.

"꽤 급하신 모양이니 서둘러야겠습니다. 무기는 나중에 드리겠습니다."

마스터 치프는 고개를 끄덕이고 문으로 발걸음을 옮겼다. 바로 그때, 뭔가 터지는 소리가 냉동수면실 전체에 울려 퍼졌다.

쾅 하는 충격이 관측실 출입문을 때리자 샘은 소스라치게 놀랐다. 그는 쿵쾅쿵쾅 뛰는 가슴을 부여잡고서, 적이 들어오지 못하게 하려고 출입문 폐쇄 단추를 찾아 제어반을 더듬거렸다. 육중한 문 뒤편에서 콰직 소리가 나더니 코버넌트 에너지 무기에 녹으며 금속 문이 벌겋게 달아올랐다.

"놈들이 문을 뚫고 들어오려 합니다!"

샘은 다급히 소리치고서 관측창 아래를 힐끗 내다보았다. 셰퍼드가 공포에 사로잡힌 채 서 있었다. 스파르탄 대원의 헬멧 안면보호대에 비친 자신의 겁에 질린 모습까지 보였다.

샘은 급히 경보기로 뛰어가 경보를 울렸다. 곧 불길과 녹아내린 쇳조각이 터져 나오면서 문짝이 떨어져 나갔다.

플라즈마 라이플 발사음이 들리나 싶더니 뭔가가 가슴을 퍽 치는 느낌과 함께 눈앞이 흐릿해졌다. 가슴에 난 상처를 더듬거렸다. 손이 온통 끈적거리는 피범벅이었다.

'왜 안 아프지? 아파야 정상인데……'

방향 감각이 사라지면서 머리가 어지러워졌다. 무장한 적들이 우글거리며 관측실로 달려드는 모습이 어렴풋이 눈에 들어왔다. 하지만 놈들을 내버려두고, 제어반 바닥에 떨어져 피로 물든 아내 사진에만 집중했다. 그는 바닥에 털퍼덕 쓰러진 채 떨리는 손으로 사진을 집으려고 안간힘을 썼다.

시야가 점점 좁아졌다. 사진은 손끝에서 고작 한 뼘 떨어져 있었지만, 멀리 몇 킬로미터 밖에 있는 듯했다. 너무나 고단해서 몸이 말을 듣지 않았다. 머릿속에서 아내의 이름이 메아리쳐 울렸다.

손가락이 사진 끝에 닿으려는 순간, 묵직한 발이 팔을 꽉 밟았다. 긴 손톱이 돋은 손가락이 바닥에서 사진을 집어 들었다.

샘은 다 죽어가는 목소리로 욕을 내뱉으며 간신히 고개를 들었다. 엘리트가 의아스럽다는 듯 고개를 갸웃거리며 사진을 쳐다보고 있었다. 놈은 그제야 샘이 있는 줄 알아차렸다는 듯이 그를 내려다보았다. 샘은 사진을 향해 손을 뻗었다.

셰퍼드가 다급하게 외치는 소리가 어디선가 들려오는 듯했다.

"샘!"

엘리트는 샘의 머리에 플라즈마 라이플을 겨누고 방아쇠를 당겼다.

마스터 치프는 온몸의 털이 곤두섰다. 코버넌트가 눈앞까지 들이닥쳐 동료 군인을 죽였다. 당장에라도 사다리를 타고 관측실로 올라가 놈들과 맞붙고 싶었지만, 명령이 우선이었다. 우선 함교로 가야 한다.

기술관이 문을 열고 소리쳤다.

"가시죠! 어서 여기서 빠져나가야 합니다!"

마스터 치프는 기술관을 따라 문을 지나 복도로 나왔다. 갑작스레 폭발이 일어 복도 출입문이 산산조각 났다. 기술관은 폭발에 휩쓸려 바닥에 나가떨어졌고, 마스터 치프는 전투복의 방어막이 소진되었다.

치프는 머릿속으로 핼시온급 순양함 내부 구조를 떠올려본 다음 뒤로 물러났다. 그는 커다란 전선관 두 개를 뛰어넘어 조명이 어둑어둑한 정비 통로에 들어섰다. 비상등에 불이 들어오면서 경고음이 나왔다. 복도 저편에서 또 터지는 소리가 우르르 울렸다.

바닥에 죽어 있는 승무원을 지나 다음 복도 구획에 들어섰다. 초록 불이 들어온 출입문을 발견하고 앞으로 발걸음을 재촉했다. 또 폭발이 일었지만 전투복이 충격을 모두 받아냈다.

반쯤 녹은 문을 힘으로 열어젖히고 왼쪽으로 고개를 돌리자 누군가의 비명이 들렸다. 해군 승무원이 권총을 뽑아들고 어딘가에 있는 적을 향해 방아쇠를 당기고 있었다. 필라 오브 어텀의 선체가 미사일에 피격되면서 바닥이 울렸다.

치프는 반쯤 열린 문 뒤에서 몸을 웅크렸다. 나머지 승무원들이 놈들을 향해 응사하는 도중, 권총을 들었던 승무원의 가슴에 플라즈마 덩어리가 들이박혔다. 코버넌트 침투부대는 반격에 부딪혀 출입구 뒤로 물러나 인접 구획으로 후퇴했다.

혼전이 벌어지는 와중에도 승무원들은 온 힘을 다해 침투부대를 기밀출입구까지 도로 몰아내는 데 성공했다. 하지만 언제 또 적의 지원군이 들이닥칠지 모르는 일이었다.

손에 총 한 자루도 없는 데다 키예스 함장이 함교에서 기다리는 상황인 만큼, 사방에서 벌어지는 총격전을 최대한 피해 가는 수밖에 없었다. 그는 어두컴컴한 출입 복도에 들어섰다. 코버넌트 침투부대가 구획 내의 조명 전선을 끊어버린 것이 틀림없었다. 앞으로 달려가다 복도에 서 있던 뭔가를 들이받았다. 엘리트였다.

충격에 전투복의 방어막이 깜박거리고, 놈은 경악과 분노에 찬 괴성을 질렀다. 마스터 치프는 자세를 낮추고 놈이 달려들기를 기다렸지만, 때마침 해병대 화력조가 나타나 엘리트를 향해 돌격소총 사격을 퍼부었다. 서둘러 몸을 피하기가 무섭게 보라색 핏덩이가 복도 벽면에 튀면서 놈은 털썩 쓰러졌다.

해병들은 구역을 사수하기 위해 전진했다. 마스터 치프는 감사의 뜻으로 분대장에게 목례한 뒤, 통로를 질주하여 더 마찰을 빚지 않고 함교에 도착했다.

관측창 밖을 내다보니 순양함 저편으로 낯선 구조물이 떠 있었다. 순간 저게 뭘까 하는 호기심이 생겼다. 함장님이 설명해주실 테지. 그는 함교 가운데에 있는 지휘석으로 성큼성큼 걸어갔다.

함교 승무원들은 각자 자리에 앉아 제어반을 들여다보며 적들에게 포위당한 필라 오브 어텀을 제어하느라 진땀을 뺐다. 몰려드는 세라프 편대를 처리하는 승무원이 있는가 하면, 선체 파손을 살피는 이도 있었다. 어느 여자 대위는 어두운 표정으로 함내 환경시스템에 접속하여 코버넌트가 장악한 구획의 공기를 배출하는 중이었다. 그런트처럼 메탄통을 짊어지고 다니는 종족도 있지만 산소 호흡을 하는 놈들이 대부분이어서 효과가 있었다. 하지만 해당 구획에는 미처 빠져나오지 못한 승무원들이 남아 있었다. 그중에는 대위와 개인적으로 안면이 있는 사람도 있었겠지만, 어떻게 손쓸 겨를이 없었다. 결단을 내리지 않았더라면 도리어 대위까지 당했을지도 모른다.

치프도 그 의도를 알고 있었다. 코버넌트 놈들의 손에 죽느니 진공 속에서 순식간에 죽는 편이 나으리라.

키예스 함장이 주 전술창 앞에 서 있었다. 그는 화면으로 낯선 고리형 구조물을 자세히 살펴보고 있었다.

마스터 치프는 부동자세를 취했다.

"키예스 함장님."

키예스 함장이 그에게 돌아섰다.

"반갑네, 마스터 치프. 상황이 좋지 않네. 코타나가 최선을 다했지만 별

32

소득이 없었네."

코타나는 홀로그램 눈썹을 살짝 치켜떴다.

"헬시온급 순양함 단 한 척으로 코버넌트 전투순양함 열두 척과 맞섰으니까요. 세 척 잡은 걸로 만족해야죠."

코타나는 잠시 말꼬리를 늘어뜨리다 덧붙였다.

"아니, 네 척이로군요."

그리고는 치프를 돌아보았다.

"잘 잤나요?"

"코타나 덕분은 아니지만 그런대로."

"제가 보고 싶었군요."

코타나의 말에 대답하려는 찰나, 큰 충격에 함선 전체가 뒤흔들렸다. 몇몇 승무원들이 힘없이 바닥에 넘어지는 가운데 치프는 옆에 있던 기둥을 꽉 붙들었다.

키예스 함장이 제어반을 단단히 붙들고 몸을 일으켰다.

"무슨 일인가?"

코타나가 잠시 파랗게 빛났다.

"적의 침투부대입니다. 반물질 폭탄을 사용한 듯합니다."

화기 관제사가 좌석에서 뒤를 돌아보며 보고했다.

"코타나, 주포 통제가 불가능합니다!"

코타나는 키예스 함장에게 고개를 돌렸다. 함선의 주 무기인 자기 가속포를 잃었으니 이대로 버티기는 불가능하다.

"함장님, 더는 공격 무기가 없습니다."

"그렇다면 콜 교전수칙 제2조에 따라 함선을 포기하기로 한다. 코타나, 너도 포함된다."

"함장님은 함선에 남으시겠다고요?"

코타나가 되묻자 키예스 함장은 담담하게 말을 받았다.

"말하자면 그런 셈이지. 우리가 발견한 물체 위에 함선을 착륙시키도록 하겠다."

코타나는 고개를 설레설레 내저었다.

"함장님 뜻은 알겠지만…… 지금까지 너무 많은 희생을 치렀어요."

키예스 함장은 코타나와 눈빛을 맞추었다.

"코타나, 걱정해줘서 고맙지만 나로서도 어쩔 도리가 없다. 콜 교전수칙에 따라, 널 파괴하거나 적의 손에 넘겨줄 수는 없어. 우선 비상 착륙지점을 확인한 뒤 내 신경회로 칩으로 업로드 하도록."

코타나는 잠시 가만히 있다가 고개를 끄덕였다.

"네, 알겠습니다."

키예스 함장은 마스터 치프에게 고개를 돌리고 말을 이었다.

"치프, 코타나를 데리고 함선을 탈출하게. 코타나가 적에게 잡히면 아군의 전력 배치, 무기 연구, 지구의 위치 등 모든 정보가 놈들 손에 들어가니 각별히 조심해야 하네."

함장은 잠시 말을 멈추었다 덧붙였다.

"부탁하네."

마스터 치프는 고개를 끄덕였다.

"잘 알겠습니다."

키예스 함장은 코타나를 넌지시 바라보았다.

"준비됐나?"

코타나는 마지막으로 주위를 둘러보았다. 그간 필라 오브 어텀은 자신의 몸이나 마찬가지였으므로 마지못해 떠나는 눈치였다.

"꺼내주세요."

키예스 함장은 제어반으로 돌아서서 단추를 차례대로 누른 뒤 다시 몸을 돌렸다.

홀로그램이 떨리면서 코타나의 모습이 홀로탱크 속으로 소용돌이치듯 사라졌다. 홀로그램이 사라지자 키예스 함장은 홀로탱크에서 데이터 칩을 꺼내 권총과 함께 마스터 치프에게 건네주었다.

"치프, 행운을 비네."

마스터 치프는 칩을 건네받아 헬멧 뒷부분의 신경회로 장치 삽입구에 끼워 넣었다. 듣기 좋은 딸깍 소리와 함께 코타나가 전투복 신경 네트워크에 들어오면서 묘한 감각이 물밀듯 밀려왔다. 누군가가 머릿속으로 얼음 한 컵을 부은 듯한 느낌이 들었다가, 찌르는 듯한 통증과 친근한 느낌이 뒤따라 찾아왔다. 리치 행성에서 참극이 벌어지기 직전에 코타나를 몸에 싣고 뛰었던 적이 있었으니까.

처음에는 인공지능과의 연계를 다소 불쾌하게 여겼지만, 코타나를 만나고 나서부터는 여러모로 도움이 된다는 점을 실감했다. 치프는 코타나와 서로 의지하며 장애물 훈련장을 통과하기도 했는데, 대원들과 협동하는 것과 별반 다르지 않았다.

마스터 치프는 경례를 붙인 뒤 함교를 나섰다. 총격전 소리가 더욱 크게 들려왔다. 승무원들이 사력을 다해 맞섰음에도 결국 코버넌트 부대가 기밀출입구와 인접한 구획으로 빠져나와 근처까지 몰려온 모양이었다.

함교에서 약 50미터 떨어진 복도 여기저기서 시체가 뒹굴고 있었다. 지금은 아군들이 격퇴에 나서는 중이지만, 조금 전까지만 해도 상당히 아슬아슬한 상황이었음이 분명했다.

마스터 치프는 어느 소위의 주검 옆에서 무릎을 꿇었다. 그의 눈꺼풀을 감겨준 뒤 쓰러진 아군들에게서 탄약을 챙겼다. 함장이 건네준 권총은 해군 표준지급 화기로, 12.7밀리 반철갑 고폭 권총탄이 들어가는 12발들이 탄창을 쓴다. 엘리트 상대로는 부족할지 몰라도 그런트를 처리하는 데는 손색이 없었다.

손잡이에 탄창을 넣자, 찰각거리는 쇳소리와 함께 전방투영창에 파란 동그라미가 떴다. 손에 쥔 총기의 정보를 읽어 전투복이 자동으로 조준점을 표시한 것이다.

치프는 코타나와 함께 함선에서 탈출해야 함을 상기하며 복도를 걸어 갔다. 그런트들이 내는 새된 깩깩거리는 소리와 짖어대는 소리가 어디선가 들려왔다. 고참병임을 나타내는 붉은 전투복을 입은 그런트가 복도 모퉁이에서 나타났다. 어디서 구했는지는 몰라도 해병들이 쓰는 탄띠를 람보처럼 가슴에 두르고 끄트머리를 바닥에 늘어뜨려 질질 끌면서 걷고 있었다.

적이 더 있으리란 짐작에 마스터 치프는 후속 병력이 마저 나타나기를 잠시 기다렸다가, 동료 두 놈이 뒤따라 나오는 순간 방아쇠를 당겼다. 전투복에 내장된 반동 제어기 덕분에 반동이 무디기는 했지만, 권총이 손바닥을 때리는 느낌은 여전했다. 세 놈 모두 머리에 총알이 박혀 발라당 자빠졌다. 새파랗게 빛나는 인광성 피가 바닥에 질척하게 튀었다.

그리 힘겹지는 않은 시작이었다.

마스터 치프는 놈들의 시체를 넘어 최종 목표인 구명정을 향해 발걸음을 옮겼다. 무슨 수를 써서든 반드시 구명정에 탑승해야 한다.

이스나 노솔이는 그런트와 자칼, 두 동료 엘리트가 기밀출입구를 통해 인간 함선으로 진격하고 자기 혼자만 남을 때까지 기다렸다가 침투정에서 슬그머니 빠져나왔다. 남들은 진격하는데 혼자 머뭇거리자니 속이 켕겼지만, 특명을 받았으므로 어쩔 수가 없었다. 플라즈마 피스톨 한 자루와 플라즈마 수류탄 대여섯 개로 무장하기는 했어도, 전투보다 정찰을 우선으로 투입된 탓에 에너지 방어막과 능동형 위장 장치에 의존해야 했다.

노솔이는 "오수나", 다시 말해 '사제의 눈'이라는 뜻의 다소 생소한 직무를 받았다. 그의 상관이 말하기를 오수나란 경험 있는 엘리트 장교에게 주어지는 직책으로서, 적에 관한 정보가 필요할 시 전장에 투입되어 적의 중요 정보를 알아내는 것이 주 임무였다.

사제들은 엘리트가 용감하고 총명하기는 하지만, 앞길을 가로막는 것들은 모조리 부숴버리는 성미 때문에 한번 휩쓸고 지나간 자리에는 자신들이 분석하고 파헤칠 만한 일거리가 남아나지 않는다고 판단했다.

그래서 병기에 관한 정보나 병력 배치 등, 인간에 대한 정보를 더 많이 수집할 목적으로 오수나를 전장에 투입한다는 결정이 내려졌다. 알아내려는 정보 중에서도 최고 순위는 바로 놈들의 모행성 '지구'의 위치였다.

노솔이가 받은 임무는 세 가지였다. 첫째는 적 함선의 인공지능을 포획하는 것이고, 둘째는 놈들의 총지휘관을 납치하는 것이며, 셋째는 헬멧에 부착된 카메라로 상황을 면밀히 촬영하는 것이었다. 첫째와 둘째 목표는 다소 완수하기 어렵겠지만, 카메라는 제대로 작동하니 셋째 목표는 누워서 떡 먹기였다.

비록 영광 없는 보직이기는 해도 임무의 목적이야 이해했으니, 노솔이는 원래 배속되어 있었던 정규 보병부대로 돌아가기 위해서라도 반드시 목표를 완수하겠노라고 다짐했다.

모퉁이 저 뒤편에서 그런트와 자칼 부대의 추격을 받아 구석에 몰린 해병들이 쏘는 총소리가 귓전을 따닥따닥 때렸다. 놈들을 죽이고 지나갈까 싶기도 했지만 숨는 편이 낫겠다는 생각에 벽에 몸을 바짝 붙였다. 금속 벽면이 살짝 굽어 있는 모습을 아무도 알아차리지 못하는 사이, 노솔이는 기회를 봐서 슬쩍 그곳을 지나갔다.

필라 오브 어텀 내부가 주황색 전투복을 걸친 그런트로 들끓었다. 마스터 치프는 MA5B 돌격소총과 함께 400발에 가까운 7.62밀리 철갑탄을 구했다. 주변 여기저기에 무기가 널린 상황인 만큼 잔탄 표시기가 열 발 즈음을 가리킬 때마다 탄창을 갈았다. 함부로 탄창을 전부 비웠다가는 돌이킬 수 없는 결과를 빚어낼지도 모르기 때문이다. 치프는 그 점을 염두에 두면서 탄창멈치를 눌러 빈 탄창을 떨어뜨리고 새 탄창을 꽂았다. 소총에 내장된 디지털 잔탄 표시기가 재설정됨과 동시에 전방투영창에 뜬 탄약 수치도 바뀌었다.

"거의 다 왔어요. 앞쪽의 문을 지나서 위층으로 올라가세요."

코타나가 머리 바깥 어딘가에서 말을 건넸다.

마스터 치프는 아른아른한 광택이 나는 검은 전투복을 입은 엘리트를 맞닥뜨리고는 소총을 발사했다. 그런트도 끼어 있었지만, 진짜 위험한 적수는 엘리트였다. 그는 능숙한 솜씨로 삼점사를 날렸다.

엘리트가 저항하듯 고함치며 응사했지만, 쏟아지는 7.62밀리 철갑탄에 방어막이 금세 소진되었다. 놈의 묵직한 몸뚱어리가 무릎을 꿇고 앞으로 풀썩 고꾸라졌다. 그런트들은 대장이 당하는 꼴을 보고는 잔뜩 겁에 질려 요란스레 짖어대며 돌아서서 허겁지겁 달아났다.

그런트 하나하나는 약해 빠졌지만 뭉치면 무서운 힘을 발휘했다. 마스터 치프는 다시 방아쇠를 당겼다. 놈들은 비틀거리며 픽픽 쓰러졌다.

치프는 출입구를 지나 앞으로 나아갔다. 어디선가 총소리가 들려와, 소리가 나는 방향으로 고개를 틀었다.

"코버넌트예요! 계단 바로 위에 있어요!"

치프는 서둘러 금속 계단을 올라가 층계참으로 돌격했다.

탄창을 갈아 끼우면서 쿵쿵거리며 계단을 밟고 올라가는 사이에 부상당한 해병을 지나쳐갔다. 그 해병은 리치 행성 궤도 정거장 전투에서 봤던 네 명 중 하나였다. 해병은 플라즈마 화기에 입은 상처에 붕대를 두르고 있으면서도 억지로 웃어 보였다.

"무사하셔서 다행입니다…… 오실 줄 알고 치프 몫도 남겨뒀습니다."

마스터 치프는 고개를 끄덕인 뒤 층계참에서 잠시 발걸음을 멈추고 자칼을 조준했다. 새처럼 생긴 자칼들은 항상 에너지 방패를 들고 다녔다. 엘리트의 전투복에 탑재된 전신보호 방어막이 아닌 말 그대로 손으로 드는 방패 형태라서 성능은 다소 떨어졌다. 놈들이 몸을 돌려 부상당한 해병을 조준하는 순간, 그는 방패로 가리지 못하는 옆구리를 노리고 방아쇠를 당겼다. 놈들은 바닥에 쓰러져 숨통이 끊어졌다.

치프는 계속 계단을 올라가 한 엘리트와 정면으로 얼굴을 마주쳤다. 놈은 그를 향해 울부짖으며 앞으로 돌진해, 플라즈마 라이플을 몽둥이처럼 휘둘렀다. 일단은 공격을 피하며 뒤로 물러섰다. 엘리트와 육박전을 벌인 경험이 있으므로 놈들의 힘이 얼마나 좋은지 잘 알고 있었다. 그는 놈의 복부에 소총을 겨누고 방아쇠를 꾹 당겼다.

엘리트는 수세미처럼 총알을 빨아들이며 계속 달려들었다. 놈이 팔을 쳐들고 플라즈마 라이플을 내리치려는 순간, 마지막 탄환이 척추를 관통했다. 놈은 바닥에 쿵 쓰러져 한 번 꿈틀거리고는 죽어버렸다.

마스터 치프는 여분 탄창에 손을 뻗었다. 또 엘리트가 나타나 방금 죽은 놈이 그랬던 것처럼 울부짖으며 달려들었다. 재장전할 틈이 없었다. 소총을 내던지고 권총을 뽑아들었다. 엘리트의 발밑에 죽은 해병 둘이 널브러져 있었다. 대략 25미터 거리였다.

'충분히 사정권에 들겠군.'

치프는 속으로 계산하며 권총을 발사했다.

권총탄에 투구 방어막이 뚫리자 엘리트가 이를 드러내며 으르렁거렸다. 놈은 스파르탄 대원이 만만찮은 적수임을 깨닫고서 부하들의 사격을 한 방향으로 집중시키고는, 치프의 방어막이 깎여나가는 모습을 지켜보았다.

사격이 치프에게 몰린 덕에 숨통이 트인 해병들이 전열을 가다듬고 반격에 나섰다. 수류탄이 터져 계단 주변의 벽에 온통 파편을 튀기면서 엘리트 한 놈이 푸르뎅뎅한 핏덩이로 변했고, 옆에 있던 자칼들도 봉변을 당했다.

다른 엘리트는 총알 세례를 받았다. 놈은 잠시 주춤거리며 몸을 웅크리나 싶더니 빗발치는 총알에 조각조각 찢겨났다.

"바로 그거야!"

어느 해병이 쾌재를 부르며 놈의 머리통에 최후의 일격을 날렸다.

구획에서 적을 소탕했음을 확인한 뒤, 마스터 치프는 다시 이동했다. 그는 문을 지나 그런트들과 맞붙은 해병 둘을 지원해준 다음, 아군과 코버넌트의 피로 얼룩진 복도를 지나갔다. 또다시 함대함 화기의 공격을 받으면서 함선 바닥이 뒤흔들렸다. 둔탁한 쾅 소리와 함께 관측창 너머로 불길이 일었다.

"구명정이 발사되고 있어요, 서둘러요!"

코타나의 재촉에 마스터 치프는 무뚝뚝하게 대답했다.

"지금 서두르잖아. 최대한 빨리 움직이는 중이다."

코타나는 뭐라고 대꾸하려다가 곧 머쓱해져서 사과를 건넸다. 사람이 자주 실수를 저지르기는 한다지만, 가끔은 그런 사람의 판단이 옳을 때도 있었다.

함선에 오른 해병들에게 "포해머"라는 호출부호로 더 친근한 조종사, 캐롤 롤리 대위는 그런트가 모퉁이에서 돌아 나오기를 숨죽이고 기다렸다. 머리를 정확히 맞히자 메탄가스나 들이마시는 쥐방울만 한 그런트가 픽 자빠졌다. 대위는 슬쩍 고개를 내밀어 복도 앞에 적이 없는지 확인한 다음 뒤따라온 아군에게 손짓했다.

"가자! 기회는 지금밖에 없어."

세 조종사와 세 정비병은 쿵쿵거리며 복도를 내달리는 대위를 따라갔다. 키가 크고 어깨도 떡 벌어진 롤리 대위는 별 대책도 없이 달리기만 했다. 기껏 생각해낸 계획이라 해야 막연히 격납고로 달음박질해 D77-TC 펠리칸 수송기에 탑승한 다음, 선체가 더 박살 나기 전에 서둘러 함선을 탈출하는 것이었다. 뜻대로 된다 한들 험난한 이착륙이 되겠지만, 멋모르는 구명정 조종사한테 목숨을 맡기느니 차라리 담당 수송기의 조종간을 잡다가 죽는 편이 낫다. 탈것이 하나라도 더 있으면 함선에서 탈출하는 아군들에게도 요긴할 테고.

다만 성공할 가능성이 무진장 희박하다는 점이 문제였다.

"놈들이 쫓아온다!"

뒤에서 누군가 소리쳤다.

"뛰어!"

제기랄, 조종사 롤리 대위는 달리기는 젬병이었다. 돌아서서 뒤쫓아온 적들을 겨누는 순간, 둥그렇고 빛나는 초록색 플라즈마 덩어리가 지글거리며 귓전을 스치고 지나갔다.

"에라 모르겠다!"

대위는 도로 몸을 돌리고는 뒤돌아보지 않고 냅다 달렸다.

인간과의 전투가 점점 치열해지는 와중, 그런트 야얍은 동족으로 구성된 소규모 분대를 이끌고 반쯤 녹아내린 문을 지나가다가 끔찍한 살육의 현장을 목격했다. 근처의 벽면이 온통 흐릿하게 빛나는 푸른 피로 도배되어 있었고, 전투에서 입은 손실을 보여주기라도 하듯 사방에 흩어진 탄피 사이로 그런트 시체가 난잡하게 뒤얽힌 채 쌓여 있었다. 야얍은 죽은 형제들에게 잠시나마 애도를 표하려고 바닥에 무릎을 꿇었다.

죽은 아군이 거의 다 동족이었는데도 야얍은 무덤덤했다. 사제들이 그런트를 총알받이로 써온 것이 비단 어제오늘 일이 아니었으니까. 야얍은 언젠가 동족들과 함께 메탄가스가 젖과 꿀처럼 흐르는 낙원에 당도하기를 간절히 소망했다. 이제 참혹한 시쳇더미를 지나가려는데 그 속에서 끙끙거리는 소리가 새어 나왔다.

따라온 동료 가가가 피투성이 난장판을 고역스럽게 헤치고 지나가더니 어디서 신음이 나오는지 알아냈다. 무작정 돌격하다 피를 본 부대의 지휘관이자, '사제의 축복을 받은' 검정 전투복을 차려입은 엘리트의 입에서 나오는 소리였다.

법과 관례에 따르자면 야압 같은 그런트는 신적 추앙을 받는 사제와 더불어 이들 엘리트도 우러러 떠받들어야 했다. 하지만 전장이란 법과 관례의 적용으로부터 빠져나갈 구석이 있는 곳 아닌가.

"내버려두고 가자. 우리가 다쳐 쓰러져 있어도 똑같이 구해주지 않을걸."

가가가 말했다.

"맞는 말이야."

야압이 머리를 굴리며 답했다.

"근데 돌격정으로 끌어다 옮기려면 우리 다섯이 몽땅 달라붙어야 할거야."

가가는 멍하니 그 말을 곱씹어보다가 옳거니 하고 대답했다.

"그럼 싸우지 않아도 되겠네?"

"맞아."

총격전 소리가 갈수록 요란해졌다.

"대충 응급처치만 해놓고 팔다리를 잡아끌고 나가자."

살펴보니 부상이 그리 심각하지는 않았다. 총알이 투구를 뚫고 옆통수를 파고들어, 투구 안쪽에 부딪혀 납작하게 찌그러져 있었다. 충격에 기절한 것뿐이었다. 그것 말고는 넘어지면서 생긴 베인 상처와 멍이 전부였으니 살 가망이 높았다. 야압은 속으로 생각했다.

'딱하기도 해라.'

그런트 일행은 적함에서 탈출해 목숨을 부지할 보증수표를 얻었다는 생각에 들떠, 다친 엘리트의 팔다리를 붙잡고 질질 끌면서 뒤뚱뒤뚱 복도를 걸어갔다. 그런트 일행의 전투는 그로써 막을 내렸다.

필라 오브 어텀에 배속된 궤도 강하 타격대(Orbital Drop Shock Troopers), 줄여서 ODST 또는 "지옥행 강습대"로 불리는 특수부대원들은 엔진실에서 원자로를 방어하라는 지시를 받았다. 이 원자로는 실험 단계에 있는 연결형 융합엔진 기술을 최초로 실용화한 최신형 기관이었다.

엔진실로 통하는 입구는 두 군데로, 티타늄-A 장갑을 두른 출입구가 버티고 있었다. 두 곳과 연결된 정비통로만큼은 아직 사수하는 중이었다. 안토니오 실바 소령이 이끄는 궤도 강하 타격대원들은 사계를 확보하는 동시에 자신들이 얼마나 악착같이 싸우는지 보여주려고 코버넌트 시체를 장작더미처럼 수북이 쌓아두었다.

수많은 부상자 가운데는 소대 의무병 발데즈가 어서 팔에 붕대를 감아주기를 초조하게 기다리는 멜리사 맥케이 중위가 있었다. 중위는 한시라도 빨리 털고 일어나 방어에 나설 심산이었다.

"안타깝게 됐습니다, 중위님."

발데즈가 말했다.

"팔뚝에 새긴 ODST 글자랑 해골 문신이 심하게 망가졌습니다. 새로 하면 그만이기는 하지만, 흉터 자국에는 잉크가 스며들질 않으니 전처럼 똑같이 그려 넣기는 힘들겠습니다."

다킨스, 알타니, 스즈키 이 세 대원에 관한 생각을 잊게 해주려고 발데즈는 일부러 중위의 성질을 긁는 소리를 했다. 응급처치가 끝나자 중위는 붕대 위로 소매를 걷어 내렸다.

"근데 발데즈 넌 말이야, 말본새 하나는 더럽게 솔직하다. 칭찬으로 하는 말이니까 기분 나쁘게 생각지는 마."

발데즈는 알타니의 피가 묻은 자기 이마를 소매로 닦았다.

"고맙습니다. 칭찬으로 받아두겠습니다."

"제군들, 잘 들어라!"

실바 소령이 정비통로 가운데서 뚜벅뚜벅 걸어오며 외쳤다.

"휴식 시간은 끝났다. 키예스 함장님이 이제 우리 중대도 꼴 보기 싫으니 후딱 나가라고 하시는군. 저 아래에 무슨 구조물이 있다고 한다. 대기도, 중력도 있고, 너희가 맥주처럼 좋아하는 발 디딜 땅도 있다."

소령은 잠시 말을 멈추고는 입을 꾹 다물고서 작은 눈을 번뜩이며 대원들을 둘러보았다.

"해군 승무원은 말할 것도 없고, 해병 떨거지들도 하나같이 구명정으로 함선에서 탈출할 예정이다. 한마디로 말해, 냉난방 설비가 달린 아늑한 좌석에 기대앉아 포도주를 홀짝이고 전채요리나 깨작거리면서 공항까지 내려간다는 소리지."

소령은 목에 힘을 주며 소리쳤다.

"어림 반푼어치도 없는 소리! 우리는 개성 넘치는 방법으로 탈출하도록 한다. 자, 제군들…… 어떻게 하면 멋지게 탈출했다고 소문이 나겠나?"

그들만의 유서 깊은 전통 앞에서, 궤도 강하 타격대원들은 한데 입을 모아 함선이 떠나가라 소리쳤다.

"발끝부터 지옥으로 떨어지면 됩니다!"

"바로 그거다."

실바 소령이 되받았다.

"이제 강하정까지 이동한다. 코버넌트 놈들이 저 밑에서 소풍 준비를 해놓고 너희를 기다린다. 강하정에 올라타 벨트 매고 뒷구멍에 코르크마개 꽂는 데까지 딱 5분 준다."

타격대원들이 제일 좋아하는 구닥다리 우스개에, 다들 처음 듣기라도 한 듯이 크게 웃음을 터뜨렸다. 그리고는 분대를 나누어 부사관들을 따라 좌현으로 이어진 복도로 향했다.

맥케이 중위는 소대를 이끌고 복도를 내려가, 내선 통신기 방어를 지시받은 타격대원들을 지나서 전투가 한바탕 휩쓸고 지나갔던 구획을 통과했다. 사방에서 시체가 대자로 나뒹굴었고, 플라즈마탄에 맞아 곳곳이 시커멓게 그을린 벽에는 죽은 병사 중 하나가 마지막으로 갈겼을 7.62밀리 소총탄 자국이 한 줄로 길게 남아 있었다.

타격대원들은 발을 구르며 모퉁이를 돌아서서 "지옥행 대기실"로 불리는 구획에 다다랐다. 대원들은 길고 가느다란 구획 중앙으로 줄지어 이동했다. 그곳에는 각진 타원형 강하정이 두 줄로 늘어선 채, 대원들의 이름표를 달고서 함선의 배면으로 이어진 사출관을 따라 놓여 있었다.

보통은 무장 강습정에 탑승하여 강하작전을 수행하지만, 강습정은 너무 굼떠서 대공사격의 밥이 되기 쉬웠다. 그래서 국제연합 우주사령부에서는 시간과 자금을 들여가며 병사들을 대기권으로 투입할 방법을 연구하다가 HEV, 즉 인간 대기권 돌입정(Human Entry Vehicle)이란 강하정을 개발해냈다.

컴퓨터 제어로 대공사격을 해대는 탓에 진입 도중 격추되는 위험을 아주 없애기는 힘들지만, 강하정은 크기도 작고 피격되더라도 분대가 통째로 몰살당할 일은 없다는 장점이 있었다.

하지만 문제가 한 가지 있었다. 대기권 진입 과정에서 HEV 강하정을 감싼 세라믹 피복이 불타버리는 경우가 있었다. 그렇게 되면 강하정 내부의 공기가 찜통처럼 후끈 달아오르다 못해 쪄죽을 지경이 되는데, 바로 그 점 때문에 타격대원들은 아군 사이에서 "지옥행 강습대"로 통했다. 궤도 강하 타격대가 오로지 자원자로만 구성되며, 자원한다고 그러면 미친놈 소리를 들어먹기 딱 좋은 이유가 바로 거기에 있었다.

맥케이 중위는 탑승로 가운데 남아서 부하 대원들이 각자의 강하정에 타기를 기다렸다. 정작 자신에게 주어지는 준비시간은 고작 60초도 채 되지 않았지만, 마지막 부하 대원의 해치가 닫히는 순간 잽싸게 강하정에 올랐다.

중위는 번개 같은 손놀림으로 결속장치를 채우고 기본 시스템을 확인했다. 그런 다음 안전장치를 차례로 내려 사출관을 개방한 뒤, 눈앞의 조그만 표시창을 주시했다. 강하정이 정확한 진로로 날아가는 데 필요한 운동량은 화기관제 컴퓨터가 벌써 계산해 놓은 상태였다. 이제 남은 과정은 이를 악물고 낙하산이 펼쳐질 때까지 세라믹 피복이 버텨주기를 빌면서 강하정이 부서질지도 모른다는 걱정을 애써 잊는 일뿐.

발판에 군홧발을 대고 카운트다운 표시기를 올려본 순간, 숫자가 1에서 0으로 바뀌었다.

고정이 풀리면서, 강하정이 가속과 동시에 사출관을 빠져나와 고리형 구조물로 급강하하기 시작했다. 뱃속이 울렁거리면서 가슴이 쿵쾅쿵쾅 뛰었다.

한 대원이 강하정에 내장된 데이터 재생기에 조그만 디스크를 넣고 단추를 누르자, 분대 무전으로 한껏 격앙된 곡조의 '지옥행 강습대 전투가'가 울려 퍼졌다. 규정상 국제연합 우주사령부의 통신자산을 무허가로 사용하는 행위는 엄격히 금지되어 있었다. 하지만 맥케이 중위는 이 짜릿한 순간만큼은 좀 어겨도 괜찮다는 사실을 익히 알고 있었다. 지휘관 무전으로도 별말이 없는 것을 보니 실바 소령도 눈감아준 듯했다. 음악이 쿵쾅거리며 귓속을 때리는 동안 HEV 강하정이 고리형 구조물의 대기권에 돌입해 전율하기 시작하면서, 타격대원들은 구조물을 향해 발끝부터 떨어져 내렸다.

강렬한 충격을 받아내면서 필라 오브 어텀이 또 한 차례 뒤흔들렸다. 함내 전투는 시시각각 격렬해졌다. 이제 구명정이 눈앞에 있다. 구명정 발사대까지 전력질주하려는 순간, 코타나가 소리쳤다.

"뒤를 봐요!"

플라즈마탄이 마스터 치프의 쇄골을 정통으로 맞혔다. 그는 충격에 몸을 굴렸다가 벌떡 일어섰다. 공격이 날아온 방향으로 고개를 홱 돌리자, 천장 정비통로에서 튀어나온 그런트가 있었다. 작달막한 그런트가 다리에 힘을 주며 손에 쥔 플라즈마 피스톨을 과충전하고 있었다. 마스터 치프는 세 발짝 앞으로 들어가면서 돌격소총을 휘둘러 놈의 다리를 후려친 다음, 삼점사로 방아쇠를 당겼다. 플라즈마 피스톨에서 충전된 에너지가 방출되어 천장을 때렸고, 지글거리는 소리와 함께 쇳물이 뚝뚝 떨어져 전투복의 방어막을 깎아내렸다.

철갑탄에 호흡기가 꿰뚫려 메탄이 뿜어져 나오면서, 놈은 팽이처럼 뱅뱅 돌았다.

그런트 세 놈이 마스터 치프의 어깨 위로 뛰어내려 몸을 꽉 붙들었다. 이것들이 무슨 바보짓을 하나 했는데, 한 놈이 헬멧을 억지로 벗기려 들고 다른 한 놈은 작동된 플라즈마 수류탄을 손에 쥐고 있었다. 이 같잖은 것들이 전투복 안에 수류탄을 까 넣으려 들다니!

마스터 치프는 어깨를 잔뜩 움츠리고, 털에 묻은 물기를 터는 개처럼 온몸을 부르르 떨었다.

두 그런트가 멀찍이 튕겨나자 그는 점사로 놈들을 처리하고 구명정 쪽으로 돌아섰다. 코타나가 다급히 소리쳤다.

"어서 뛰어요!"

출입문이 막 닫히기 시작할 즈음, 마스터 치프는 전속력으로 뛰었다. 구명정으로 달려가던 중 입구 근처에서 넘어진 해병 하나를 발견하고는 낚아채듯 번쩍 집어 들어 구명정에 던져 넣었다.

안에는 예닐곱 남짓한 승무원이 타고 있었다.

"탈출하려면 지금밖에 없어요!"

또다시 폭발에 함선이 뒤흔들리자 코타나가 다급한 목소리로 외쳤다. 마스터 치프는 잠시 출입구 쪽으로 돌아섰다. 기밀 출입구와 구명정 해치가 모두 닫히자, 내부가 밀폐되었음을 알리는 적색 조명등에 불이 들어왔다. 치프가 말했다.

"지금이다."

조종사가 조종간 단추를 차례로 누르자, 불기둥을 내뿜으며 구명정이 발진했다. 구명정은 아찔한 속도로 함선의 선체 표면 위를 스치듯 날아갔다. 코버넌트 함선에서 발사된 플라즈마 어뢰가 필라 오브 어텀을 강타하는 순간, 구명정은 선체에서 떨어져 나와 고리형 구조물 위로 하강했다.

마스터 치프는 외부 무전을 꺼두고 코타나에게 물었다.

"그래서 저 물체가 뭔지는 알아냈나?"

"아뇨."

코타나는 솔직하게 대답했다.

"코버넌트 통신망에서 정보를 캐냈어요. 놈들은 저 물체를 '헤일로'라고 하던데, 일종의 종교적 성지인 모양이에요. 그치만…… 저도 잘은 모르겠네요."

그러고는 잠시 말을 멈췄는데, 왠지 재미있어하는 기색이었다.

"뭐, 피차일반이지만요."

"헤일로라."

치프가 되뇌었다.

"한동안 묵어야 할 곳이 되겠군."

소형 구명정에는 쇼-후지카와 초광속 엔진이 없었기 때문에 이대로 갈 수 있는 곳은 고리형 구조물뿐이었다. 환호성을 지르거나 손바닥을 맞잡는 사람은 아무도 없었다. 구명정이 소리 없이 검은 우주를 가로지르듯 구명정 내부도 쥐죽은 것처럼 조용했다. 간신히 살아남기는 했어도 언제 상황이 돌변할지 모르니 기쁠 턱이 없었다.

"일진 한번 끝내주네."

한 해병이 입을 열었다. 아무도 그 말에 토를 달지 않았다.

롤리 대위와 동료들은 미끄러지듯 멈춰 서서 왔던 길로 되돌아 달리며 가지고 있던 무기를 홀랑 내버렸다. 소지한 무기라 해봐야 권총 둘에 소총 한 자루, 오는 길에 주운 플라즈마 라이플 한 자루가 전부였다. 화력은 얼마 되지 않아도 자칼 세 놈을 손봐주고 영원히 잠재우는 데는 충분했다. 대위는 마지막으로 죽인 자칼의 대가리를 발로 밟아 으스러뜨리고 지나갔다.

뭐든 좋으니 당장 탈것부터 구해야 한다. 대위 일행은 격납고 출입문을 빠져나와 입구를 닫은 다음 펠리칸 수송기를 향해 뛰어갔다. 천만다행히도 대위의 펠리칸 '에코 419'는 멀쩡하게 남아 조종사를 기다리고 있었다. 대위는 속으로 가슴을 쓸어내리며 진입로를 뛰어 올라갔다. 늘 그렇듯 연료가 가득하고 무장도 완벽해 이륙할 준비를 끝마친 상태였다. 부조종사인 프라이가 대위의 뒷좌석에 몸을 내던지듯 앉았고, 승무원장 컬런은 해치를 닫았다.

롤리 대위는 조종석에 앉아 벨트를 매고 이륙 전 확인목록을 간략히 살핀 다음 추진기를 가동했다. 승무원 셋이 협동한 끝에 만족스러운 엔진 소리가 울렸다. 격납고 기밀 출입구가 열렸다. 폭발적인 감압이 일면서 느슨하게 묶여 있던 장비가 우주로 빨려 나갔다.

함선이 고리형 구조물의 대기권에 진입했다. 이제 펠리칸 수송기를 발진할 차례만 남았지만, 한시라도 서둘러야 했다. 재진입 과정에서 생긴 마찰열로 벌써 동체가 온통 시뻘건 불길에 뒤덮였다. 그때 프라이가 다급히 소리치며 앞을 가리켰다.

"빌어먹을! 저기 좀 보십쇼!"

롤리는 앞으로 고개를 들었다. 코버넌트 착륙정 하나가 겁도 없이 격납고로 다가오고 있었다. 필라 오브 어텀의 재진입 속도로 인해 생겨난 엄청난 고온은 안중에도 없는 듯했다. 어렵사리 침몰하는 함선에서 탈출구를 찾았는데 퇴로가 막혔다.

대위는 욕지거리를 내뱉으며 70밀리 체인건의 안전장치를 풀었다. 발사단추를 꾹 누르자 펠리칸의 동체가 들썩임과 동시에 코버넌트 착륙정의 장갑과 주요 부위에 구멍이 숭숭 뚫렸다. 놈은 마구 뒤흔들리다 통제력을 잃고 격납고 위쪽으로 빙빙 돌며 사라졌다.

"됐어."

롤리 대위는 항공 무전망을 열었다.

"여기는 포해머, 다들 하강하여 집결한다. 지상에서 만나자, 이상."

그리고는 수신기를 끄고 조용히 덧붙였다.

"행운을 빈다."

수송기가 차례로 격납고를 떠나 급상승 비행에 돌입하며, 거대한 아치 모양으로 보이기 시작한 고리형 구조물로 하강하기 시작했다. 수송기가 대기권을 파고드는 과정에서 통제력을 잃지 않으려고 롤리 대위는 진땀을 흘렸다. 펠리칸의 동체를 따라 마찰열이 치솟으면서 상태창 위로 고열 경고가 깜박였다. 짧고 뭉툭한 양 날개 끄트머리가 불그죽죽하게 달아올랐다.

"저기, 대위님……."

펠리칸이 위아래로 심하게 요동치는 바람에 프라이는 이를 딱딱 맞부딪쳤다.

"이러다 다 타죽게 생겼는뎁쇼."

롤리 대위는 간신히 활공각을 알맞게 조절한 뒤 오른쪽 부조종석을 쏘아보았다.

"뾰족한 수가 있거든 다음 승무원 회의에서나 말하지그래?"

프라이는 군말 없이 고개를 끄덕였다.

"그럽죠."

"지금은 조종만 해도 벅차니까 입 다물어!"

펠리칸이 난기류에 접어들면서 마치 추락하듯 급강하하기 시작했다. 동체가 꼭 귀신들린 듯이 정신없이 덜컹거렸다. 롤리 대위는 성난 비명을 질러대며 수송기가 지면으로 하강하는 내내 계기판과 씨름을 벌였다.

불과 15분 전 코버넌트 침투부대가 지휘 구획으로 일제히 몰려들었지만, 승무원들의 끈질긴 방어에 힘입어 놈들을 격퇴해냈다. 전투가 소강상태에 접어들면서 도로 침투정을 타고 후퇴하는 적도 있다는 보고가 올라왔다.

놈들의 침투부대에 사상자가 속출해서인지, 필라 오브 어텀이 금방이라도 부서질까 무서워서 그러는지는 몰라도 그리 문제 될 것은 없었다. 중요한 점은 함교 주변 구획에는 여전히 적이 없다는 사실이었고, 덕분에 키예스 함장과 나머지 함교 승무원들은 한시름 놓을 수 있었다. 잠시 동안은 등 뒤에서 총 맞아 죽을 걱정은 하지 않아도 되니까.

다음으로 할 일은 필라 오브 어텀을 대기권에 진입시키는 작업이었다. 비슷한 체급의 여타 순양함과 마찬가지로 필라 오브 어텀도 무중력 상태에서 건조된 탓에 행성 대기권에서 원활히 기동할 여건이 되지 않았다. 이 점을 생각하면 결코 쉬운 일이 아니었다.

키예스 함장은 대기권 진입이 가능하리라고 보았다. 그는 성공한다는 가정 아래에 고리형 구조물에 가까이 접근, 코타나가 만든 착륙 프로그램을 실행한 다음 마지막 남은 구명정으로 탈출한다는 계획을 세웠다. 계획대로 하자면 함선이 빈대떡처럼 납작해질지도 모르지만, 희박하게나마 무사히 통과할 가능성도 있다. 결과야 어찌 되든 최소 안전거리는 확보해놓고 착륙을 시도해야 한다.

키예스 함장은 몸을 돌려 항법창 위로 줄줄이 올라오는 자료를 살펴보던 중, 곁눈질로 뭔가가 움직이는 낌새를 느꼈다. 그는 고개를 돌리다 주화기관제석 옆에서 사막의 신기루처럼 뭔가 아른거리는 것을 보고는 눈을 비볐다. 다시 살펴보자 이상한 현상은 사라지고 없었다.

그는 미간을 찌푸렸다가 다시 항법창으로 몸을 돌리고 명령을 차례로 입력했다. 이제 필라 오브 어텀은 작전을 수행하기에 가장 취약한 곳, 맨 땅으로 내리꽂혔다.

이스나 노솔이는 숨을 죽였다. 인간과 눈이 정면으로 마주쳤지만 놈은 알아차리지 못하고 등을 돌렸다. 이전에 오수나 직책을 수행했던 이들과 앞으로 맡게 될 이들로부터 축복을 받은 듯했다.

타고난 은신 솜씨에 위장 장치까지 합쳐지니 금상첨화였다. 노솔이는 인간 함선에 침투한 이후로 엔진실과 화기관제실을 두루 살피고 이곳까지 발을 디딘 참이었다. 이제 그는 배기구 아래에 서서 다음 수를 곰곰이 생각해보았다.

함선의 인공지능은 진작 빼돌렸거나 파괴한 것이 분명하다. 하지만 지휘관이 남아 있으니 아직 임무를 완수할 기회가 있는 셈이다.

인간들이 서로 대화를 주고받는 방식을 토대로 보자면 "키에쓰"라는 놈이 함장인 모양이다. 포로로 붙잡는다면 꽤 쓸모가 있겠는데.

하지만 무슨 수로 붙잡는다? 호락호락 잡혀주지도 않을 테고, 거기다 놈의 부하들은 다 무장한 상태였다. 위장 장치를 풀기라도 했다가는 곧바로 총알이 날아들 것이 뻔하다. 인간 하나하나는 나약하기 그지없지만 뭉치면 굉장히 위험해진다. 본디 짐승은 멸종 위기에 몰릴수록 악에 받치기 마련.

지금은 참고 기다려야 한다. 노솔이는 일단 기다리기로 했다. 차가운 배기구에서 계속해서 증기가 나오면서 공기 중에 아지랑이 비슷한 것이 나타났지만, 아무도 눈치를 채지 못했다.

"좋다."

키예스 함장이 입을 열었다.

"이제 함선을 착륙시키겠다. 배면 추진기 가동에 대비하라…… 점화!"

배면 추진기가 작동하면서 함선의 하강 속도가 늦춰졌다. 고리형 구조물의 중력장에 들어가면서 함선이 잠시 흔들거리다 진입각도에 들어섰다.

진입 과정은 코타나가 담당했다. 아니, 함선에 남아 있던 코타나의 일부가 맡았다고 해야 더 정확하겠다. 진입과 함께 추진기 불길이 꼬리처럼 늘어나면서 필라 오브 어텀은 꼭 악보에 찍힌 음표처럼 보였다. 서브루틴은 상황에 적절히 대응하는 동시에 변수를 기록하고 출력을 자동으로 제어하면서 초당 수천 가지의 판단을 내렸다.

대기권에 진입하면서 혹사당한 선체가 불안정하게 요동치기 시작했고, 온갖 잡동사니가 바닥으로 와르르 쏟아졌다.

"더는 버티기 힘들겠군. 전 통제권을 코타나의 서브루틴에 넘기고 그만 탈출하도록 한다."

"알겠습니다."

함교 승무원들이 기진맥진한 목소리로 대답했다. 지금까지 지키려고 그토록 애썼던 함선을 버리기가 아쉬웠는지, 승무원들은 마지막으로 주변을 둘러본 뒤 권총을 뽑아들었다. 전투가 많이 소강되기는 했지만 코버넌트 침투부대가 전부 함선을 떠났다는 보장은 없었다.

노솔이는 인간들이 함교를 나서는 모습을 초조하게 지켜보았다. 그는 마지막 승무원까지 나가기를 기다렸다가 몰래 뒤를 밟았다. 머릿속에서 계책이 번뜩 떠올랐다. 대담무쌍 아니, 터무니없기는 해도 성공할 가능성이 아주 없지는 않았다.

함교 승무원을 위해 남겨둔 구명정이 근처에 있었다. 구명정을 지키는 임무를 받은 해병 여섯 중 셋은 죽어 있었다. 시신은 한쪽으로 치워 한 줄로 눕혀 놓은 상태였다.

"전체 차렷!"

상병이 소리쳤다.

"쉬어."

키예스 함장은 해치를 향해 손짓했다.

"기다려줘서 고맙네. 동료들 일은 안됐네."

상병은 뻣뻣하게 고개를 끄덕였다. 턱 절반만 면도한 몰골을 보니 하필이면 침투부대가 쳐들어온 무렵에 비번이었던 모양이다.

"감사합니다. 그래도 저 친구들과 같이 족히 열댓 놈은 잡았습니다."

키예스 함장은 고개를 끄덕였다. 셋을 희생해 열댓을 잡았다. 얼핏 봐서는 밑진 장사는 아니지만 과연 그럴까? 코버넌트는 얼마나 있었던 걸까? 또 해병 1인당 적 사살 비율은? 그는 복잡한 생각을 관두고 엄지로 구명정 입구를 가리켰다.

"전원 탑승, 서둘러라!"

노솔이는 구명정으로 줄지어 들어가는 생존자들의 뒤를 따라갔다. 하지만 저리 좁은 공간에 있으면 틀림없이 벌레 같은 인간들과 몸이 부대낄 텐데. 구명정에는 중력생성장치가 없으므로 함선에서 분리되면 중력이 사라질 테니 구명정 앞쪽과 손잡이 사이에 서는 편이 유리할 듯했다. 나중에 구명정이 착륙하거든 "키에쓰"만 다른 놈들한테서 따돌리면 붙잡을 기회가 생길지도 모른다. 그때까지는 몸을 꽉 붙들어 맨 다음 들키지 않고 지표까지 도달하는 수밖에 없다.

인간들이 자리에 앉아 벨트를 맸다. 구명정이 폭발과 함께 사출구에서 발진, 아래편의 고리형 구조물로 하강하기 시작했다. 제트 엔진을 점화하자 진로가 안정되면서 자그마한 구명정이 미리 계산한 지표 진입 활공로를 따라 비행에 들어갔다.

키예스 함장은 조종석에서 세 번째 자리에 앉아, 무언가를 찾듯이 눈을 가늘게 뜨고 구명정의 요동이 잠잠해지기를 기다렸다. 그는 앞자리에 앉은 해병에게로 몸을 굽혔다.

"이보게, 상병."

"예?"

녹초가 된 데다 가속 의자에 앉았음에도 상병은 재깍 몸을 꼿꼿이 세웠다.

"잠시 권총 좀 빌려주게."

상병의 표정을 보니 자기 총을 남의 손에 맡기기는 죽어도 싫은 모양이었다. 특히 이렇게 좁은 공간에서는 더더욱. 하지만 함장의 명령이니 좋고 싫고를 가릴 처지가 아니었다. 마지못해 권총집에서 권총을 뽑으면서 "알겠습니다." 하고 답하는 말마디는 아직도 머릿속에서 입으로 전달되는 중인 양 느릿느릿했다.

키예스 함장의 머릿속으로 생각이 스쳐 지나갔다. 12.7밀리 권총탄에 얇디 얇은 구명정 선체가 뚫리면 어떡한다? 그러면 선체가 파열되어 탑승자 전원이 죽을지도 모르는데.

그야 모를 일이지만, 곧 몸뚱이에 바람구멍이 뚫릴 코버넌트 자식이 구명정에 서 있다는 점은 확실했다. 키예스 함장은 권총을 들어 유령처럼 흐릿하게 빛나는 이상한 형체를 겨누고 방아쇠를 당겼다.

노솔이는 놈이 무슨 짓을 하려는지 알아차렸지만, 달아날 공간이 없었다. 허둥지둥 플라즈마 피스톨에 손을 뻗으려는 찰나, 총알이 몸에 박혔다.

M6D가 반동에 덜컥 밀려나 총구가 위로 들리면서 탄창에 재워놓은 세 번째 총알이 투구 틈을 파고들어 두개골에서 뇌를 날려버렸다. 노솔이는 그렇게 가혹한 육체의 속박에서 벗어났다.

마지막 총성이 잦아들 즈음 위장이 풀리면서 엘리트의 모습이 드러났다. 놈은 구명정 뒤쪽으로 밀려났다. 피가 방울방울 흘러나와 뇌 조각과 함께 구명정 뒷부분에서 둥둥 떠다녔다.

엘리트의 발 한 짝이 머리를 스치자 히코와 대위는 움찔거리며 몸을 숙였다. 대위는 침착하게 시체를 슬쩍 밀어냈다. 나머지 탑승객은 깜짝 놀라 아무 말도 하지 못했다.

키예스 함장은 차분하게 권총의 탄창을 뽑고 약실에서 총알을 뺀 다음, 얼빠진 표정의 상병에게 돌려주었다.

"고맙네, 잘 나가는군. 잊지 말고 재장전하게."

투입 00시 03분 24초 경과 (실바 소령 작전 시각)/
지휘관용 HEV 강하정, 헤일로 지표면으로 강하 중

안토니오 실바 소령이 탑승한 HEV 강하정은 국제연합 우주사령부 표준 궤도투입 교전수칙에 따라 발진 직후 계속해서 속력을 높이며 부대원 중 제일 먼저 헤일로 대기권에 돌입했다. 그렇게 된 데는 모름지기 장교란 앞장서서 병사들을 이끌어야 한다는 철석같은 믿음에, 부하들이 요청한다면 무엇이든 기꺼이 들어줘야 하며, 부하들과 함께 전장에 직접 뛰어들어야 하는 부대 특유의 관례가 한몫했다.

그 밖에도 땅에 안착한 뒤부터 대원들을 집결시켜 분대를 짜야 하는 등의 이유가 더 따라붙었다. 그간의 실전경험에 비추어 보면 강하개시 직후의 "절호의 시간" 동안 타격대원들이 재빨리 전열을 가다듬느냐에 작전의 성패가 달린다고 해도 과언이 아니었다. 특히 지금처럼 아무런 전황설명이나 가상훈련 또는 사전지급 지형특화 특수장비 하나 없이 적진으로 직행하는 상황에서라면 두말할 것도 없다. 다행히도 지휘관용 강하정에는 고동력 영상 장치를 비롯해 일반 대원들이 탄 강하정, 일명 "달걀 껍질"에는 없는 장비가 추가로 탑재되는데, 그중에는 이러한 갖가지 장비를 운용할 C급 군용 인공지능이 내장되어 있었다.

유명한 웰링턴 공작의 이름을 따 "웰즐리"라는 이름이 붙은 이 인공지능은 공작의 모습과 성격을 지니고 있었다. 코타나 같은 최고 수준의 인공지능에 비하면 성능이 많이 떨어지지만, 웰즐리의 능력은 군사 분야에 특화되어서 특정 상황에서 매우 유용했다.

강하정이 거칠게 흔들리다 홀떡 뒤집혔다. 내부 온도가 섭씨 98도까지 치솟으면서 실바 소령의 얼굴 위로 땀이 줄줄 흘러내렸다. 소령의 이어폰을 통해 웰즐리가 말했다.

"그런 고로, 우주에서 원격 관측한 자료에 분석 결과를 곁들여 보자면 HS2604로 분류된 저 구조물이 자네가 찾던 곳일 법하군."

대화용 서브루틴이 작동하면서 웰즐리의 음색이 살짝 바뀌었다.

"내가 인도에서 점령했던 요새의 이름을 따 '가월거'라 부르면 어떨까 싶네만?"

"충고야 고맙지만."

강하정이 도로 뒤집히자 실바 소령이 쉰 목소리로 말을 내뱉었다.

"일 없수다. 첫째, 그 요새를 점령한 사람은 댁이 아냐, 웰링턴이지. 둘째, 1803년에는 컴퓨터도 없었고. 셋째, 우리 대원들은 '가월거' 같은 어려운 발음 못해. 그냥 알파 기지 정도로 해두자고."

웰즐리는 그럴싸하게 한숨 소리를 흉내 냈다.

"그럼 좋을 대로 하시게. 방금 말했다시피 '알파 기지'는 이곳 바위산의 정상에 있네."

소령의 얼굴에서 한 뼘 남짓 떨어진 곡면 표시창이 떨리더니, 암석 대지 꼭대기에 있는 굵직한 기둥 모양 암층 사진이 떴다. 한쪽 끄트머리에는 외벽이 얼룩덜룩하고 지붕이 납작한 건물 하나가 있었다.

실바 소령이 강하 도중 본 광경은 그것이 전부였다. 강하정을 둘러싼 피복이 벗겨져 나가면서 소령과 장비가 든 합금 골조가 드러났다. 공기가 식으면서 찬 기운이 옷자락을 파고들었다. 곧 낙하산이 분리되어 날개처럼 펼쳐졌다. 속도를 줄이기 시작하면서 강하정이 뼛속까지 뒤흔들며 덜컹거리는 통에, 그는 몸을 움츠렸다.

웰즐리는 지옥행 강습대원들에게 전자 신호를 전송했다. 나머지 강하정 모두 소령을 따라 대기권으로 진입하기 위해 지정 방향으로 진로를 틀었다.

하지만 마리 포스틀리 이병이 탑승한 강하정의 낙하산은 뚝 소리와 함께 떨어져 나가고 말았다. 자유 낙하를 거치는 동안 속이 울렁거리다 거센 충격과 함께 예비용 낙하산이 펼쳐졌다. 포스틀리 이병의 계기판에 적색등이 깜박였다. 그녀는 2번 주파수대로 비명을 지르기 시작했지만, 실바 소령은 무전을 끊고 눈을 질끈 감았다. 지옥행 강습대원들은 대기권 진입 과정에서 죽을지 모른다는 두려움을 늘 안고 있었지만, 아무도 그것을 입 밖에 내지 않았다. 그렇게 포스틀리는 헤일로 지표면 아래 어딘가에 무덤을 파고 말았다.

강하정이 다소 안정되자 실바 소령은 바위산을 내려다보았다. 지세가 높아서 주변 지역이 훤히 내려다보이는 장소였고, 깎아지른 절벽이 있어서 공격하려면 공중으로 접근하거나 좁은 길로 올라오는 수밖에 없었다. 거기다 꼭대기에 있는 건물은 대원들의 숙소로 쓰기에 제격이었다.

"좋은데, 맘에 들어."

"자네가 맘에 들어 할 줄 알았지."

웰즐리가 으스대며 말했다.

"그런데 작은 문제가 하나 있네."

"뭔 문제?"

실바 소령이 소리쳐 물었다. 강하정을 감싼 피복이 전부 날아가면서 거친 난류가 마스크를 파고들었다.

"코버넌트가 땅을 먼저 매입해놨지 뭔가."

웰즐리가 차분히 대답했다.

"물론 원한다면 압류하면 그만일세."

투입 00시 02분 51초 경과 (스파르탄-117 작전 시각)/

리마 폭스트롯 알파 43 구명정, 헤일로 지표면으로 비상 하강 중

마스터 치프가 눈앞에 펼쳐진 고리형 구조물을 바라보는 사이, 조종사는 두꺼운 은빛 테두리를 지나 구조물의 내부 지표면으로 구명정을 몰았다. 곧 구명정은 낯선 풍경 아래에 지정된 착륙지점을 향해 비스듬히 내리꽂혔다. 앞을 내다보니 산과 언덕과 평원이 곡선을 그리며 펼쳐졌다. 풍경은 고리가 위로 뻗어 오르는 지점에서부터는 시야에서 벗어나 보이지 않았다. 아름답고 기묘하면서도 위아래 구별이 가지 않는 광경이었다.

땅이 불쑥 솟아오르면서 경치 구경은 거기서 끝이 났다. 이제 구명정이 적의 사격을 받을지, 엔진이 고장 날지, 아니면 마지막 하강 과정에서 장애물과 맞닥뜨릴지 알 길이 없었다. 사실 어떻게 되든 상관은 없다. 어차피 결과는 똑같을 테니까.

그때 조종사가 소리쳤다.

"진입 속도가 너무 빠르다!"

잠시 뒤 구명정 선체가 뭔가 딱딱한 것에 부딪혀 튕겨나가면서 치프는 균형을 잃고 넘어졌다.

몸을 일으켜 세우려다 벽면에 헬멧을 들이받았다. 관자놀이에 찌르는 듯한 통증이 느껴지나 싶더니, 뒤이어 눈앞이 컴컴해졌다…….

"치프…… 치프…… 제 말 들려요?"

코타나의 목소리가 머릿속에서 메아리쳤다.

눈을 떠보니 천장에 달린 패널 조명에 얼굴을 대고 누워 있었다. 조명등이 깜박거리면서 파지직거렸다.

"그래, 들려. 소리 지를 것까진 없잖아."

"아, 그러세요?"

코타나가 톡 쏘아붙였다.

"코버넌트한테 불만 신고라도 하고 싶은 심정이겠네요. 불시착 때문에 놈들의 통신이 급증했으니, 곧 환영부대가 이리로 도착할 듯합니다."

어렵사리 바닥에서 일어나 코타나의 말에 대답하려는데 시체가 눈에 들어왔다. 불시착의 충격으로 구명정의 해치가 뜯겨났고 탑승객들도 전부 난도질당한 상태였다. 생존자는 없었다.

슬픔에 젖어 있을 시간 따위는 없다. 반드시 살아남아 코타나가 적의 손에 떨어지지 않게 지켜야 한다.

치프는 서둘러 탄약, 수류탄, 보급품을 가능한 한 많이 챙겼다. 수류탄네 개에 핀이 제대로 꽂혔나 확인하는데, 코타나가 큰 소리로 보고했다.

"경고, 코버넌트 수송선 여러 대가 접근 중. 언덕으로 이동하는 편이 좋겠어요. 운이 좋다면 놈들은 구명정에 타고 있던 사람들이 불시착의 충격으로 모두 죽었다고 생각할 거예요."

"알았다."

코타나의 생각이 맞았다. 마스터 치프는 적이 없는지 주변을 살핀 다음 신속히 골짜기 너머로 이어진 다리를 건넜다. 다리는 난간조차 없는 데다 반들반들 윤이 나는 이상한 금속으로 되어 있었다. 우뚝 솟은 폭포에서 물이 다리 아래로 콸콸 쏟아져 내렸다.

구조물 내부의 나머지 일대가 곡선을 그리며 하늘 높이 올라갔다. 비바람에 풍화되어 드러난 커다란 바위와 듬성듬성 흩어진 침엽수를 보자니, 어릴 적에 훈련을 받았던 리치 행성의 숲이 떠올랐다.

하지만 고리가 지평선 너머로 차츰 가늘어져 올라가는 광경이나 그림자가 땅에 드리워지는 모습, 헬멧 여과장치를 통해 들어오는 상쾌하고 깨끗한 공기 등 아주 똑같지는 않았다. 참으로 신비한 경관이었지만 위험할지도 모른다는 생각이 들었다. 코타나가 차분하고 단호한 목소리로 말했다.

"경고. 코버넌트 수송기가 접근 중."

호랑이도 제 말하면 온다더니, 다리 저편으로 널따란 그림자가 드리우면서 수송선의 엔진 소리가 들려왔다. 놈들이 이쪽을 발견했을 가능성은 낮으므로, 치프는 먼저 놈들을 칠 계획을 짰다.

다리 건너편 왼쪽에 있는 둥근 바위를 엄폐물로 쓰기로 했다. 그는 앞만 보며 아찔한 높이의 벼랑 가장자리를 지나갔다. 발 디딜 데를 살피면서 바위를 빙 돌아가 벼랑과 바위 사이의 갈라진 틈을 찾아냈다. 이제 흙벽에 등을 대고 방어에 나설 차례였다.

동작 감지기를 확인해 보니 밴시 두 대가 머리 바로 위를 날고 있었다. 밴시는 플라즈마 캐논과 퓨얼 로드 캐논으로 무장한다. 속도가 그리 빠르지는 않지만 지상 병력에게는 위험한 적수였다.

이렇게 공중지원까지 떴으니 ㄷ자로 생긴 코버넌트 수송선에서 내려오는 그런트와 엘리트가 문제 될 소지가 다분한 것은 당연지사.

치프는 조준을 가다듬고 가까이에 있는 밴시를 겨누었다. 숨을 고르며 놈이 사정권에 들기를 기다렸다가 방아쇠를 당겼다. 놈이 이쪽으로 곤두박질치듯 날아오자 조준이 한결 수월해졌다. 잔탄 표시기의 수치가 점점 내려가면서 총알이 밴시에 명중해 불꽃이 일었다.

철갑탄에 장갑이 뚫리면서 동체가 기우뚱거리자, 놈은 하강하다 말고 연기를 내뿜으며 고도를 높이기 시작했다.

놈을 마저 처리하지도 못했는데 다른 한 대가 태양을 등지고 내리꽂히면서 치프를 향해 플라즈마를 퍼부었다. 파란 방어막 표시기가 퍽퍽 깎여 내려가 순식간에 빨갛게 변해 깜빡거렸다. 헬멧 스피커에서 경고음이 터져 나왔다.

마스터 치프는 잽싸게 응사했다. 탄창이 비면 곧장 엄지로 탄창멈치를 눌러 빈 탄창을 빼고 새 탄창을 꽂았다.

자세를 낮추고 하늘을 살피니, 마저 처리하지 못했던 밴시가 기다렸다는 듯이 모습을 드러냈다. 마스터 치프는 공격에 대비했다. 일부러 가까이 다가오도록 내버려둬 놈이 기선을 제압했다는 착각에 빠진 순간, 다시 방아쇠를 당겼다. 놈은 빗발치는 총알에 정면으로 달려들었다가 폭발하여, 불덩이로 변해 절벽을 들이받았다.

다른 밴시 하나는 계속 하늘에서 느릿느릿 선회했지만, 치프는 가만히 서서 지켜보았다. 동작 감지기에 빨간 점 대여섯 개가 나타났다. 점 하나 하나가 곧 적을 뜻했다. 그것도 거의 다 등 뒤편에 있었다.

마스터 치프는 방어막이 완충되기를 기다렸다가, 돌아서서 바위 위로 뛰어올라 재빨리 상황을 파악했다. 코버넌트 수송선에서 내린 그런트들이 구명정 잔해를 살펴보느라 부산을 떨고 있었다.

그런트가 전부는 아니었다. 다른 놈들이 벼랑 건너편에서 수목선을 따라 다리를 건너오고 있었다. 다행히 아직 멀리 떨어져 있는 덕분에 환영식 준비를 할 짬이 있었다.

S2 AM 저격소총은 없지만 이런 상황에서라면 키예스 함장이 건네준 M6D 권총이 요긴했다. M6D 권총에는 2배율 조준경이 내장되어 있어서 숙련된 사람이라면 장거리에 있는 적도 충분히 요리할 정도로 명중률이 높았다.

마스터 치프는 권총을 뽑아들고 구명정 잔해로 몸을 돌려 제일 가까이에 있는 그런트에게 조준점을 겨누었다. 지금 당장 위험할 정도는 아니지만, 놈들이 이쪽의 측면을 치기에 최적의 장소인 다리 건너편에 있으므로 먼저 손을 써둬야 했다. 총성 열 번에 그런트 일곱 놈이 고꾸라졌다.

우측면이 정리되자 치프는 탄창을 간 다음 나무를 끼고 있는 놈들에게 주의를 돌렸다. 놈들이 훨씬 가까이 다가와 사격하기 시작했다. 치프는 행여 놈들이 돌아서서 줄행랑치더라도 나머지를 손쉽게 처리할 수 있게끔 가장 멀리 있는 놈부터 노렸다.

그는 신속하게 방아쇠를 당겨 놈들을 차례로 처리했다. 동료들의 죽은 몸뚱어리가 비탈에 쌓여가자 그런트들은 꺅꺅거리고 꾸르륵거리며 짖어댔다.

놈들을 모두 처리한 뒤 권총을 재장전하여 안전장치를 채운 다음 허벅지에 붙여두었다[2]. 그는 둥근 바위에서 뛰어내린 뒤 풍화되어 겉으로 드러난 암반 언저리에 몸을 웅크렸다.

하늘을 올려다보았다. 아직도 밴시가 사정권 밖에서 빙빙 맴돌면서 치프가 엄폐물에서 나오기만 하면 공격을 퍼부으려고 기다리고 있었다. 이렇게 되면 그대로 숨어서 코버넌트 지상병력이 오기를 기다리거나 바위를 버리고 몰래 빠져나가는 두 가지 방법이 있다.

스파르탄 대원은 결코 어물쩍거리는 법이 없다. 치프는 돌격소총을 단단히 쥐고 바위를 타고 앞으로 내려왔다. 탁 트인 공간으로 나온 뒤부터는 사방에 흩어진 그런트 시체 사이를 가로질러 뛰어갔다. 그는 시체가 널브러진 나무를 엄폐물로 삼아 자세를 낮추었다.

셋까지 센 다음 바위에서 바위로 단숨에 달렸다. 등 뒤의 밴시를 염두에 두면서 비탈을 손으로 짚고 뛰어넘었다. 하지만 굳이 놈을 마저 손보지 않고 그냥 옆으로 지나쳐 가도록 내버려두었다.

이제는 적이 더 없겠지 싶었는데, 오르막에 올라서 전방의 지형을 살피

---

[2] 몰니르 전투복의 등판과 허벅지 장갑에는 자석이 내장되어 있어 총기를 붙여둘 수 있다.

는 순간 동작 감지기에 움직임이 잡혔다. 전방투영창에 빨간 점이 떴다. 마스터 치프는 천천히 앞으로 이동하며 적과의 교전에 대비했다.

등이 구부정한 뭔가가 깨진 바위 뒤에서 뛰쳐나와 다른 엄폐물에 몸을 숨기는 모습이 눈에 들어왔다. 적 넷 중 하나는 푸른 전투복을 입은 엘리트였다. 놈이 무작정 앞으로 돌진하며 플라즈마 라이플을 갈겨댔다.

전에도 이렇게 엘리트와 싸워본 적이 있었다. 코버넌트 군대에서 전투복의 색상은 중요한 의미를 지녔다. 푸른 전투복을 입은 것들은 태반이 열받은 신병처럼 섣불리 달려들었다. 마스터 치프는 씩 웃으며 사방으로 흩어지는 플라즈마탄에 개의치 않고 똑바로 서서 응사했다. 대장이 돌진하다 말고 우뚝 멈추자 그런트들은 나무 뒤로 내빼기 시작했다. 동작 감지기에서 경고음이 나오면서 오른쪽으로 빨간 피격 화살표가 표시되었다. 마스터 치프는 M9 HE-DP 수류탄을 꺼내 들었다.

옆으로 돌아서는 순간 다른 엘리트와 맞닥뜨렸다. 붉은색 전투복을 입은 고참병이었다. 놈이 치프를 향해 달려들었다. 이미 수류탄을 꺼내 든 데다 목표물과의 거리도 충분했다. 치프는 주저 없이 수류탄을 던졌다. 요란한 쾅 소리와 함께 수류탄이 터져 근처의 나무를 반 벌거숭이로 만들며 엘리트 고참병을 허공으로 날려버렸다.

푸른 전투복을 입은 햇병아리 엘리트가 가까이 다가와 함성을 내질렀다. 놈이 마스터 치프에게 플라즈마 라이플을 겨누었다. 방어막은 거의 다 소진된 상태였다.

마스터 치프는 뒤로 물러서며 점사로 놈을 쓰러뜨렸다.

대장 둘이 다 드러누워 버리자 그런트들은 대오를 깨뜨리고 너도나도 달아나기에 바빴다. 치프는 아낌없이 총알을 퍼부어 도망가는 놈들을 소탕했다.

그는 방아쇠에서 손가락을 풀었다. 주위를 둘러싼 정적 속에서 자신이 실수했다는 사실을 깨달았다. 아까 엘리트 고참병은 사각지대에서 불쑥 뛰어나왔었다. 어떻게 그런 일이?

아직도 자기가 분대의 일원이라고 생각한 데서 빚어진 실수였다. 당연히 각개전투 훈련도 받았지만, 그동안 군 경력의 대부분을 부대의 일원으로서 쌓아왔다. 늘 그랬듯이 동료 스파르탄 대원이 뒤를 봐주는 데 익숙해진 나머지, 경계를 소홀히 한 탓에 놈이 간단히 측면을 치고 들어왔던 것이다.

지금은 명령체계가 모조리 무너지고 치프 혼자밖에 없는 데다 사방이 적으로 가득했다. 그는 안면보호대 속으로 어두운 표정을 지으며 고개를 끄덕였다. 이번 임무를 완수하려면 그간의 전술을 처음부터 다시 짜야 했다.

치프는 뾰족뾰족한 풀이 무릎 높이까지 무성하게 자란 오르막을 올랐다. 먼발치에서 자동소총 소리가 들려왔다. 어딘가에 해병들이 있는 것이 분명하군.

그는 총성이 나는 곳으로 신속히 달려갔다. 머잖아 아군이 생길 듯한 예감이 들었다.

투입 00시 05분 08초 경과 (키예스 함장 작전 시각)/
킬로 탱고 빅터 17 구명정, 헤일로 지표면으로 비상 하강 중

함선의 항법사인 러블 소위가 조종을 맡아서인지, 아니면 운이 억세게 좋아서인지는 몰라도 헤일로 지표면으로 내려가는 동안은 순조로웠다. 너무 순조로운 나머지 키예스 함장은 도리어 초조할 정도였다.

"어디에 착륙하면 됩니까?"

구명정이 너른 풀밭 위를 스치듯 날아갈 즈음 러블 소위가 물었다.

"코버넌트가 없는 데라면 어디든 상관없네."

키예스 함장이 대답했다.

"엄폐물로 쓸 만한 것이 있다면 좋겠군. 구명정이 자석처럼 놈들을 끌어당길 테니 말일세."

필라 오브 어텀과 마찬가지로 구명정 또한 대기권에서 오랫동안 사용할 용도로 제작된 물건이 아닌 탓에, 비행궤도 역시 냅다 던진 돌멩이가 날아가듯 위험천만하기 짝이 없었다. 하지만 함장의 말이 일리가 있는 만큼 소위는 대강 '서쪽'으로 점찍어놓은 곳으로 기수를 틀었다. 풀밭이 사라지면서 드문드문 흩어진 완만한 언덕 지대가 나타났다.

구명정이 워낙 땅을 스치듯 낮게 날아든 탓에, 코버넌트 정찰대가 방금 뭐가 머리 위로 쏜살같이 지나갔는지 확인하려고 두리번거렸다. 이미 구명정은 벌써 반짝거리는 섬광만을 뒤로 하고 저 멀리 날아간 뒤였다.

1인승 호버크래프트인 고스트에 올라탄 고참병 엘리트 둘은 자리에서 일어나 구명정이 평원을 아슬아슬하게 스쳐 지나가는 광경을 지켜보았다.

둘은 구명정을 발견했다고 무전을 날린 뒤, 언덕을 향해 속력을 높였다. 그저 길고 지루할 것만 같았던 하루에 흥미진진한 일이 생길 듯했다. 두 엘리트는 서로 힐끗 쳐다보고는 계기판에 몸을 바싹 붙이고서 누가 구명정 추락지점까지 먼저 도착할지, 누가 먼저 오후에 적을 잡을지 내기를 걸었다.

러블 소위는 언덕 너머 저편에서 구명정 전면 추진기를 분사, 땅딸막한 날개에 달린 플랩을 내린 다음 배면 엔진도 덩달아 점화했다. 하늘에서는 눈에 띄지도 않던 좁은 골짜기를 향해 소위가 구명정을 모는 솜씨에 키예스 함장은 감탄했다. 러블 소위는 한때 점점 불명예제대를 향해 발을 내딛던 골칫거리 사관이었다. 때마침 키예스 함장이 그를 함교 승무원으로 차출한 덕분에 그 뒤로는 진짜 실력을 발휘할 기회가 생겼다.

"잘했네."

구명정이 땅 위로 미끄러지다 멈추자 키예스 함장이 말했다.

"좋다, 제군들. 쓸 만한 장비는 요령껏 뜯어낸 다음 구명정에서 멀찍이 떨어지도록 한다. 상병, 대원들에게 보초를 세우게. 왕, 도스키, 아비아드, 비상용품 보관함을 열어라. 국제연합 우주사령부에서 구명정에 어떤 귀중품을 준비해놨는지 살펴봐야겠군. 히코와 대위, 이놈 치우는 것 좀 도와주게."

죽은 노솔이를 밖으로 끄집어내 바위틈 사이로 휙 던져버리고, 장비란 장비는 모조리 긁어모으고 구명정을 작동불능 상태로 만드는 등 생존자들은 분주히 움직였다. 함교 승무원들은 등에 비상용 배낭을 짊어지고 언덕을 오르기 시작했다. 얼마나 걸어갔을까, 잠시 뒤 평원 전체가 충격파음에 뒤흔들리면서 필라 오브 어텀이 굉음과 함께 하늘을 가로질러 대략 '남쪽' 지평선 너머로 추락했다.

키예스 함장은 숨을 죽이고 상황을 살폈다. 함선을 지휘하는 함장들에게는 함선과 함선에 탑재한 인공지능 및 기간 승무원과 연결해주는 신경회로 칩이 두개골에 심어져 있었다. 잠깐 잠잠하다가 곧 가벼운 땅울림이 느껴졌다. 잠시 뒤 코타나가 만들어둔 서브루틴에서 짤막한 메시지가 날아와 신경회로 칩을 거쳐 눈앞에 글자를 띄웠다.

>코타나 서브루틴-1 :: 고속 전송 ::
>필라 오브 어텀 불시착. 작동 가능 시스템 대기 중. 가동 준비도 8.7%.
>코타나 서브루틴-1 교신 종료.

썩 달가운 메시지는 아니었다. 필라 오브 어텀은 두 번 다시 우주를 운항하지 못하는 신세가 되고 말았지만, 사람으로 치면 아직 숨은 붙은 셈이니 조금은 위안이 되었다. 앞으로 요긴하게 쓰일지도 모르니까.

그는 억지웃음을 지어 보였다.

"뭘 꾸물거리나? 동굴이 우릴 기다린다. 꼴찌로 올라오는 사람은 벌로 임시변소를 파게 할 테니 부지런히들 걸어라."

함교 승무원들은 터벅거리며 언덕을 올랐다.

최대한 한 지점에 안착하려고 애를 썼지만, 결국 지옥행 강습부대원들은 착륙 지점에서 대략 1.5킬로미터 반경 내로 뿔뿔이 흩어지고 말았다. 운이 좋은 대원들은 50미터 상공에서 강하정을 빠져나와 훈련용 비디오에 나오는 시범 병사처럼 착지에 성공했다.

덜 고상하기는 해도 강하정에 탄 채로 절벽에 들이박거나 호수에 빠진 대원도 있었는데, 하필이면 깊은 골짜기로 굴러 들어간 운 나쁜 대원도 있었다. 무사히 착지한 대원들은 각자 강하정에서 나온 뒤 유도신호를 따라 전방투영창에 붉은 사각형으로 표시된 위치로 이동했다. 그 표시가 바로 실바 소령이 안착한 지점으로, 대대가 집결할 임시 본부가 있는 곳이었다.

대원들은 각자 강하정에 실린 여분 총기와 탄약을 비롯한 보급품으로 단단히 무장하고서 덥고 건조한 고원으로 집결했다. 지옥행 강습대는 원래 보급지원 없이 2주간 작전을 수행하도록 훈련받는다. 실바 소령은 힘든 상황에서도 부하 대원들이 장비를 고스란히 챙겨 와줘서 내심 고마웠다.

하지만 사방에서 대열을 맞춰 맨몸으로 걸어오는 대원들을 바라보자니 워트호그와 스콜피온이 없다는 점이 맘에 걸렸다. 아무렴 차량도 곧 모일 테지. 이제 적이 장악한 고지를 탈환해야 한다. 그때까지는 여느 땅개들과 마찬가지로 대원들도 제 발로 걷는 수밖에 없었다.

멜리사 맥케이 중위는 중대원 130명 대부분과 더불어 무사히 착지했다. 함내 엔진실 방어전에서 부하 대원 셋이 전사했고, 둘은 실종 후 사망한 것으로 추정된다. 하지만 넓게 보자면 그렇게까지 나쁜 상황은 아니었다.

운 좋게도 유도신호에서 약 500미터 떨어진 거리에 착지한 덕분에, 중위는 방어선이 구축되어 갈 즈음에는 집결지로 지정된 암반지대에 군장을 풀어놓은 뒤 실바 소령을 찾아 보고를 끝마칠 수 있었다. 맥케이 중위는 소령이 아끼는 부하였다. 소령은 반색하며 고개를 끄덕였다.

"무사히 착지해서 다행이로군, 중위. 왜 이렇게 늦나 걱정하던 참이었다."

"죄송합니다. 강하 내내 꾸벅꾸벅 졸다가 기상 알람을 듣고서야 잠이 깨서 말입니다. 다시는 그런 일 없을 겁니다."

실바 소령은 태연한 표정을 지어 보였다.

"그래야지."

그리고는 고지대 위를 가리켰다.

"꼭대기에 건물이 세워진 바위산이 보이나? 저곳을 점령해야 한다."

맥케이 중위는 소령이 가리킨 곳을 쳐다보았다가 망원경을 꺼내 다시 살펴보았다. 산맥을 따라 웰즐리가 계산해 삽입한 좌표가 덧씌워졌다. 이곳에서 기존의 경도와 위도 좌표는 무용지물이었다.

해가 저물고 있었지만 아직은 빛이 있어서 일대가 훤히 보였다. 지형을 찬찬히 살펴보는데 밴시 한 대가 꼭대기에서 이륙하여 '서쪽'으로 선회했다가 중위가 있는 방향으로 곧장 날아들었다. 타격대원들이 바위산 아래쪽에 진을 친 사실을 이제야 눈치챈 모양이었다.

"지상 공격만으로 깨부수기는 꽤 힘들겠습니다."

"힘들겠지. 그래서 땅과 하늘 양쪽에서 치고 들어갈 생각이다. 대체 무슨 수를 썼는지는 모르겠지만, 함장님이 필라 오브 어텀을 불시착시키기 직전에 펠리칸 편대가 함선에서 탈출해 여기서 북쪽으로 10킬로미터 떨어진 지점에 숨었다고 하는군. 그쪽 지원을 받아서 공수 작전을 펼치자는 말이지."

맥케이 중위는 망원경을 눈에서 뗐다.

"필라 오브 어텀은 어떻게 됐습니까?"

"저 뒤편에 추락했다."

실바 소령은 엄지로 어깨 뒤를 가리켰다.

"찾아가서 마지막으로 경의라도 표하고 싶다만 다음 기회로 미뤄야겠더
군. 지금은 진지를 쌓고 방비를 갖춘 다음 그곳을 발판 삼아 놈들의 접근
을 막아내야 한다. 그냥 손 놓고 있다간 차례로 당하고 말 거다."

"진지라 하신즉슨 바위산이로군요."

"눈치가 빠르군. 그러니 우선은 걸어서 이동해야 한다. 자네 중대는 가
능한 서둘러 산언저리로 움직여라. 꼭대기로 통하는 길이 있다면 찾아내
서 올라가. 자네가 놈들의 주의를 끌면 이쪽에서 공수로 치고 들어가
겠다."

1중대의 한 병사가 M19 SSM 로켓 발사기로 날아오는 밴시를 날려버리
면서 펑 소리가 요란하게 나는 바람에 소령의 말이 끊겼다. 밴시가 연기를
찔끔찔끔 뿜고 기우뚱거리며 하늘 저편으로 사라지자 대대 전체가 환호성
을 질렀다.

"알겠습니다. 점령하면 맥주는 소령님이 쏘시는 겁니다."

"좋다. 하지만 쏘기 전에 먼저 맥주를 빚어야겠군."

미천한 그런트에게도 휴식 시간이 주어질 때가 있었다. 안으로 통하는
기밀 출입구가 있는 기다란 원통형 메탄 보급탱크를 헤일로 지표면으로
날라 오자, 그런트들은 그 안으로 들어가 각자 메탄통을 채우면서 주변에
옹기종기 둘러앉았다.

자살 공격처럼 무모했던 지난 침투 작전에서, 다쳐 쓰러진 엘리트를 발
견하고는 죽게 내버려두지 말고 구하자고 고집한 덕택에 야얍과 부하 그
런트들은 인간 함선에서 무사히 빠져나와 목숨을 부지할 수 있었다.

그런트 일행은 승리를 축하하며 공처럼 몸을 말고 잠에 곯아떨어졌다.

야얍은 다리를 꿈틀거리면서, 모행성에 있는 늪지대와 자연적으로 뿜어져 나오는 불기둥을 지나 자기가 나고 자랐던 축축한 강어귀로 돌아가는 꿈을 꾸었다.

조상 대대로 물고기를 잡아온 연못가에서 갈대 오두막집까지 놓인 징검다리를 막 건너려는 참에, 가가가 야얍을 흔들어 깨웠다.

"야얍! 빨랑 일어나! 인간 함선에서 구해준 엘리트 기억나? 너 좀 보재!"

야얍은 깜짝 놀라 발딱 일어섰다.

"나? 뭐 때문에?"

"이유는 말 안 하더라. 근데 예감이 안 좋아."

어찌 됐건 녀석의 말은 사실이었다. 야얍은 보급탱크 벽면을 따라 어수선하게 걸려 있는 짐짝 더미를 헤집고 지나 공동세면실에 들어갔다. 허둥지둥 군장을 걸치고 호흡기를 챙긴 다음 플라즈마 피스톨을 찼다.

헝클어진 모습으로 나가면 트집 잡힐지도 몰라. 그렇다고 이러느라 늦게 나갔다가 굼뜨다고 혼나면 어떡하지? 엘리트 앞에 서려면 언제나 머릿속이 복잡해지는 탓에 야얍은 그 치들이 지지리도 싫었다.

결국에는 옷매무새를 차리기보다 그냥 후딱 입고서, 기밀 출입구를 지나 밝은 햇빛이 비치는 바깥으로 나갔다. 평소 같으면 등에 짊어진 메탄탱크를 서로 기대고 앉아 전투식량 맛이 얼마나 끔찍했는지 잡담이나 해댈 보초들이 웬일로 똑바로 서 있었다.

"네가 야얍이냐?"

등 뒤에서 굵고 낮은 목소리가 들리자 화들짝 놀랐다. 야얍은 돌아서서 군기가 바짝 든 것처럼 보이려고 꼿꼿이 차렷했다.

"그…… 그렇습니다."

야얍이 구해줬던 엘리트 주카 자맘이는 투구를 벗고 있었다. 머리에 칭칭 감은 붕대 때문에 투구를 쓰고 싶어도 쓰지 못하는 처지였지만, 그것만 빼면 나무랄 데 없이 복장을 갖춘 상태였다. 전투복은 잘 닦아놓은 총처럼 얼룩 하나 없이 말쑥했다.

"듣자니 의무병 말로는 너와 네 동료가 날 함선에서 철수시켰을 뿐만 아니라, 강제로 돌격정에 태우고 지표면까지 바래다줬다고 하더군."

야얍은 목구멍까지 올라온 가래를 억지로 삼키느라 혼났다. 그때 조종사는 돌격정이 꽉 차기 전까지는 인간 함선에서 분리하지 말라는 명령을 받았다며 꺼리는 눈치였지만, 가가가 고집을 부리며 플라즈마 피스톨로 겁을 먹여서 억지로 내려왔었다.

"맞아요. 어떻게 된 일인지 설명을……."

"그럴 필요 없다."

자맘이의 대답에 야얍은 또 놀라서 팔짝 뛸 뻔했다. 엘리트들이 늘 그렇듯 마구 윽박지르는 명령조가 아니라, 안심시키려는 듯한 목소리였다.

하지만 안심되기는커녕 되레 불안하기만 했다.

"넌 부상당한 상관을 발견하고서 적시에 응급처치를 해주었다. 더욱이 낮은 계급층에서 그런 용기를 발휘하기란 드문 일이지."

야얍은 무어라 대꾸조차 하지 못했다. 머릿속이 뒤죽박죽이었다. 지금까지 알기로 엘리트는 결코 칭찬하는 법이 없었는데.

"그래서 보답으로 널 전속시켰다."

야얍은 지금 소속된 잠꾸러기 부대에 만족한 탓에 전출은 생각해본 적이 없었다.

"전속이라고요? 어느 부대로 말인가요?"

자맘이는 당연하다는 듯이 대답했다.

"어디긴 어디겠어. 내 부대 말이다. 지난 침투전에서 내 당번병이 전사했으니, 네가 그 자리로 오너라."

야얍은 피가 거꾸로 솟는 듯했다. 사제 직속 특수부대에 몸담은 엘리트는 한없는 충성심을 드러내고자 목숨까지 바치는 광신도들이었다. 그런 무모한 위인들의 명령을 따라야 한다니!

"마…… 말씀은 고맙지만, 저한테는 과분해요."

"무슨 소리! 벌써 명부에 네 이름이 올라갔다. 소지품을 챙기고 동료들한테 작별인사를 한 다음 15유닛 내 이곳으로 집합한다. 오늘 늦저녁 사령관의 의회에 출두해야 한다. 너도 따라오너라."

"알았습니다."

야얍은 고분고분 대답했다.

"무슨 회의가 있는지 여쭈어봐도 될까요?"

"알려주마."

자맘이는 머리에 둘둘 감아놓은 붕대를 한 손으로 만지작거렸다.

"이 몸한테 상처를 입힌 인간 놈은 전투력이 막강해서 전대 전체에 위협이 될지도 모른다. 기록이 맞다면 그 인간은 단신으로 수많은 전우의 목숨을 앗아갔다는 놈이 분명하다."

야얍은 오금이 저리기 시작했다.

"단신으로 말인가요?"

"그래. 하지만 이제부터는 활개 치지 못할 테니 겁먹지 마라. 허가가 내려오면 곧바로 놈을 찾으러 나선다."

"찾으러 나선다고요?"

야얍은 깜짝 놀라 질문을 엄금하는 관례를 잊어버리고 소리쳤다.

"찾아서 어쩌는데요?"

자맘이가 으르렁거리는 목소리로 대답했다.

"찾은 다음에는 기필코 놈을 죽일 것이다."

차가운 새벽 공기에 바위산을 오르는 내내 허연 입김이 피어올랐다. 맥케이 중위는 산 정상에서 어떤 놈들이 날 기다리고 있을까 하는 의문이 들었다. 길게 뻗은 암상을 지나 바위산 기슭에 자리를 잡는 데 밤이 절반이나 지났고, 나머지 절반은 꼭대기로 올라가는 길을 찾고 잠시 눈을 붙이느라 지나갔다.

두 번째 작업은 너무 술술 풀리는 느낌이 들었다. 길을 막는답시고 지어놓은 장해물은 허접하기 짝이 없었고, 폭이 1미터 남짓한 진흙투성이 경사로에는 보초조차 없었다. 놈들은 인간 함선이 슬립스페이스 점프로 불쑥 모습을 드러내거나 보병부대가 구조물 지표면에서 나타날 줄은 꿈에도 모르고 있었다. 그렇게 보자면 대비가 허술한 것도 알만했다.

산기슭에서부터 시작된 오르막길은 나선을 그리며 꼭대기로 올라갔는데, 주변 지형지물을 봐서는 아무도 오가지 않은 지 한참은 된 듯했다. 그렇게 보이든 그렇지 않든 바위산 아래편에서는 그 사실을 알아차리기가 어려웠지만, 자칫하면 작전을 들킬지도 모른다며 실바 소령이 펠리칸 띄우기를 꺼렸던 것도 이해가 갔다.

좌우지간 맥케이 중위와 부하 대원들은 좁은 오르막길을 올라가며 행여 있을지도 모르는 코버넌트 방어선을 뚫어놓고 한시라도 빨리 펠리칸 편대가 도착하기를 기다리는 수밖에 없었다.

중위는 헬멧에 장착된 반투명한 전방투영창에 올라온 송신을 주시하며 카운트다운이 끝나기를 기다린 다음 가파른 경사로를 올라갔다. 팅크 카터 선임하사가 뒤따라오던 남녀 대원에게 고개를 돌렸다.

"뭣들 꾸물거리나? 촛농도장 찍은 초대장이라도 기다리나? 준비들 해라."

B 중대가 바위산으로 전진하는 동안 C 중대는 펠리칸으로 집결지점까지 이동했다. 나머지 대대원들은 실바 소령이 상황을 지켜보는 가운데 곧 다가올 전투를 준비했다. 200미터 간격으로 설치한 무선 감지기는 웰즐리가 맡아 감시 중이었고, 대원들은 3인 화력조를 짜고 150미터 간격으로 위치를 잡았으며, 화력조를 지원할 신속 대응반도 편성을 끝마쳤다.

자연 엄폐물이 없는 곳이라서 타격대원들은 고지대 언저리에 자리를 잡고 준비에 들어갔다. 사격호를 파면서 나온 흙먼지가 대대 방어선에 연막처럼 낮게 깔린 사이, 교통호와 펠리칸 수송기 착륙장까지 다 완성되었다.

실바 소령은 높다란 착륙장에 서서 서쪽으로 눈길을 돌리며 이어폰으로 웰즐리의 보고를 들었다.

"좋은 소식과 나쁜 소식이 있네. 좋은 소식은 맥케이 중위가 산을 오르기 시작했다는 것이고, 나쁜 소식은 코버넌트가 서쪽에서 막 공격해온다는 사실이네."

실바 소령은 안경을 내려쓰고 돌아서서 서쪽을 바라보았다. 고개를 돌린 지 5분쯤 지나자 커다란 먼지 구름이 뿌옇게 피어올랐다.

"무슨 공격?"

실바 소령이 퉁명스레 물었다.

"딱 잘라 답하기는 힘들겠군."

웰즐리가 신중하게 답했다.

"평소와는 달리 내가 정보를 얻을 함선이나 위성, 무인 정찰기가 없으니 말일세. 하지만 먼지와 코버넌트 병기체계로 미루어보자면, 구식 기병돌격 전술 같군. 워털루에서 나폴레옹이 내게 덤벼들었을 때처럼 말이네."

"댁은 워털루에 없었다니까."

소령은 핀잔을 주며 망원경을 꺼내 들었다.

"그거야 그렇다 치고, 놈들이 타고 있는 건 뭐지?"

"정찰 및 급속 강습 차량 또는 아군 병사들이 고스트라 부르는 군마로군."

웰즐리는 잉크 냄새를 풀풀 풍겼다.

"먼지의 양으로 봐서는…… 족히 백 마리는 넘을 법하네."

소령은 욕을 내뱉었다. 하필이면 이런 때에 들이닥치다니. 놈들이 이쪽의 꿍꿍이를 먼저 눈치챈 줄 알고는 있었지만 조금 더 시간을 끌어주기를 빌던 마당이었다. 병력의 절반을 분리한 탓에 당장 휘하에는 200명 남짓한 대원밖에 없었다. 하지만 다들 국제연합 우주사령부의 최정예라 자부하는 궤도 강하 타격대원이 아니었던가.

"하는 수 없군."

실바 소령의 목소리에서 단호함이 묻어났다.

"돌격해오겠다면 옛 방식대로 맞서줘야 인지상정이겠지. 전초부대는 뒤로 빠지고 A, D 중대는 방진을 짜라고 지시해라. 여분 탄약은 있는 대로 꺼내 놓는다. 개인화기는 사격호에, 로켓 발사기는 경사면 중간에, 저격병은 착륙장에 배치한다. 발사명령이 떨어지기 전에는 사격을 금지한다."

고대 로마군이 즐겨 구사한 이후로 웰링턴 공작 시대에 이르기까지, 전장에서 방진 전법이 곧잘 통용됐음은 웰즐리도 익히 알고 있었다. 병사들이 빽빽이 뭉쳐 총부리를 밖으로 겨눠 방진을 이루면 어지간한 기병돌격에도 끄떡없다.

웰즐리는 대원들에게 지시를 전달했다. 대원들은 명령에 따라 착착 움직이면서도, 상관이 이런 구식 전술을 펼친다는 사실에 내심 놀란 눈치였다. 진지를 쌓은 고지대 주변으로 고스트가 파도처럼 몰려들 즈음, 보병방진도 모양새를 갖추었다.

실바 소령은 전술 표시창에 뜬 거리 측정기를 유심히 살피면서 적이 사정권으로 들어오기를 기다렸다. 그는 대대 무전을 열고 명령을 내렸다.

"발사, 발사하라!"

철갑탄이 평야를 뒤덮었다. 선두 고스트가 벽을 들이받은 것처럼 비틀거리면서 운전하던 엘리트가 좌석에서 거꾸로 떨어졌고, 고스트는 고삐 풀린 말처럼 동쪽으로 달아났다.

하지만 떼를 지어 뒤따라오던 놈들이 플라즈마 사격을 가해오면서 타격대원들도 하나둘씩 쓰러졌다. 다행히도 고스트 부대는 대원들의 위치로 집중사격을 가할 수가 없었고, 따라서 놈들이 경사면을 오르지 못하도록 계속 막는다면 고지대 언저리라는 지형적 이점이 훌륭한 방패막이가 되어줄 듯했다.

원래 고스트가 움직임이 가볍고 수선스러운 차량인 탓도 있지만, 개중에 조종이 서투른 엘리트가 있는 까닭이었다. 놈들은 서로 손발까지 어긋나면서 상황은 타격대원들에게 유리하게 돌아갔다. 어떻게든 적을 하나라도 죽이려고 안달이 났는지, 대형을 벗어나 동료를 앞지르는 엘리트가 태반이었다. 실바 소령은 전황을 찬찬히 살펴보았다. 어지러이 끼어드는 와중에 한 놈이 앞질러온 고스트를 쏴버렸고, 오인사격을 받은 고스트는 옆에 있던 아군을 들이받아 폭발했다.

초장부터 대열이 헝클어지긴 했지만 원래 뛰어난 전사인 엘리트들은 곧바로 방진 공략에 들어갔다. 금빛 전투복을 입은 엘리트가 공격을 지휘했다. 먼저 우왕좌왕하며 방진을 에워싼 고스트를 시계 반대 방향으로 회전해 서로 충돌하지 않게끔 배치한 다음, 괜한 고지대 경사면에다 플라즈마 캐논을 퍼붓지 않도록 언덕 언저리를 따라 대형을 돌리며 잇달아 공격을 퍼부었다. 타격대원들이 죽어나고 반격이 더뎌지면서 방진 한구석이 훤히 드러나고 말았다.

실바 소령은 약점을 방어하고자 저격병들에게 금빛 전투복을 입은 엘리트를 집중 사격하라는 명령을 내린 다음, 로켓 발사기 담당병들에게 교대 발사를 지시했다. 로켓 발사기의 유일한 약점은 로켓을 두 발밖에 장전하지 못한다는 점으로, 그 때문에 일제 사격을 퍼붓는 데 5초가 넘는 빈틈이 생겼다. 로켓을 맡은 대원들은 언덕에 근접한 고스트부터 번갈아 조준 사격하는 방법으로 그러한 약점을 보완했다.

전략이 먹혀들었다. 불붙고 박살 나고 찌그러진 고스트 잔해가 높이 쌓이면서 놈들의 플라즈마 사격을 가로막는 장애물로 변했다.

실바 소령은 망원경을 들고 연기가 자욱한 전장을 살펴보았다. 그는 어디선가 부하들을 지켜보고 있을 이름 모를 신에게 조용히 감사의 말을 올렸다. 똑같이 방진을 공격해야 하는 상황이었더라면, 소령은 먼저 공중지원을 불러 타격대원들을 자리에서 꼼짝달싹도 못하게 만든 다음 서쪽에서 고스트로 치고 들어갔을 것이다. 하지만 놈들은 달리 훈련을 받았는지, 아니면 자기네 기계화 보병부대에 지나친 자신감을 품고 있었는지, 그것도 아니면 단순히 실전경험이 부족해서 저리 엉성한 전술을 펼쳤는지 도통 알 길이 없었다.

이유야 어찌 됐든 간에 어정쩡한 시간이 돼서야 뒤늦게 밴시가 뜨기는 했다. 로켓 발사기 담당병들은 곧장 밴시 두 대를 떨어뜨린 다음 나머지 한 대를 작살냈다. 남은 한 대는 엔진에서 연기를 털털 내뿜으며 남쪽 하늘로 꽁무니를 뺐다.

금빛 전투복을 입은 지휘관이 당하고 전체 병력의 반수가 죽어 나가자, 나머지 엘리트들은 철수하기 시작했다. 멀쩡한 고스트도 있었지만 살아남은 차량에는 놈들이 한 놈씩 더 들러붙었고, 그나마도 거의 다 벌집이 되어 있었다. 엔진이 고장난 두 대는 다른 고스트에 매달려 전장에서 질질 끌려나갔다.

'이래서 바위산을 점령해야 한다니까. 계속 이만한 손실을 떠안으면서 전투를 치를 수는 없어.'

소령은 살육이 휩쓸고 간 현장을 바라보며 속으로 생각했다.

타격대원 스물세 명이 전사했고 여섯 명이 중상, 열두 명은 경상을 입었다.

잡음과 함께 지휘관 무전으로 맥케이 중위의 목소리가 들려왔다.

"레드 1, 여기는 블루 2, 응답 바람."

실바 소령은 바위산으로 돌아서서 안경을 고쳐 썼다. 기둥모양 암반 중턱에서 연기가 피어올랐다.

"여기는 레드 1, 말해라."

"놈들의 주의를 끄는 데 성공했습니다."

소령은 씩 웃었다. 하지만 인상을 잔뜩 쓴 것처럼 보였다.

"알았다, 블루 1. 놈들한테 위문공연을 선사하겠다. 지원을 보낼 테니 조금만 버텨라."

위쪽에서 플라즈마 수류탄이 빗발치는 통에 맥케이 중위는 튀어나온 바위 뒤로 바짝 몸을 웅크렸다. 계속 아래로 떨어지는 것도 있었지만 몇 발은 목표물에 찰싹 들러붙어 폭발했다.

플라즈마 수류탄이 배낭에 달라붙은 대원 하나가 소리를 꽥 질렀다. 카터 선임하사가 고함쳤다.

"배낭 벗어!"

하지만 대원은 겁을 먹고 쩔쩔매다가 뒷걸음질 쳤다. 수류탄이 터지면서 절벽 사면에 온통 시뻘건 피가 튀었다. 중위는 그 광경에 몸을 움찔했다.

"알겠습니다, 레드 1. 서둘러주시면 눈물 나게 고맙겠습니다, 이상!"

실바 소령이 고원을 응시하는 동안, 웰즐리는 펠리칸 편대에 이륙 명령을 전달했다. 소령은 작전이 과연 성공할지, 이번 작전의 손실을 감내할 만큼 자신의 배짱이 두둑한지 확신이 서지 않았다.

3

투입 03시 14분 26초 경과 (스파르탄-117 작전 시각)/
헤일로 지표면

마치 태양처럼 보일 만큼 눈부신 빛이 마스터 치프의 앞에서 번득였다. 전방의 바위와 나무 사이에 있는 U자 모양 건물에서 뿜어져 나와 트레셜드 행성이 배경처럼 펼쳐진 하늘 저편으로 솟아올랐다. 이 고리형 구조물의 일부이자 일종의 신호기인가? 정확한 용도는 알 길이 없었다.

코타나가 해병 부대가 인근 지역에 불시착했음을 미리 알려줬으므로, 자동소총에서 나오는 요란한 총성과 이에 답하는 플라즈마 화기 소리가 들려와도 마스터 치프는 태연했다.

그는 덤불을 헤치고 지나가 U자 모양 커다란 건물과 그 주변을 둘러싼 들쑥날쑥한 구조물이 들어선 언덕으로 이동했다. 그런트, 자칼, 엘리트들이 앞뒤로 돌진하며 해병들을 제압하려 들었다.

마스터 치프는 소총을 갈기며 돌격하지 않고 M6D 권총을 꺼내 들었다. 권총을 들어 2배율 조준경을 켜고 신중하게 목표물을 조준했다. 총알이 정확히 연달아 꽂히면서 그런트 세 놈이 땅바닥에 나자빠졌다.

그는 코버넌트가 어디서 총알이 날아왔는지 알아차릴 틈을 주지 않고 푸른 전투복을 입은 엘리트를 향해 곧장 방아쇠를 당겼다. 놈을 잡는 데는 탄창 하나가 들었지만, 괜히 정면대결을 벌이는 위험을 감수할 필요는 없었다.

생각지 못했던 신속한 저격 지원에 해병들은 반격할 기회를 얻었다. 총격이 한바탕 쏟아지는 동안, 마스터 치프는 비탈길을 내려와 죽은 그런트한테서 플라즈마 수류탄 몇 개를 노획했다. 그를 본 어느 이병이 인사를 건넸다.

"반갑습니다, 치프. 난장판에 오신 것을 환영합니다."

그는 대답 대신 고개를 끄덕였다.

"지휘관은 어디 있나?"

"저기 있습니다."

이병은 고개를 돌리고 뒤로 소리쳤다.

"하사님!"

마스터 치프는 소리를 듣고 달려오는 하사를 한눈에 알아보았다. 리치 행성 궤도 정거장에서 벌어진 수색섬멸전에서 만났던 존슨이었다.

"현재 상황은 어떤가?"

"좋지 않습니다. 대원들이 계곡에 뿔뿔이 흩어졌습니다."

존슨 하사는 잠시 말을 멈췄다가 낮은 목소리로 덧붙였다.

"구조 요청을 하기는 했지만, 치프가 오시기 전까지는 거의 포기하고 있었습니다."

"걱정 마라. 구조대가 올 때까지 우리가 함께 있겠다."

몰니르 전투복 외부 스피커를 통해 코타나가 말했다.

"인공지능 웰즐리와 교신이 닿았다. 궤도 강하 타격대원들이 코버넌트가 점령한 곳을 공격하는 중이며, 구조를 위해 펠리컨을 띄웠다고 한다."

"잘됐습니다. 부상당한 대원도 있는데 다행입니다."

"코버넌트 수송선이 또 이리로 옵니다."

이병이 끼어들었다.

"환영식을 치러줄 시간입니다!"

"알았다, 비젠티."

존슨 하사가 대뜸 소리쳤다.

"분대를 재편성한다. 놈들한테 매운맛을 보여주자."

마스터 치프는 위를 올려다보았다. 또 다른 코버넌트 수송선이 공중에 떠 있다가 지면으로 가까이 내려왔다. 희한하게 생긴 수송선이 앞으로 살짝 기울면서 동체의 양 측면을 감싼 격벽이 턱처럼 벌어지더니, 그 속에서 그런트와 엘리트들이 땅으로 뛰어나왔다.

마스터 치프는 오른쪽으로 50미터 이동하여 다시 권총을 뽑아들었다. 곧 해병 분대가 코버넌트 착륙지점을 향해 사격을 퍼부어 놈들을 쓸어버렸다. 살아남은 놈들은 뿔뿔이 흩어져 엄폐물 뒤로 숨어들었고, 치프는 놈들을 찾아내 하나씩 처치했다.

잠시 전투가 소강상태에 접어들자 마스터 치프는 상황을 점검했다. 코타나는 해병들을 각자 위치에 배치한 다음 전체를 찰리 화력조로 분류하여 그 위치를 전방투영창에 띄웠다. 몇몇은 풀밭 위에 우뚝 들어선 커다란 U자 모양 건물에 올라갔고, 나머지는 방어선을 지키는 중이었다.

치프가 다시 돌격소총을 견착하려는 찰나에 한 해병이 다급하게 외쳤다.

"코버넌트 수송선이 접근해온다! 측면으로 들어온다!"

잠시 뒤 동작 감지기 위로 커다란 빨간색 점이 깜박였다. 그는 바위를 엄폐물 삼아 몸을 숨겼다가 조심스럽게 목표물을 확인했다.

코버넌트 수송선이 또 병력을 게워냈다. 이번에는 자칼 세 놈이 끼어 있었다. 존슨 하사의 부하 대원들이 사격을 개시하자 에너지 방패가 불타오르듯이 번득였다. 놈들은 중세시대 보병이 방패벽을 쌓듯 에너지 방패 뒤로 새처럼 생긴 몸뚱이를 잔뜩 웅크렸다.

방패 뒤편으로 산개한 그런트와 푸른 전투복을 입은 엘리트는 포위 대형을 이루었다. 수송선이 계속 증원을 해주는 상황에서라면 더욱 잘 먹혀드는 전술이었다. 결국, 놈들은 해병대원들의 방어선을 무너뜨리고 몰려들기 시작했다.

하지만 놈들의 계획에는 문제가 하나 있었다. 바로 마스터 치프가 놈들의 측면에 있었다는 점이었다. 그는 자세를 낮추고 자칼 대형으로 돌진했다. 방패로 가리지 못한 자칼의 측면을 소총탄이 파고들었다. 놈들이 땅에 쓰러지기 전에 플라즈마 수류탄을 낚아챈 치프는 거의 30미터 거리에 떨어져 있던 엘리트를 향해 던졌다.

수류탄이 투구 한가운데에 달라붙자 놈은 깜짝 놀라서 으르렁거렸다. 곧 수류탄이 작동되면서 창백한 청백색 빛을 내뿜기 시작했다. 엘리트가 투구를 벗어 던지려는 순간 수류탄이 폭발했다.

엘리트를 처치하고 나니까 구조물 사이사이를 돌아다니며 숨어든 조무래기를 처리하기란 간단했다.

무전을 통해 반가운 목소리가 들려왔다.

"여기는 펠리칸 에코 419, 아무도 없나? 반복한다, 생존자가 있다면 응답하라."

코타나는 재빨리 같은 주파수대로 무전에 응답했다.

"에코 419, 여기는 찰리 화력조, 아주 잘 들린다. 포해머인가?"

"그렇다, 찰리 화력조. 목소리를 들으니 반갑다!"

어디선가 울리는 소리가 들려왔다. 마스터 치프는 어디서 소리가 나는지 확인하려고 고개를 돌렸다. 구명정 여러 대가 대기권을 통과하며 벌겋게 달아오른 선체 꼬리에 연기를 매달고 하늘 저편에서 날아들었다.

"보세요, 구명정이에요. 구명정이 추락한다면 코버넌트 놈들의 사냥감이 되고 말 거예요."

코타나의 말에 치프는 고개를 끄덕였다.

"그렇다면 우리가 먼저 도착해야겠군."

"포해머, 워트호그를 내려주기 바란다. 마스터 치프와 함께 나머지 생존자를 구하겠다."

"알았다, 코타나."

펠리칸 수송기가 뾰족이 솟은 U자 모양 건물을 빙 돌면서 일대를 한 차례 선회하고는 근처 언덕 사이로 천천히 내려앉았다. 수송칸 뒷부분에는 M12 경량 정찰차량 '워트호그'가 매달려 있었다. 포해머가 수송기 동체에서 차량을 분리하면서 워트호그가 지면으로 쿵 떨어졌다. 현가장치가 작동하면서 차체가 들썩였다가 언덕 비탈을 따라 5미터쯤 미끄러져 내려와 멈췄다.

"찰리 화력조, 워트호그를 내렸다. 이걸로 놈들한테 본때를 보여줘라."

"포해머, 생존자들을 안전한 곳으로 대피시킬 때까지 대기하기 바란다."

"알았다. 에코 419는 대기하겠다, 이상."

해병대원들이 펠리칸으로 뛰어가는 동안 마스터 치프는 워트호그로 걸어갔다. 차량 뒤편에는 M41 경대공기관총이 실려 있었다. 12.7×99밀리 철갑탄을 분당 500발로 쏟아내는 M41은 지상과 대공 목표물 양쪽을 상대하는 데 효과적이었다. 워트호그에는 벌써 해병 하나가 올라타 기관총을 잡고 있었다. 마스터 치프의 전방투영창에 해병의 계급과 이름이 올라왔다. 이병. 피츠제럴드, M.

"치프! 하사님이 치프를 지원하라고 했습니다. 제가 기관총을 맡겠습니다."

마스터 치프는 고개를 끄덕였다.

"그래, 저 산등성이 너머로 구명정 두 대가 떨어졌다. 이제 생존자를 구출하러 간다."

피츠제럴드는 기관총 장전 손잡이를 뒤로 젖혔다 놓았다. 철컥 소리와 함께 삼총열 총신의 약실에 탄환이 들어갔다.

"맡겨만 주십쇼! 어디 시작해봅시다."

마스터 치프는 운전석에 올라 시동을 걸고 벨트를 맸다. 엔진 소리와 함께 바퀴가 돌면서 차체 뒤편으로 흙이 튀었다. 워트호그가 단숨에 비탈로 속력을 높이면서 공중에 살짝 떴다가, 온몸을 뒤흔드는 쿵 소리와 함께 바닥에 떨어졌다.

"전방투영창에 이동지점을 표시했어요. 화살표를 따라가세요."

코타나가 안내했다.

"하기야."

마스터 치프의 차분한 목소리에 재밌다는 기색이 섞여 있었다.

"넌 언제나 옆에서 훈수 두는 성격이었지."

밴시라는 이름에 걸맞게 비행음이 먼저 들려왔다. 한참 뒤에야 놈의 모습이 어렴풋이 눈에 잡혔다. 밴시 조종사가 생존자 일행의 위치를 파악했으므로, 키예스 함장은 머잖아 놈들의 수송선이 내려와 또 병력을 투입해 이쪽을 싹 쓸어버리려 들리라고 확신했다.

구명정에서 내려다볼 때는 언덕 일대가 그토록 반가워 보였지만, 바위투성이 벼랑 사이를 넘나들며 쉴 새 없이 놈들과 술래잡기를 하는 사이, 어느새 생지옥으로 변하고 말았다.

지금까지 세 번이나 포로로 잡힐 뻔했으나, 그럴 때마다 윌킨스 상병과 해병들이 좁혀오는 포위망을 뚫고 해군 승무원들을 지켜주었다.

하지만 키예스 함장은 그런 요행도 얼마 가지 못하리라는 생각이 들었다. 줄곧 바위를 오르느라 잠을 푹 자지 못한 데다 언제 적이 공격해올지 모르는 긴박한 상황 속에서 일행 모두 사기와 체력이 바닥났다.

아비아드, 러블, 히코와는 아직 멀쩡했고, 왕과 싱도 그런대로 버텼지만 도스키 소위는 점점 군말이 많아졌다. 처음에는 다리가 아프다고 힘들다며 투덜대다가 가면 갈수록 불평불만을 쏟아내더니, 이제는 그 정도가 도를 넘는 지경에 이르렀다.

일행은 메마른 바위굴로 피신했다. 동굴 위편에 뾰족한 바위가 솟아 있어 머리 위를 맴도는 밴시를 따돌릴 수 있을 듯했다. 왕은 바위틈에서 흐르는 흙먼지로 가득한 개울물로 세수를 했고, 싱은 수통에 물을 채우느라 정신이 없었다. 한편 도스키는 바위에 걸터앉아 우거지상을 썼다.

"놈들은 우리가 여기 있는 줄 알 걸요?"

그녀는 키예스 함장에게 책임이 있는 양 따졌다. 함장은 한숨을 지었다.

"'놈들은 우리가 여기 있는 줄 알 겁니다.'겠지."

"어쨌거나요."

소위는 짜증스레 되받았다.

"놈들은 우리가 여기 있는 줄 알 겁니다. 그러니 계속 도망쳐야죠? 그래봤자 언젠가 붙잡힐 걸요?"

"붙잡힐지도 모르지."

키예스 함장은 물집을 터뜨렸다.

"하지만 빠져나갈 길이 있을지도 모르네. 벌써 코타나, 웰즐리와 연락이 닿았네. 그쪽도 눈코 뜰 새 없이 바쁘지만 곧 지원을 보내겠다고 하더군. 그때까지는 비상물자를 최대한 아끼고 적의 눈을 따돌리면서, 피치 못할 경우에는 놈들과 싸워가면서 기다릴 수밖에 없네."

"그래서 어쩌시게요?"

도스키 소위가 앙칼지게 쏘아붙였다.

"계급장에 별이라도 달으시려고요? 지금까지야 막연히 힘닿는 데까지 도망쳐왔지만, 그럴수록 놈들도 눈에 불을 켜고 달려들 겁니다. 차라리 이쯤에서 항복하고 말겠네요."

"멍청한 년 같으니!"

히코와 대위가 평소답잖게 두 눈을 벌겋게 뜨고 끼어들었다.

"함장님께는 경어를 써. 또 그딴 식으로 나불거리면 나한테 얻어터질 줄 알아. 그리고 머리가 장식이 아니라면 생각을 좀 해봐. 코버넌트는 포로를 안 잡아. 몰라서 하는 소리야? 항복은 곧 죽음이라고."

"아, 그러세요?"

소위는 겁 없이 되받아쳤다.

"그렇담 놈들은 왜 여태까지 우릴 살려뒀을까요? 플라즈마 캐논을 갈기든지 바위 틈에 로켓을 쏘거나 폭격을 퍼부을 수도 있는데 그러지 않았잖아요. 이유를 대 보시죠."

"그 면상이나 대 보시지."

싱이 소위의 왼쪽 귓구멍에 M6D 권총 총부리를 쑤셔 박았다.

"어째 네년이 점점 그런트처럼 보인단 말이야. 러블, 이년 얼굴 좀 봐. 가죽을 벗겨내면 진짜 면상이 나오겠는데."

키예스 함장은 선박화를 단단히 조이며 해병들처럼 전투화가 있었으면 좋겠다는 생각을 했다. 도스키 소위가 불복종했지만, 그녀의 말은 일부 사실이었다. 아무래도 코버넌트는 생존자를 죽이지 않고 생포하려는 모양인데, 대체 무엇 때문에 그러는 걸까? 눈에 보이는 족족 잡아 죽이기 바빴던 놈들이.

하기야 코버넌트가 전술을 달리 구사했던 적은 전에도 있었다. 시그마 옥타누스 행성계에서 놈들을 혼쭐내줬을 때도 그랬고, 리치 행성으로 되돌아왔을 때도 그랬다.

키예스 함장은 눈앞에서 벌어지는 한 편의 연극을 지켜보았다. 싱이 도스키의 귀에 총구를 들이밀자, 히코와 대위는 분노에 일그러진 얼굴로 주먹을 쥐고 벌떡 일어섰다. 나머지 승무원들은 이러지도 저러지도 못하고 자리에서 꼼짝도 하지 않았다. 때마침 해병들이 없어서 천만다행이었다. 하지만 바보가 아닌 이상에야 여태 소위가 쏟아낸 불평불만 때문에 함교 승무원 사이에 불화가 생겼음을 모를 리 없었다. 그럼 이제 어떡한다? 스스로 맘을 바꿔먹을 생각이 없다면 도스키 소위는 버거운 짐짝이나 마찬가지였다.

밴시가 굉음을 지르며 바위굴 위를 또 훑고 지나갔다. 서둘러 자리를 옮겨야 한다.

키예스 함장이 입을 열었다.

"좋아, 자네가 이겼네. 원래라면 비겁한 행동과 불복종, 직무태만을 들어 징계를 내려야겠지만, 시간에 쫓기는 마당이니 약식으로 하지. 이제부터 항복을 허락하네. 히코와 대위, 소위한테서 총과 탄약과 배낭을 회수하게. 싱은 소위를 묶게. 너무 꽉 조이지는 말고 우리를 따라오지 못할 정도로만."

도스키 소위의 얼굴이 새파랗게 질렸다.

"절 버리고 가신다고요? 보급품도 없이 혼자 내버려두고요?"

키예스 함장은 차분하게 대답했다.

"방금 항복하겠다고 하지 않았나? 코버넌트가 자네를 친구로 맞아줄 테니 보급품은 필요 없을 걸세. 놈들이 먹는 전투식량이 어떤 맛인지 모르겠네만, 자네한테 최후의 만찬을 대접해준다면 좋겠군. 맛있게 들게나."

소위는 횡설수설하기 시작했지만 싱은 아랑곳하지 않았다. 소위를 묶은 다음 입에 붕대를 쑤셔 넣고, 몸을 묶을 때 썼던 다목적 수리용 테이프로 입을 봉했다.

"이러면 한동안 잠잠할 겁니다."

덜그럭거리는 돌 소리가 나더니 윌킨스 상병과 해병 두 명이 물줄기를 따라 동굴로 들어왔다. 상병은 포박된 도스키 소위를 쳐다보고도 아무 이상 없다는 듯이 키예스 함장에게 고개를 돌렸다.

"코버넌트 수송선이 여기서 1킬로미터 떨어진 지점에 엘리트 분대를 내려놓았습니다. 슬슬 자리를 떠야 합니다."

해군 승무원들은 고개를 끄덕였다.

"고맙네, 상병. 준비는 다 됐네. 앞장서게."

한편 상공 수백 미터, 북쪽으로 약 500미터 떨어진 곳에서 밴시를 몰던 아도 모툼이는 방향을 틀어 수송선이 착륙하는 모습을 지켜보았다. 착륙할 곳이 마땅찮았던 탓에 동료 엘리트들은 한참을 걸어가야 했다.

바위투성이 산허리에 병력 수백을 풀어놓고 들쑥날쑥한 바위 틈바구니를 오르내리게 해서 탈진하게 하느니, 코버넌트 상부에서는 제공권을 장악하고 인간 생존자들의 위치를 찾아내 생포하기로 결정을 내렸다.

'우선 놈들을 찾기도 문제지만 붙잡는 것도 만만찮을 텐데.'

모툼이는 곰곰이 생각해보았다. 불시착한 이후로 지금까지의 행적을 보면 놈들은 잔머리가 상당한 듯했다. 붙잡히지 않고 유유히 달아나기도 했지만, 생존한 인간들을 생포하라는 까다로운 명령을 받고 추격에 나섰던 아군 여섯 명을 죽이기까지 했으니 말이다. 차라리 사살하는 편이 나을 지경이었다. 물론 모툼이는 일개 병사이자 조종사에 지나지 않았으므로, 사제나 함장이 지략을 짜는 데 감히 끼어들 자격은 없었다.

코버넌트 정찰대는 인간 구명정을 발견함과 동시에 이스나 노솔이의 시신을 찾아 그의 신분을 확인했다. 그 사실에 지휘관들은 한 가지 의문이 들었다. 무엇 때문에 오수나가 목숨을 걸고 놈들의 구명정에 올라 지표면까지 내려왔을까? 답은 뻔하다. 구명정에 요인이 타고 있었다는 얘기다.

그렇게 보면 구명정에서 인간들의 시체가 한 구도 나오지 않았다는 점도 설명된다. 노솔이가 뒤쫓던 인간이 누구인지는 알 길이 없으므로 전부 생포하는 수밖에 없었다. 모툼이는 조종석 계기판을 힐끗 확인했다. 놈들이 움직인다! 열원 일곱 개가 대략 '북쪽'으로 굽어 들어갔고, 하나는 뒤에 그대로 남았다. 어떻게 된 영문이지?

모툼이가 밴시를 몰아 바위동굴 위를 선회하고 나서 얼마 지나지 않아,

테이프를 끊으려고 몸부림 치는 도스키 소위를 향해 코버넌트 병력이 가까이 몰려들었다.

바위산 꼭대기에서 연막이 피어오른 지 얼마 지나지 않아 펠리칸이 날아와 70밀리 체인건으로 코버넌트 포탑진지를 쓸어버렸다. 플라즈마 포탑이 침묵하자 실바 소령은 공중에 1미터 남짓 떠 있는 펠리칸에서 훌쩍 뛰어내려 바위산 꼭대기에 발을 디뎠다.

정원을 세 명 초과해서 펠리칸에 타고 있던 궤도 강하 타격대원 15명도 뒤따라 수송칸에서 뛰어내려 부채꼴 대형으로 산개했다.

수송 정원을 넘기면 조종에 다소 위험이 따르지만, 실바 소령은 어떻게든 한 번에 많은 병력을 바위산으로 올려보내려 했다. 그만큼 "쿠키" 피터슨 대위는 실력 있는 조종사였다. 거기다 해군에서 제일가는 정비병이 딸린 만큼 펠리칸의 상태는 양호했다. 조종사로서는 이 정도면 더 바랄 것이 없었다.

수송칸에서 타격대원들이 낙하산으로 투하하면서 동체가 살짝 위로 솟아오르는 탓에, 피터슨 대위는 수송기의 안정을 유지하느라 진땀을 뺐다. 아래편 착륙지점에서 뭔가가 움직였다. 고개를 돌리면서 헬멧에 탑재된 감지기와 연결된 기수 체인건이 같은 방향으로 움직였다. 일렬로 꾸물거리는 것이 코버넌트 병력임을 알아차리자마자, 그는 곧바로 체인건을 발사했다. 대구경 체인건이 맹렬히 총알을 쏟아내면서 놈들은 한데 엉긴 시퍼런 곤죽으로 변했다.

"낙하 완료!"

마지막 타격대원이 뛰어내리기가 무섭게 대위는 내선통신기를 켜고 소리쳤다. 그리고는 수송기 배면 엔진을 가동해 터빈엔진 두 기에 힘을 실은 다음 바위산을 뒤로하고 떠났다.

"여기는 에코 136."

대위가 마이크에 대고 말했다.

"상태 양호, 낙하 완료, 초전박살 준비완료."

"알겠네."

웰즐리가 무뚝뚝하게 답해왔다.

"25번 경유지로 귀환하여 대원들을 태우기 바라네. 그리고 시를 쓰려거든 키플링의 작품을 읽어보게나. 도움이 될 테니. 이상일세."

피터슨 대위는 피식 웃으며 대대 본부에 계신 장군님께 중지로 경례를 날리고는 동체를 기울여 크게 선회했다.

공수 투입을 시작한 지 몇 분도 지나지 않아 적의 저항이 눈에 띄게 약해진 데 힘입어, 멜리사 맥케이 중위와 생존 중대원들은 계속해서 전진했다. 길목을 지키던 코버넌트 방어병력은 대부분 외통수에 몰려 죽기살기로 위치를 사수했다.

대략 30미터 위 무너져 내린 바위에 가로막힌 길이 있었는데, 바윗덩이 아래쪽에 샛문이 하나 있었다. 놈들은 그곳을 지키는 것이 분명했다. 저 샛문을 지나 바위산으로 들어가면 단숨에 꼭대기까지 올라갈 수 있을 테지.

샛문 주변에서 플라즈마탄이 띄엄띄엄 쏟아져 나와 중위의 머리 바로 위편에 있는 절벽을 때리자, 울퉁불퉁한 돌조각이 떨어져 나가 표면이 반들반들해졌다.

중위는 대원들에게 움푹하게 들어간 돌기둥 주변으로 물러나라고 몸짓한 뒤 머리 위로 손을 흔들었다.

"카터 하사! 로켓 발사기!"

중대 선임하사는 대원 여섯 명 뒤편에 있는 만큼, 재수 없게 수류탄이 이리로 날아든다 해도 지휘관 두 명이 한 방에 죽을 일은 없었다. 하사는 알았다고 신호를 보낸 다음 윽박지르듯 명령을 내려 M19 SSM 로켓 발사기를 앞으로 전달했다.

중위는 뒤에 있는 이병에게서 로켓 발사기를 받아들고 장전이 됐는지 확인한 뒤, 어깨에 견착하고 천천히 앞으로 돌렸다. 샛문 쪽에서 날아온 플라즈마탄이 지글거리며 스쳐 갔지만 꼼짝도 하지 않고 조준에 집중했다. 2배율 조준경으로 조심스레 목표물을 조준한 다음 방아쇠를 꾹 당겼다. 발사관이 붕 솟아오름과 동시에 102밀리 탄두가 놈들의 사격호를 향해 쏜살같이 날아가 지축을 울리는 요란한 소리와 함께 폭발했다.

청백색 이차폭발에 중위가 전투화를 디딘 바위 아래쪽까지 울림이 전해졌다. 참호 속에다 탄약이라도 재워둔 모양이었다. 절벽 사면에서 불줄기가 세차게 뿜어져 나왔다.

저만한 폭발이면 한 놈도 살아남지 못했으리라. 맥케이 중위는 다시 발사기를 뒤로 넘기고 대원들에게 전진하라고 손짓했다.

대원들은 환호성을 지르며 길을 올라가 연기를 헤치고 바위산 내부로 통하는 오래된 입구로 향했다. 폭발이 일기 전까지만 해도 사지가 온전한 시체였을 살덩어리가 사방에 치덕치덕 널려 있었다. 다행히도 터널은 멀쩡했다.

두 대원이 플라즈마 화기를 주워 시험 삼아 벽에다 쏴보고는 전리품으로 챙겼다.

맥케이 중위를 비롯한 나머지 중대원들은 꼭대기에서 햇빛이 새어 들어오는 30미터 너비의 둥근 구멍을 올려다보았다. 펠리칸 수송기가 바위산으로 대원들을 더 실어 나르면서 그림자가 휙휙 지나갔다. 멀리서 수류탄이 터지면서 중대원들의 머리 위로 먼지와 흙이 우수수 떨어졌다.

"야, 루트. 이게 뭐 같아?"

사타 이병이 군홧발로 바닥을 차자 쇳소리가 울려 퍼졌다. 그제야 대위와 중대원들은 자신들이 커다란 쇠 격자 위에 발을 디디고 있었음을 알아차렸다. 이병은 다른 중대원한테도 들릴 만큼 큰 소리로 물었다.

"이게 뭐야? 침입방지 장치인가?"

"그건 아니겠지. 코버넌트가 설치했다고 보기에는 너무 오래됐잖아."

맥케이 중위가 고개를 가로저었다.

"승강기를 찾았습니다!"

한 대원이 소리쳤다.

"정확히는 뭔지 모르겠지만, 어쨌거나 확인들 해보십쇼!"

맥케이 중위는 승강기를 찬찬히 둘러보았다. 꼭대기로 올라가는 길인가? 전투화로 탄피를 툭 찼더니 네모난 쇠 격자 사이의 어두컴컴한 바닥으로 떨어져 내렸다. 한참이 지나서야 탄피가 바위 바닥에 부딪히면서 땡그랑 소리가 들려왔다.

실바 소령과 웰즐리, 임시 대대본부에 있던 나머지 대원들은 바위산 꼭대기에서 맥케이 중위가 반중력 승강기를 타고 뙤약볕이 내리쬐는 지면으로 올라오기를 기다렸다. 중위는 밝은 빛에 눈을 깜박이며 주위를 둘러보았다.

사방이 시체 천지였다. 타격대원도 있었지만 거의 대부분은 코버넌트였다. 코버넌트는 계급과 병과에 따라 색이 다른 전투복을 입는데, 그 때문에 시체들이 무지개처럼 알록달록하게 널브러져 있었다. 타격대원 분대가 시쳇더미를 헤집고 다니며 부상당한 아군은 없는지 살피는 한편 적들의 시체를 발로 툭툭 차면서 숨통이 확실히 끊겼나 확인하는 중이었다. 코버넌트 한 놈이 몸을 일으키려다 돌격소총 점사를 맞고 도로 쓰러졌다.

"알파 기지에 잘 왔다."

실바 소령이 맥케이 중위를 보고 말했다.

"자네 중대가 정말 잘 싸워줬어. 나머지 대대원들은 웰즐리가 한 시간 안으로 올려보낼 예정이다. 아무래도 자네한테 맥주를 빚진 것 같군."

맥케이 중위는 기분 좋게 대답했다.

"암요, 빚지셨고말고요."

스콜피온 전차가 들어가도 될 만큼 터널이 널찍한 까닭에, 마스터 치프는 처음에 운전대를 어디로 꺾어야 할지 난감했다.

치프는 바짝 마른 늪 바닥에 있는 입구를 못 보고 지나칠 뻔했다. 코타나가 감지기를 통해 터널로 들어가는 입구를 확인했다.

"이 동굴은 자연적으로 생성된 게 아녜요."

말인즉 누군가가 동굴을 지었다는 얘기가 된다. 그렇다면 어디론가 연결됐을 테고, 터널로 이동하면 불시착한 구명정을 수색하는 데 걸리는 시간이 절약될지도 모른다.

터널로 들어가니 운전하기가 조금 까다로워졌다. 반복되는 오르막과 내리막을 지나고 굽이진 모퉁이를 돌아, 길이 끊어진 곳에서 아슬아슬하게 멈췄다.

길이 끊어진 곳을 살펴보니 폭이 좁아서 족히 뛰어넘을 수 있을 듯했다. 마스터 치프는 워트호그를 후진해서 피츠제럴드에게 꽉 잡으라고 말한 다음 가속기를 꾹 밟았다. 워트호그가 경사로를 달려가 허공을 가르고 반대편 통로에 덜컹거리며 착지했다.

"코버넌트의 통신량이 큰 폭으로 늘어났어요. 실바 소령과 궤도 강하 타격대원들이 놈들의 진지를 점령한 모양이에요. 나머지 생존자를 모으고 키예스 함장님을 찾는다면 효과적인 작전을 펼칠 수 있겠어요."

"좋았어, 이제 우리가 한 방 먹일 차례로군."

전조등 불빛에 커다란 벽이 비치자 마스터 치프는 운전대를 꺾었다. 천장이 둥그렇고 정체 모를 구조물이 여기저기 설치된 널찍한 공간이 나타났다. 도로가 전방의 높은 절벽 앞에서 끊어졌다. 썩은 시체에서 스멀스멀 기어 나오는 구더기처럼, 금세 코버넌트 놈들이 모습을 드러냈다. 워트호그 앞유리에 플라즈마탄이 날아들었다. 치프는 차에서 뛰어내려 앞바퀴 뒤에 몸을 숨기고 권총을 뽑아들었다. 피츠제럴드는 기관총을 퍼부었다. 탄피가 워트호그 주변으로 우수수 떨어졌다.

마스터 치프는 워트호그 옆으로 고개를 살짝 내밀었다. 위치가 노출되어 있었다. 도로 주변에는 엄폐물이 하나도 없는 데다 도로가 지면에서 3미터 가량 솟아 있었다. 설상가상으로 높은 도로가 실내를 가로질러 뻗은 탓에, 사방이 그대로 노출된 것이나 다름없었다.

주변 조명이 침침한 까닭에 기관총에서 뿜어져 나오는 총구화염이 치프의 야간투시경을 먹통으로 만들었다. 치프는 눈을 몇 번 깜박거려 시야를 가다듬은 다음 권총 조준경을 켰다.

도로 양쪽으로 난 금속 바닥에는 헤일로의 겉면에서 보았던 것과 비슷한 기묘한 기하학 문양이 새겨져 있었다. 워트호그가 있는 자리에서 멀찍이 떨어진 곳에는 작은 구조물과 기둥과 지지대가 있었다. 놈들은 그 사이사이에 몸을 숨기고 있었다.

숨어 있던 그런트가 느닷없이 뛰어나와 플라즈마 피스톨을 녹색으로 물들이며 과충전했다. 그런트는 툭하면 플라즈마 화기의 에너지를 한껏 모았다가 한방에 발사하는 버릇이 있었다. 그러면 배터리가 순식간에 닳지만 화력은 배로 늘어난다. 번득이는 녹색 플라즈마 덩어리가 지글거리며 워트호그를 스쳐 지나갔다.

치프는 한 차례 응사하고 잽싸게 워트호그 뒤로 몸을 숨겼다.

"피츠제럴드, 계속 쏴라. 난 왼쪽으로 가서 놈들을 처리하겠다."

"알겠습니다."

삼총신 총열이 요란하게 울리며 코버넌트 놈들을 향해 줄기차게 총알을 뿜어냈다.

치프가 앞으로 돌진하려고 준비하는데, 갑자기 동작 감지기에 후방의 움직임이 탐지되었다. 기관총 사격이 멎음과 동시에 피츠제럴드가 외마디 비명을 지르며 워트호그 뒷좌석에서 굴러떨어졌다. 쇠 바닥에 머리를 부딪히자 철모에 쩍 금이 갔다.

끝이 뾰족한 유리조각처럼 생긴 반투명한 물질이 피츠제럴드의 팔뚝에 깊숙이 박혀 있었다. 물질은 흐릿한 보랏빛을 내며 번득였다.

"이런 제기랄!"

피츠제럴드는 바닥에서 일어서려고 끙끙거렸으나, 2초 뒤 보라색 조각이 폭발하고 말았다. 상처에서 피가 뿜어져 나왔다. 끔찍한 고통에 피츠제럴드는 길게 비명을 내질렀다.

상처를 봐줄 틈이 없었다. 그런트 두 놈이 도로 위로 뛰쳐나와 총을 갈겨댔다. 유리조각처럼 반짝거리는 가시가 곡선을 그리며 빗발쳐 워트호그 차체에 맞고 튕겨 나갔다.

초를 다투는 순간이었다. 치프는 가까이 있는 그런트를 향해 세 발을 연속사격했다. 총알 세 발이 놈의 가슴팍에 속속 들이박혔다. 동료 그런트가 화가 난 듯이 꺅꺅거리며 니들러, 반들거리는 가시가 물고기 등지느러미처럼 상면에 비죽비죽 튀어나온 곱추 모양 총을 꺼내들었다. 니들러가 치프를 향해 보라색 바늘을 뱉어냈다.

치프는 옆으로 총알을 피하며 앞으로 달려나가 권총 손잡이를 그런트의 머리에 내리찍었다. 머리뼈가 움푹 꺼지자 놈은 아래로 발라당 나자빠졌다.

피츠제럴드는 기어서 워트호그 뒤로 몸을 숨겼다. 안색이 창백했지만 아직 버틸 만한 듯했다. 마스터 치프는 구급약품을 꺼내 능숙한 솜씨로 상처를 치료했다. 거품붕대로 상처를 메우고 붕대를 감싼 다음 마취로 마무리했다. 찢어진 피부와 갈라진 근육을 완치하려면 몇 바늘 꿰매고 안정을 취해야겠지만 일단은 한숨 돌렸다. 치료는 여기서 살아나간 다음에 받을 일이다.

"괜찮나?"

마스터 치프가 물었다. 피츠제럴드는 고개를 끄덕이며 피범벅이 된 손으로 이마에 맺힌 땀을 닦았다. 어렵사리 일어선 그는 앓는 소리 하나 없이 다시 기관총을 잡았다.

치프와 피츠제럴드가 일대의 코버넌트 놈들을 쓸어버리는 데는 15분 정도 걸렸다. 치프는 주변을 살펴보았다. 워트호그 왼편으로 대략 8미터쯤 도로가 이어지다 끊어져 있었다. 끊어진 도로와 반대편 도로 사이에는 바닥이 보이지 않을 만큼 깊은 구렁이 떡하니 버티고 있었다.

"좋은 생각 없나?"

치프가 묻자, 코타나는 잠시 데이터를 검토해보았다.

"반대편에도 도로가 있으니 어딘가에 다리를 연결해주는 장치가 있을 거예요. 제어판이나 스위치를 찾아보세요."

치프는 고개를 끄덕인 뒤 도로를 가로질러 주차된 워트호그의 오른쪽으로 걸어갔다. 워트호그를 지나쳐가면서 피츠제럴드를 향해 뒤로 고개를 돌렸다.

"여기서 기다려. 길을 건널 방법을 알아보고 오겠다."

치프는 곳곳에 흩어진 기묘한 구조물을 살펴보았다. 전등이라도 내장됐는지 흐릿한 빛을 내는 것도 있었지만, 전력을 공급받는 흔적이 없었다. 속에 발전기라도 들었는지 몰라도 알 길이 없었다.

치프는 얼굴을 찡그렸다. 어디를 둘러봐도 제어기나 스위치 따위는 없었다. 워트호그에 도로 올라타서 왔던 길을 되돌아가려던 찰나, 잠시 멈춰서 높은 천장을 떠받드는 굵은 기둥을 올려다보았다.

저 위에 뭔가가 있을지도 모른다.

그는 절벽 끄트머리까지 걸어갔다. 반대편과 달리 이쪽에는 길게 홈이 파인 높다란 벽이 둘러져 있었다. 벽을 쭉 따라가 보니 벽과 벽 사이의 빈틈에 웬 입구가 있었다.

입구 안쪽으로 경사로가 20미터 가량 올라가다 왼쪽으로 90도로 꺾어져 들어갔다. 치프는 권총을 뽑아들고 헬멧 조명등을 켠 다음 조심스럽게 오르막을 올라갔다.

아니나 다를까, 오르막을 올라가자 동작 감지기에 신호가 잡혔다. 적이 아주 가까이 있었다. 자세를 낮추기가 무섭게 길모퉁이에서 붉은 전투복을 입은 엘리트가 불쑥 튀어나왔다. 엘리트가 으르렁거리며 덤벼들었다. 놈이 치프의 머리를 향해 플라즈마 라이플을 휘둘렀다.

몸을 홱 피하자 공격이 방어막에 빗겨났다. 치프는 방아쇠를 당겼다. 지근거리였으므로 조준할 필요도 없었다. 놈이 뒷걸음질치며 응사하자 좁은 통로로 플라즈마탄이 쏟아졌다.

치프는 유연한 동작으로 수류탄을 꺼내 핀을 뽑고 놈의 발밑으로 던졌다. 엘리트가 깜짝 놀라 뭐라고 지껄여대는 찰나, 모퉁이 뒤로 몸을 피했다.

불길과 연기가 한데 터져 나오면서 거무튀튀한 보라색 핏덩이가 금속 벽면에 덕지덕지 묻었다. 치프는 계속해서 권총을 단단히 쥐고서 모퉁이를 돌아 연기가 피어오르는 엘리트 시체를 넘어갔다.

계속 올라가자 선반처럼 허공으로 뻗은 좁다란 통로가 나왔다. 오른편에는 두꺼운 금속 벽이 버텼고, 왼편의 벽면은 가파른 각도로 바닥으로 이어져 점차 넓게 입을 벌린 시커먼 구렁텅이로 내려갔다. 펠리칸 수송기의 야간 항행등처럼 깜박거리는 불빛이 어렴풋이 보였다.

그는 불빛 앞에서 걸음을 멈췄다. 양 기둥 끝에서 깜박이는 둥그런 불빛 사이로 파란 직사각형 표시창이 있었다. 허공에 뜬 표시창에는 깜박거리는 기호가 이리저리 움직였다. 꼭 코타나의 홀로그램처럼 반투명했지만 어디를 봐도 영사기는 없었다. 기하학 기호들이 자꾸 정신 사납게 반짝거려서 뭐라도 얼른 눌러야 할 듯했다. 강화수술 덕분에 향상된 기억력으로도 어디서 비슷한 기호를 봤는지까지는 알 수 없었다. 다만 왠지 모르게…… 익숙하게 느껴졌다.

그는 파란색과 초록색이 섞인 동그라미에 손가락을 갖다 댔다. 손가락이 홀로그램을 슥 통과할 줄 알았는데, 놀랍게도 저항이 느껴지면서 불빛이 더욱 빠르게 깜박이기 시작했다.

"어떻게 한 거죠? 방금 에너지가 급증했어요."

코타나가 놀라서 물었다.

"나도 몰라."

치프는 솔직하게 답했다. 자신도 모르게 '단추'에 손가락이 이끌렸을 뿐이었다. 그냥 그런 감이 들었다.

삑 소리에 끊어진 길을 향해 고개를 들었다. 도로 양 끝에서 눈부신 흰 불빛이 일더니 마치 손전등에서 나온 빛이 자욱한 연기 사이를 가르듯이 길을 이었다.

빛이 밝아지면서 치직거리는 소리가 크게 울렸다.

"광자 활동이 대량으로 감지됐어요. 들뜬 광자가 빛으로 된 다리 주변 공기를 따라 응집했군요."

"말인즉?"

"저 불빛이 서로 간섭해서 굳어졌단 말이죠."

코타나는 잠시 말을 멈추었다가 덧붙였다.

"어떻게 조작하는지 알고 있었나요?"

"아니. 어서 여기서 나가자."

빛으로 된 다리를 건널 생각을 하니 아찔했다. 발로 건드려보았더니 바위처럼 단단하고 튼튼했다. 마스터 치프는 어쩌겠느냐는 듯이 어깨를 으쓱이고는 피츠제럴드에게 꽉 잡으라고 한 뒤 곧장 다리 위로 워트호그를 몰았다. 바닥이 보이지 않는 깊은 구렁 위로 펼쳐진 빛줄기 위를 달리는 동안, 피츠제럴드는 조마조마한 마음에 욕지거리를 내뱉는가 하면 그 욕이 금세 기도로 바뀌기도 했다.

반대편으로 넘어간 다음 계속 길을 따라가자 터널이 끝나고 계곡이 나타났다. 마스터 치프는 여기저기 있는 돌과 나무 사이를 지나 풀이 무성한 언덕 위로 워트호그를 몰았다. 남쪽으로 가다 보니 깎아지른 절벽이 나타났다. 오른쪽으로 가기는 위험했고, 계속 왼편에 붙어 이동했다.

워트호그가 얕은 강물에 빠지면서 물이 첨벙 튀었다. 오른쪽으로 좁은 길목이 보였다. 치프는 우선 저곳부터 살펴보기로 하고 울퉁불퉁한 바윗길로 운전대를 꺾었다.

바윗길을 따라 몇 분 정도 달리자 골짜기를 굽어보는 커다란 바위턱이 나타났다. 구명정과 코버넌트 병력은 있었지만, 해병들은 보이지 않았다. 예감이 안 좋은데.

피라미드처럼 생긴 건물이 골짜기 한가운데를 차지하고 있었다. 강렬한 빛줄기가 하늘로 솟아오르는 광경을 보니 전에 봤던 섬광과 비슷하다는 생각이 들었다.

도착과 동시에 놈들은 곧장 사격을 퍼부었고, 피츠제럴드도 응사했다. 워트호그로 놈들을 손봐줄 때가 왔다. 마스터 치프가 가속기를 밟는 내내 뒷좌석에 실린 M41 기관총에서 총성이 쉴 새 없이 요란스레 터져 나왔다.

"어떠냐? 실컷 처먹어라!"

피츠제럴드는 고래고래 소리치며 다른 방향으로 총구를 돌리고 신나게 갈겨댔다. 그런트 두 놈이 바닥에 나뒹굴었고, 몸을 잔뜩 웅크리던 자칼은 몸뚱이가 반 토막 났으며, 대구경 탄환이 맨땅을 파고들면서 풀잎이 픽픽 잘려나갔다.

워트호그로 피라미드 모양 건물 주변을 한 바퀴 훑고 나자 코타나가 말했다.

"건물 뒤 언덕에 생존자들이 숨어 있어요. 어서 가서 도와주세요."

마스터 치프는 나무 두 그루 사이를 살폈다. 뒤편에 숨어 있던 한 엘리트가 튀어나와 플라즈마 라이플을 겨누었다. 하지만 워트호그의 커다란 바퀴에 깔려 과속방지턱 신세가 되고 말았다.

해병대원들이 모습을 드러내고는 돌격소총을 높이 들어올리며 치프를 반겼다. 어느 병장이 그를 향해 고개를 끄덕였다.

"반갑습니다, 치프. 마침 몸 좀 풀던 참이었습니다."

코버넌트들이 언덕에서 달아나기 시작했지만 12.7×99밀리 저격소총 탄에 한 놈도 남김없이 꿰뚫리면서, 비탈길 곳곳이 시체로 뒤덮였다.

지직거리는 잡음이 이어지다가 포해머의 목소리가 들려왔다.

"코타나, 여기는 에코 419, 응답하라."

"여기는 코타나, 생존자가 있다. 지금 즉시 구조해야 한다."

"알았다, 바로 가겠다. 그곳에서 구명정을 몇 대 더 찾았다."

"알겠다. 지금 즉시 출발하겠다."

그렇게 마스터 치프는 오후 진종일 굽이굽이 맞물린 골짜기를 돌고 돌아 나머지 생존자를 찾아다니며 귀찮게 방해하는 코버넌트 병력을 밟아줬다. 마침내 해병과 해군 승무원을 합쳐 생존자 63명을 모두 구해냈다. 치프는 에코 419가 착륙하기를 기다렸다가 수송칸으로 뛰어들었다. "포해머" 롤리 대위가 조종석에서 뒤로 고개를 돌렸다.

"오늘 하루 고생 많았습니다. 수고하셨어요. 30분이면 알파 기지에 도착할 겁니다."

"알겠습니다."

마스터 치프는 숨을 내쉬며 긴장에 잔뜩 죄인 목을 풀었다. 그리고는 수송칸 벽에 등을 기대며 덧붙였다.

"태워줘서 감사합니다."

30초나 지났을까, 치프는 금세 곯아떨어졌다.

키예스 함장은 숨을 헐떡이며 절벽 앞에서 우뚝 멈췄다. 그를 비롯한 생존자 일행은 벌써 세 시간째 달리며 도망치고 있었다. 코버넌트 수송선이 머리 위를 지나 태양을 가리며 그림자를 드리우자 이제 해병들도 맥이 탁 풀렸다.

도스키에게서 회수한 권총으로 수송선을 쏠까 하는 생각도 들었지만, 공연히 놈들의 주의를 끌어서 플라즈마 사격을 맞을 이유는 없었다. 수송선 외부에 장착된 확성기를 통해 많이 듣던 목소리가 크게 울려 퍼졌다.

"키예스 함장님? 접니다, 엘렌 도스키. 이곳 협곡은 양쪽이 절벽이에요. 달아날 곳도 없거든요? 그만 포기하시죠."

수송기가 협곡으로 내려오면서 그림자도 따라 움직였다. 윙윙거리는 엔진소리와 함께 사방으로 흙먼지를 흩날리면서 천천히 땅에 내려앉았다. 수송칸 덮개가 열리자 도스키 소위가 땅으로 뛰어내렸다. 말짱한 차림새로 능글맞은 웃음까지 지어 보였다.

"그것 봐요. 내가 말했잖아요."

엘리트 고참병 대여섯이 그런트 두 놈을 데리고 뒤따라 내려왔다. 다들 중무장한 상태였다. 놈들은 자갈을 으득으득 밟으며 벼랑으로 다가왔다. 엘리트 하나가 인간의 언어로 입을 열었다. 놈의 윽박지르는 목소리에는 불쾌한 기색이 역력했다.

"당장 무기를 버려라."

승무원들은 키예스 함장을 힐끗 쳐다보았다. 키예스 함장은 어쩔 도리가 없다는 듯이 어깨를 으쓱이고는 허리를 굽혀 바닥에 M6D 권총을 내려놓았다. 나머지 사람들도 총을 버렸다.

그런트 둘이 종종 달려가 총을 거두어갔다. 한 놈은 자기네 말로 킬킬거리며 해병대원들의 소총을 모아다 멀찍이 치웠다.

"어느 놈이냐?"

통역기를 든 엘리트가 도스키를 쳐다보며 말했다.

"저 사람이에요!"

도스키 소위가 키예스 함장을 가리키며 외쳤다. 히코와 대위가 앞으로 뛰쳐나갔다.

"이 오라질년! 네년을…….."

대위가 갑작스레 달려들어 일행 모두 놀란 찰나, 엘리트가 대위를 총으로 쐈다. 키예스 함장은 놈을 향해 몸을 날렸지만 헛수고였다. 순식간에 옆통수에 주먹이 날아들자 눈앞이 흐려져 땅바닥에 털퍼덕 고꾸라졌다.

엘리트는 철두철미하게 일을 처리했다. 놈은 해병부터 시작해서 일행의 머리에 차례로 플라즈마탄을 박아 넣었다. 왕은 뒤돌아서 도망치려 했지만 등덜미를 맞고 숨이 끊어졌다. 러블은 권총을 잡으려다 얼굴에 플라즈마탄이 들이박혔다.

키예스 함장은 어지러움을 억누르고 어렵사리 일어서서 엘리트를 향해 돌진했다. 하지만 얻어맞고 도로 땅바닥에 처박히고 말았다. 죽은 히코와 대위가 눈을 치켜뜨고 그의 뒤쪽을 멍하니 쳐다보고 있었다.

마침내 플라즈마탄 소리가 잦아들고 불에 그슬린 살점 냄새가 온 사방에 퍼질 즈음, 살아남은 사람은 키예스 함장과 도스키 소위 둘뿐이었다. 소위는 얼굴이 하얗게 질린 채 고개를 휘휘 내저으며 양손을 쥐어짰다.

"이렇게 될 줄은 몰랐어요, 정말이에요. 코버넌트가 말하길…….."

엘리트가 땅에 떨어진 M6D 권총을 주워 도스키 소위를 쐈다. 총알이 소위의 이마 한가운데를 파고들면서 협곡 전체에 총성이 메아리쳤다. 소위의 눈알이 희번덕거리며 넘어갔고, 곧 무릎을 땅에 꿇으며 풀썩 쓰러졌다.

엘리트는 M6D 권총을 손에 쥐고 이리저리 살펴보았다. 크기가 플라즈마 피스톨보다 작아 방아쇠울에 놈의 손가락이 간신히 들어가는 수준이었다.

"실탄 화기라, 아주 원시적이군. 끌고 가라."

다른 엘리트들이 키예스 함장의 팔을 붙잡고 음침한 수송칸으로 끌고 갔다. 그간 고수하던 방침을 바꾸고 이제 와서 포로를 잡아들이는군. 하지만 많이 잡을 생각은 없는 모양이지. 곧 수송선이 이륙했고, 키예스 함장은 자신이 마지막 생존자가 아니기를 간절히 빌었다.

알파 기지에는 편의시설이 그리 많지 않았지만, 마스터 치프는 있는 시설이나마 십분 활용했다. 먼저 열 시간 동안 푹 눈을 붙이고 일어나 전투 식량 2인분을 먹어치운 뒤 2분간 더운물로 샤워를 했다.

고리형 구조물에서 나오는 물을 노획한 코버넌트 발전기로 덥힌 다음, 필라 오브 어텀에서 탈출한 기술병이 급조한 샤워기로 연결한 구조였다. 잠깐이기는 해도 물방울이 몸에 닿는 매 순간을 즐기며 상쾌하게 샤워를 마쳤다.

마스터 치프는 몸을 말리고 깨끗한 작업복 한 벌을 얻어 입었다. 평소에 하던 대로 막 전투복을 정비하던 참에, 이병 하나가 조립식 메모리 플라스틱 막사 안으로 고개를 불쑥 들이밀었다.

"치프, 방해해서 죄송합니다만 실바 소령님께서 서둘러 지휘소에서 보자고 하십니다."

마스터 치프는 걸레에 손을 닦았다.

"곧 가겠다."

도로 전투복을 입으려는데 이병이 다시 고개를 내밀었다.

"그리고 전투복은 놔두고 오시랍니다."

마스터 치프는 미간을 찌푸렸다. 전장에서 전투복을 벗어둘 수는 없다. 하지만 명령은 명령이고, 키예스 함장님이 계시지 않는 지금으로써는 실바 소령이 상관이다. 치프는 고개를 끄덕였다.

"미리 알려줘서 고맙다."

그는 전투복 점검을 끝낸 다음 자체 보안 시스템을 켜두고 허리춤에 M6 권총을 찼다.

소령의 사무실은 알파 기지의 지휘소, 바위산 꼭대기에 있는 외계 건물의 정중앙에 있었다. 치프는 현관을 지나 피 묻은 통로를 지나갔다. 해군 경비병의 감시 아래 쇠고랑을 찬 그런트 포로 두 놈이 바닥을 북북 문질러 닦고 있었다.

사무실 문밖에 타격대원 두 명이 보초로 있었다. 어제 있었던 전투 때문인지 신경이 굉장히 날카로워 보였다. 같은 궤도 강하 타격대가 아닌 타부대 장병한테는 일단 냉대하고 보는 버릇이 도졌는지, 두 대원은 스파르탄 대원인 치프를 보고 삐딱한 태도를 취했다. 덩치가 큰 보초가 치프의 옷깃에 달린 기장을 빤히 쳐다보았다.

"예, 치프. 뭐하러 오셨습니까?"

"마스터 치프 스파르탄-117, 실바 소령님께 신고 드리고자 왔다."

'스파르탄-117'은 치프가 해군에서 받은 공식 호칭이었다. 문득 그는 리치 행성이 함락된 이후로 자신의 본명이 존이라는 사실을 아는 사람이 아무도 없으리라는 생각이 들었다.

"스파르탄 하나 하나 칠? 뭔 놈의 이름이 그따위랍니까?"

덩치가 작은 보초가 빈정거렸다.

"사돈 남 말 하시네."

맥케이 중위가 뒤에서 걸어오며 끼어들었다.

"유츠제니카 네가 이름 갖고 시비 걸 처지는 아닐 텐데 말이야."

두 보초는 웃음을 터뜨렸다. 맥케이 중위는 마스터 치프를 문으로 안내했다.

"괜히 신경 쓰실 것 없습니다. 원체 짓궂은 녀석들이라 말입니다. 전 맥케이 중위입니다. 들어가시죠."

"감사합니다."

마스터 치프는 그렇게 답한 뒤 앞으로 세 걸음 걸어갔다. 임시로 만든 책상이 바로 앞에 있었다. 실바 소령은 하던 일을 멈추고 고개를 들어 마스터 치프와 눈을 맞추었다. 마스터 치프는 깍듯이 경례를 올렸다.

"마스터 치프 스파르탄-117, 신고 드립니다!"

책상에 딸린 의자는 구명정에서 떼어내 온 것이었다. 실바 소령이 등을 기대자 살짝 삐걱거리는 소리가 났다. 그는 스타일러스로 입술을 툭툭 두드리기만 했다. 보통 이쯤 되면 장교들은 "쉬어." 하고 말하는 법인데, 그런 말이 없는 것을 보니 소령은 치프 때문에 심기가 아니꼬운 모양이었다. 아니, 왜? 뭐가 거슬리기에?

맥케이 중위는 방을 빙 돌아 실바 소령의 옆으로 걸어가서 벽에 등을 기대고는 눈을 반쯤 내리깐 채 상황을 지켜보았다. 중위는 지옥행 강습대식으로 윗머리는 짧고 납작하게 가다듬고 옆머리는 박박 밀어 문신을 새겼다. 초록 눈동자에 코는 살짝 뭉툭하고 입술은 두툼했다. 꼭 군인과 여성의 면모를 동시에 지닌 듯했다.

실바 소령은 마스터 치프의 머릿속을 훤히 알겠다는 투로 입을 열었다.

"그래, 내가 누군지, 상황은 어떻게 돌아가는지 궁금하겠지. 이해한다. 최정예 요원인 데다 지금은 포로로 잡힌 키예스 함장님과 안면까지 있다면 더더욱 그럴 테지. 군인으로서 갖춰야 할 덕목 중 하나인 높은 충성심에는 자네에게 경의를 표하는 바다."

소령은 자리에서 일어나 의자 뒤를 서성였다.

"하지만 군대에는 계급고하라는 것이 있다. 말인즉 이제부터 자네 상관은 나란 소리다. 키예스 함장님도, 코타나도, 자네 자신도 아니다."

소령은 우뚝 멈춰 돌아서서는 마스터 치프의 눈을 똑바로 바라보았다.

"이점은 확실히 짚고 넘어가야겠군. 현재 상황은 이렇다. 지금 내 휘하에 대위가 없어서 맥케이 중위가 부관을 맡고 있네. 그런즉슨 나나 중위가 자네더러 좆으로 밤송이를 까라면 까야 한단 소리지. 알아듣겠나?"

치프는 잠시 소령을 쳐다보다 이를 악물었다.

"잘 알겠습니다."

"좋다. 하나 더, 자네 경력은 전부터 봐와서 잘 알지. 대단해, 아주 끝내

주더군. 그건 자네가 변종이라서, 결코 되풀이해서는 안 될 끔찍한 생체실험의 마지막 산물이기 때문이다!"

맥케이 중위는 마스터 치프의 얼굴을 살펴보았다. 중위만큼은 아니어도 어쨌거나 짧은 머리였다. 생각이 깊어 보이는 눈동자와 굳게 다문 입, 억센 턱이 돋보였다. 오랫동안 햇빛을 보지 못해 살갗이 창백했다. 얼굴이 너무 희어 어두컴컴한 동굴 속에서 살다 온 사람 같았다. 소문으로 듣기에 치프는 여섯 살 때부터 군인의 길에 들어섰다고 한다. 그러니 상관 앞에서 표정을 단속하는 데는 도가 텄겠지만, 소령의 말마디 하나하나가 과녁에 꽂히는 총알처럼 치프의 얼굴을 파고드는 모습이 중위의 눈에는 훤히 보였다. 확 드러나지는 않아도 눈빛이 살짝 가늘어졌고 입가도 뻣뻣하게 굳어갔다. 중위는 소령에게 고개를 돌렸지만, 소령은 치프의 표정 따위 전혀 개의치 않는 듯했다.

"유전자로 사람을 걸러내다 세뇌 교육을 받게 하고 몸을 뜯어고친다는 생각부터가 글러먹었어. 첫째, 후보생들을 강제로 징집했고, 둘째, 그렇게 동원된 대상들을 반 괴물로 만들었으며, 셋째, 결국 스파르탄 양성계획은 실패했기 때문이다.

찰스 다윈이라고 아나? 아마 생소할 거다. 그 사람은 군인이 아니니까. 다윈은 '자연도태설'을 주장했던 생물학자다. 자연도태설이란 한마디로 외부 환경에 맞는 생물은 살아남고 그렇지 않은 생물은 결국 죽는다는 이론이지.

그게 바로 스파르탄 대원들한테 벌어진 일이다. 그 치들은 깡그리 죽었어. 자네만 없어진다면 그렇게 되겠지. 그래서 궤도 강하 타격대가 활약을 펼친 거다. 이 바위산을 점령한 사람은 우리 지옥행 강습대지, 몸 좀 뜯어고치고 번지르르한 갑옷이나 뒤집어쓴 변종들이 아니란 말이다.

우리가 코버넌트를 격퇴한다면, 난 그렇게 되리라 철석같이 믿는데, 그 승리는 맥케이 중위를 비롯한 남녀 장병들의 땀으로 일궈낸 결과가 될 거다. 민첩하고 굳건하고 사지육신 뜯어고치지 않은 진짜배기 사람의 힘으로 말이다! 내 말 알아듣겠나?"

린다, 제임스, 함께 훈련을 받았던 74명의 남녀 아이들이 뇌리를 스쳤다. 소령은 그들 모두 죽었다고, "변종"이라고, 생체실험의 산물일 뿐이라고 단정 지었다. 마스터 치프는 숨을 깊이 들이쉬었다.

"전혀 모르겠습니다!"

치프와 소령이 서로 눈을 노려보는 가운데 침묵이 흘렀다. 5초쯤 지나자 실바 소령이 고개를 끄덕였다.

"그래, 자네 부하들 일은 유감이다. 하지만 그렇다고 달라지는 건 없다. 스파르탄 양성계획은 끝장났다. 어찌 됐건 이 전쟁에서는 인류가 승리할 거다. 자네도 그만 받아들이도록. 지금은 군인 하나하나가 절실한 실정이니 말이다. 장성급 참모진 전원을 합친 것보다 훈장을 더 많이 받은 사람이라면 말할 필요도 없지."

소령은 손바닥을 뒤집듯이 잡아먹을 것 같던 태도를 싹 바꾸고는 "쉬어." 하고 말한 뒤 치프와 중위를 자리에 앉히고 다음 임무에 대해 간략히 설명에 들어갔다. 정찰 정보에 따르면 코버넌트가 키예스 함장을 생포했다고 한다. 실바 소령은 무슨 수를 써서라도 키예스 함장을 구해낼 계획이었다.

코버넌트 순양함 진리와 귀의는 필라 오브 어텀과의 짤막한 난투극에서 손상을 입기는 했지만, 엔지니어들이 열심히 수리한 덕분에 살아남았다. 현재는 헤일로 지표면에서 수백 미터 상공에 뜬 채로 고리형 구조물에 깃든 기술을 '수확'하는 임무를 수행하는 이들의 명실상부한 사령부로 자리 잡았다.

진리와 귀의는 헤일로에 투입된 지상병력 지휘체계의 중심부였다. 순양함 내부는 엘리트 장교, 자칼 상급병, 그런트 고참병으로 가득했고, 엔지니어도 간간이 섞여 있었다. 엔지니어는 두루뭉술하게 생긴 가스주머니로 공중에 떠다니는 생명체로, 기계를 분해하고 수리하고 재조립하는 작업을 도맡았다.

하지만 복도를 거침없이 걸어가는 주카 자맘이와 마지못해 뒤를 졸래졸래 따라가는 야얍 앞에서 승무원들은 계급을 막론하고 서둘러 길을 비켜 주었다. 자맘이의 계급이 그렇게 높아서가 아니라 겉모습에서 나오는 위압감 때문이었다. 검은색 전투복을 차려입고 오만하게 고개를 까닥이며 뚜벅뚜벅 걸어가는 모습은 당당하고 권위적인 면모를 풍겼다.

그러나 제아무리 자맘이가 고압적인들, 검문을 거치지 않고서는 지휘 구획에 함부로 드나들 수 없었다. 중력 리프트에서 내려오니 검은 전투복 차림의 엘리트 대여섯 명이 문 앞에서 버티고 있었다. 복도를 지나오면서 마주쳤던 엘리트들과 달리 전혀 주눅 드는 기색이 없었다.

"신분증명서."

엘리트 보안장교가 손을 내밀고 퉁명스레 내뱉었다. 자맘이는 아랫사람에게 뭔가를 하사하기라도 하는 양 보안장교의 손에 디스크를 툭 떨어뜨렸다.

보안장교는 자맘이의 신분 디스크를 받아 소형 판독기에 넣었다. 데이터가 오른쪽에서 왼쪽으로 죽 나타났다.

"삽입구에 손을 넣으시오."

다음 검문 기기는 5유닛 높이의 네모난 직사각형 상자였다. 기기의 옆면에 있는 삽입구에서 초록색 불빛이 촘촘히 새어 나왔다.

시키는 대로 손을 넣자 기계가 피부조직을 채취하면서 따끔한 통증이 느껴졌다. 곧 컴퓨터가 기록을 살펴 가며 그의 DNA를 대조하기 시작했다. 설마 자맘이가 인간일지도 몰라서가 아니었다. 코버넌트는 정쟁이 잦았고, 최근에도 몇 건의 암살 사건이 있었던 까닭이다.

"확인됐소. 사관 주카 자맘이 당신은 지금으로부터 15유닛 뒤 사령관

의회에 참석하기로 일정이 잡혀 있소. 하지만 의회의 일정이 지연된 탓에 좀 기다려야 할 거요. 소지한 무기는 모두 제출하시오. 저쪽에 대기실이 있지만 그런트는 밖에서 기다려야 할 거요. 준비가 되면 의회에서 호명할 거요."

야압더러 들라고 했던 에너지 라이플이야 문제 되지 않았지만, 자맘이는 플라즈마 피스톨도 소지했으므로 그것도 넘겨줘야 했다.

임시 대기실로 가보니 먼저 와서 기다리는 엘리트들이 있었다. 다들 구부정한 자세로 자리에 앉아서 바닥을 쳐다보고 있었다.

더군다나 엎친 데 덮친 격으로, 온 순서대로 의회에 입장하는 것이 아니라 계급순으로 일을 처리하는 모양이었다. 계급이 높을수록 특권이 붙는 탓에 최선임이 최우선이었다.

자맘이는 불평을 털어놓을 처지가 못 되었다. 지금 계급으로는 아무리 요청을 거듭한다 한들 의회에서 거들떠보지도 않을 것이 뻔했으니, 출두하라는 지시를 받은 것만도 감지덕지했다. 끝이 보이지 않던 오랜 기다림 끝에, 그는 마침내 안내를 받아 의회실로 들어갔다.

부사제가 연단을 둘러싼 탁자 가운데 다리를 포개고 앉았고 엘리트들은 모두 자리에서 일어나 있었다. 바람이 휙 불었지만, 사제는 반중력 보좌에 태연히 앉아 몸을 살짝 꾸벅이며 은연중에 자신의 신분과 지위를 주변에 상기시켰다. 자맘이는 그런 행동을 이해하는 동시에 우러러 공경했다.

사제는 정교한 관모를 쓰고 있었다. 관모에는 보석 장식과 함께 통신용 전선이 내장되어 있었다. 어깨에 살짝 걸친 은빛 망토가 화려한 금술 장식을 떠받쳤고, 금술은 딱딱한 입술 앞까지 뻗어 나와 있었다. 화려한 자수가 들어간 붉은 관복은 무릎을 지나 바닥까지 내려왔다. 사제가 흑요석처럼 검은 눈으로 엘리트들과 연단을 죽 훑는 사이 당번병이 귓속에 무어라 속삭였다.

귀족 엘리트 소하 로람이가 자맘이에게 손을 내밀었다.

"반갑다, 자맘이. 다친 데는 어떤가? 잘 아물었기를 바란다."

로람이는 자맘이보다 계급이 두 단계 더 높았다. 자맘이는 하급 장교이므로 인사를 건넨 상관에게 감사의 뜻을 담아 공손히 대답했다.

"걱정해주셔서 고맙습니다. 곧 완쾌될 겁니다."

"그만들 하시오."

사제가 끼어들었다.

"그렇잖아도 늦었으니 바로 시작하겠소. 그대 주카 자맘이는 이전에도 어느 인간을 찾아내 처단코자 특별히 병력을 내어줄 것을 의회에 요청했었소. 참으로 기이한 발상이지. 우리 눈에 인간은 하나같이 성가신 것들로 비칠 뿐이니. 허나 그 인간은 단신으로 수많은 아군의 목숨을 앗아갔다고 기록되어 있소. 당 의회는 자맘이 사관이 그 인간과의 전투에서 부상 당한 바를 인지하고 있으며, 이에 코버넌트는 사사로운 보복행위를 용납하지 아니함을 상기시키고자 하오. 앞으로는 요청을 올리기에 앞서 이를 염두에 두기 바라며, 적당한 선에서 그만 물러날 줄 알았으면 하오."

자맘이는 존경의 뜻으로 눈을 내리깔았다.

"말씀 감사합니다, 사제님. 첩보원의 보고에 따르면 그 인간은 어릴 적부터 전사로 길러지면서 신체 능력을 높이는 수술을 받았고, 아군의 것보다 성능이 뛰어난 전투복으로 무장했다 합니다."

"우리 것보다 뛰어나다고 했소?"

사제는 그럴 리 만무하다는 투였다.

"경솔한 말을 삼가게나. 그대가 입은 전투복에는 선조님의 기술이 깃들어 있소. 그런 말을 입에 올린다는 것 자체가 신성모독이오."

"하지만 자맘이의 말은 사실입니다."

로람이가 끼어들었다.

"사례를 살펴보면 서로 엇갈리는 점이 있기는 하나, 보고서에는 방어막을 탑재한 특수 전투복이 빠짐없이 언급되어 있습니다. 목격자들의 진술

114

이 정확하다면, 특수한 인간 집단 또는 개개인은 털끝 하나 다치지 않고 엄청난 양의 공격을 견뎌내며 뛰어난 전투력과 탁월한 통솔력을 갖춘 것으로 보입니다. 놈들이 전장에 모습을 드러내기만 해도 인간들의 사기가 올라갔다 합니다."

"그렇습니다."

자맘이가 말을 이어받았다.

"그래서 추격 암살대를 편성하여 놈을 찾아 전투복을 노획하자고 건의했던 겁니다."

"알겠소. 논의해볼 터이니 잠시 물러가시게."

사제의 엄숙한 태도에, 자맘이는 조용히 고개를 숙이고 연단에서 물러나 출입구로 돌아섰다. 복도로 나와 몇 유닛쯤 기다렸을까, 그는 다시 호명을 받고 안내를 받으며 의회실로 들어갔다. 사제와 당번병은 보이지 않았고, 로람이만 홀로 남아 소식을 전해주었다.

"유감스럽게도 사제님께서는 보고서에 큰 의미를 두지 않고 단순히 '전투유발 과잉 흥분'으로 낙인찍으시더군. 더욱이 우리 모두 그러한 단일 임무를 수행하기에 자네는 아까운 인재라는 데 동의했네. 아쉽지만 요청은 기각됐다."

로람이가 괜한 불똥을 맞지 않으려고 일부러 "아까운 인재"는 말을 꾸며냈음을 알고 있었지만, 말 속에 담긴 뜻만은 감사히 여겼다. 실망스럽기는 해도 군인의 신분인 만큼 명령에 복종해야 했다. 자맘이는 고개를 숙였다.

"그렇습니까. 알려주셔서 감사합니다."

야얍은 자맘이의 어깨가 살짝 처진 모습을 보고 신께서 기도를 들어주셨구나 하고 생각했다. 그의 정신 나간 요구를 의회에서 기각했으니 다시 원래 부대로, 일상으로 돌아가겠지.

의회실로 향하던 때의 당당한 걸음새는 어디 가고 나오는 걸음은 초라하기 그지없었다. 그런데 어찌나 걸음이 어찌나 빠른지 같이 가려면 달려야 할 지경이었다. 야얍은 큼직큼직한 보폭을 쫓으며 허둥지둥 자맘이의 뒤를 따라가기 바빴다.

야얍은 굵직한 정강이에 부딪혀 깜짝 놀라 소리를 빽 질렀다. 자맘이가 우뚝 멈췄다. 주먹을 꽉 그러쥐는 모습을 보니 분위기가 심상찮았다. 자맘이가 바라보는 곳으로 천천히 눈길을 돌리자 자칼 넷이 보였다.

어느 인간이 자칼의 손에 질질 끌려가고 있었다.

키예스 함장은 막 심문을 세 차례 받은 참이었다. 입을 열게 하려고 일종의 신경충격까지 받은 탓에, 놈들이 귀에다 대고 알 수 없는 소리를 지껄이고 비웃어대는 내내 말초신경 하나하나가 쓰라렸다. 입에서는 피맛이 느껴졌다.

놈들이 갑자기 멈춰 섰다. 웬 검은 전투복을 입은 엘리트가 길을 가로막았다. 놈이 기다란 손가락으로 삿대질을 했다.

"네 이놈! 특수 전투복을 입은 인간이 어디 있는지 불어라!"

키예스 함장은 힘겹게 고개를 들어 엘리트의 얼굴을 쳐다보았다. 머리에 붕대를 감은 꼴을 보아하니 왜 그런 물음을 던지는지 알만했다.

"난들 알겠나."

키예스 함장이 희미하게 웃어 보였다.

"하지만 또 그렇게 덤벼들었다간 뼈도 못 추릴 거다."

자맘이는 앞으로 성큼 다가가 손등으로 함장의 얼굴을 힘껏 후려쳤다. 키예스 함장은 주춤거리다 일어서서 입가에 묻은 핏자국을 닦았다. 그리고는 다시 엘리트를 정면으로 노려보았다.

"그래, 어서 쏴보시지."

야얍은 자맘이가 정말로 인간을 죽일 작정인 줄 알았다. 자맘이는 플라

즈마 피스톨에 오른손을 뻗어 손잡이를 만지작거리다 도로 내렸다. 그리
고는 아무 말도 없이 자리를 떠났다. 야얍은 뒤를 종종거리며 따라갔다.
잘은 몰라도 저 인간이 기 싸움에서 이긴 모양이었다.

4

투입 17시 11분 04초 경과 (스파르탄-117 작전 시각)/
펠리칸 에코 419, 비행 중

　전날의 정찰비행 결과, 코버넌트 순양함 진리와 귀의의 현 위치 부근에 있는 작은 바위산이 순양함의 감지기에서 나오는 전자파를 차단하므로 침투 지점으로 적당하다는 결론이 나왔다.

　웰즐리는 코버넌트가 펠리칸 수송기를 자기네 수송선으로 오인하게끔 뒤섞은 신호 배열을 시험할 참이었다. 50미터 상공에 뜬 수송기에서 마스터 치프와 타격대원들은 전자 위장복으로 몸을 가린 채 계획이 먹혀들지 지켜보았다.

　가짜 신호가 과연 효력을 발휘할지 확인하려면 기다려보는 수밖에 없었다. 키예스 함장님을 구출하기 위한 작전이기는 하나, 실바 소령, 웰즐리, 코타나가 이번 임무를 계획한 데는 훨씬 더 중요한 목표가 있었다.

　구조대가 정말로 코버넌트 순양함에 침투해 함장님을 무사히 구출해낸다면, 헤일로에서 살아남기에만 급급한 생존자들을 규합해 저항을 펼치는

데 기폭제로 작용할 가능성이 크다.

잇달아 불어 닥치는 하강기류에 수송기가 좌우로 흔들거렸다. 포해머는 완만한 언덕을 피해 지그재그로 펠리칸을 몰았다. 마스터 치프는 좌석에 앉은 병사들을 찬찬히 둘러보았다. 수송기에 오른 대원은 "지옥행 강습대", 치프와 같은 "변종"을 누르고 끝내 전쟁에서 승리를 따낼 것이라고 실바 소령이 호언장담했던 군인들이었다.

실상 스파르탄 양성계획은 마스터 치프를 마지막으로 막을 내릴 테니 실바 소령이 옳았는지도 모른다. 하지만 지금 상황에서는 하나마나한 얘기다. 보초를 제거하고 플라즈마 포탑을 처리한 다음 놈들의 순양함 진리와 귀의의 배면 바로 아래에 있는 중력 리프트에 도착할 때까지, 타격대원들과 함께 임무를 수행할 계획이다. 지원을 마다할 이유가 없잖은가. 기습공격을 감행하는 상황인 데다 타격대원들의 지원이 붙는다 해도 중력 리프트에 가까워질수록 교전이 치열해지리란 점은 불 보듯 뻔했다. 그럴 조짐이 보일 때를 대비해 해병 증원부대가 대기하는 중이었다.

문제는 코버넌트 순양함이 그냥 자리를 떠버릴지도 모른다는 점이지만, 코타나가 코버넌트 통신망을 감청해본 결과 아직 수리를 끝마치지 못한 것으로 드러나 그럴 염려는 없었다.

중력 리프트까지 도달한 뒤 증원병력과 함께 순양함으로 침투하여 길을 뚫어나가는 과정의 최종목표는 키예스 함장 구출이었다. 거기까지 작전이 먹혀든다면 함내 경비 병력을 제거한 다음 구조 요청을 날리면 임무 완수다. 함내에 적이 얼마나 상주하는지는 불확실하지만, 이 정도면 거저먹기나 마찬가지였다.

무전으로 포해머의 목소리가 들려왔다.

"착륙 지점까지 5분 남았다. 반복한다, 5분 뒤 착륙."

그러자 파커 하사가 자리에서 일어나 대원들에게 고개를 돌렸다. 분대 무전망을 통해 지직거리는 잡음과 함께 하사의 목소리가 나왔다.

"좋다. 제군들, 다들 단단히 준비해라. 코버넌트가 잔치판을 벌이고 우릴 초대해놨다. 마스터 치프가 앞장선다는 사실을 잊지 마라. 치프의 지시에 따라 움직이도록. 너희는 마땅찮을지 몰라도 난 물개가 길을 터주는 게 좋더군."

수송칸에서 웃음이 터져 나왔다. 파커 하사가 엄지를 들어 보이자 치프도 똑같이 답했다. 모처럼 지원이 있어서 든든했다.

마스터 치프는 머릿속으로 작전을 되새기며 S2 AM 저격소총을 들고 앞장서서 길을 뚫는다. 타격대원들은 착륙지점을 확보한 다음 뒤를 따라간다. 일단 위치가 발각되고 나면 MA5B 돌격소총으로 바꿔들고 근접전으로 적을 처리한다. 타격대원들과 마찬가지로 치프 역시 최대량의 실탄과 수류탄으로 무장했으며, 기타 장비와 M19 발사기용 로켓탄 탄창도 따로 두 발 갖고 있었다.

"30초 뒤 착륙! 내 몫까지 놈들을 쓸어버려라!"

포해머가 무전으로 외쳤다. 펠리칸이 지면 30센티미터 높이에서 멈추자 파커 대위가 소리쳤다.

"가자, 가자!"

마스터 치프는 수송칸에서 풀쩍 뛰어내렸다. 뒤따라 타격대원들이 발을 구르며 진입로를 내려왔다.

사방이 컴컴했다. 하늘 저편에 걸린 어둑한 달빛과 코버넌트 작업 조명등에서 나오는 흐릿한 불빛만이 앞을 밝혔다. 잠시 뒤 에코 419는 다시 하늘로 솟아올라 동체를 아래로 젖혀 엔진에 연료를 공급한 다음 어둠 속으로 사라졌다.

펠리칸이 머리 위를 스쳐 간 뒤 마스터 치프는 다시 몸을 돌렸다. 오른쪽으로 좁다란 길이 나 있었다. 타격대원들은 양쪽으로 흩어졌고, 파커 하사와 3인 화력조는 6시 방향을 맡았다.

마스터 치프는 포복 자세로 2미터 높이의 바위투성이 제방을 기어갔다.

바위가 옹기종기 모인 곳 근처에 도달하자 코타나가 전방에서 적의 움직임이 감지됐다고 보고했다. 동작 감지기에 빨간 점이 여럿 표시됐다. 몇 미터 전방 좌측에 움푹한 구덩이가 있었다. 코버넌트 조명등이 일대를 점점이 밝힌 것으로 보아 무슨 발굴이라도 하는 듯했다. 뭘 찾는 중일까?

치프는 소총의 안전장치를 풀었다. 코버넌트가 뭘 찾는가는 알 바 아니다. 뭐가 되었든 간에 순순히 목표를 달성하게 내버려둘 생각은 눈곱만큼도 없었다.

그는 옆에 있는 나무 뒤에 몸을 숨겼다. 저격소총을 들어 조준경을 2배율로 맞추고 내장형 야간투시경을 켰다. 우묵한 땅바닥 건너편으로 셰이드 포탑이 조준경에 들어왔다. 주변 일대에 그런트, 자칼, 엘리트들이 득실거렸지만 타격대원들이 공격에 나서기에 앞서 플라즈마 포탑부터 처리해야 했다. 거기다 묠니르 전투복에 방어막이 탑재됐다 한들 포탑의 화력을 정면으로 받아내는 데는 한계가 있다.

포탑 두 대의 위치를 모두 파악했다. 치프는 조준경을 10배율로 올리고 연습 삼아서 한 포탑과 나머지 포탑 사이로 조준점을 옮겨보았다.

연습을 몇 번 반복하자 표적을 잽싸게 바꿀 수 있겠다는 확신이 섰다. 숨을 멈추고 방아쇠를 꾹 당김과 동시에 개머리판이 어깨를 때렸다. 초탄이 가장 가까이 있던 사수의 가슴에 들이박혔다. 그런트가 포탑에서 떨어지는 사이, 치프는 저격소총을 오른쪽으로 홱 돌려 나머지 포탑에 앉은 그런트의 머리통에 14.5밀리 저격소총탄을 정확히 꽂았다.

요란한 총성에 코버넌트 병력은 화들짝 놀라 응사하기 시작했다. 치프는 야트막한 언덕으로 내려가 껍질이 벗겨져 앙상한 나뭇등걸 뒤에 사격 위치를 잡았다. 총성이 두 차례 더 울리면서 자칼 두 놈이 고꾸라졌다. 그는 숙달된 손놀림으로 재장전한 뒤 쉬지 않고 저격을 가했다. 플라즈마 포탑이 제구실을 못하자 놈들은 속수무책으로 쓰러졌다.

마스터 치프는 다시 탄창을 교체하고 놈들을 남김없이 죽인 다음 돌격소총으로 바꿔 들었다. 널따란 구덩이에 뛰어내려 여기저기 흩어진 바위 뒤에 몸을 숨기고 무전으로 소리쳤다.

"지옥행 강습대, 이동하라!"

곧 타격대원들이 구덩이로 쏟아져 나왔다. 맨 앞장서서 나오던 대원이 모습을 드러내는 순간, 숨어 있던 그런트 세 놈이 불쑥 튀어나왔다. 놈들은 대원의 얼굴에 플라즈마 피스톨을 쏘고는 허겁지겁 달아나기 시작했다. 하지만 야비한 그런트 삼인방은 죽은 대원의 시신이 미처 땅에 닿기도 전에 총알세례를 받고 나자빠졌다.

굽이굽이 맞물린 골짜기를 따라 총성이 메아리치다 잦아들었다. 마스터 치프는 인상을 썼다. 위치가 발각된 이상 잠입하기는 진즉에 글렀다.

어영부영 낭비할 시간은 없다. 마스터 치프는 타격대원들을 이끌고 우묵한 구덩이 건너편에 있는 깎아지른 절벽을 따라 이어진 좁은 벼랑길로 이동했다. 왼편의 낭떠러지를 염두에 두면서 오른쪽 바위벽에 바싹 붙어서 움직였다. 까마득한 절벽 아래에 펼쳐진 드넓은 바다 위로는 달빛만 드문드문했다.

동작 감지기에 적이 둘 잡혔다. 치프는 타격대원들에게 멈추라고 손짓했다. 벼랑 길목 꼭대기에 있는 잔나무가지 덤불 뒤로 몸을 숨기고 반대편에 있는 가파른 비탈길을 살폈다. 자칼 두 놈이 길목에서 돌아 나타나 플라즈마 피스톨을 녹색으로 물들이며 열심히 과충전하기 시작했다.

마스터 치프는 덤불에서 뛰쳐나가 개머리판으로 한 놈의 방패를 후려쳤다. 에너지장이 번뜩이다 꺼지면서 충격에 때문에 벼랑길에서 떠밀렸다. 놈은 비명을 지르며 아득한 낭떠러지로 곤두박질쳤다.

치프는 몸을 돌려 지향사격 자세를 취했다. 총알이 연달아 자칼의 옆구리를 때렸다. 놈은 뒤로 넘어지면서도 계속 방아쇠를 꾹 당겼다. 곧 과충전된 플라즈마탄이 방출되었고 치프의 머리 위로 튀어나온 바윗덩이에 커다란 구멍이 생겼다.

치프는 탄창을 교체한 다음 계속해서 전진했다.

"내가 주는 작은 선물이다."

한 대원이 그렇게 중얼대며 쓰러진 자칼의 머리에 총알을 박아 넣었다.

길목을 계속 나아가자 셰이드 포탑과 그런트 놈들과 자칼 한 쌍이 나타났지만, 마스터 치프의 저격 솜씨와 타격대원들의 소총 사격, 정확히 들어간 수류탄 앞에 제대로 힘도 못 쓰고 쓸려나갔다.

구조대는 저 너머로 비치는 기둥 모양 빛줄기를 향해 발걸음을 재촉했다. 적의 저항은 완강했지만 어설프기 짝이 없었다. 그때 일행의 머리 위로 웅웅거리는 소리와 함께 코버넌트 수송선이 날아들었다. 정전기 때문에 치프는 살갗이 따끔거렸다. 움푹 꺼진 암반 한가운데 널따란 금속 원반이 놓여 있었다. 헤일로 지표면으로 병력과 보급품과 차량을 운반하려고 코버넌트가 깔아둔 중력 리프트 지지대였다. 광선이 고정된 받침대를 따라 보라색 불빛이 아른거렸다. 마스터 치프는 중력 리프트를 가리키며 소리쳤다.

"서둘러라! 길은 저쪽이다, 어서 가자!"

치프와 대원들이 좁다란 계곡을 내달려 순양함 바로 아래에 도착하자마자 격렬한 전투가 벌어졌다.

리프트를 둘러싼 언덕을 따라 배치된 셰이드 포탑이 곧장 불을 뿜었다. 치프는 저격소총을 꺼내 들어 가까이 있는 사수부터 제거하고, 비탈진 언덕으로 뛰어올라 포탑에 걸터앉았다. 나머지 포탑을 처리하는 것이 급선무였다.

치프는 조종 장치를 왼편으로 틀어 재껴 좁은 길목 너머에 있던 포탑으로 총좌를 돌렸다. 세모꼴 홀로그램이 얼굴 앞으로 떠올랐다. 적 포탑을 겨눈 채로 홀로그램이 붉게 반짝인 순간, 발사 단추를 눌러 보랏빛이 뒤섞인 백색 에너지를 잇달아 퍼부었다. 사수석에 앉은 그런트가 포탑에서 뛰어내려 도망치려다 화망에 걸려들었고, 강력한 플라즈마에 맞고 나가떨어졌다. 놈은 연기가 피어오르는 구멍이 가슴에 뚫린 채 포탑 지지대에 축 늘어졌다.

마스터 치프는 총좌를 틀어 나머지 셰이드 포탑을 조준했다. 에너지 파장을 한바탕 퍼부어 포탑을 모조리 잠재운 뒤 잔존 병력을 처리하기 시작했다.

막 자칼 두 놈을 땅바닥으로 날리는 도중 코버넌트 수송선이 접근 중이라고 코타나가 보고했다. 마스터 치프는 땅에다 병력을 게워내는 수송선 방향으로 사격을 집중했다.

치프와 타격대원들은 셰이드 포탑을 연거푸 발사해 지원병력을 쓸어버리고 나머지 놈들까지 남김없이 소탕했다. 한창 놈들을 밟아주는 찰나에 한 대원이 소리쳤다.

"저길 봐! 놈들이 또 온다!"

흐릿한 형상 열 개가 중력 리프트를 통해 순식간에 내려왔다. 그중 두 놈은 몸집이 산만한 데다 검푸른 장갑복을 걸친 것도 모자라 한 손에는 묵직한 방패까지 들고 있었다.

리치 행성이 함락되기 얼마 전, 저놈들과 맞붙은 적이 있었다. 헌터는 맷집이 상당해서 굉장히 위험한 적수로, 그야말로 걸어 다니는 전차나 마찬가지였다. 겉보기에는 굼뜨고 둔할지 몰라도, 팔에 장착한 어썰트 캐논은 밴시에 탑재된 중화기와 맞먹는 위력을 발휘하며, 산만한 덩치에 걸맞잖게 움직임은 매우 기민했다. 커다란 쇠 방패로 어지간한 공격은 죄다 막아내며, 설상가상으로 눈앞의 적이 모조리 죽어나거나 자신들이 쓰러지기 전까지는 공격을 멈추는 법이 없는 놈들이 바로 헌터였다.

타격대원들이 사격을 개시하고 수류탄을 던지자, 두 헌터는 공격을 받아내며 울부짖었다. 한 놈이 오른팔을 들어 어썰트 캐논을 발사했다. 공격에 맞아 살점이 녹아내린 한 대원이 비명을 지르며 바닥에 쓰러졌다. 넘어지면서 발사한 로켓이 하늘로 빗나가 중력 리프트 광선에 명중, 폭발했지만 아무 일도 일어나지 않았다.

헌터 한 쌍은 중력 리프트 지지대에서 쿵쾅거리며 내려와 구덩이 언저리로 성큼성큼 걸어왔다. 놈들 뒤로는 자칼과 엘리트들이 바짝 들러붙어 대형을 짜고서 대원들을 향해 플라즈마탄을 쏟아냈다. 파커 하사가 외쳤다.

"지옥행 강습대, 공격!"

타격대원들은 산만한 철갑괴물을 향해 공격을 퍼부었다. 하지만 총알은 놈들의 갑옷에 맞고 튕겨나 애꿎은 돌멩이만 할퀴었다.

포탑을 돌리려는 찰나, 헌터 놈들이 어썰트 캐논을 발사할 때 나는 불길한 충전음이 귓가를 스쳤다. 불타오르는 에너지 덩어리가 치프를 덮쳤다. 강렬한 충격에 포탑이 덜컹거렸지만, 그는 이를 악물고 조준선을 가다듬으며 목표물을 조준했다. 전투복의 방어막이 소진되어 날카로운 경고음이 귓전을 때렸다.

조준 표시창이 빨갛게 변하자 그는 발사 단추를 꾹 눌러 푸르스름한 에너지 파장을 퍼부었다. 두 헌터는 미처 방패로 몸을 가릴 새도 없이 공격에 노출되었다. 플라즈마가 온몸을 겹겹이 둘러싼 놈들의 장갑복을 불태우며 등덜미에 돋아난 가시돌기까지 훑고 지나갔다.

전우가 당하자 남은 한 놈이 분노에 찬 함성을 내질렀다. 놈은 몸을 돌려 마스터 치프가 앉은 포탑을 향해 어썰트 캐논을 발사했다. 포탑이 직격당해 한쪽으로 넘어지면서 치프는 땅바닥에 나뒹굴었다.

잔뜩 열이 오른 헌터가 쓰러진 마스터 치프를 향해 돌진하면서 땅이 쿵쿵 울렸다. 치프는 오른쪽으로 굴러 몸을 웅크렸다. 이제 헌터와의 거리는 불과 5미터 정도. 놈이 송곳처럼 날카로운 가시돌기를 꼿꼿이 세웠다. 방어막이 소진된 상태에서 저 가시에 찔렸다가는 꼬치가 되기 십상이다.

치프는 무릎쏴 자세로 돌격소총을 발사했다. 총알이 장갑복에 튕겨나기만 할 뿐 놈은 끄떡도 없었다. 그는 탄창을 비운 뒤 왼쪽으로 몸을 피해 비탈길로 미끄러져 내려갔다. 헌터는 가만히 서서 송곳 같은 가시를 머리 위로 휘둘렀고, 치프는 간발의 차이로 공격을 피했다.

비탈을 굴러 바닥에 엎드리자 놈의 약점이 눈에 들어왔다. 헌터의 등덜미 가시 아래로 질깃질깃한 주황색 살집이 드러났다. 속살에 MA5B 돌격소총을 한 탄창 몽땅 쏟아 붓자 탄흔을 따라 선명한 주황색 피가 솟구쳐 나왔다. 놈은 슬피 울부짖으며 자기가 흘린 피 웅덩이 위로 철퍼덕 쓰러졌다.

치프는 무릎을 꿇고 일어나 탄창을 교체한 뒤 적이 더 없나 주위를 살핀 뒤 외쳤다.

"구역 확보!"

나머지 타격대원들도 뒤따라 같은 말을 외쳤다. 이제 리프트를 타고 순양함 내부로 침투할 길이 열렸다. 코타나도 기회를 놓치지 않고 재빨리 전투복에 내장된 통신 시스템을 가동해 무전을 날렸다.

"에코 419, 여기는 코타나. 중력 리프트를 장악했다. 지원 병력을 보내주기 바란다."

"알았다, 코타나. 에코 419 접근 중. 착륙지점을 확보해주기 바란다."

"뭣들 하나?"

어두운 하늘을 가르며 날아오는 펠리칸 수송기의 야간 항행등을 쳐다보는 휘하 대원들에게 파커 하사가 말했다.

"펠리칸 처음 보냐? 땅에서 눈을 떼지 말란 말이다. 이것들이 하늘에서 적이 떨어지는 줄 아나."

마스터 치프는 에코 419에서 내린 해병들에게 수신호를 보내 타격대원들과 같이 중력 리프트 지지대로 올려보냈다.

"아무래도 작전이 먹혀든 것 같습니다."

한 이병이 그렇게 말하며 보이지 않는 손에 이끌려 땅에서 붕 떠올랐다.

"우리가 운빨 하나는 끝내주잖나!"

파커 하사는 순양함의 배면을 올려다보며 말하고는, 곧 밧줄에 매달린 듯이 허공으로 솟아올랐다.

"일단 코버넌트 순양함 안으로 잠입하면 함장님의 CNI[3] 신호가 추적 가능합니다. 함장님은 감옥에 갇혀 있거나 그 주변에 계실 가능성이 큽니다. 쉽게 찾을 수 있을 거예요."

"다행이로군."

치프가 코타나의 말에 짤막하게 대답하자마자, 광선에 이끌려 몸이 솟아올랐다. 어느 대원이 신나서 소리쳤다.

"앗싸!"

코버넌트는 아직 상황파악을 못한 모양이지만, 지금 순양함에 올라가는 이들은 자기네 아군이 아니라 치프와 타격대원, 그리고 해병들이었다.

기상을 예측하지 못한 탓도 있지만, 고리형 구조물의 날씨가 이럴 줄은 아무도 예상하지 못했다. 암석 대지 위로 피처럼 뜨뜻한 장대비가 내리기 시작하자 너나 할 것 없이 다들 깜짝 놀랐다. 빗방울이 주룩주룩 떨어져 얼굴과 군복을 흠뻑 적시는 것도 모자라, 수송기 착륙장에까지 흥건히 고이기 시작했다. 타격대원들은 불평을 늘어놓았다.

하지만 맥케이 중위는 그런 날씨가 싫지는 않았다. 물기가 피부에 닿는 촉촉한 느낌도 좋지만, 악천후 덕분에 침투조가 적에게 발각되지 않을 확률이 더 높아졌으니까.

"다들 잘 들어라!"

리스터 상사가 쩌렁쩌렁하게 소리쳤다.

"훈련받은 대로만 하면 된다. 한바탕 신나게 놀아보자."

조명등이 드문드문해서 멋모르고 달리다가는 앞사람을 들이받을 지경

---

3) 지휘관용 신경회로 칩(Command Neural Interface, CNI). 국제연합 우주사령부 함선 지휘관 전원에게 심는다.

이었지만, 이번 임무를 실바 소령이 계획했다는 말인즉 어둠 속의 적들을 밝힐 계획이 있는 듯했다.

대원들은 실탄을 넉넉히 챙겼다. 각자 총기를 비롯해 탄약, 수류탄, 조명탄, 무전기, 구급 장비가 장식처럼 군장에 덕지덕지 달려 있었다. 대충 걸치면 움직일 때마다 부스럭대기 십상이었다. 자꾸 소리를 냈다가는 작전 내내 골칫거리가 될 소지가 다분한지라, 리스터 상사는 열 사이를 오가며 병사들에게 헐렁한 장비를 꽉 잡아매라고 일일이 지시했다. 장비를 꾹꾹 눌러 넣고 제자리에 묶고 채우자, 짤깍이거나 삐걱거리거나 바스락거리는 소리가 쏙 들어갔다.

다들 채비를 끝마치는 즉시 대기 중인 펠리칸에 올라 필라 오브 어텀이 추락한 곳까지 짧은 비행을 할 예정이었다. 코버넌트가 추락지점 주변에 경계를 붙여둔 상태였다. 맥케이 중위와 대원들은 추락지점을 장악하고 실바 소령이 쥐여준 목록대로 함선에서 장을 봐올 계획이었다.

웰즐리의 이야기로는 나폴레옹이 이런 말을 했다고 한다.

"수많은 병졸과 군마를 먹여 살리느라 장군 노릇은 고되다."

실바 소령에게 군마는 없어도 연료를 보급해야 하는 펠리칸 편대가 있었으므로, 예나 지금이나 크게 다를 것은 없었다. 강하정에서 여분 장비를 가지고 나온 타격대원들은 예외지만, 해군과 일반 해병대 장병들은 모선에서 빠져나올 당시 거의 빈손이었다. 코버넌트 놈들이 알파 기지에 총공세를 펼치기 전에 쓸 만한 장비는 남김없이 긁어모으는 것이 상책이다. 이 구조물에서 탈출할 방법이야 나중에 머리를 싸매고 생각해볼 일이고.

에코 419가 굉음을 울리며 암석 대지로 날아든 탓에 실바 소령은 잠시 생각을 접어두었다. 펠리칸 수송기는 바닥으로 추진기 불길을 너울거리며 기수를 올렸다가 3번 착륙장에 착륙했다.

진리와 귀의 공격은 순조롭게 풀리는 중이었다. 그래서 구조대와 함께 적의 장비를 닥치는 대로 노획하라는 지시를 받은 달루 소위는 즐거운 저녁을 보냈다. 에코 419는 돌아올 때마다 코버넌트 총기류와 장비를 한가득 실어왔다. 플라즈마 라이플, 플라즈마 피스톨, 니들러, 축전지, 각종 공구, 통신장비에다 전투식량까지. 보기만 해도 싱글벙글했다.

소위가 분대원들과 탈취해온 셰이드 포탑을 가져가라고 해군 기술병들을 수송기로 불러내는 모습을 지켜보며 실바 소령은 씩 웃었다. 작전을 개시한 뒤로 포탑만 벌써 세 대째였다. 이제 바위산 정상을 따라 형성된 촘촘한 대공망이 완성을 눈앞에 두고 있었다.

"전체 차렷!"

리스터 상사가 소리쳤다. 그는 대원들을 뒤로 돌려 맥케이 중위에게 경례를 올렸다. 중위는 답례한 뒤 말했다.

"쉬어."

실바 소령은 빗줄기 속으로 걸어 나왔다. 그는 돌아서서 줄을 맞춰 선 대원들을 바라보았다. 흑인, 황인, 백인, 가지각색이었다.

"아마 다들 내 사무실이 어디에 있는지 알 거다. 상황이 급박했던 나머지 책상 왼쪽 아래 서랍에 스카치 위스키 한 병을 깜박 두고 나왔지 뭐냐. 그걸 찾아다 주면 정말 고맙겠는데, 가져오는 사람한테는 감사의 뜻으로 조금씩 나눠주겠다."

대원들 사이에서 탄성이 터져 나오자 리스터 상사가 호통을 쳤다.

"조용들 해라! 상병, 웃은 놈들이 누군지 적어놔라."

지시를 받은 상병은 하사가 누구를 찍었는지 알 턱이 없었지만, 적어두건 말건 딱히 신경 쓸 필요도 없었다.

조금 전의 짤막한 설명을 통해 다들 이번 임무의 진짜 목표가 무엇인지 다들 알아차렸을 것이다. 실바 소령은 이상으로 말을 끝마쳤다.

"건투를 빈다. 며칠 뒤에 다시 보자."

전원이 무사히 귀환하지 못하리라는 점이야 뻔히 안다. 훌륭한 지휘관이란 부하를 아껴야 하지만, 독한 마음을 먹고 아끼는 부하들을 사지로 내몰 줄도 알아야 한다. 지휘관으로서 그런 짓을 해야 하는 순간이 소령은 끔찍하리만치 싫었다.

지옥행 강습대원들은 대열을 풀고 뒤에서 대기 중인 펠리칸 수송기로 달려갔다. 수송기 편대는 곧 어두운 밤하늘 속으로 사라졌다.

실바 소령은 엔진 소리가 잦아들 때까지 착륙장에 우두커니 서 있었다. 전쟁에서 승리하려면 실제 전투와 후방 업무를 대등하게 수행해야 한다는 생각에, 뒤로 돌아서서 내부에 지휘소를 차린 야트막한 건물로 걸어갔다. 밤은 길고 할 일은 태산이었다.

3번 구조대는 중력 리프트에 이끌려 순양함 내부로 끌려와 갑판에서 1미터 가량 붕 떠올랐다. 대원들은 허공에 매달린 채로 잠시 있다가 도로 떨어졌다. 파커 하사가 수신호를 척척 보내자 대원들은 중력 리프트 격납고 바닥에 포복 자세를 취했다.

보라색 금속 테두리를 두른 직사각형 모양 화물 상자가 주변에 수북이 쌓여 있었다. 상자는 속에서부터 희미한 빛을 발했다. 격납고 오른쪽으로는 코버넌트 전차 '레이스' 두 대가 나란히 있었다.

마스터 치프는 격납고 앞에 떡하니 자리를 차지한 커다란 금속 출입문 앞으로 움직였다.

파커 하사가 구역 확보 신호를 보낸 뒤에야 대원들은 긴장을 누그러뜨렸다.

"코버넌트가 없잖아."

한 명이 낮은 목소리로 중얼거렸다.

"대체 어디 짱박힌 거야?"

근처에 있던 문이 깜박거리면서 작동됐다. 가까이 다가서자 문이 스르르 열리면서 한 엘리트가 나타났다. 놈은 치프를 보고 놀라서 펄쩍 뛰었다. 마스터 치프는 곧바로 놈의 다리를 걷어차 머리부터 바닥에 넘어뜨렸다. 운 좋게도 끽 소리 하나 내지 않고 놈을 처치할 수 있었다.

다른 쪽 출입문에서 빛이 새어 나오면서 코버넌트 병력이 우르르 쏟아져 나왔다.

"코버넌트가 없다더니 어떻게 된 거야?"

한 대원이 방금 입을 열었던 상병에게 고개를 돌리고는 짜증스런 말투로 빈정거렸다.

"어서 말 좀 해보시지!"

코버넌트 순양함 내부는 삽시간에 아수라장으로 변했다. 마스터 치프의 돌격을 시작으로 구조대는 놈들과 싸워나가며 미로처럼 맞물린 통로를 돌파해 나갔고, 마침내 널찍한 격납고에 다다랐다. 코버넌트 수송선 한 대가 푸르스름한 차단막을 스르르 지나는 순간, 난전이 벌어졌다. 격납고 위층에서 총탄이 들쑥날쑥하게 날아왔다. 분홍빛 바늘이 줄줄이 날아와 가슴팍에 박혀 터지면서 한 대원이 두 동강 났다.

그런트가 위층에서 폴짝 뛰어내려 상병의 어깨에 달라붙었다. 상병은 팔을 올려 놈의 메탄 호흡기를 움켜잡고 힘껏 잡아뗐다. 그런트는 캑캑거리다 바닥에 쓰러져 뭍에 나온 물고기처럼 퍼덕거렸다. 다른 대원이 총을 쏴 놈을 끝장냈다.

격납고로 이어진 출입문이 잇따라 열리면서 코버넌트 병력이 사방에서 쏟아져 들어왔다. 파커 하사는 우뚝 서서 대원들에게 전진하라고 손짓하고는 대뜸 소리쳤다.

"어디 놀아보실까!"

하사는 돌아서서 방아쇠를 당기며 곧 나머지 대원들과 합류했다. 전투는 시시각각 곳곳으로 퍼져나갔다. 부상을 입거나 죽은 코버넌트 병력과 타격대원이 바닥 여기저기에 널렸다.

마스터 치프는 신중하게 대원들과 서로 사각지대를 엄호하며 기둥에서, 다시 벽면으로 위치를 옮기며 움직였다. 묠니르 전투복과 방어막 재충전 기능 덕분에 타격대원보다 상황이 훨씬 유리했다. 그는 엘리트를 공격하는 데 집중하고 자칼과 그런트 처리는 아군에게 맡겼다.

한편 코타나는 순양함의 전자시스템을 도청하며 함정에서 벗어날 길을 찾기 바빴다.

"어서 여기서 벗어나야 해."

마스터 치프가 코타나에게 말했다.

"이러다 임무 완수는커녕 다 죽게 생겼군."

치프는 화물 상자 뒤로 몸을 숨기고는 플라즈마 수류탄을 던지려는 그런트를 향해 탄창을 비운 뒤 재장전했다.

헌터가 오싹한 함성을 내지르며 난장판으로 돌진했다. 뒤를 돌아보니 파커 하사가 놈을 향해 사격을 퍼붓고 있었다. 돌격소총이 마지막 남은 총알 세 발을 뱉었다. 하사는 총을 던지고 시간을 끌려고 뒷걸음질 쳤다.

파커 하사가 권총집에 손을 뻗은 순간, 헌터가 앞으로 뛰쳐나와 가시돌기를 휘둘렀다. 하사는 방탄복이 갈기갈기 찢긴 채 바닥에 나가떨어졌다.

마스터 치프는 욕을 내뱉으며 새 탄창을 소총에 끼웠다. 그러고는 약실에 총알을 재운 다음 헌터를 조준했다. 놈은 굉장히 민첩했다. 이대로라면 금세 코앞까지 들이닥칠 테니 제때 치명타를 날리기는 힘들다.

헌터가 바닥에 엎드린 파커 하사를 내버려두고 달려들었다. 놈은 가시를 뻣뻣이 세우고서 총알을 퍼붓는 마스터 치프를 향해 그르렁거렸다. 아무리 총을 갈겨봐야 소용없는 짓인 줄은 잘 알지만, 아군의 옆구리를 적에게 내어줄 수는 없었다.

놈은 달려들다 말고 갑자기 머리를 쳐들고는 길게 울부짖으며 바닥에 쿵 쓰러졌다. 아리송한 생각에 마스터 치프는 소총을 잠시 만져보았다. 운 좋게 급소라도 맞혔나?

그때 파커 하사가 기침을 해대며 어렵사리 바닥에서 일어났다. 하사의 손에는 연기가 피어오르는 M6D 권총이 들려 있었다. 깊숙이 베인 옆구리에서 피가 철철 흘러 다리를 후들거리면서도, 헌터의 시체에 침을 뱉을 힘은 남은 듯했다.

치프는 하사 곁을 엄호하며 짧게 고개를 끄덕였다.

"타격대원치고는 괜찮은 솜씨였다. 고맙다."

하사는 바닥에 떨어진 소총을 주워 탄창을 갈아 끼우고는 씩 웃었다.

"물개의 뒤는 제가 책임집니다."

동작 감지기에 적이 또 잡혔지만, 놈들은 거리를 두고 가만히 있었다. 격납고에 들이닥친 구조대를 몰아내지 못한 탓에 우왕좌왕하는 모양이었다.

'잘됐어. 시간을 벌었군.'

마스터 치프는 그렇게 생각하고는 코타나에게 물었다.

"코타나, 문 하나 가지고 얼마나 더 시간을 끌 생각이지?"

"됐어요!"

코타나의 말과 동시에 육중한 출입문이 쉭 소리를 내며 열렸다.

"문이 열렸다. 모두 이동하기 바란다. 닫히면 다시 열 수 있을지 확실치 않다."

"다들 이쪽으로!"

마스터 치프는 살아남은 대원들을 이끌고 격납고에서 벗어나 비교적 안전한 통로로 이동했다.

그 이후로 15분간은 한 편의 악몽이 슬로모션처럼 펼쳐졌다. 구조대는 또 미로처럼 얽힌 통로를 뚫고 좁다란 경사로를 몇 차례 올라 격납고 위층에 다다랐다. 코타나의 지시에 따라, 구조대는 다시 침침한 복도로 들어갔다.

그렇게 한동안 순양함 속을 헤집고 다니는데 코타나가 반가운 소식을 전해주었다.

"함장님의 신호가 강하게 잡힙니다. 근처에 계신 게 틀림없어요."

치프는 미간을 찌푸렸다. 지금껏 시간을 너무 오래 끌었다. 지체할수록 구조대가 키예스 함장님을 모시고 코버넌트 순양함에서 무사히 살아나갈 확률은 점점 줄어든다. 궤도 강하 타격대원들이 잘 싸워주었지만, 동시에 마스터 치프의 발목을 잡아서 문제였다.

치프는 파커 하사에게 몸을 돌렸다.

"부하 대원들과 여기서 대기해라. 금방 함장님을 구출해 오겠다."

하사는 뭐라고 대구하려다 조용히 고개를 끄덕였다.

"실바 소령님한테 말하기 없깁니다."

"걱정 마라."

마스터 치프는 문을 지나 계속 달려갔다. 반대편 문을 열자 독방이 쭉 늘어선 네모꼴 감옥이 나왔다. 독방마다 둘러놓은 반투명한 차단막이 철창 구실을 하는 듯했다. 안으로 뛰어들어가 함장님을 불렀지만 아무 대답이 없었다. 재빨리 주변을 둘러보니 죽은 해병 몇 명 말고는 아무도 없었다.

가슴이 덜컥 내려앉았다. 하지만 CNI 신호가 계속해서 강하게 잡힌다는 코타나의 말에 가슴을 쓸어내렸다. 다시 통로로 나와 문을 하나하나 열어보며 발신지를 수색했다. 이제 남은 문은 하나. 그는 여기가 틀림없기를 빌었다.

문이 스르르 열리자, 안에 있던 그런트가 알 수 없는 소리를 질러댔다. 플라즈마탄이 헬멧을 스쳐 지나갔다.

방아쇠를 당기려는 찰나 감금된 해병들의 소리가 들렸다.

"잘 오셨습니다, 치프!"

번지수 제대로 찾았군.

어디선가 플라즈마탄이 날아와 치프의 가슴을 때렸다. 전투복에서 경고음이 터져 나왔다. 기둥 뒤로 몸을 숨기기가 무섭게 플라즈마탄이 날아들어 조금 전까지 있던 곳을 스쳐 지나갔다. 그는 적의 위치를 파악하려고 감옥을 살펴보았다.

아무도 없었다.

동작 감지기에는 움직임이 어렴풋이 잡히는데, 정작 적은 보이지가 않았다.

치프는 눈을 가늘게 떴다. 뭔가 가물거리는 것이 코앞에 있었다. 흐릿한 형상 정중앙을 집중 사격하자 으르렁거리는 소리가 돌아왔다. 엘리트가 허공에서 모습을 드러내더니 흘러나온 창자를 붙잡고 바닥에 고꾸라졌다.

치프는 관제장치로 걸어가 코타나의 도움을 받아 차단막을 해제했다. 키예스 함장은 감옥에서 걸어 나와 잠시 허리를 굽히더니 바닥에 떨어진 니들러를 주워들었다. 그러고는 마스터 치프와 눈을 맞추었다.

"무모하게 여기까지 찾아오다니. 더 나은 방법이 있었을 텐데."

키예스 함장이 컬컬한 목소리로 말했다. 치프가 지금까지의 일을 설명하려는 참에 함장이 얼굴을 밝히며 빙긋이 웃었다.

"고맙네."

마스터 치프는 고개를 끄덕였다.

"별말씀이십니다."

"퇴로는 확보했나? 순양함 내부가 무슨 미로 같더군."

키예스 함장이 미심쩍은 듯이 물었다.

"길 찾기가 어렵지는 않을 겁니다. 놈들의 시체만 따라가면 됩니다."

"쿠키" 피터슨 대위는 필라 오브 어텀에서 1킬로미터 떨어진 지점에 에코 136 펠리칸 수송기를 내리고, 빗줄기가 줄줄 흘러내리는 조종석 유리창 밖을 내다보았다. 에코 206이 50미터쯤 떨어진 곳에 착륙하는 중이었다. 악천후와 코버넌트 순양함 침투작전으로 놈들의 주의를 흩뜨린 덕에 비행은 순조롭기 그지없었다.

진입로가 땅에 닿자 피터슨 대위가 등을 기댄 조종석까지 충격이 전해졌다. 대위는 잠시 기다렸다가 승무원장이 "수송 완료!"를 외치자 추진기를 가동했다. 땅에 내려앉은 수송기는 공격에 취약하기 마련이라, 대위는 서둘러 안전한 알파 기지로 돌아가고 싶었다. 지옥행 강습대원들이 일을 잘 마무리한다면, 그를 비롯한 수송기 승무원들은 이곳으로 돌아와 생존한 대원들과 전리품을 실어 나를 예정이다.

맥케이 중위는 알파 기지에서 에코 136이 옆에서 불어오는 돌풍에 기우뚱거리며 서서히 속력을 높이다 급상승하는 모습을 지켜보았다. 에코 206도 뒤따라 이륙해 두 수송기 모두 금방 시야에서 사라졌다.

부하들이 알아서 임무를 척척 해내서 성가실 일이 없었던 덕분에, 중위는 차분히 기다리면서 소대장들이 상황을 정리하는 모습을 살펴보았다. 늘 그래 왔듯 이번에도 두려움과 함께 자신에게 정말로 임무를 완수할 만한 자질이 있을까 하는 의문이 들었다. 중위는 마음을 가라앉히려고 옛날에 교관에게 들은 말을 떠올려보았다.

"현장 지휘에 너보다 더 적합한 사람이 있는지 주위를 둘러봐라. 온 세상이 아니라 바로 그때 그곳에 말이다. 대답이 '예.'라면 부하들에게 지시를 내리고, 도움이 될 만한 일이 있다면 가리지 말고 그 즉시 실행해라. 대답이 '아닙니다.'거든 십중팔구 최선을 다하면 된다. 지휘관으로서 할 수 있는 일은 그게 전부다."

피가 되고 살이 되는 훌륭한 충고를 떠올려 본들 두려움이 싹 가시지는 않았지만, 긴장이 어느 정도는 누그러졌다.

리스터 상사와 오로스 소위가 어둠 속에서 걸어왔다. 오로스 소위는 타고난 강심장에 걸맞지 않게 얼굴은 요정같이 아담했다. 맥케이 중위에게 무슨 일이 생긴다면 그녀가 지휘를 대신하고, 리스터 상사도 따라붙을 것이다. 암석 대지 위로 강하를 펼치기 전부터 대대 전체에 장교가 모자랐던 까닭이다. 달루 소위가 보급관을 맡고 맥케이 중위가 이 빠진 소대를 맡았는데, 소대의 구멍을 메우려다 보니 리스터 상사까지 나서게 되었다.

"1소대 준비 완료했습니다. 보내만 주십시오!"

오로스 소위가 쾌활한 목소리로 보고했다.

"왜, 함내 PX 털러 가려고?"

초콜릿이라면 사족을 못 쓰는 오로스 소위였기에 중위는 넌지시 떠보았다.

"무슨 말씀을."

소위는 천진난만하게 되받았다.

"원래 소위는 인류와 해병대를 위해 싸우고, 중대장님 말씀이라면 껌벅 죽는 척이라도 해야 하잖습니까."

돌처럼 잔뜩 굳은 표정밖에 지을 줄 모르던 리스터 상사가 웃음을 터뜨렸다. 맥케이 중위도 소위의 말에 맘이 한결 놓였다.

"좋다, 오로스 소위. 실력 좋은 부하 몇몇을 앞장세우고 소대를 이끌고 함선으로 들어간다면 온 세상 사람이 고마워할 거다. 난 후방을 엄호하면서 리스터 상사와 함께 2소대를 이끌고 들어가지. 그래도 괜찮겠어?"

두 소대장은 고개를 끄덕이고서 어둠 속으로 사라졌다. 맥케이 중위는 1소대를 찾아 대열 끄트머리에 합류한 다음, 작전에 관해 이런저런 생각을 해보았다. 1킬로미터 밖 어딘가에 필라 오브 어텀이 흙바닥에 퍼질러 있다. 코버넌트가 잠시 순양함을 차지하기는 했지만, 중위는 반드시 함선을 되찾을 작정이었다.

이제 코버넌트 순양함에서 탈출할 시간이다. 코버넌트 병력이 여기저기서 몰려오는 찰나, 막 감옥에서 풀려난 해병들이 코버넌트 무기로 무장하고서 구조대와 합류했다. 키예스 함장과 코타나는 즉석에서 군사 회의를 열었다.

"감옥에 갇혀 있는 동안 코버넌트가 이곳에 관해 주고받는 대화를 엿들었는데, 이 고리형 구조물을 헤일로라고 불렀네."

"잠시만 기다리세요. 코버넌트 통신망에 접속합니다."

강력한 침입 프로토콜로 코버넌트 시스템을 낱낱이 뒤지느라 코타나는 잠시 말을 멈추었다. 정보 시스템은 인류가 코버넌트보다 우위를 점한 거의 유일한 분야였다.

곧 코타나는 데이터 스트림 조사를 끝마쳤다.

"제 분석이 정확하다면 헤일로는 강력하고 상상을 초월하는 위력을 지닌 무기입니다."

키예스 함장은 진지하게 고개를 끄덕였다.

"사실이었군. 날 심문한 놈들이 헤일로를 지배하는 자가 우주의 운명을 지배한다고 말하더군. 파괴력이 어마어마하다고 했네."

"이제 알겠어요."

코타나가 생각에 잠긴 듯이 말을 덧붙였다.

"관제실을 찾는 코버넌트 수색대의 무전을 여러 번 들었는데, 그 관제실이 전투 중에 손상된 코버넌트 함선의 관제실인 줄로만 알았어요. 하지만 그건 헤일로의 관제실을 말한 거였군요."

"안 좋은 소식이군. 정말로 헤일로가 무기이고 코버넌트가 이곳을 장악한다면, 놈들은 헤일로를 이용해 인류 전체를 말살하려 들걸세. 잠재된 위력이 얼마나 될지 누가 알겠나? 치프, 코타나, 새로운 임무를 주겠다. 코버넌트보다 먼저 헤일로의 관제실을 장악하라."

"말씀 중에 죄송하지만, 일단 이번 임무부터 끝내고 수행하겠습니다."

마스터 치프의 대답에 키예스 함장은 피로에 찌든 웃음을 지어 보였다.

"말 잘했네, 치프. 제군들, 이동하겠다!"

"격납고로 돌아가 구조 요청을 해야 합니다. 걸어서 돌아가기 싫으시다면 말이죠."

"고맙지만 사양하겠네. 난 해군일세. 탈것이라면 뭐든 환영이네."

감옥에서 나와 격납고까지 되돌아가는 여정은 순탄치만은 않았지만, 그리 오래 걸리지 않았다. 빵부스러기처럼 널린 시체를 따라갔더니 정말로 격납고가 나왔다. 하지만 그 속에는 신참 대원들도 섞여 있었다. 그들의 시신을 보자니 25년 전에 전쟁이 터진 뒤로 코버넌트가 인류를 얼마나 많이 도륙했는가 하는 생각이 문득 뇌리를 스쳤다. 어떤 결말을 맞이할지는 몰라도, 놈들도 똑같이 죗값을 치르게 되리라.

키예스 함장의 몰골 때문에 곤란한 상황이었다. 티를 내지는 않았지만 코버넌트의 심문 때문에 온몸에 성한 구석이 없었다. 이래서는 일행과 발을 맞추기조차 몹시 고역스러울 것이 뻔했다.

마스터 치프는 구조대에게 정지하라고 손짓했다. 숨이 턱까지 차올라 헉헉거리던 키예스 함장은 못마땅한 눈초리로 그를 쳐다보았지만, 잠시 숨을 고를 틈이 생긴 데 안도하는 눈치였다.

2분 뒤, 치프가 구조대에게 앞으로 가라고 신호하려는데 종종거리는 그런트 세 놈이 시야에 들어왔다. 니들러 탄환이 벽에 튕겨나 곧바로 치프를 향해 날아들었다.

치프는 방어막으로 공격을 받아내면서 나머지 구조대원들과 함께 응사했다. 키예스 함장은 니들러로 번들거리는 바늘을 퍼부어 그런트 한 놈을 찢어날렸다. 나머지 두 놈은 플라즈마 라이플과 치프의 돌격소총 사격에 마무리됐다.

"어서 갑시다."

마스터 치프가 말했다. 그는 앞장서서 무릎을 굽히고 통로에 들어가 공격에 대비했다. 통로 20미터 아래에서 자칼 두 놈과 엘리트 하나가 더 몰려들었다.

순양함 내부에서 어기적거릴수록 놈들은 더욱 죽기 살기로 덤벼들 것이다. 자칼은 마지막 남은 수류탄으로 처리하고, 엘리트는 돌격소총으로 구석에 몰아넣었다. 키예스 함장은 대원들에게 옆으로 돌아 공격하라고 지시해 놈을 처치했다.

"서둘러야 합니다. 죄송하지만 걸음이 너무 느립니다."

마스터 치프의 경고에 키예스 함장은 고개를 끄덕였다. 대원들은 은밀히 이동하기는 포기하고 얼기설기 얽힌 통로를 전력 질주했다. 몇 차례 더 꺾어지고 돌아서자 마침내 격납고가 나왔다. 아무도 없을 줄 알았는데, 푸르스름한 칼날 두 자루가 허공에서 둥둥 떠다녔다.

조금 전 감옥에서 스텔스 엘리트와 교전해봤으므로 이번에는 조금 수월할 듯했다. 치프는 권총을 뽑아들고 조준경을 켠 다음 조심스럽게 목표를 겨누었다. 그런 다음 방아쇠를 당겨 칼날 바로 오른편에 있는 허공에 탄창 반을 쏴 넣었다. 엘리트의 모습이 서서히 눈에 드러나기 시작하더니 놈은 바닥에 털썩 쓰러졌다.

"조심해!", "함장님을 엄호해!"라는 외침이 들려온 찰나, 남은 한 놈이 칼춤이라도 추듯 에너지검으로 허공을 가르며 돌진해왔다. 마스터 치프가 잽싸게 세 발을 꽂아 넣자 은폐막 생성기가 박살 나면서 엘리트의 모습이 나타났다. 사방에서 쏟아지는 총격에, 놈은 꼼짝없이 벌집이 되었다.

코타나가 묠니르 전투복에 탑재된 통신 중계기를 가동하면서 잡음이 새어 나왔다.

"에코 419, 여기는 코타나, 함장님 구출 성공. 지금 당장 구조해주기 바란다."

코타나의 요청에 즉각 대답이 돌아왔다.

"코타나, 불가능하다! 코버넌트 밴시 편대가 꼬리에 붙었다. 놈들을 따돌릴 수가 없다. 직접 탈출 수단을 찾기 바란다. 미안하다."

"알았다, 포해머."

코타나는 무전을 끄고 전투복 외부 스피커를 켰다.

"항공 지원은 바라기 어렵게 됐네요, 함장님. 포해머가 올 때까지 버텨야 해요."

그 얘기를 들은 한 해병은 감옥에 갇혔던 악몽이 떠올라 자제력을 잃었다.

"이런 젠장, 그럼 꼼짝없이 갇힌 거야? 이제 끝났어. 우린 다 끝났다고!"

"약한 소리 마라."

보다 못해 키예스 함장이 나섰다.

"코타나, 치프와 함께 코버넌트 수송선으로 안내해주겠나? 조종은 내가 직접 하지."

"알겠습니다, 함장님. 코버넌트 수송선 한 대가 남아 있습니다."

마스터 치프의 전방투영창 위로 이동지점이 표시됐다. 화살표를 따라 문을 지나고 통로를 거치자 수송선 격납고가 나왔다.

불행히도 격납고는 방어가 상당히 견고했고, 결국 또다시 총격전이 벌어졌다. 상황은 갈수록 악화되었다. 치프는 마지막 남은 탄창을 꽂고 점사로 짧게 끊어 쐈다. 그런트와 자칼들이 사방에 흩어져서 응사해오기 시작했다.

잔탄 표시기 수치가 죽죽 깎여 내려갔다. 치프의 집중 사격에 그런트 두 놈이 나자빠졌다. 잔탄 수는 금세 0을 가리켰다.

그는 소총을 내던지고 권총을 뽑아든 뒤 격납고 반대편에 재집결하기 시작한 코버넌트 병력을 향해 계속 사격했다.

"지금 당장 떠야 합니다."

나룻배처럼 기우뚱거리는 ㄷ자 꼴 코버넌트 수송선 동체에 형성된 중력 장을 따라 공기가 소용돌이쳤다. 대원들이 수송선 가까이 도달하자 키예스 함장이 소리쳤다.

"전원 탑승! 곧 출발한다!"

함장의 지시에 따라 구조대는 해치 안으로 들어갔다.

마스터 치프는 대원들이 모두 탑승하기를 기다린 다음 마지막으로 올라탔다. 아슬아슬하게도 총알이 딱 한 발 남은 참이었다.

"수송선의 조종 시스템을 익히게 1분만 주세요."

코타나의 말에 키예스 함장은 고개를 저었다.

"그럴 필요 없네. 내가 직접 조종하지."

"함장님! 헌터가 옵니다!"

한 해병이 소리쳤다.

마스터 치프는 관측창으로 밖을 흘끔 내다보았다. 해병의 말이 맞았다. 산만한 헌터 한 쌍이 이리로 달려들어 공격하려고 준비하는 중이었다. 놈들은 가시를 뻣뻣이 치켜세우고서 번득이는 어썰트 캐논을 당장에라도 발사할 기세였다.

"꽉 잡게!"

키예스 함장은 중력 고정대를 풀고 수송선을 한 층 위로 상승시켜 조종간 막대 두 개를 앞으로 틀어재꼈다. 다리를 양쪽으로 벌리듯, 이중 동체가 기둥을 사이에 두고 돌진해 두 헌터를 한꺼번에 들이받고 뒤로 물러났다.

살짝 빗맞았지만 수천 킬로그램이 넘는 수송기로 들이받는 힘은 상당했다. 헌터 한 쌍은 동체에 흉갑이 찍히면서 몸통이 꿰뚫려 즉사했다. 한 놈의 시체가 동체 한쪽에 박힌 채로 붙어 나오더니, 수송선이 진리와 귀의에서 빠져나와서야 떨어졌다.

마스터 치프는 금속 내벽에 등을 기댔다. 자리가 좁고 갑갑한 데다 조명마저 침침했다. 그래도 코버넌트 순양함을 헤집고 돌아다니느니 여기 있는 편이 훨씬 나았다.

키예스 함장이 수송선을 오른쪽으로 꺾어 주위를 집어삼킨 어둠 속으로 속력을 높이는 사이 마스터 치프는 몸을 꽉 붙들었다. 그는 어깨를 좀 풀고 눈을 감았다. 함장님을 구출했으므로 놈들도 느낀 바가 있을 테지. 대수롭지 않게 생각했던 것과 달리 인간들이 완강히 저항하는 만큼, 계속 우리가 계속 골칫거리로 남으리란 사실을 말이다.

동이 틀 무렵 주카 자맘이와 야얍은 중력 리프트 지지대를 따라 증강 구축한 방어선을 지나갔다. 피로 얼룩진 지지대에 널브러진 시체를 그런트들이 낑낑거리며 거둬낸 뒤에야, 끈적거리는 지지대에 발을 딛고 순양함 내부로 들어갈 수 있었다.

진리와 귀의의 함장은 살아남은 인간들이 모조리 함선에서 빠져나갔다고 했지만, 구획을 낱낱이 확인해보지 않는 한 모를 일이었다. 함선탑재 감지기에는 신호가 잡히지 않았지만, 어떻게 인간들이 탐지장비를 유유히 속여 넘겼는지 도통 알 수가 없었다.

엘리트와 자칼, 그런트 경비대가 험악한 인상을 쓰고서 선실을 하나하나 수색하고 돌아다니는 통에 함내에는 긴장감이 감돌았다.

승강기와 통로를 이리저리 거쳐 지휘 구획까지 가면서, 자맘이는 눈 앞에 펼쳐진 엄청난 피해 규모에 경악했다. 말짱한 통로도 더러 있었지만, 걸어가는 내내 피투성이 통로와 탄흔이 가득한 벽면, 플라즈마탄에 그을린 바닥, 반쯤 박살 난 출입문이 눈에 띄었다. 총격전이 상당히 치열했던 모양이었다.

난도질된 자칼 시체가 바닥에 피를 뚝뚝 흘리며 반중력 운반대에 실린 채 복도를 지나갔다. 자맘이는 의아스러운 눈빛으로 그 광경을 지켜보았다.

마침내 자맘이와 야얍은 승강기에 올라 지휘 구역으로 걸어 나왔다. 사령관 의회실에 출두하여 사제를 배알할 때와 마찬가지로 이번 보안 검문도 철저했다. 보나 마나 또 대기실에서 지루하게 죽치고 있어야 하겠지.

하지만 오늘은 경우가 달랐다. 보안 검색을 통과하자 지난 방문 때 의회가 열렸던 회의실로 곧바로 들여보내 주었다.

사제나 고위 간부들은 보이지 않았다. 대신 소하 로람이만 하급 엘리트 간부들과 함께 자리를 잡고 있었다. 들어온 보고서를 살펴보고 다방면으로 대책을 구상하는 중인지 분위기가 자못 심각했다. 로람이는 자맘이를 보고 반갑게 손을 들었다.

"잘 왔다. 앉아라."

자맘이는 자리에 앉았다. 그런트한테는 엘리트와 같은 대접이 돌아갈 리가 없었으므로, 야얍은 그대로 멀뚱히 서 있어야 했다. 야얍은 가만히 있지 못하고 자꾸 작달막한 몸뚱이를 앞뒤로 들썩였다.

"자네, 지난밤에 있었던 '습격'에 대해 어디까지 아는가?"

"잘은 모릅니다."

자맘이는 솔직하게 털어놓았다.

"인간들이 중력 리프트를 써서 함내로 침투했다는 얘기는 들었습니다."

"현재 정황으로 볼 때는 정확하네. 하지만 그게 다가 아냐. 함내 보안 시스템에 기록이 남았다. 이걸 봐라."

로람이가 단추를 누르자 영상 이미지가 근처 허공에 나타났다. 그런트 둘과 자칼이 통로에 서 있었다. 그런데 필라 오브 어텀에서 봤던 덩치 크고 특이한 전투복을 입은 그 인간이 돌연 모퉁이를 돌아 나와 사격을 가했다.

그런트 둘은 힘도 못 쓰고 바닥에 널브러졌지만, 자칼은 방아쇠를 당겨 그 인간의 전투복에 플라즈마탄을 날렸다.

하지만 놈은 맞고 나가떨어지기는커녕, 자칼의 머리에 총알을 박아 넣고 그런트 시체를 밟으며 카메라 쪽으로 유유히 발걸음을 옮겼다. 로람이가 다른 단추를 누르자 영상이 멈췄다. 자맘이는 눈을 믿지 못할 정도로 놀라 숨통이 꽉 죄이는 듯했다. 정말로 저 인간과 다시 대적할 배짱이나 있을까? 확신이 서지 않아 두려움만 한층 더했다.

"그래, 자네가 경고했던 그 인간이 나타났다. 이번 침투에서만 혼자서 아군 사상자 120명을 낸 것도 모자라 굉장히 중요한 포로를 구출하고 셰이드 포탑 여섯 대까지 탈취해 갔어."

"인간들은 어떻게 됐습니까? 놈들 피해는 얼마나 됩니까?"

다른 엘리트가 대답했다.

"아직 전사자를 세는 중이지만, 전체 인원은 대강 36명으로 집계됐다."

기가 막혔다. 혹시 수치가 거꾸로 된 것은 아닌가? 특수한 전투복을 입은 인간만 없었어도 그렇게 됐을 텐데.

"자네야 이전 요청에 도로 허가가 떨어져서 기쁘겠군. 타격대에서 올라온 임시 보고에 따르면 그 특수한 전투복을 입은 인간들은 지난 대규모 전투에서 대부분 전사했다고 한다. 아무래도 이놈이 마지막 생존자가 아닌가 싶군. 지원이 필요하다면 얼마든 붙여줄 테니 반드시 놈을 찾아내 처단해라. 질문 있나?"

"없습니다."

자맘이는 자리를 털고 일어났다.

"있을 리가 없잖습니까."

제3부
카토그래퍼

5

투입 28시 15분 25초 경과 (맥케이 중위 작전 시각)/
필라 오브 어텀이 추락한 평원 지대

동이 틀 무렵 비가 그쳤다. 그것도 서서히 그치지 않고 마치 누군가가 수도꼭지를 잠근 것처럼 뚝 그쳤다. 구름이 개면서 한줄기 햇빛이 비추어 어둠을 몰아냈다.

소중한 보물을 꺼내 보이기라도 하듯, 금빛 태양이 평원 위로 천천히 떠올라 버려진 홀대처럼 드러누운 필라 오브 어텀을 환히 밝혔다. 가파른 절벽 위로 아슬아슬하게 걸쳐진 뱃머리가 더욱 두드러졌다.

함선이 거대한 탓에 코버넌트는 일대를 장악하려고 밴시 두 대를 띄우고 땅에 드러누운 선체를 따라 고스트 여섯 대까지 곧장 순찰을 붙여놓았다. 하지만 보초들이 지쳐서 잠시 경비근무에서 손을 뗀 사이, 그것도 비가 내리는 밤중에 적이 몰래 기어들리라고는 생각지 못했던 모양이다.

쇼-후지카와 초광속 엔진이 발명되면서 태양계 외부 항성계 개척이 시도되기 이전의 지구에서는, 슬슬 앞이 보이고 적 보초들이 지치고 졸릴 즈음인 새벽녘에 공격을 감행하는 일이 잦았다. 이에 대응하고자 얼마 지나지 않아 '새벽녘 대기조'라 해서, 동 틀 무렵을 틈탄 적습에 대비해 병사 전원이 장애물을 두껍게 쌓는 군사교리가 생겨났다.

맥케이 중위는 코버넌트한테도 비슷한 전통이 있을까 하는 궁금증이 들었다. 첫 햇살이 비치면서 마침내 기나긴 밤이 끝났다는 안이한 생각에 꾸벅꾸벅 졸며 긴장을 늦추지는 않았을까? 정말로 어떨지는 곧 드러날 테지.

지옥행 강습대 소속 중대원 62명은 코버넌트가 계속 정찰을 도는 U자 모양 지형의 경계선 바로 바깥에 몸을 숨겼다. 해가 뜨기까지 고작 몇 분을 남겨둔 지금, 이제 밀고 들어가느냐 그냥 물러나느냐 결단을 내릴 순간이었다.

맥케이 중위는 마지막으로 주위를 둘러보았다. 물집이 부풀어 팔이 욱신거린다는 점만 **빼면** 상황은 양호했다. 중위는 무전을 켜고 대기 중인 2개 소대에 명령을 전달했다.

"그린 1이 레드 1과 블루 1에 알린다. 목표물을 처리하라, 이상."

두 소대장의 대답을 놓칠 정도로 말 떨어지기 무섭게 총성이 울렸다. 이번 작전의 핵심은 밴시와 고스트를 신속하고 확실하게 처리하여, 궤도 강하 타격대원들이 탁 트인 평원을 가로질러 필라 오브 어텀까지 무사히 도달하게 하는 것이다. M19 로켓 발사기 담당병 셋은 각각 밴시를 한 대씩 겨누고, 다른 대원 셋은 고스트 여섯 대를 맡았다.

셋 중 한 발은 빗나갔지만 밴시 두 대는 로켓에 피격 즉시 폭발했다. 코버넌트 병력의 머리 위로 잔해가 떨어져 내렸다.

함선 양쪽을 나눠 지키던 고스트 운전병들이 하늘을 올려다보며 무슨 일이 터졌는지 두리번거리던 중, 20정이 넘는 돌격소총이 놈들을 향해 불을 뿜었다.

전투 시작과 동시에 고스트 네 대가 박살 났다. 다섯 번째 고스트에 올라탄 엘리트는 치명상을 입어 커다란 원을 몇 겹이나 그리다 순양함 선체를 들이받고 숨이 끊어졌다. 마지막 한 대에 탄 엘리트는 겁을 먹고 계기판 뒤로 몸을 잔뜩 웅크리고는 학살 현장에서 내빼다, 벼랑에 걸려 추락했다.

사방에서 잇달아 터져 나오는 S2 AM 저격소총 총성 때문에 놈이 벼랑에서 떨어지며 지른 외마디 비명은 묻히고 말았다. 사실 총성에 가려 놈이 정말 비명을 질렀는지도 긴가민가했다. 중위는 지휘관 주파수대로 무전을 맞추고 소대장들에게 이동 명령을 내렸다.

대원들은 개활지를 가로질러 함미 기밀출입구를 향해 달려갔다.

시끌벅적한 소리에 함내에 있던 코버넌트 병력이 허겁지겁 밖으로 뛰쳐나왔다. 아군의 차량 지원이 깨끗이 박살 나 연기를 내뿜는 꼬락서니와 함께, 수는 적지만 사기충천한 적 보병대가 돌격해오는 광경이 그들을 맞이했다.

놈들은 멍하니 서서 지시가 내려오기를 기다리다 저격병들이 발사한 14.5밀리 익안정 철갑탄에 하나둘 쓰러져갔다. 계획이 제대로 먹혀들었다. 쇄도하는 일제사격 앞에 엘리트, 자칼, 그런트들은 손에 든 무기를 허공에 내던지며 속속 나자빠졌다.

놈들이 도로 함내로 기어들려는 찰나, 맥케이 중위는 선체 반대편에서 접근 중인 리스터 상사와 소대원을 염두에 두고 자리에서 벌떡 일어나 저격병들에게 전진하라고 손짓했다.

"돌격소총으로 바꿔 들어라! 꼴찌로 들어가는 놈은 밖에서 보초 서게 될줄 알아!"

타격대원들은 함내에 산더미처럼 쌓여 있을 전리품을 노획할 기대에 잔뜩 부풀어 있었다. 남들보다 늦었다가는 자기 몫을 챙기기는커녕 처량한 보초 신세가 될지도 모르니, 대원들은 달음박질에 박차를 가했다.

중대원을 한 명도 빠짐없이 함선에 들여보내는 동시에 가능한 서둘러 코버넌트 지상부대를 남김없이 쓸어버리는 것이 당면 과제다. 깔끔하게 방어선을 뚫었으니 성공이라고 생각한 순간, 맥케이 중위의 머리 위로 웬 그림자가 휙 지나갔다. 누군가가 소리쳤다.

"적이다! 놈들이 더 온다!"

중위는 고개를 뒤로 흘끗 돌렸다. 꼴사납게 생긴 코버넌트 수송선이 지원군을 투입하려고 동쪽에서 날아들었다. 수송선이 플라즈마 캐논을 발사하며 절벽 근처의 땅바닥에 일렬로 이어진 까만 점들을 한 땀씩 꿰기 시작했다.

플라즈마에 맞아 하체가 날아간 저격병이 비칠거리며 비명을 내질렀다. 토막 난 상반신이 창자 위로 철퍼덕 떨어졌다.

맥케이 중위는 미끄러지듯 멈춰 서서 소리쳤다.

"저격병은 뒤로 돌아 사격 개시!"

열병식 때나 쓰는 "뒤로 돌아." 같은 말로도 명령을 전달하기에는 충분했다.

코버넌트 수송선의 측면에는 병력이 탑승하는 좁은 공간이 있는데, 수송선이 착륙지점에 내리면 그곳을 감싼 격벽을 열고 병력을 내보낸다. 숙련된 조종사라면 병력이 내리는 동안 동체 전면부를 적에게 돌리고 포탑을 발사했겠지만, 조종간을 잡은 손이 미끄러지기라도 했는지 놈은 타격대원들이 있는 방향으로 우현을 돌리고는 덜컥 격벽을 열어젖혔다.

수송칸 격벽이 벌어지는 사이, 반수가 넘는 저격병은 S2 저격소총을 다시 꺼내 들어 견착, 방아쇠를 당겼다. 코버넌트 병력은 미처 땅에 발을 딛기도 전에 쓰러졌다. 저격소총탄 한 발이 플라즈마 수류탄에 꽂혀 폭발을 일으켰다. 폭발에 동체 제어선이 잘려나가자 수송선은 좌현으로 기우뚱거리다 앞으로 곤두박질치면서 땅에 들이꽂혔다. 놈은 황량한 고지 땅바닥에 모래 먼지 두 줄기를 그으면서 앞으로 죽 미끄러지다, 바위를 들이받고 불길에 휩싸였다.

이차 폭발에 이중 동체가 둘로 조각 났다. 폭발 충격파가 필라 오브 어텀 선체에 부딪혀 주변을 둘러싼 고원 전체로 울려 퍼졌다.

대원들은 혹시라도 잔해에서 기어 나오거나 달아나는 놈들이 없나 확인했지만, 살아남은 놈은 하나도 없었다.

뒤편에 있는 함선 내부에서 잇달아 터져 나오는 자동화기 소리에, 맥케이 중위는 아직 작전이 절반이나 남았음을 상기하고 남은 저격병 다섯 명에게 소리쳤다.

"뭣들 꾸물거려? 어서 가자!"

지옥행 강습대원들은 서로 얼굴을 번갈아 쳐다보다 씩 웃고는 중위를 따라 함선으로 들어갔다. 맥케이 중위는 겉으로 막무가내 폭주기관차처럼 보여도, 실은 냉철하고 유능한 상관이었다. 그만하면 부하 대원들로서는 더 바랄 것이 없었다.

아직 땅이 비에 젖어 질척였다. 곧 해가 중천에 떠오르자 물기를 머금은 고원에서 짙은 안개가 뭉게뭉게 피어올랐는데, 그 광경이란 마치 떼를 지어 속박에서 풀려난 지박령을 보는 듯했다.

위험천만한 구출작전이 먹혀든 덕분에 코버넌트 순양함 진리와 귀의의 감옥에서 무사히 탈옥한 키예스 함장은, 지옥행 강습대원들이 침대를 대령하자마자 쓰러지듯 드러누워 세 시간 동안 세상모르고 곯아떨어졌다.

함선 시간을 기준으로 작동되는 자명종과 악몽 때문에 잠을 깬 뒤로는 일어나 주변을 서성였다.

바위산을 에워싼 방벽 아래로 내려다보이는 드넓은 광야와 그 너머로 넘실거리는 언덕은 실로 장관이었다. 때 묻지 않은 태초의 아름다움을 간직한 절경을 눈앞에 두자니, 헤일로가 무기라는 사실이 도저히 믿기지 않았다.

뒤에서 저벅거리는 발소리가 들렸다. 뒤로 돌아서자 계단을 지나 관측대로 실바 소령이 올라왔다.

"안녕히 주무셨습니까, 함장님. 여기 계신다기에 와봤습니다. 같이 둘러봐도 괜찮습니까?"

"물론이네."

키예스 함장은 허리께까지 올라오는 벽을 향해 손짓했다.

"그렇잖아도 자네를 찾던 참일세. 착륙장부터 시작해서 셰이드 포탑 진지, 아직 설치 중인 정비소까지 혼자 죽 살펴봤다. 수고 많았네, 소령. 자네를 비롯해 지옥행 강습대원 모두 자랑스럽군. 이렇게 재집결해 휴식을 취하면서 계획을 구상할 장소를 마련해줘서 고맙네."

"다 코버넌트가 아둔한 덕분입니다."

소령은 겸손하게 말했다.

"좌우지간 함장님께서 말씀하신 대로입니다. 부하 대원들의 공이 정말 컸습니다. 실은 이렇게 말하는 순간에도 맥케이 중위와 2개 소대가 필라 오브 어텀으로 통하는 길을 뚫으려고 분투하는 중입니다. 중위와 소대원들이 보급품을 회수해온다면 한동안은 알파 기지에서 농성할 수 있을 겁니다."

"그 전에 코버넌트가 공격해오면 어떻게 되나?"

"그럼 꼼짝없이 당합니다. 탄약에 식량, 거기다 펠리칸 연료도 거의 바닥났습니다."

키예스 함장은 고개를 끄덕였다.

"맥케이 중위가 꼭 성공하기를 빌어야겠군. 그동안 다른 문제부터 짚어두세."

키예스 함장이 도로 총책임자 자리를 꿰차려 하자, 실바 소령은 지휘권이 원래 함장의 소관임을 익히 알면서도 조금은 마뜩잖은 기분이 들었다. 아직 계급고하가 서슬 퍼렇게 살아 있는 데다 키예스 함장이 적의 손아귀에서 풀려났으니, 책임자의 자리는 마땅히 해군 장교에게로 돌아간다. 해병대 소속인 소령으로서는 억지로라도 솔깃한 표정을 짓고서 부디 달갑잖은 얘기가 나오지 않기를 빌 수밖에 없었다.

"예, 무슨 문제 말씀이신지?"

키예스 함장은 포로로 붙잡힌 동안 들었던 이야기를 꺼내고 소령은 잠자코 들었다.

"요는, 코버넌트를 구성하는 종족들은 고도의 과학기술을 보유했지만, 사실은 놈들이 '선조'라 부르는 고대 종족의 기술력을 빼내다 써먹었을 가능성이 농후하다는 점일세. 선조는 수많은 행성에 유적을 남긴 고대 종족인데, 헤일로도 이들의 작품일 가능성이 높네. 언제까지고 베끼기만 하고 스스로 머리를 굴리지 않는다면 결국에는 자멸할 테지. 하지만 놈들의 그러한 약점을 파고들기 전에 당장은 우리 살길부터 찾아야 하네. 정말로 헤일로가 무기이고 놈들 말마따나 그 위력이 인류 전체를 말살할 정도로 강력하다면 반드시 가동을 막아야 하며, 더 나아가 역으로 헤일로를 써서 놈들과 맞서야 하네. 그래서 코타나와 마스터 치프한테 헤일로의 관제실을 장악하고 놈들의 계획을 저지하라는 명령을 내렸던 걸세."

실바 소령은 방벽에 팔을 걸치고 고원을 내다보았다. 독수리처럼 시력이 좋아서 지금 자기가 어디를 바라보는지 알았더라면, 고스트가 터지면서 남긴 시커먼 그을음과 지옥행 강습대원들이 점령한 지점과 죽어서 땅에 묻힌 대원들이 있는 곳까지 훤히 보였으리라.

"무슨 말씀이신지는 알겠습니다. 터놓고 말씀드려도 되겠습니까?"

키예스 함장은 실바 소령을 쳐다보았다가 다시 고개를 돌렸다.

"물론일세. 여기 부사령관은 자네니 지상전에 대해서는 나보다 더 빠삭하지 않겠나. 의견이나 제안할 점, 걱정거리가 있다면 털어놔 보게."

실바 소령은 정중히 고개를 끄덕였다.

"감사합니다. 스파르탄 대원에 관해서 몇 마디 드리고자 합니다. 다른 사람들과 마찬가지로 저도 치프가 올린 전과에는 경의를 표하는 바입니다. 하지만 치프가 정말로 함장님께서 지시하신 임무에 적합한 인물이라 생각하십니까? 말이 나왔으니 말인데, 애초에 그게 어디 한 사람에게 일임할 작전이기나 합니까? 마스터 치프가 강화수술을 받았고 고성능 전투복으로 무장까지 했음은 익히 압니다. 하지만 주변을 둘러보십시오. 이곳 알파 기지는 평범한 군인들의 땀으로 거둬낸 성과입니다. 함장님, 스파르탄 양성계획은 실패로 끝났습니다. 치프가 최후의 생존자라는 사실만 봐도 뻔하잖습니까. 그러니 이번 임무는 진정한 군인인 우리 해병대에 맡겨 밥값을 하게 해주십시오. 끝까지 들어주셔서 감사합니다."

키예스 함장은 오랫동안 해군에 몸담아 왔다. 그래서 실바 소령이 비단 개인의 영욕뿐만이 아니라 해병대 소속 특수부대인 궤도 강하 타격대까지도 생각하는 야심가임을 전부터 알아왔다. 소령은 배짱도 좋고 만사에 거리낌이 없는 인물이지만, 지금 상황에서 그런 성격은 오히려 독이었다. 하지만 어떻게 면박을 준단 말인가? 그것도 바위산을 둘러싼 광활한 암반 지대에서 살아나가려면 소령의 아낌없는 지원이 절실한 판국인데.

키예스 함장은 소령의 말을 곱씹어보다 고개를 끄덕였다.

"잘 지적했네. 자네와 휘하 대원들 같은 '진정한' 군인들이 이곳 바위산에서 이룬 성과란 기적이라 불러도 손색이 없네. 허나 치프와 스파르탄 양성계획을 그렇게 못 박은 데는 동의할 수 없군. 첫째, 어떻게 치프가 그토록 뛰어난 군인이 된 이유를 알려면 결과가 아닌 과정을 봐야 하네. 강화수술 덕분에 그토록 대단한 전과를 올릴 수 있었다고 생각하면 오산일세. 단지 수술을 받아서가 아니라, 수술을 받고도 그 고통을 이겨냈기에 가능한 일이었네. 징집되지 않았더라도 치프는 훌륭한 사회의 일원으로 성장했을걸세. 아이들을 납치해 가족과 떼어놓고, 군대에 가둬 키우는 것도 모자라 강화수술까지 하는 짓을 내가 마냥 좋게 봤겠나? 아닐세, 때가 때인지라 마지못해 받아들였을 뿐일세."

그는 한숨을 내쉬며 팔짱을 꼈다.

"소령, 내가 받았던 첫 업무는 스파르탄-II 양성계획에 동원할 후보생을 선발하는 과정에서 계획 책임자를 안내하는 일이었네. 나는 당시 그 목적조차 몰랐네. 행여 알았더라면 차라리 군복을 벗어던졌을 걸세. 상황이 어떻게 돌아가는지 자네도 잘 알잖나. 이건 인류의 존망이 걸린 문제란 말일세. 외곽 이주지 일대에서 얼마나 많은 희생을 치렀는지 아는가? 제리코 VII 행성에서는 코버넌트의 손에 얼마나 죽었고? 또 리치 행성은? 하물며 놈들이 지구를 찾아낸다면 또 얼마나 많은 사람이 유리화되어 사라질지 상상이나 가는가?"

키예스 함장의 유도 신문에 실바 소령은 고개를 내저었다.

"거기까지는 모르겠습니다만, 이것 하나는 똑똑히 압니다. 제가 아직 소위였던 25년도 더 전, 치프를 만들어낸 작자들은 새로 생긴 애완용 생체병기를 팔팔한 사냥감과 맞붙여보면 흥미진진하겠다고 생각했던 모양입니다. 그래서 제 부하 대원 넷이 함장님의 오랜 친구한테 달려들게끔, 사소한 시비를 가장해 버릇을 고쳐주는 줄거리로 싸움판을 꾸몄지 뭡니까. 결국 어떻게 됐는지 아십니까? 아주 기가 막히게 먹혀들었습니다. 부하들은 멋도 모르고 계획에 놀아났고, 그 변종 놈은 대원들을 개처럼 두들겨 팬 것도 모자라 두 명을 골로 보내버렸습니다. 빌어먹을 함내 체육관에서 때려죽였단 말입니다. 함장님께서는 어떻게 생각하실지 모르겠지만, 그건 명백한 살인입니다. 그렇다고 그 태엽 병정 같은 자식이 징계라도 받았습니까? 아닙니다! 그놈은 되레 칭찬받고 샤워실로 직행했습니다. 그게 피바람이 불었던 날의 진상입니다."

키예스 함장은 착잡한 표정을 지었다.

"하나마나한 소리일지도 모르겠네만, 자네 부하 대원들 일은 정말 유감이네. 하지만 내 속마음은 이렇네. 다소 꺼림칙한 방법이라도, 아니 처음부터 부당한 방법일지라도, 치프 같은 군인이 무더기로 있다면 무슨 수를 써서든 한 명이라도 더 구해서 운용할걸세. 물론 특정한 임무라면 자네들 해병대도 훌륭히 완수하리라 굳게 믿네. 가용 병력이 해병대밖에 없다면야 주저 않고 자네들에게 맡겼을걸세. 하지만 코타나를 탑재했다는 점을 비롯해 여러 면에서 치프는 이번 임무에 적격이고, 임무를 수행함으로써 자네들 지옥행 강습대가 다른 일에 손쓸 시간을 벌어줄걸세. 어떻게 될지는 하늘만이 아실 테지. 난 그렇게 생각하네."

실바 소령은 뻣뻣하게 고개를 끄덕였다.

"예, 알겠습니다. 제 부하들은 마스터 치프와 코타나를 지원하는 일이라면 뭐든 달게 수행할 겁니다."

"그렇지."

키예스 함장은 완만하게 펼쳐진 구릉으로 시선을 돌리며 말했다.

"그렇게 해주리라 믿네."

평소에는 어두침침하던 방이 인공조명으로 환했다. 주카 자맘이는 지난 침투전을 면밀히 살펴보다 인간 인공지능이 아군 통신망에 접속했다는 사실에 착안하여 놈들이 무엇을 위해 침투했는지 알아내기 위해 전기적 침투경로를 분석했다.

그런 다음 분석을 바탕으로 인간들이 다음에는 어떤 행동을 취할지 예측해보았다. 임무 목표와 무관한 인간들은 관심 밖이다. 그의 관심사는 오직 한 인간뿐. 자맘이와 비슷한 정예 특수부대 소속인 그놈은 알아낸 정보를 토대로 실마리를 하나씩 캐내려고 전장에 모습을 드러낼 것이 분명하다.

보안 관제실로 향하는 통로를 지나는 사이에 묘안이 떠올랐다. 전투복을 입은 인간은 반드시 되돌아온다. 덫에 걸리는 순간이 놈의 최후가 되리

라. 자맘이는 놈의 숨통을 끊어놓을 생각에 용기를 북돋우며 걸어가는 내 내 전투가를 흥얼거렸다.

수류탄이 터지면서 섬광이 번쩍하더니 콩 소리가 울렸다. 돌격소총 사격에 자칼이 비명을 질러대자 한 대원이 소리쳤다.

"사양 말고 실컷 처먹어라!"

"수고했다!"

맥케이 중위가 큰 소리로 외쳤다.

"그놈이 마지막이다. 해치를 닫고 밀폐한 뒤 놈들이 빠져나가지 못하도록 화력조를 붙여놔. 코버넌트는 위쪽에서 내려오겠지만, 우리가 찾는 물건은 아래쪽에 있다."

전투가 벌어진 이후로 몇 시간이 지났다. 맥케이 중위와 타격대원들은 함내 주요 구획에서 적을 몰아내고 임무목표와 무관한 나머지 일대로 진입했다.

지옥행 강습대원들은 구역 확보도 뒷전으로 미루고 일단 마지막 사다리 통로부터 막은 뒤, 이제껏 그토록 고군분투하며 장악하려 했던 곳으로 향했다. 무기고, 군수품 창고, 차량 격납고가 코앞이다.

2소대가 아직도 하부 갑판에서 적 잔존병력을 소탕할 무렵, 1소대는 오로스 중위의 지휘에 힘입어 함선 중앙부에 무더기로 실려 있던 워트호그에 화물 트레일러를 건 뒤, 맥케이 중위가 주문한 목록대로 식량과 탄약을 비롯한 여타 보급품을 싣기 시작했다. 임시 화물차로 변한 워트호그에 보급품이 가득 실리면, 대원들은 차에 시동을 걸고 임시 경사로를 통해 고원으로 내려갔다.

일단 밖으로 나온 차량은 M41 경대공기관총으로 견고한 방비를 이루고 코버넌트 수송선이나 밴시, 고스트에 대비해 경계태세를 갖추었다. 그 상태로 언제까지고 버티기는 어렵겠지만, 현재로써는 시간을 버는 일이 급선무다.

보급품 차량대가 줄줄이 굴러 나와 슬슬 규모를 갖추었을 즈음, M808B 스콜피온 주력전차까지 합류하면서 화력이 대폭 늘어났다. 스콜피온 전차 네 대가 지축을 울리며 경사로를 밟고 내려와, 육중한 무한궤도로 흙먼지를 일으키며 워트호그 대열 가운데 자리를 잡았다.

스콜피온 전차는 세라믹 티타늄 장갑을 둘러서 소구경 화기에는 탁월한 방어력을 자랑하지만 플라즈마 화기를 든 코버넌트 병력의 근접 공격에 취약했다. 그래서 나온 대비책이 무장병력 네 명이 추가로 탑승이 가능한 무한궤도 측면장갑 보조석이었다.

땅에 드러누운 순양함에서 철수하고 마지막 수송 작업을 일사불란하게 지휘하기 위해, 맥케이 중위는 코버넌트 잔존병력 제압을 리스터 상사에게 맡기고 밖으로 나갔다.

보급품을 가뜩 실은 펠리칸 두 대가 각각 배면에 워트호그를 달고서 바위산 방향으로 날아가고 있었다. 눈앞의 너른 암반지대 위로는 26대의 워트호그 화물차가 시동 준비를 마치고 줄을 맞춰 늘어서 있었는데, 차량은 계속 꼬리를 물고 순양함에서 나오는 중이었다.

문제는 인원이었다. 전투 끝에 가용 병력이 52명으로 줄었다. 말인즉 그렇잖아도 병력부족에 쪼들린 보병중대를 이끌고 어떻게든 차량 34대를 모는 동시에 싸우는 수밖에 없는 얘기다. 기지로 돌아가려면 맥케이 중위와 부사관들까지 운전대나 기관총을 잡아야 할 판이었다.

오로스 소위는 필라 오브 어텀에서 걸어 나오는 중위를 쳐다보았다. 소위는 함선에서 꺼내온 사이클롭스에 타고 있었다. 소위가 바퀴 자국이 가득한 땅바닥을 가로질러 뒷짐을 지고 선 맥케이 중위에게 가는 내내, 관절에서 기잉거리는 기계음이 났다. 얼굴은 검댕투성이에 방어구가 플라즈마에 시커멓게 그을린 채였다.

"혈색 한번 좋아 보이네."

중위의 말에 오로스 소위가 씩 웃었다.

"과찬이십니다. 펠리칸은 보셨습니까?"

"보기는 봤어. 좀 과적한 모양이던데."

"예, 조종사가 너무 무겁다고 징징거렸지만, 손에 초코바 좀 쥐여주고 달래 보냈습니다. 한 45분 있다 돌아올 겁니다. 오면 수송칸에 연료탱크를 싣고 함선에서 꺼내온 연료를 채우고 뚜껑을 닫을 겁니다. 그런 다음에는 알뜰살뜰하게 50밀리 기관포도 재활용해 펠리칸 동체 배면에 장착하고요."

맥케이 중위는 의아스러운 듯이 양 눈썹을 치켜세웠다.

"기관포? 그건 어디서 났는데?"

"필라 오브 어텀에 탑재된 것 말입니다. 바위산 꼭대기에서 그걸로 간간이 코버넌트 수송선을 때려잡으면 재밌지 않겠습니까."

다른 소위가 기분 좋게 답했다. 그는 잠시 말을 멈추었다가 덧붙였다.

"좋은 소식은 여기까집니다."

"그럼 나쁜 소식은?"

"불시착 때문에 장비가 거의 못 쓰게 됐습니다. 펠리칸용 미사일, 로켓 발사대도 없고, 70밀리 체인건 탄약도 바닥입니다. 수송 외에는 별다른 공중지원을 기대하기 어렵게 됐습니다."

"아뿔싸."

맥케이 중위는 인상을 썼다. 전폭적인 공중지원 없이 알파 기지를 사수하려면 벅찰 텐데.

"아, 그리고 조종사들한테 돌아올 때 열다섯 명쯤 더 데려오라고 했습니다. 행정병이든 의무병이든 워트호그를 몰거나 M41을 쏠 수 있는 사람이라면 누구든 좋으니까 말이죠. 그러면 워트호그 호송단을 몰 인원을 딱 맞추고도 전차당 둘씩 들어갈 겁니다."

오로스 소위의 말에 맥케이 중위는 한쪽 눈썹을 구부렸다.

"더 데려오라고 했다고?"

"뭐, 중위님이 부른다고 하니까 고분고분하던걸요."

맥케이 중위는 고개를 설레설레 내저었다.

"넌 참 간도 크다니까."

오로스 소위는 넉살 좋게 대답했다.

"옙, 충성!"

펠리칸 수송기 편대가 반짝이는 바다를 스쳐 지나, 해변에 잔잔하게 부서지는 파도 위로 날아들었다. 전방의 건물과 그 너머의 해안 곶, 그리고 갑작스럽게 날아든 수송기 두 대를 보고서 코버넌트 병력이 우글거리며 뛰쳐나왔다. 펠리칸 수송기에 탑재된 70밀리 체인건을 발사하고 싶어 손이 근질거렸다. 지난 비행에서 탄약을 다 써버렸는데—해변을 따라 신나게 엘리트를 쫓으며 놈을 피바람과 함께 조각냈었지—그 뒤로 보급이 없었다.

포해머는 무전을 켰다.

"착륙지점에 적이 즐비하다. 반복한다, 적이 즐비하다. 5초 뒤 착륙."

마스터 치프는 활짝 열린 해치 옆에 서서 포해머가 신호하기를 기다렸다.

"상륙 완료, 작전을 개시하라!"

치프는 가장 먼저 진입로를 내려가 부드러운 모래 위로 발자국을 깊숙이 남겼다.

그는 주변을 둘러본 다음 놈들이 있는 곳부터 신속히 공략했다. 마지막 타격대원이 수송칸에서 내린 직후, 펠리칸 편대는 다시 하늘로 떠올라 급회전 상승했다.

오르막에서 플라즈마탄이 쏟아지는 상황 속에서 타격대원들은 모래언덕으로 전진하며, 전 대원이 동시에 탄창이 비지 않게끔 서로 엇갈리게 집중 사격했다. 마스터 치프는 앞으로 돌진해 화력지원을 하면서 엘리트를

162

모랫바닥에 처박았다. 수는 코버넌트가 더 많았지만 싹쓸이하는 데는 금방이었다. 10분도 지나지 않아 상황이 종료되었다.

이제 이동할 시간이다. 치프는 착륙지점을 살펴보며 임무 목표를 되새겼다. 코버넌트가 장악한 건물, 일종의 '지도실' 확보가 목표다.

코버넌트는 이 시설을 "침묵의 카토그래퍼"라고 불렀는데, 이곳에 헤일로 관제실의 정확한 위치가 기록된 것으로 추정된다. 키예스 함장은 이번 임무의 중요성을 재차 강조했었다.

"코버넌트가 헤일로를 무기로 사용하는 방법을 알아낸다면 우린 끝장이네."

코타가 옆에서 도와준다면야 고리형 구조물의 어느 귀퉁이에 관제실이 있는지 알아내는 일쯤은 우스울지도 모른다. 일단은 이곳의 시설에 숨어든 적부터 몰아내야 한다.

무전 잡음이 새어 나오더니 착륙지점으로 휙 날아드는 펠리칸 수송기와 함께 포해머의 기운 넘치는 목소리가 들려왔다.

"에코 419 접근 중. 워트호그 시키신 분?"

"포해머, 배달까지 해주시는지는 몰랐는데요?"

어느 대원의 대답에 롤리 대위가 킬킬거렸다.

"우리 좌우명이 '신속 배달'인줄 몰랐나?"

마스터 치프는 펠리칸이 해변에 워트호그를 내리기를 기다렸다. 타격대원 둘이 각자 조수석과 기관총을 맡았다. 조수석에 앉은 대원이 고개를 끄덕여 보였다.

"언제든 출발만 하십쇼, 치프."

마스터 치프는 가속기를 밟았다. 뒤쪽으로 모래를 내뿜음과 동시에 왼쪽으로 나란히 바퀴 자국을 남기며, 해변을 따라 워트호그를 몰았다.

치프 일행은 해안 곶을 돌아 그 너머로 보이는 개활지로 꺾어 들어갔다. 듬성듬성한 나무와 닳아빠진 바위, 지면을 무성히 뒤덮은 풀밭이 펼쳐졌다. 사수가 "사격 개시!" 하고 소리치며 방아쇠를 당겼다. 치프는 코버넌 트 놈들이 허둥지둥 몸을 숨기는 꼴을 보고는 사격 각도를 잡아주려고 오 른쪽으로 운전대를 꺾었다. 그런트와 자칼은 금세 갈기갈기 찢겨났다.

마스터 치프는 장애물을 피해 워트호그를 오르막으로 몰아 조심스럽게 타이어의 마찰력을 유지했다. 비탈을 오르자 언덕 너머로 으리으리한 건 물이 눈에 들어왔다. 절벽에 붙은 묵직한 지붕이 곡선을 그리며 아래로 뻗 어내려 출입구와 맞닿았고, 출입구 앞으로 나온 평평한 지지대 위로 코버 넌트 수송선이 정박해 있었다.

수송선은 막 짐을 다 부린 듯했다. 놈은 ㄷ자 동체를 뒤로 빼며 바다로 방향을 틀어 재빨리 사라졌다. 수송선 비행음에 워트호그 엔진 소리가 묻 혀 놈들은 이쪽을 눈치채지 못했다.

뒷자리의 사수석을 맡은 대원이 기관총으로 수송선을 좇았다. 하지만 괜히 방아쇠를 당겨 놈들의 주의를 끌 필요는 없었다. 언덕 너머의 건물 주변에 코버넌트 병력이 득실거렸다.

"다들 저거 보여? 도대체 저길 어떻게 뚫고 가지?"

조수석에 앉은 대원이 말했다. 마스터 치프는 시동을 끄고 대원들에게 잠자코 있으라고 손짓하고는 쓰러진 통나무 뒤로 몸을 숨겼다. 권총을 뽑 아들고 조준을 한 다음 방아쇠를 당겼다. 재빠른 연속사격에 그런트 넷과 엘리트 하나가 쓰러졌다.

총소리가 터져 나오자마자 나머지 놈들은 엄폐물 뒤로 몸을 숨기고 응 사해왔다. 플라즈마탄이 날아들어 통나무를 통째로 날리며 나뭇결을 태 웠다.

이쯤이면 놈들을 적당한 크기로 썰었거니 하고 생각하며, 치프는 워트 호그로 되돌아가 운전석에 올라탔다. 두 대원은 그가 무슨 지시를 내리려 는가 싶어서 가만히 기다렸다.

"각자 총을 점검해라. 고기를 좀 다듬어야겠다."

치프가 엔진에 시동을 걸었다.

"알겠습니다."

기관총을 잡은 대원이 단호한 목소리로 답했다.

"꼭 취사 근무 서는 것 같지 말입니다."

코버넌트 병력이 공격에 어떻게 대응해올지는 모를 일이다. 하지만 워트호그로 치고 들어가자 놀라서 소리를 꽥꽥 질러대며 달아나기 바쁜 꼴을 보아하니, 이쪽에서 케케묵은 정면 돌격을 해올 줄은 꿈에도 몰랐던 모양이었다.

건물 앞으로 워트호그를 세우자 벼랑 안쪽으로 깊숙이 파고든 복도가 눈에 들어왔다. 폭이 좁은 탓에 안으로 들어가려니 커다란 비포장도로용 타이어가 그런트 시체를 짓뭉개며 어기적거렸다. 두 대원이 코버넌트 병력을 향해 총격을 가하는 사이, 마스터 치프는 한 놈을 깔아뭉갰다.

건물 밖의 적을 깨끗이 정리한 뒤, 마스터 치프는 두 대원이 화력지원을 해줄 만한 위치에 워트호그를 세워둔 다음 건물 내부로 들어갔다. 어두운 통로를 따라 내리막을 두어 차례 지나자 대기실처럼 보이는 공간이 나타났다. 코버넌트 놈들이 가득했다. 마스터 치프는 수류탄을 까 넣고 내리막 뒤로 물러나 총알을 퍼부었다. 믿음직한 꽝 소리와 함께 수류탄이 터지면서 조각난 몸뚱어리가 높이 치솟았다가 바닥에 철퍽철퍽 떨어져 내렸다.

그때 코타나가 외쳤다.

"문을 못 잠그게 하세요!"

너무 늦었다. 문이 스르륵 닫혀버렸다.

마스터 치프는 살아남은 놈들을 마저 처리하고 문 상태를 살펴본 뒤 지상으로 돌아갔다. 코타나가 무전을 켰다.

"함장님, 코타나입니다."

"계속하라, 코타나. 관제실은 찾았나?"

"아직입니다, 함장님. 코버넌트가 문을 봉쇄했습니다. 건물 내 보안 시스템을 해제하기 전까지는 전진할 수 없습니다."

"알겠다. 수단과 방법을 가리지 말고 건물 내로 진입해 헤일로 관제실의 위치를 알아내야 한다. 절대 실패해서는 안 된다."

워트호그를 타고 착륙지점 절반쯤에 도착한 찰나 키예스 함장이 교신을 종료했다.

"행운을 빈다, 이상."

'앞문이 잠겼으면 뒷문으로 돌아가면 되지.'

마스터 치프는 그렇게 생각하며 워트호그로 왔던 길을 되돌아가 착륙지점을 지나쳤다. 조수석에 앉은 대원은 해변에서 대기하던 동료와 욕을 주고받았다.

다시금 해안 곶을 돌아가던 중 코타나가 말했다.

"오른쪽을 보세요. 섬 내부로 통하는 길이 있는 듯합니다."

코타나가 미처 말을 끝내기도 전에, 사수가 "2시 방향에 놈들이다!" 하고 소리치며 기관총을 쏴 재꼈다.

M41 사수가 총열을 위로 젖혀 전방의 골짜기를 향해 사격할 수 있게끔, 마스터 치프는 오른쪽으로 운전대를 꺾어 비탈길에 자리를 잡았다.

"조언 바란다, 코타나."

마스터 치프가 땅바닥에 몸을 붙이며 말했다.

"중력 리프트로 코버넌트 순양함에 잠입해 통로를 헤맬 때는 좋알대더니, 왜 숲에 숨어든 지금은 입을 꾹 다물어?"

"말해봤자 달라질 것도 없으니까 그랬죠."

코타나가 태연히 대답했다.

"예를 들죠. 동작 감지기를 보면 골짜기에 적이 최소 다섯 이상 있다고 나오지만, 논리적으로 생각해보면 훨씬 더 많을 게 뻔하거든요. 어때요, 말해주니까 기분이 나아졌나요?"

"아니."

치프는 솔직하게 털어놓으며 주무장과 부무장에 총알이 가득한지 확인했다.

그는 골짜기로 뛰어들어 커다란 풍화석 뒤에 엄폐했다. 플라즈마탄이 머리 위로 날아들어 바위를 녹이자, 잽싸게 고개를 내밀어 응사했다. 그런트들이 시끄럽게 짖어대며 숨으려고 엄폐물 뒤로 몸을 날리는 순간, 워트호그에 탄 두 대원이 지원사격을 개시했다. 골짜기 뒤편에서 푸른 전투복을 입은 엘리트가 나타나 그런트들을 앞으로 내몰았다.

마스터 치프는 숨을 크게 들이쉬었다.

'내가 나설 때로군.'

치프가 바위 뒤에서 뛰쳐나옴과 동시에 좁다란 골짜기에 권총 소리가 연달아 메아리쳤다.

전투는 몇 분 만에 끝이 났다. 방어막 표시기가 경고음을 내는 탓에 잠시 골짜기 꼭대기에서 멈춰 재충전되기를 기다렸다. 총을 들고 주위를 죽 훑어보았다. 골짜기 꼭대기에 자리 잡은 작은 함몰 지형에 둥글넓적한 구조물이 떡하니 버티고 있었다.

전투복 등판에 내장된 핵융합 전지에서 전력을 공급받아 방어막이 서서히 충전되는데, 헌터 한 쌍이 엄폐물에서 불쑥 뛰어나와 공격을 가했다.

치프는 초탄을 가슴에 정통으로 얻어맞고 나뒹굴었다. 차탄은 아름드리 나무에 빗맞았다. 피가 주르르 흘러 왼쪽 눈두덩이에 고였다. 그는 머리를 휘휘 내저어 어지러운 눈앞을 가다듬은 뒤 왼쪽으로 몸을 굴렀다. 조금 전까지 있던 곳에 삼탄이 날아들면서 흙먼지가 하늘 높이 치솟았다.

치프는 수류탄을 던지고 셋까지 센 다음, 벌떡 일어나 오른쪽으로 한 발 비켜서서 쉬지 않고 사격을 가했다.

타이밍이 완벽하게 맞아떨어졌다. 수류탄이 터지자 놈들은 섬광과 연기에 잠시 주춤거렸다. 두꺼운 장갑복에 총알이 튕겨 나갔다. 두 헌터는 동시에 치프를 향해 몸을 돌리고 다시 일제사격을 가하려고 어썰트 캐논을 녹색으로 물들었다.

수류탄이 한 발 더 터지면서 놈들의 걸음이 둔해졌다. 놈들이 연기를 헤치고 어썰트 캐논을 발사하자, 골짜기 아래를 따라 파열음이 요란하게 울려 퍼졌다.

두 헌터는 적을 죽일 생각에 사로잡혀 앞으로 무작정 돌진했다. 하지만 치프는 이미 뒤로 빠져나가 어느새 놈들의 등 뒤에 바짝 붙어 있었다. 지근거리에서 소총탄이 전투복 사이의 속살을 파고들었다. 놈들은 울부짖으며 쓰러졌다.

마스터 치프는 서쪽으로 완만하게 펼쳐진 내리막을 내려갔다. 보초병 둘을 처리하고 나자, 앞을 가로막은 커다란 건물로 들어가는 길이 나왔다. 그는 어둡고 그늘진 통로 내부로 조용히 들어갔다. 마치 암흑이 온몸을 감싸는 듯했다.

강화수술을 거친 덕분에 두 눈이 금세 암순응에 들어갔다. 그는 잠시 멈춰 서서 돌격소총 탄창을 교환한 뒤, 깊이를 알 수 없는 건물 내부로 서서히 발걸음을 옮겼다.

한 층 아래, 주카 자맘이는 조용히 귀를 기울였다. 누군가가 이리로 오는 중이다. 절박한 무전으로 미루어보건대 반드시 처단해야 하는 그 인간이라 봐도 무방할 듯했다. 총소리가 요란스레 터지는 와중 교신이 끊어진 점만 봐도, 전투복을 입은 인간이 이곳에 당도했음이 분명하다.

하지만 놈이 정말로 함정에 걸려들까? 자맘이는 지도실에 관한 내용을 전황 보고목록에 슬쩍 올려뒀었다. 인간들이 추락한 함선에 탑재됐던 인공지능을 써서 코버넌트 네트워크를 한 번이라도 뒤적거렸다면, 필시 놈을 보내어 이곳을 수색하려들 테지.

'왔구나.'

저벅거리는 군홧발소리, 새 탄창을 꽂으면서 나는 찰칵 소리, 전투복이 움직이는 소리가 희미하게 들렸다.

'곧 여기까지 오겠군.'

자맘이는 좌우를 살피며 헌터들이 제 위치에 잘 있는지 똑똑히 확인한 뒤 몸을 숨겼다. 야얍을 비롯한 그런트 분대는 나머지 병력과 함께 화물 상자 사이에 숨었다.

내리막을 내려가자 어둑한 방 가운데에 코버넌트 화물 상자가 잔뜩 쌓여 있었다. 놈들이 근처 어딘가에 잠복한 것이 틀림없었다. 벽에 등을 바짝 붙이고 옆으로 움직이는데, 직감인지 행운인지는 몰라도 왠지 모르게 심장박동이 살짝 가빠졌다. 뭔가 찜찜하다.

정교하게 장식된 창살 사이로 나오는 불빛에, 왼편에 벽감이 있다는 사실을 알아차렸다. 벽감 쪽으로 잠시 자세를 풀려는 찰나, 뭔가 움직이는 소리에 가슴이 철렁했다. 소리가 나는 방향으로 홱 몸을 틀었다.

헌터 한 쌍이 어둠 속에서 부리나케 뛰쳐나와 육중한 방패를 휘두르며 날카로운 가시돌기를 휘둘러댔다. 7.62밀리탄을 흉갑에 잇달아 퍼붓자 놈이 살짝 주춤거렸다.

자맘이는 야얍이 이끄는 그런트 분대 뒤에서 조용히 기다리다가, 화물 상자 뒤에서 튀어나와 공격할 틈을 노렸다. 겁이 나기는 했지만, 놈을 잡아야 한다는 사명감으로 공포를 억누르며 플라즈마 라이플을 겨누었다. 하지만 헌터가 앞을 가렸다.

형제 헌터가 백병전을 하는 꼬락서니가 영 시원찮았는지, 보다못한 두 번째 헌터가 끼어들어 돌진하다 자맘이를 들이받았다. 그는 멀리 튕겨나 차디찬 쇠 바닥에 나뒹굴고 말았다.

바닥 한가운데 오도카니 서 있던 야얍이 퍼뜩 정신을 차리고 후퇴 지시를 내리려는 찰나, 분대원 중 하나인 린글린이 플라즈마 피스톨을 마구 쏴대기 시작했다.

목표물이 보이지도 않는데 총을 갈겨대기란 바보 같은 짓이었지만, 늘 '긴가민가하거든 일단 쏴라.'는 식으로 훈련을 받아온 탓에 그런트들은 무턱대고 총을 쏴대는 버릇이 있었다. 린글린이 쏜 플라즈마탄이 곧장 앞으로 날아갔다. 플라즈마탄은 하필이면 헌터의 등에 꽂혔고, 그 바람에 놈은 휘청휘청 앞으로 넘어가 자기 형제를 들이받고 말았다.

"어럽쇼……."

야얍이 멍하니 중얼거렸다.

헌터가 비틀대기 시작하자, 마스터 치프는 놈의 등에 총알을 박아 넣고 뒤로 돌아섰다. 두 번째 헌터는 뭔가에 기습공격을 받았는지 고맙게도 벌써 뻗어 있었다. 치프는 고개를 돌리고 남은 적은 없는지 주변을 살폈다.

중대한 업무상과실을 저질렀다는 충격에 어리벙벙하던 린글린은 뒤늦게 정신을 차렸다. 무슨 후환이 닥칠지 몰라 잔뜩 겁을 먹고 뒷걸음질을 치려는데, 묵직한 전투복을 입은 인간이 나타나 총을 겨누고 방아쇠를 당겼다. 야얍의 얼굴에 린글린의 피가 좍 튀었다. 야얍은 제 발에 꼬여 뒤로 넘어졌다. 그러고는 팔을 허우적대며 안간힘을 다해 그림자 속으로 엉금엉금 기어들었다. 그때 웬 손이 군장을 덥석 움켜잡더니, 야얍을 화물 상자 안으로 쑥 끌어당겨 꽉 붙들었다.

"조용!"

목소리의 주인은 자맘이었다.

"이번 전투는 끝났다. 다음 전투를 기약한다."

정말 듣기 좋은 말이었다. 그간 수많은 부대에서 복무했지만 이처럼 지극히 상식적인 말을 듣기는 이번이 처음이었다. 야얍은 인간이 뚜껑이 열린 화물 상자 옆을 걸어가는 모습을 숨죽이고 지켜보았다. 잠시나마 어떡하면 다시 평범한 전방부대로 되돌아갈 수 있을까 하는 궁금증이 들었다. 자기처럼 작달막한 그런트한테는 차라리 그런 보직이 훨씬 덜 위험할 테니까.

틀림없이 매복이 더 있으리란 생각에 치프는 신경을 곤두세우고 주위를 죽 훑었다. 하지만 상대할 것이라고는 욱신거리는 근육과 주위에 내리깔린 쥐죽은 듯한 침묵뿐이었다.

"잘하셨어요, 치프. 화물 상자를 지나가면 뒤편에 보안 제어기가 있어요."

마스터 치프는 코타나가 알려준 대로 복도를 따라 작은 방으로 들어갔다. 작은 별자리처럼 모인 빛이 방의 정중앙에 둥둥 떠 있었다.

"홀로그램 제어반으로 보안 시스템을 해제하세요."

적이 더 들이닥치기 전에 한시라도 빨리 임무를 완수할 생각에, 마스터 치프는 서둘러 코타나가 시키는 대로 했다. 이곳의 홀로그램 제어반도 어디선가 본 것처럼 익숙한 느낌이 들었다.

코타나는 전투복에 내장된 감지기로 결과치를 검사해보았다.

"좋아요, 수직 통로로 들어가는 문이 열렸어요. 이제 카토그래퍼로 들어간 다음 관제실로 들어가는 지도만 찾으면 되겠군요."

"맞아. 즉 정찰정보 하나 없는 데다 적이 장악했을 가능성이 큰 곳에서 변변한 지원도 없이 작전을 수행해야 한다는 얘기로군."

"어떡할지 생각해놓으셨나요?"

"물론. 지도실에 도착하는 즉시, 놈들을 보는 족족 죽일 거다."

6

투입 44시 38분 19초 경과 (맥케이 중위 작전 시각)/
알파 기지와 필라 오브 어텀 사이의 구릉 지대

호송단이 세 줄로 길게 움직이면 적의 눈에 쉽사리 띄겠지만, 맥케이 중위는 속 편하게 대놓고 이동하기로 했다. 워트호그 서른 대와 스콜피온 네대가 만들어내는 먼지 구름은 2킬로미터 밖에서도 훤히 보이니, 애써 감추려 해봐야 소용없을 테니까. 더욱이 수많은 차량에서 발생하는 열이 감지기에 잡히리란 점도 불을 보듯 뻔했다. 대장정을 나선 지 채 몇 분도 지나지 않아 밴시가 염탐이라도 하듯 따라붙었다. 기나긴 호송단이 향할 곳은 단 한 곳, 알파 기지라 불리는 바위산뿐.

코버넌트가 냉큼 대응반을, 그것도 대규모로 편성해 나타났지만 그리 놀랄 일은 아니었다. 놈들은 헤일로에 전투가 벌어진 이래로 며칠간 번번이 수모를 겪었다. 바위산에서 쫓겨나지를 않나, 난데없이 진리와 귀의가 공격받지를 않나, 다른 여러 거점까지 습격받지를 않나. 그렇게 당했으니지난 며칠에 읽힌 분풀이를 할 절호의 기회를 놓칠 리 없었다.

맥케이 중위는 교전을 예상하고서 미리 호송단을 세 개 임시 소대로 나누었다. 오로스 소위가 지휘하는 1소대는 워트호그로 구성된다. 1소대는 적 지상군과 응전하지 않고 오로지 대공방어에만 집중한다.

리스터 상사가 맡은 2소대는 스콜피온 전차 네 대로 구성된다. 의외로 보병에 취약한 탓에 전차 네 대는 차량 대형 중앙에 안전하게 자리를 잡았다.

맥케이 중위 본인이 이끄는 3소대는 지상방어를 책임진다. 고스트와 보병들이 2, 3소대를 집적대지 못하도록 기필코 막아야 한다. 중위가 이끄는 차량 3분의 1을 차지하는 워트호그 다섯 대는 거추장스러운 화물 트레일러를 달지 않은 만큼 신속대응반 구실을 톡톡히 해낼 것이다.

중위는 이렇게 소대별로 목표를 분담함으로써 전투 효율성을 높이고 사격군기를 잡는 동시에, 오인사격으로 인한 부상자가 생길 가능성을 낮추며 근접전과 같은 위험한 상황에 걸려들 확률이 줄기를 빌었다.

호송단이 알파 기지를 향해 동쪽으로 출발한 이후, 평지가 끝난 지점에서부터 고된 행군이 시작되었다. 평원과 언덕이 맞닿는 곳에서부터 깊은 골짜기와 구덩이와 도랑이 미로처럼 어지러이 얽힌 지형이 나타났다. 굳이 이곳을 지나가려면 호송단을 억지로 일렬로 맞춰야 하는데, 그러자면 지상과 공중공격 양쪽에 속수무책으로 당하고 만다. 폭이 500미터 정도 더 넓은 경로도 있었다. 그 길로 가면 대열을 깨뜨리지 않고 3열로 지나갈 수 있었다.

하지만 문제는 거기서 끝이 아니었다. 높은 언덕이 길목 양쪽을 에워싸고 있어서, 코버넌트가 언덕 위에 자리를 잡고 공격을 해대면 빠져나갈 구멍이 없었다.

거기에 산 넘어 산이라고, 길목 너머에 또 언덕이 떡하니 버티고 있어서 호송단이 순탄한 평지로 나가 숨을 돌릴라치면 총 이차 관문까지 통과해야 했다. 험난한 여정이 눈에 선한지라, 중대원들이 언덕의 사거리에 다가서는 모습을 지켜볼수록 맥케이 중위의 심정에는 절망감이 더해 갔다.

"내 사망의 음침한 골짜기 다녀도 두려워 않으리……."

딱히 신앙심이 투철하지도 않았지만, 이쯤 되자 머릿속으로 옛날 옛적 찬송가가 절로 흐를 지경이었다.

'집어치우라지.'

중위는 찬송가 암송을 그만두고 호송단에 교전준비 명령을 내렸다. 싸움에서는 플라즈마 몇 발이 아니라 압도적 화력이 빛을 보기 마련이다.

코버넌트 병력이 "2번 언덕"이라고 이름 붙인 고지에 서서, 엘리트 아도 모툼이는 고성능 외눈망원경으로 인간 호송단이 다가오는 모습을 지켜보았다. 다섯 대만 빼면 나머지는 다 경량 정찰차였는데, 하나같이 화물을 가득 실은 트레일러를 꼬리에 달고 있어서 움직임이 다소 느릿느릿했다. 수송대의 발걸음을 붙잡는 또 다른 이유는 거추장스러운 전차 네 대였다.

놈들의 지휘관은 언덕을 굽이굽이 돌아가는 길보다는 조금 덜 위험하리란 짐작에, 폭이 조금 더 넓은 이쪽 길목을 고른 모양이었다. 알 만한 판단이지만, 머잖아 놈들은 이곳을 택한 실수의 대가를 톡톡히 치르게 되리라.

모툼이는 망원경을 내리고 고개를 돌려 레이스 전차를 훑어보았다. 움직임이 굼뜨고 발사속도가 느린 레이스를 못마땅하게 여기던 차였지만, 이런 임무에는 오히려 그런 점이 제격이었다. 1번 언덕에 배치한 레이스로 협공을 펼친다면 이리로 다가오는 호송단은 순식간에 박살 날 것이다.

망원경으로 관측한 바가 정확하다면 레이스에 상당한 위협으로 다가올 호적수로는 놈들의 대형 한가운데를 차지하고 덜덜덜 굴러오는 중장갑 전차였다. 겉으로는 상당히 강력해 보이지만, 이전에 저런 차량을 본 적이 없었기 때문에 직접 수집한 정보도 빈약했다. 저것들을 어떻게 상대해야 할지 난감한데.

"듣자하니."

등 뒤에서 목소리가 들렸다.

"사령관 의회에서 내게 염탐을 붙였다 하더군. 이보게, 염탐꾼 나리. 누구를 보려고 여기까지 납셨는가? 인간인가, 아니면 이 몸인가?"

모툼이는 뒤로 돌아섰다. 금빛 전투복을 입은 야전사령관, 노가 푸툼이가 덩치에 걸맞잖게 살금살금 소리 없이 나타났다. 푸툼이는 용감무쌍하고 전장에서 뛰어난 통솔력을 발휘하는 지휘관으로 이름이 자자했지만, 그런 한편 노골적이고 독불장군 같은 성격에 피해망상이 심하기로 악명 높았다. 하지만 방금 그가 농담 반 진담 반으로 던진 말에서 드러나듯, 모툼이가 적 병력과 푸툼이를 동시에 정탐하고자 파견된 점은 사실이었다.

모툼이는 비아냥거림을 애써 무시하며 턱을 놀렸다.

"인간 전사자를 집계하고 곧 사령관님께서 올리실 승전보를 보고해서 진급에 필요한 기초 작업을 맡을 사람이 있어야 하잖습니까."

푸툼이의 두툼한 자존심을 감싼 속마음의 벌어진 틈은 보이지 않아도, 칭찬에 우쭐해서 떡 벌어진 가슴팍이 살짝 부푸는 모습은 모툼이의 눈에도 뻔히 보였다.

"자네가 아부가 아니라 지휘를 그렇게 잘 했더라면 지금쯤 군대를 이끌고도 남았겠거늘. 그런 고로 정탐꾼 나리, 밴시 편대 출격준비는 끝마치셨나?"

"준비를 마치고 명령을 기다리는 중입니다."

"잘했군."

푸툼이는 외눈망원경을 들어 다가오는 호송단을 관찰했다.

"공격을 개시하도록."

"분부대로 하겠습니다."

푸툼이는 고개를 끄덕였다.

밴시가 날아드는 소리가 들렸다. 놈들이 예상대로 나오는구나 싶은 생각에 맥케이 중위는 조마조마하던 마음이 조금이나마 진정되었다. 처음에는 모깃소리처럼 낮게 깔리던 비행음이 어느새 벌떼 소리로 바뀌더니 순식간에 소름 끼치는 곡소리로 변했다. 그 순간 중위는 무전을 켰다.

"여기는 레드 1, 적 공습이 떴다. 1소대는 교전을 허가한다. 나머지는 대기한다. 기껏해야 준비 운동일 뿐이니 맘들 단단히 먹어라. 아직 본경기가 남았다, 이상."

열 대씩 편대를 이룬 밴시는 모두 다섯 개 편대가 출격했다. 1편대가 어찌나 낮게 비행하는지 모툼이의 눈에는 밴시가 파도처럼 한꺼번에 몰아치는 것처럼 보였다. 밴시의 동체 양옆의 반들거리는 금속 날개 위로 햇빛이 반짝였다.

수많은 밴시가 무리 지어 날아가는 광경을 보자니, 모툼이도 밴시에 올라타 몸소 공격에 참가해 저공비행의 아찔한 기분을 만끽하며 플라즈마 캐논을 실컷 퍼붓고 싶은 충동이 일어났다. 하지만 염탐꾼 신분인 만큼 받은 일부터 착실히 수행하고 기쁨은 뒷전으로 미뤄야 했다.

제일 먼저 호송대열을 깨뜨림과 동시에 후속 편대의 몫까지 독차지할 욕심에, 첫 대열에 속한 밴시 조종사들은 목표물이 사거리에 들자마자 포문을 열었다.

밴시 편대가 지평선에 낮게 내리깔리나 싶다가, 둥그런 플라즈마탄이 속속들이 날아들었다. 그 모습을 정면으로 지켜보자니 차라리 대형을 깨뜨리고 각개전투에 나서는 편이 낫겠다는 생각이 1소대원들의 머릿속을 스쳤다. 하지만 아직 그럴 때가 아니었다. 강습대원들은 오로스 소위의 명령에 따라 서쪽 길목으로 M41을 겨누고 일제히 사격을 개시했다. 밴시 편대는 한껏 속력을 높이다 말고 황급히 방향을 틀었지만, 놈들은 이미 고기분쇄기에다 머리를 들이박은 뒤였다.

선두에 후속 편대를 붙였다가 산개한 다음 각개전투로 호송단을 상대한다는 전술을 구상한 푸톰이 본인과 더불어, 모톰이 역시 전황을 보고서 문제점을 곧바로 간파했다.

선두 편대에 속한 열 대 중 여덟 대에는 지시가 너무 늦게 전달되는 바람에, 명령을 받았을 즈음에는 이미 수많은 파편으로 변해 시커먼 눈송이처럼 펄펄 떨어진 뒤였다.

밴시 두 대가 빗발치는 총알 세례에서 벗어났다. 한 대는 워트호그에 플라즈마탄을 퍼부어 사수를 죽이고 기관총을 고철로 만들어버렸다. 사수는 죽었어도 차는 그대로 달렸고, 뒤에 연결된 화물 트레일러에 실린 보급품도 계속 굴러갔다.

총알 세례에 호되게 당하고도 살아남은 밴시들은 기수를 틀어 후속 편대와 합류했다.

동쪽에서 날아든 2차 밴시 편대가 산개하여 각개전투를 펼치기 시작하자, 푸톰이는 무전을 켜고 고함치듯 공격 명령을 내렸다. 1번과 2번 언덕에 배치된 레이스 두 대가 동시에 포문을 열었다. 청백색 플라즈마가 둥글게 덩어리져 덩굴처럼 궤적을 그리며 하늘 높이 떠오르더니, 잠시 허공에 머무르다가 떨어지기 시작했다.

플라즈마 박격포탄은 느긋하고 천천히 떨어졌다. 플라즈마 덩어리가 창공에서 아름답게 곡선을 그리며 땅으로 내리꽂히자, 귀청이 터질 듯한 우레 소리가 지축을 뒤흔들었다. 두 발 모두 목표물에서 빗나갔지만 초탄은 거리 측정용일 뿐이다. 아직 효력사가 남았다.

"대체 방금 그건 뭐야?"

어느 대원이 지휘관 주파수대로 정신없이 내지른 소리가 맥케이 중위의 귓가를 때렸고, 이내 리스터 상사가 그 대원을 추상같이 꾸짖는 소리가 뒤따라 들렸다.

하지만 중위는 방금 공격이 어디서 날아왔는지 알고 있었다. 놈은 코버넌트의 막강한 중기갑차량인 레이스였다. 하지만 그 대원이 레이스를 처음 본다고 해서 문제 될 것은 없었다. 파괴력이 무시무시한데다 저 포탄이 한 발이라도 가까이 떨어졌다가는 그대로 황천행이라는 사실쯤은 척 보면 알 테니까.

"그린 1, 여기는 레드 1, 놈들이 언덕 위에서 에너지 폭탄을 발사하고 있습니다. 언덕을 싹 정리해주기 바랍니다, 이상."

"여기는 그린 1, 잘 알겠습니다."

리스터 상사가 대답했다. 무전을 소대 주파수대로 맞추자 잡음이 지직거렸다. 기차 화통을 삶아 먹은 듯한 그의 목소리는 지휘관 주파수대를 통해 맥케이 중위에게도 똑똑히 들렸다.

"폭스트롯 1, 2, 여기는 그린 1, 왼쪽 언덕에 고폭탄을 날려라."

"폭스트롯 3, 4, 이하 동문으로 오른쪽 언덕을 공격하라, 이상."

밴시 편대는 선회하면서 기수를 틀어 가엽기 짝이 없는 인간들을 향해 퓨얼 로드 캐논을 명중시켰다. 트레일러에 가득 실린 아까운 탄약상자에 불이 붙으면서, 트레일러는 물론이고 워트호그까지 화염에 휩싸였다. 언덕 꼭대기에서 그 광경을 지켜보던 코버넌트 병력은 희열과 복수의 쾌감을 만끽했다.

모툼이는 기분을 내는 것이 아니라 전황을 기록하고자 파견된 터였지만, 전투 광경에 흠뻑 빠져들었다. 그렇게 한눈을 파는 사이 인간 전차 두 대가 1번 언덕을 노리고 왼편으로 포신을 돌렸다. 나머지 두 대는 2번 언덕을 겨누었는데, 포신이 정확히 그를 조준하는 듯했다.

몸을 숨겨야 하나 말아야 하나 망설이던 중, 뇌에서 발을 움직이라는 신호를 미처 내리기도 전에 귀청을 울리는 포성이 들렸다. 90밀리 텅스텐 포탄이 근처 공기를 꿰뚫고 날아들어 콰직 소리와 함께 50유닛 밖에 들이박혔다. 핏덩이가 뒤섞인 흙이 하늘 높이 치솟았다. 정신을 차린 모툼이는 멍멍한 귀를 감싼 채 서둘러 숨을 곳을 찾았다. 위에서 조각난 시체와 무기와 장비 파편이 쏟아져 내렸다.

푸툼이는 껄껄 웃으며 저 꼴 좀 보라는 듯이 부하들에게 바위 아래로 기어든 모툼이를 가리켰다. 그때 차탄이 날아와 언덕 정상부에 박히면서 토사가 무너져 내렸다.

푸툼이가 유쾌하게 말했다.

"이것이 바로 실전이다. 똑똑히 봐두시게나, 정탐꾼 나리."

맥케이 중위는 워트호그와 탄약을 실은 트레일러와 타격대원 셋을 잃은 충격에 욱한 나머지, 소대별로 분담한 임무를 재고했다. 소대 기총사수에게 밴시 사격을 허락하려는 찰나, 조수석 옆에 앉은 운전병이 입을 열었다.

"이런, 저기 보십쇼!"

운전병이 가리킨 방향을 쳐다보려는데 워트호그 호송단을 따라 플라즈마탄이 일제히 날아들었다. 차체 도색이 시커멓게 타고 흙이 사방에 튀었다. 고스트 부대가 지면을 스치듯 움직이며 길목을 가로막으려 들었다.

"여기는 레드 1, 전 로미오 부대원에 알린다…… 나를 따르라!"

맥케이 중위는 무전으로 버럭 소리치며 운전병의 팔을 토닥였다.

"본때를 보여줘, 머피. 싹 쓸어버리자."

중위의 말이 미처 끝나기도 전에 운전병은 가속기를 콱 밟았고, 뒷좌석

기총사수가 환호성을 지름과 동시에 워트호그가 앞으로 튀어 올랐다.

1번 언덕에 배치된 레이스가 플라즈마 포탄을 세 발, 네 발 하늘 높이 띄우는 순간, 신속대응반 소속차량 나머지 다섯 대도 중위가 탄 워트호그를 좇았다.

맥케이 중위는 고개를 들어 파란색 불덩이가 서서히 최고 높이까지 치솟는 광경을 지켜보았다. 이제 눈썹이 휘날리게 달려야 한다. 저 폭탄 덩이가 신속대응반 머리 꼭대기에 떨어지기라도 할까? 아니면 워트호그가 잽싸게 빠져나간 뒤에 떨어져 공연히 땅만 파게 될까?

사수도 똑같은 광경을 봤는지 "달려라, 달려, 달려!"를 외쳤고, 운전병은 옹기종기 모인 돌덩이를 이리저리 피하고 가속기를 꽉꽉 밟아대며 최고속력을 뽑아냈다. 미지근하고 질퍽한 흙탕물이 온통 운전석에 튀기자 운전병은 "제기랄, 젠장, 젠장!" 하고 욕지거리를 내뱉었다.

플라즈마 폭탄이 엄청난 속도를 내며 아래로 내리꽂혔다. 앞장서서 달리던 워트호그가 간발의 차이로 플라즈마 덩어리 아래를 스쳐 지나갔고, 뒤따라 달려오던 두 대도 아슬아슬하게 궤적에서 벗어났다.

맥케이 중위는 쿵쾅거리는 가슴을 부여잡고 뒤로 고개를 돌렸다. 플라즈마 포탄이 지면에 탄착해 폭발하면서 땅에 커다란 분화구가 생겼다.

그때 로미오 5가 기적처럼 연기를 헤치고 뛰어올라 분화구 언저리에 착지했다가, 덜컹거리며 분화구를 올라와 무사히 평지로 넘어왔다.

살아남았다고 기뻐할 시간은 없었다. 그사이 고스트 부대가 사정거리에 접근해오면서 앞장선 놈이 사격을 개시했다. 맥케이 중위는 돌격소총을 들고 눈앞을 흐릿하게 스치는 놈을 겨누고 방아쇠를 당겼다.

리스터 상사는 골치 아픈 상황에 부딪혔다. 머리 위를 스치듯 날아가는 밴시나 전방에서 들어오는 고스트 놈들이야 알 바 아니지만, 저놈의 박격포 전차는 어떻게든 처리해야 했다. 눈앞의 언덕이 점점 높아질수록 2소대에 배속된 스콜피온 전차 포신의 부앙각이 한계에 다다르기 때문에, 이대로 가다가는 주 목표물을 겨누지도 못한다. 앞으로 남은 한 번의 일제사격 기회를 놓치면 다음부터는 공격 자체가 불가능하다.

"잘 들어라, 제군들."

리스터 상사가 소대 주파수대로 말했다.

"왼쪽에 있는 마지막 놈들은 최소 15미터 하단에 있고, 오른쪽 놈들은 언덕에서 살짝 지나친 위치에 있다. 각도를 조절해 양쪽 꼭대기를 조준한다, 서둘러라! 어물쩍거릴 시간이 없다!"

각 전차장은 곧장 조준점을 옮기고 포탄을 발사한 뒤 제발 명중하기를 빌었다. 리스터 상사의 불같은 호통에 비하면야 징글징글한 코버넌트 놈들은 양반이니까.

푸툼이 야전사령관은 1번 언덕에 배치된 레이스가 폭발하면서 옆에 있던 다섯 자칼까지 덩달아 나가떨어지는 광경을 담담하게 지켜보았다. 박격포 전차를 잃어서 유감이기는 하지만 크게 개의치 않았다. 고스트 스무 대가 아래편 길목에서 접전을 벌이는 중이었기 때문에 어차피 포격을 중지시킬 참이었다. 부하들을 사지로 내몰 수는 없었다. 그는 재깍 지시를 내린 뒤, 마지막으로 발사된 푸르스름한 불덩이가 창공을 가르는 장면과 인간들이 언덕 틈새로 들어오는 모습을 지켜보았다.

"스네이키" 존스 상병은 이제 꼼짝없이 죽는구나 하고 생각했다. 워트호그 전면이 피격되면서 차체가 전복되어 뱅뱅 돌았다. 기관총을 움켜쥐고 운전병의 머리 위로 총알을 퍼붓던 중, 투석기에 실려 날아가듯 온몸이 공중으로 붕 치솟았다. 순간 눈앞이 흐려지다 땅바닥에 털퍼덕 떨어져 데굴데굴 굴렀다. 실컷 구르다 멈춰 정신을 차리자 숨이 컥컥 막혔다. 그래서 그냥 대자로 드러누워 새파란 하늘을 올려다보며 숨을 헐떡거렸다.

하늘은 한 폭의 그림처럼 아름다웠다. 하지만 비명을 내지르며 날아다니는 밴시 편대가 화폭에 끼어들고 왼쪽에서 털털거리는 워트호그 엔진소리까지 들려오면서 감흥이 깨졌다.

존스 상병은 기를 쓰고 몸을 일으켜 무전에 대고 소리를 질렀지만, 마이크는 사라진 채였다. 아까 곤두박질치는 통에 헬멧 자체가 온데간데없었다. 헬멧이 없으니 마이크도 무전기도, 차량 탑승을 요청할 방법도 없었다.

상병은 욕을 내뱉으며 박살 난 채 옆으로 뒤집힌 워트호그를 향해 달렸다. 다행히 달리는 동안은 적의 사격을 받지 않았다. 그가 놓고 왔던 S2 저격소총이 운전석 뒷부분에 푹 박혀 있었다.

콜리 병장은 얼굴 절반이 없어진 채 뒷바퀴 흙받기 아래에 널브러져 있었다. 상병은 차마 그녀의 주검을 볼 수 없어 눈길을 돌렸다. 탄약과 구급장비를 포함해 필라 오브 어텀에서 챙겨온 물건을 가득 채워둔 배낭이 기관총 받침대 아래에 고스란히 남아 있었다.

존스 상병은 배낭을 집어 등에 들쳐 멘 다음 저격소총을 들었다. 문제없이 발사되게끔 이리저리 만져본 뒤 안전장치를 채우고 근처 언덕으로 달려갔다. 동굴이라도 있으면 전투가 끝날 때까지 기다렸다가 알파 기지까지 열나게 뛰어가면 된다. 사방에 널린 시체가 그의 군홧발에 채이면서 흙먼지가 훅훅 일었다.

1소대가 적기를 얼마나 잡았는지 헤아려보니 지금까지 3분의 2를 잡았다는 계산이 나왔다. 오로스 소위는 나머지를 처리할 계획도 생각해두었다. 그런 정신 나간 짓을 하도록 맥케이 중위가 가만 내버려둘 리가 없겠지만, 그런다고 큰 탈이야 있으려고. 설마 헤일로에서 날려버리기야 하겠어? 소위는 씩 웃으며 지시를 내린 다음 차에서 훌쩍 내렸다.

일단 살아남은 워트호그 열세 대 중 네 대에서 지원자를 뽑은 다음, 비숫비숫하게 생긴 돌덩이가 수북이 널린 곳을 향해 잽싸게 이동했다. 다섯 대원은 모두 M19 SSM 로켓 발사기를 등에 둘러메고 돌격소총을 들었으며, 각자 양손에 든 가방은 여분 로켓탄이 가득했다. 대원들은 암석 대지 위를 내달려 옹기종기 붙은 돌덩이 사이로 숨어든 다음, 행동 개시에 들어갔다.

준비가 다 끝나자 오로스 소위는 연막탄 안전핀을 하나씩 뽑아 둥글게 늘어선 바위 너머로 휙휙 던진 뒤, 주황색 연기가 하늘로 피어오르는 모습을 지켜보았다.

얼마 지나지 않아 밴시 조종사들이 연기를 발견하고서는 갓 죽은 시체를 발견한 대머리수리처럼 몰려들었다.

대원들은 발사기를 겨누고 놈들이 더 오기를 기다렸다가, 열세 대가 모여 하늘을 맴도는 순간 동시에 로켓을 발사했다. 1차에 이은 2차 일제 사격, 뒤이어 3차 사격이 따라붙었다. 로켓이 밴시 열 대에 차례차례 명중하면서 폭발음도 순서대로 요란하게 울렸고, 몇 대는 로켓 여러 발을 한꺼번에 맞아 사라졌다.

로켓 집중 공세에서 목숨을 건진 두 놈은 곧장 꽁무니를 뺐다. 마지막 놈은 간발의 차이로 로켓을 피했지만, 좌측 엔진에서 연기를 뿜어대는 꼴을 보아하니 곧 추락할 듯했다. 이쯤 손봐두면 대원들과 함께 언덕 샛길을 지나 기지까지 무사히 귀환할 수 있을 테지.

하지만 그것은 희망사항일 뿐이었다. 다른 동료들과 달리 마지막 놈은 육체의 한계를 뛰어넘을 작정이라도 했는지, 기수를 돌리고는 바위 더미로 급강하하기 시작했다. 오로스 소위는 급히 로켓을 쐈지만 빗맞히고 말았다. 소위가 욕을 탁 내뱉는 사이 치명상을 입은 밴시가 바위 더미에 곤두박질쳤고, 불길과 함께 매복한 대원들을 모조리 집어삼켰다.

존스 상등상병이 털끝 하나 다치지 않고 언덕 기슭까지 도달할 수 있었던 것은 순전히 운이었다. 그는 돌 부스러기를 우수수 흩트리며 필사적으로 언덕을 기어 올라갔다. 군인에게 고지확보란 지극히 당연한 행동이지만, 남들은 땀깨나 흘려가며 보급품을 나르거나 M41 기관총 조작법을 익히거나 간부들한테 욕먹느라 개고생할 때 저격병 훈련을 밟은 그로서는 더욱더 천연덕스러운 습관이었다.

상병은 놈들을 공격하려고, 어떻게든 한 방 먹여주려고 단단히 마음을 먹었다. 어쩌면 인생 최악의 결정이 될지도 모르지만 남은 방법이라고는 그것뿐이니 결과야 어찌 되든 상관없었다.

언덕을 겨우 반절밖에 올라오지 않았는데 벌써 지세가 제법 높아졌다. 반대편 언덕 꼭대기 위로 조그마한 형체들이 눈에 들어왔다. 이런 데까지 올라올 리가 만무한 그런트나 언덕 정상을 따라 정렬한 자칼이 아니라, 반들거리는 전투복을 차려입은 엘리트들이었다. 그렇잖아도 잡으려고 벼르던 놈들인데 잘 됐군. 놈들이 앞으로 불쑥 움직이는 사이 존스 상병은 조준경 배율을 높이고 총열을 살짝 돌렸다. 어느 놈을 잡을까? 왼쪽에 있는 파란 전투복을 입은 놈? 아니면 오른쪽에 있는 반들거리는 금빛 전투복을 입은 자식? 그 순간, 그곳에서만큼은 존스 상병이 죽이고 살리고를 마음대로 결정하는 신이나 마찬가지였다.

그는 안전장치를 풀고 방아쇠에 손가락을 걸었다.

모툼이가 숨다 말고 슬그머니 나와 푸툼이 옆으로 설 즈음, 인간 호송단은 길목을 가로막은 코버넌트 병력을 소탕하고 다시 몰려들었다. 왼편의 3번 언덕 꼭대기에는 레이스가 아직 하나 남아 있었다.

박격포 전차는 포격을 개시했다. 잠시나마 모툼이는 마지막 3번 언덕 레이스가 호송단을 끝장내 1, 2번 언덕에 있던 두 대가 처리하지 못했던 일을 대신해주기를 빌었다. 놈들이 여전히 사거리 밖에 있으니 레이스로도 어떻게 해볼 도리가 없었다. 하지만 인간들은 레이스의 사거리를 파악하고는 전차 포신을 이쪽으로 나란히 돌렸다.

한 차례 일제사격에 포탄 네 발이 목표물에 탄착하면서 레이스가 폭발했다. 이리되면 더는 길목을 막을 방법이 없다.

푸툼이는 외눈망원경을 내렸다. 무표정한 낯이었다.

"헌데 염탐꾼 양반, 장계는 어떻게 쓸 셈인가?"

모툼이는 야전사령관을 쳐다보았다. 푸툼이는 처지를 봐달라는 듯한 표정을 지었다.

"이런 말씀드리기 죄송합니다만 분명한 사실을 어찌할 수는 없으니 보고는 있는 그대로 올릴 겁니다. 사령관께서 휘하 병력을 다른 식으로 배치하고 운용했더라면 승리는 우리 차지가 됐을지도 모르는 일입니다."

푸툼이는 점잖게 대답했다.

"훌륭한 지적이로군. 자고로 묘책이란 항상 뒤늦게야 떠오르는 법이지."

모툼이가 통찰력이 얼마나 중요한지 얘기하려는 차에, 머리통이 날아갔다.

존스 상등상병은 차탄을 쏘려고 조준을 가다듬었다. 초탄은 완벽하게 들어갔다. 14.5밀리 익안정탄이 파란 놈의 목덜미를 파고들어 머리 꼭대기를 뚫고 나갔다. 투구가 날아감과 동시에 뇌가 뒤섞인 피가 분수처럼 뿜어져 나왔다.

푸툼이는 으르렁거리며 황급히 뒤로 몸을 날려 아슬아슬하게 차탄을 피했다.

얼마 지나지 않아 두 언덕 사이를 두고 총성이 두 차례 울려 퍼졌다. 푸툼이는 옆으로 슬금슬금 기어가 엄폐물 뒤로 몸을 숨긴 다음, 밴시 편대 지휘관에게 적의 위치를 알리려고 통신장비에 입을 대고 으박질렀다.

"저격병이다, 처치해라!"

이제 곧 저격병이 잡히리란 생각에 안도한 푸툼이는 다시 일어났다. 머리가 없는 모툼이의 시신을 쳐다보던 그는 날카로운 어금니를 악물었다.

"아무래도 장계는 내가 직접 올려야겠군."

금빛 엘리트가 차탄을 피하자, 존스 상병은 짜증이 치밀어 흙에다 침을 탁 뱉었다.

'다음번에 만나면 그때는 반드시 잡아주마.'

밴시 편대가 머리 위로 날아들어 상병의 위치를 수색하기 시작했다. 그는 깊은 바위틈 사이로 물러났다. 다행히도 필라 오브 어텀에서 챙겨온 물건 중에는 초코바 20개가 있어서 얼마간 버틸 수 있을 듯했다.

보안 시스템을 해제한 마스터 치프는 외계 구조물에서 지상으로 발걸음을 옮겼다. 이제 "침묵의 카토그래퍼"를 찾아내 임무를 완수할 차례였다.

"메이데이! 메이데이! 여기는 펠리칸 브라보 022, 적의 공격을 받고 있다, 반복한다, 적의 집중 공격을 받고 있다, 고도가 계속 떨어진다!"

펠리칸 조종사의 다급한 외침이 무전에 잡혔다. 말마디가 목에 컥컥 걸리는 소리를 들어보니 더는 버티지 못할 듯했다.

"알았다, 즉시 이동하겠다."

코타나는 그렇게 대답하고는 마스터 치프에게 덧붙였다.

"예감이 안 좋아요. 무사히 착륙할 수 있을지 모르겠어요."

마스터 치프도 동감이었다. 그는 서둘러 지상으로 나가려는 생각에 하마터면 크나큰 실수를 저지를 뻔했다. 조금 전에 보안 시설 내부를 소탕했으니 적이 없을 것이라 안이하게 생각했던 것이다.

위장 장치로 무장한 엘리트에게는 그런 부주의가 오히려 행운이었다. 놈은 컬컬한 고함을 내질러 자기 존재를 드러내며 플라즈마 라이플을 발사했다. 플라즈마탄이 가슴을 때리자, 치프는 잠시 휘청거리다가 공격이 어디서 날아오는지 파악하려고 주변을 둘러보았다. 동작 감지기에 움직임이 잡혔다. 그는 움직임이 잡힌 위치로 최대한 정확히 소총을 겨누었다. 점사로 연달아 방아쇠를 당기자 고통에 찬 비명이 났다.

마스터 치프는 엘리트를 눕힌 다음 소총을 재장전하면서 지상으로 통하는 경사로를 서둘러 올라갔다. 한바탕 쓸었다고 계속 안전하리라고 믿는 바보짓을 하다니. 그는 다시는 같은 실수를 반복하지 않으리라 다짐했다. 코타나를 전투복에 담고서 시야를 공유하면서도 그런 실수를 저질렀다는 사실이 수치스럽기 그지없었다. 때로는 판단이 서지 않아서 코타나의 의견을 구하기도 했잖은가. 바보 같은 짓일까? 코타나가 그저 성능 좋은 컴퓨터 프로그램보다 조금 나은 정도라면 그렇겠지만, 적어도 치프가 생각하기에 코타나는 그 이상이었다.

서로 엇갈리는 생각을 하자니 헛웃음이 나왔다. 사람과 인공지능의 연계란, 여러 측면에서 볼 때 코타나가 말 그대로 치프의 머릿속에 들어감을 의미한다. 벌써 코타나는 치프의 두뇌 일부를 처리 및 저장용으로 사용하는 중이다.

마스터 치프는 경사로를 오르고 통로를 지나 밝은 햇빛이 비치는 바깥으로 나왔다. 그는 잠시 그곳에 멈췄다가 아래쪽으로 이어진 비탈길로 내려갔다. 코타나는 브라보 022에 주의를 집중하라고 충고했다.

자칼과 그런트로 구성된 코버넌트 병력이 해변을 정찰하고 있었다. 마스터 치프는 부무장을 꺼내 들고 2배율 조준경을 켠 다음, 오른쪽에서부터 왼쪽으로 놈들을 차례로 처리했다. 자칼 둘 중 한 놈은 놓쳤지만, 맞은편 암층 꼭대기에서 서성거리던 그런트 둘을 잇달아 잡았다.

비탈을 조금 더 내려오니 암층 벽면에 반쯤 파묻힌 브라보 022이 있었다. 생존자는 하나도 없었다. 필시 추락의 충격으로 죽었든가, 아니면 살아남았다가 놈들의 손에 처형당했을 테지.

그런 생각을 하자니 화가 치밀었다. 그는 오른쪽으로 돌아서서 방금 놓친 자칼을 고꾸라뜨렸다. 그는 MA5B 소총으로 바꿔들고 풀이 무성한 비탈을 내려가 해변 모래사장으로 이동했다. 연기가 피어오르는 펠리칸 잔해 주변으로 시체가 널브러져 있었다. 시신에 플라즈마 자국이 있는 것을 보니 짐작이 들어맞았다.

치프는 여기저기 흩어진 탄약과 보급품을 빠짐없이 회수했다. 죽은 아군을 뒤로한 채 그러기란 결코 달가운 일이 아니었지만, 장비 하나하나가 아쉬운 상황인 만큼 별다른 수가 없었다.

"로켓 발사기도 잊지 말고 챙겨요. 카토그래퍼로 들어가면 또 어떤 놈들과 맞닥뜨릴지 모르니까요."

코타나의 충고에 마스터 치프는 터덜터덜 걸어가느니 뭐라도 타고 가기로 했다. 펠리칸이 불시착하면서 동체 꼬리 부분에 붙어 있던 워트호그가 땅을 들이받아 옆으로 뒤집혀 있었다. 그는 가까이 걸어가 손을 뻗어 워트호그를 단단히 붙잡고 잡아당겼다. 끼긱거리는 쇳소리를 내며 차체가 치프 쪽으로 갸우뚱 넘어갔다. 그는 뒤로 물러서서 땅바닥에 바퀴가 쿵 닿기를 기다렸다 운전석에 올라탔다. 시동이 걸리는지 확인해본 다음, 바로 가속기를 밟았다.

치프는 워트호그를 한 바퀴 돌려 지옥행 강습대원들이 지키고 있는 착륙지점으로 되돌아갔다.

치프가 없는 동안 강습대원들은 적의 공격을 두 차례나 받았지만, 여전히 코버넌트한테서 압류한 부동산에 발을 붙이고 꿋꿋이 버티고 있었다.

"잘 오셨습니다. 치프가 없어서 지루하던 참이었습니다."

얼굴이 흙먼지투성이인 상병이 뒷좌석에 올라타 삼총신 기관총을 붙잡으며 말했다. 그녀의 목둘레와 짜리몽땅한 몸통을 따라 "절취선"이라는 글귀가 문신으로 새겨져 있었다.

치프는 급히 파놓은 무기 구덩이와 개인 참호, 높이 쌓아놓은 코버넌트 시체와 플라즈마에 그을린 모래사장을 훑어보았다.

"그래, 퍽 심심했던 모양이군."

얼굴이 주근깨투성이인 일병이 노획한 플라즈마 라이플을 옆구리에 끼고서 조수석에 올라탔다. 치프는 왔던 길로 차를 돌려 파도가 밀려오는 해변가를 따라 달렸다. 워트호그 왼편으로 시원스레 솟구치는 물줄기를 보자니, 헬멧을 벗고 얼굴에 물기를 좀 묻히고 싶은 생각이 간절했다.

1킬로미터 전방에서 헌터 "이기도 노사 후루"가 코버넌트의 피로 얼룩진 지지대 위를 어슬렁거렸다. 주카 자맘이라는 엘리트의 말로는 불과 네 시간 전에 두 형제를 죽인 인간이 곧 새로이 방비를 강화한 이곳에도 들이닥칠 것이라고 한다. 그는 그렇게 되기를 간절히 빌었다. 그래야 결속형제인 "오가다 노사 파수"와 함께 놈을 처단하는 영광을 누릴 테니까.

그래서 지상 차량에서 나오는 엔진 소리가 어디선가 들리다 적이 해안 곶을 돌아 나타났을 즈음에는, 후루와 그의 결속형제 둘 다 만반의 준비를 끝마치고서 놈을 기다리는 중이었다. 파수가 자신만의 끄덕임으로 신호를 보내자, 후루는 건물 입구 바로 바깥쪽에 위치를 잡았다. 놈들이 차량으로 파수꾼의 시선을 돌리는 동안 다른 놈들을 건물 내부로 들여보내려는 양동작전을 펼칠 속셈인 모양이지만, 그래봐야 헛수고다.

언제나 전투의 주도권을 거머쥐는 든든한 형제, 파수는 오른팔에 장착된 어썰트 캐논을 예술에 가까운 솜씨로 다루며 적 차량이 사정거리에 들어오기를 기다렸다가, 비교적 탄속이 느린 방사성 탄환이 목표물에 탄착할 시간을 계산한 다음 초탄을 날렸다.

녹색 얼룩이 눈에 들어왔다. 마스터 치프는 피탄 면적을 줄이는 동시에 기관총을 잡은 상병에게 사격 기회를 주려고 적의 정면을 향해 차체를 돌렸다. 하지만 시간이 촉박했다. 바퀴를 돌리는 찰나 에너지 덩어리가 워트호그의 측면을 강타해 차체를 뒤집었다.

치프, 상병, 이병 모두 멀리 나가떨어졌다. 마스터 치프는 서둘러 몸을 일으키고 언덕 위로 고개를 들었다. 헌터가 지지대에서 뛰어내려 전신주처럼 굵직한 두 다리로 충격을 받아내고는 앞으로 돌진했다.

이제 상병과 주근깨투성이 일병 모두 다시 일어났다. 헌터를 처음 보는 상병은 일대일 대결은 좀 벅차겠다 싶었는지 일병을 소리쳐 불렀다.

"쫄지 마, 호스키! 이 자식을 날려버리자!"

"안 돼! 물러서!"

마스터 치프는 황급히 로켓 발사기를 꺼내 들었다. 하지만 애써 소리쳐봤자 소용없었다. 치프와 같은 스파르탄 대원이라면 잽싸게 몸을 날려 공격을 피했을 테지만, 지옥행 강습대원에게 그런 민첩함을 기대하기란 불가능했다.

헌터와 두 대원 사이의 거리가 더욱 좁혀져 달아날 수도 없었다. 수류탄을 던졌는데도 놈이 그대로 들이닥치자, 상병은 도저히 믿지 못하겠다는 눈치였다. 헌터는 쏟아지는 파편 속으로 돌격, 함성을 지르며 어깨를 낮추었다 방패를 휘둘렀다.

호스키는 끝까지 방아쇠를 당기다 헌터가 휘두른 방패에 맞고 튕겨나 땅에 나뒹굴었다. 온몸의 뼈가 산산조각 났지만 잠시나마 숨이 붙어 있었다. 하지만 헌터는 곧 커다란 발을 들어 그의 얼굴을 짓뭉개버렸다.

마스터 치프는 로켓 발사기를 어깨에 걸쳤다. 방아쇠를 당기려는 찰나, 상병이 횡설수설 비명을 지르며 사선으로 달려들었다. 치프는 그녀에게 엎드리라고 외치며 옆으로 움직여 시야를 확보했지만, 그 순간 헌터가 상병의 가슴에 접시만 한 구멍을 뚫어버렸다.

치프는 방아쇠를 당겨 로켓을 날렸다. 헌터는 산만한 덩치에도 불구하고 민첩하게 몸을 웅크려 옆으로 비켜났다. 로켓이 헌터를 스쳐지나 놈의 뒤편에서 로켓이 폭발하자, 치프가 있는 곳까지도 돌 부스러기가 튀었다.

헌터가 앞으로 돌진했다.

마스터 치프는 뒤로 물러섰다. 이제는 재장전할 기회도 없으니 다음 한 발은 정확히 명중시켜야 한다. 바닷물까지 물러나자 무릎 위로 파도가 올라왔다. 그는 푹푹 빠지는 모래에 발을 고정하느라 진땀을 흘리며, 커다란 덩치로 점점 눈앞을 메우는 헌터에 시선을 집중했다. 목표물이 너무 가까운가? 하지만 거리를 확인할 겨를이 없었다. 방아쇠를 당기자 나머지 한 발이 연기와 불길을 내뿜으며 쏜살같이 날아갔다.

헌터는 전속력으로 달려들던 참이라 공격을 피할 틈이 없었다. 로켓을 피해 방향을 틀려고 했을 때는 이미 묵직한 발이 부드러운 모래에 잠긴 뒤였다. 102밀리 성형작약탄두가 헌터의 흉갑 한가운데서 폭발하며 놈의 상체를 날리고 등의 가시돌기까지 끊어놓았다. 육중한 몸뚱어리가 바닷물에 첨벙 쓰러지면서 사방으로 물이 튀었다. 놈의 시체에서 흘러나온 피에 주변의 파도가 주황색으로 물들었다. 마스터 치프는 이 틈에 로켓 발사기를 재장전하고 해변으로 철벅철벅 걸어갔다. 멀리서 나머지 헌터가 분노에 찬 함성을 길게 내질렀다.

'네놈은 당해도 싸. 넌 하나만 잃었지만 난 둘을 잃었단 말이다.'

죽은 두 대원을 생각하자니 가슴이 쓰라렸다. 장거리전으로 나갔을 것을. 헌터가 있을지도 모른다는 사실을 미리 말해두고, 더 신속하게 대처했어야 했는데……. 결국 두 대원의 죽음은 그의 잘못이었다.

"치프 잘못이 아녜요."

코타나가 다정하게 말했다.

"이제 조심하세요. 지지대 위에 아직 한 놈이 남았어요."

그 말을 들으니 얼음 양동이를 얼굴에 부은 듯이 정신이 번쩍 들었다. 치프의 교관이었던 멘데즈 상등상사는 항상 머리는 차갑게 유지해야 한다고 강조하며, 그 방법을 "정신 싸움"이라고 불렀다.

마스터 치프는 침착하게 비탈을 올라가 기계처럼 정확한 사격 솜씨로 코버넌트 병력을 사살했다. 조무래기 그런트는 신경 쓸 것도 없다. 진짜 적수가 저 위에서 기다리고 있다.

후루는 측면에서 들려오는 총소리가 오히려 반가웠다. 분노와 슬픔과 자기 연민이 속에서 응어리져서 자제력을 잃고, 연속 사격을 퍼부어 놈을 흔적도 없이 죽여버릴 심산으로 어썰트 캐논을 쏘고 또 쐈다.

인간이 주변 지형지물을 엄폐물로 활용하면서 왼팔로 절벽을 붙잡고 조금씩 올라오기 시작했다. 후루는 놈을 발견하고 공격을 가하려 했지만, 아까 마구 갈겨댄 탓에 아직 어썰트 캐논이 재충전되지 않은 상태였다. 인간은 이쪽을 향해 사격을 퍼부었지만, 그는 놈이 그렇게 하도록 내버려두었다. 후루는 마음이 차분하게 가라앉았다.

이제 자신도 곧 결속형제의 곁으로 갈 테니까.

로켓이 정확히 머리 높이로 날아가 헌터의 머리에 명중, 머리통을 몸뚱어리에서 날려버렸다. 주황색 피가 분수처럼 하늘로 솟구쳐 주변의 외계 금속에 뚝뚝 떨어졌고, 힘없이 쓰러지는 헌터의 장갑복을 온통 적셨다.

마스터 치프는 잠시 걸음을 멈춘 뒤 돌격소총으로 바꿔 들고서 놈이 죽는 모습을 지켜보았다. 하지만 통쾌한 기분이 전혀 들지 않았다. 이미 두 대원은 저세상으로 떠났다. 한번 죽으면 끝이니 아무도 돌이킬 수 없었다. 혼자만 살아남은 것이 과연 정당할까? 그럴 리가 없다. 이제 남은 일은 임무를 완수하는 것뿐이다. 두 대원의 죽음이 헛되지 않게끔, 반드시 지도를 찾아야 한다.

치프는 그 생각을 되뇌며 앞서 방문했던 건물로 다시 들어가, 아직도 놈들의 피로 미끄러지는 복도를 지나 경사로를 통해 아래층으로 내려간 다음, 그토록 열려고 고생했던 문을 지나갔다.

마스터 치프는 건물 속으로 점점 깊이 들어갔다. 밖에서 봤을 때는 고작 몇 층 정도로밖에 보이지 않았지만, 그것은 착각이었다. 건물 내부는 지하 깊숙한 곳까지 뻗어 내려갔다.

그는 천천히 굽이진 경사로를 내려갔다. 탁한 공기가 적막한 분위기를 감쌌다. 맨 처음 통과한 방은 한가운데를 떡하니 차지한 굵은 기둥 때문에 지하 납골당 같은 인상을 풍겼다.

짙은 그림자가 깔린 방을 지나 나선형 경사로를 내려가면서 사방이 기묘한 문양으로 가득한 통로를 통과했다. 벽면과 바닥은 고리형 구조물 곳곳에서 보았던 기하학무늬가 새겨진 반들거리는 금속 재질이었다. 헬멧 전등을 켜서 보니 대리석의 소용돌이무늬와 비슷했다. 전에는 보지 못했던 문양도 있었는데, 꼭 금속과 석재를 섞어놓은 느낌이었다.

그런트와 자칼 놈들이 떠들어 대는 소리가 들리면서 무덤과도 같은 정적이 깨졌다. 적의 수가 상당했다. 치프 혼자서 그런트, 자칼, 엘리트 패거리를 상대해야 했다.

"마치 우리가 이리로 올 줄을 미리 알았던 듯하군요. 누군가가 우리 움직임을 추적하는 모양이에요. 우리가 어디로 가는지도 훤히 꿰뚫고 있고요."

"뭔 소리야."

마스터 치프는 그런트한테 총알을 박아 넣고 시체를 넘어가며 무뚝뚝하게 대답했다.

"탄약이 다 떨어지기 전에 카토그래퍼를 찾았으면 좋겠군."

"거의 다 왔어요. 그래도 조심하세요. 전방에 코버넌트 병력이 더 있어요."

마스터 치프는 코타나의 충고를 새겨들었다. 코버넌트가 깔아둔 함정을 돌아가는 길을 찾으려 했지만, 그러기도 여의치 않았다. 커다란 방으로 들어갔더니 헌터 둘이 건너편에 떡하니 서서 길목을 지키고 있었다. 그는 소총을 어깨에 둘러메고 로켓 발사기를 견착했다. 놈이 가까이 접근해오지만 않는다면 로켓 발사기는 헌터를 상대하기에 적합한 중화기임에 의심의 여지가 없었다. 좁은 실내에서 로켓을 쐈다가 근처에서 로켓이 터지면, 자칫 치프까지 폭발에 휘말려 죽을지도 모른다.

헌터 둘 중 한 놈이 침입자를 발견하고 덤벼보란 듯 함성을 질렀다. 하지만 놈이 행동 개시에 들어갔을 때는 이미 섬광과 함께 로켓이 방을 가로질러 놈의 오른쪽 어깨에 명중해 저승으로 보낸 뒤였다.

나머지 한 놈이 울부짖으며 어썰트 캐논을 발사했다. 연료봉 덩어리에 살짝 빗맞으면서 전투복의 경고음이 터져 나오자 치프는 욕지거리를 내뱉었다. 전방투영창 오른쪽 상단의 방어막 표시기가 붉게 물들었다.

그는 돌아서서 헌터를 조준하려 했지만, 놈은 벽 뒤로 큼직한 몸을 감춰 버렸다.

더는 발사할 수가 없어 치프는 일단 물러나려고 뒤로 돌아섰다. 그때 헌터가 앞으로 달려들었다. 놈은 날카로운 가시돌기를 휘둘러 방어막이 약화된 전투복을 홱 할퀴었다.

돌기 끄트머리가 전투복 어깨 관절을 푹 찌르자 치프는 고통에 신음했다. 메스처럼 날카로운 물체에 팔이 절단되는 듯한 격렬한 통증이 몸을 파고들었다.

그는 몸을 돌려 어깨에서 가시를 뽑았다.

짜증이 솟구쳤다. 그는 돌격소총으로 바꿔 들고 경사로를 도로 올라가, 잽싸게 놈의 등 뒤로 돌아갔다. 그는 장갑이 가려주지 못하는 살점을 찾아냈다. 연발로 놈의 등을 가격한 다음 몸을 돌려 플라즈마 피스톨을 든 자칼의 공격을 가까스로 피했다.

마스터 치프는 방 가운데를 가로지른 칸막이 너머로 수류탄 세 개를 던졌다. 한 발이 정통으로 들어가 벽면에 살점 덩어리가 덕지덕지 묻어나고서야 마침내 정신없는 총격전은 막을 내렸다.

마스터 치프와 생사를 같이하면서 치프가 헌터와 싸우는 장면을 지켜볼 수밖에 없었던 코타나는 안도의 한숨을 쉬었다. 코타나의 일행인 치프는 다시 한 번 가까스로 죽을 고비를 넘겼지만, 그 고비가 너무나 아슬아슬했던 탓에 아직 충격에서 헤어나지 못했다. 호흡과 맥박이 굉장히 불안정했으며, 구석에 등을 바짝 붙인 채 그림자 사이로 눈동자를 휙휙 굴렸다.

코타나는 이러지도 저러지도 못하는 상황을 어떻게 해결해야 할지 망설였다. 어서 일어나 임무를 완수해야 한다고 닦달했다가는 치프에게 부담감을 안겨줘서 둘 다 목숨이 위험한 상황에 빠질지도 모른다. 치프를 향한 애정과 자기 자신의 생존본능이 동시에 걸린 문제였기에 칼 같은 결단을 내리기가 어려웠다.

엇나갈지 모르는 한이 있더라도 말을 건네려던 순간, 치프가 기운을 차리고 몸을 일으켰다.

"괜찮아."

코타나는 그가 혼잣말을 하는 건지, 아니면 자기한테 말하는 건지 헷갈렸다.

"이제 임무를 끝내자."

매복에 걸리지 않으려고 조심스럽게 걸음을 떼면서, 마스터 치프는 넓은 방을 지나 아래로 통하는 비스듬한 경사로를 내려갔다. 그는 주변에 적이 없는지 확인한 다음, 경사로 구석에 등을 붙이고 묠니르 전투복의 견갑을 들어냈다.

엉망으로 벌어진 상처에서 피가 철철 흘렀다. 아픔이야 참으면 그만이지만, 과다출혈이라도 일으켰다가는 피로만 늘어나 임무 수행을 위험에 빠뜨리게 된다. 그는 동작 감지기가 틀림없이 작동하는지 확인한 다음 소총을 어깨에 둘러멨다.

치프는 군장에서 구급약품을 꺼내 들었다. 스파르탄 대원으로서 전투를 치르면서 부상당한 경험은 더러 있었다. 그럴 때면 다친 동료 대원에게 응급 처치를 해주는 한편 스스로 상처를 치료했다. 그는 서둘러 상처를 닦고 따끔거리는 거품붕대를 뿌린 다음 접착식 반창고를 붙였다.

그는 금방 전투복을 다시 조립하고 자극제를 한 방 놓은 뒤 걸음을 옮겼다.

"지상 부대, 여기는 포해머. 그쪽으로 적 수송선 두 대가 빠르게 접근하고 있다!"

마스터 치프는 높은 낭떠러지에 서서 무전에 귀를 기울였다. 헤일로를 축조한 이들이 이곳 지하 미로를 밝히려고 남겨둔 홀로그램 제어반이 어둠 속에서 반짝였고, 발밑으로는 바닥이 보이지 않는 무저갱이 입을 벌리고 있었다.

착륙 지점을 장악한 타격대원을 지휘하는 월러 중사의 목소리가 뒤이어 들려왔다.

"좋다, 제군들. 적이 접근하고 있다. 시야에 들어오면 사격한다."

"건물 안에서 놈들을 상대하는 편이 쉬울 것이다. 건물 내부로 진입이 가능한가?"

코타나가 물었다.

"불가능합니다! 놈들의 접근 속도가 너무 빠릅니다. 저희가 최대한 놈들을 막아보겠습니다."

"건투를 빈다."

코타나는 담담한 목소리로 대답하고 교신을 종료했다.

"코버넌트 지원 병력이 오기 전에 빠져나가지 못하면 가망이 없어요."

"알았다."

마스터 치프는 경사로를 내려가고 출입문 두 개를 지나 음침한 공간으로 발을 내디뎠다. 그는 반투명한 바닥을 지나 인도교를 가로질러 그런트 두 놈을 사살했다. 아래층의 경사로를 따라 내려가, 주변을 순찰하던 적들에게 수류탄을 안겨준 다음 서둘러 넓은 통로를 내려갔다. 엘리트가 분노에 찬 괴성을 지르며 아래층 지지대에서 그를 향해 플라즈마 라이플을 발사했고, 그런트들은 알아듣지도 못할 소리를 지껄여댔다.

치프는 수류탄을 던져 놈들을 한꺼번에 날려버린 다음, 대체 놈들이 뭘지키려 들었나 보려고 발걸음을 재촉했다. 탁 트인 통로로 들어서자마자 또 엘리트가 나타나 건너편 길목에서 사격해왔다. 돌격소총을 퍼부어 방어막을 소진한 다음 개머리판으로 후려쳐 놈을 처리했다.

"저기에요! 홀로그램 제어반으로 지도를 가동하세요."

"어떻게 가동하는지 알아?"

코타나는 왜 나더러 묻느냐는 듯이 반문했다.

"저야 모르죠. 마법의 손은 치프한테 있잖아요."

마스터 치프는 몇 걸음 다가서서 홀로그램에 손을 갖다 댔다. 제어반을 보자 어떻게 지도를 가동하는지 훤히 알고 있는 듯한 기분이 들었다. 전투 반사반응이나 오랜 습관처럼 몸에 배어 익숙한 느낌이었다.

그는 복잡한 생각을 치워버리고 임무에 집중했다. 장갑으로 둘러싼 손으로 제어반을 슥 문지르자, 빛나는 선으로 이루어진 설계도 같은 지도가 눈앞에 펼쳐졌다.

"분석 중…… 헤일로의 관제실은 저쪽이에요."

코타나는 치프의 전방투영창 위로 관제실이 있는 위치를 밝게 표시했다.

"흥미롭군요. 저곳은 꼭 일종의 신전 같네요."

코타나는 무전을 열었다.

"키예스 함장님, 응답 바랍니다."

잠시 침묵이 흐르다 포해머의 목소리가 들려왔다.

"함장님께 연락이 닿지 않는다, 코타나. 통신 범위를 벗어났거나 장비가 고장 난 것 같다."

"계속 교신을 시도하기 바란다. 연락이 되면 즉시 알려주고, 치프와 내가 관제실의 위치를 알아냈다고 전달하기 바란다."

키예스 함장은 존슨 하사가 틀어놓은 노래를 애써 무시했다. 내선 통신기로 시끌벅적한 곡조의 플립 음악이 쉴 새 없이 쿵쾅쿵쾅 흘러나오는 사이, 조종사가 늪으로 수송선을 내리기 시작했다.

"착륙지점 이상 무, 지금 하강하겠다."

펠리칸의 추진기를 지면으로 돌리자 제트 엔진에서 나오는 열기에 웅덩이가 요동쳤다. 동체를 아래로 내리고 진입로를 펼치자 수송칸 내부로 후텁지근한 공기가 불어 닥쳤다. 고약한 풀 썩는 악취와 늪에서 올라오는 메스꺼운 가스에 더해 밀림 특유의 냄새가 코를 찔렀다. 누군가가 구역질을 해댔지만, 에이버리 존슨 하사는 병사들을 내몰며 "가자, 서둘러!" 하고 소리쳤고, 해병들은 종아리 높이까지 차오르는 물웅덩이로 첨벙첨벙 뛰어내렸다. 다리가 물에 흠뻑 젖자 한 해병이 구시렁거렸다. 존슨이 "그만 투덜거려!" 하고 꾸짖는 사이 키예스 함장도 진입로에서 내려왔다. 승객이 모두 내리자 수송선은 추진기를 가동해 끈적끈적 들러붙는 공기 중으로 떠올라 서서히 하늘로 올라갔다.

키예스 함장은 나침반을 확인했다.

"우리가 찾는 건물은 저쪽에 있네."

존슨 하사는 함장이 가리키는 곳을 보고는 고개를 끄덕였다.

"이 자식들이 빠져 가지고! 다들 함장님 말씀 들었겠지? 비젠티, 네가 앞장서라."

월리스 A. 젠킨스 일병은 선두만큼이나 위험한 자리인 후위를 맡았다. 설상가상으로 발목까지 잠기는 시커먼 구정물이 군화를 뚫고 양말까지 스며들어 발바닥이 꿀쩍거렸다. 하지만 물이 썩 차갑지는 않아서 그나마 다행이었다. 나머지 분대원들과 마찬가지로 이번 임무 목표가 코버넌트 무기고를 장악하는 것이란 사실은 젠킨스도 익히 알고 있었다. 맥케이 중위가 필라 오브 어텀에서 보급물자를 탈취해 알파 기지의 방비를 더욱 견고히 했다지만, 그래도 이번 임무는 매우 중요했다.

하지만 사방이 안개로 가득 차 어둑어둑한 늪지대를 철벅거리며 지나가는 상황에서 그런 쓸데없는 구석까지 신경 쓸 겨를은 없었다.

전방으로 뭔가가 어렴풋하게 보였다. 비젠티는 저것이 함장님이 우릴 이런 늪까지 끌고 다니며 찾으려 했던 건물이 맞기를 빌었다. 그는 존슨 하사를 조용히 불렀다.

"하사님, 건물이 보입니다."

첨벙거리는 물소리를 내며 존슨 하사가 다가왔다.

"젠킨스, 바짝 붙어. 멘도사, 어서 움직여! 함장님과 분대원들을 기다리다 같이 들어가도록 한다."

자욱한 안갯속에서 키예스 함장이 모습을 드러내자 젠킨스는 재깍 자세를 고쳤다.

"함장님!"

존슨 하사는 키예스 함장에게 고개를 끄덕였다.

"좋아, 이동한다!"

키예스 함장은 해병들을 따라 안으로 들어섰다. 상황이 생각과는 딴판이었다. 닥치는 대로 인류를 죽이기 바쁜 코버넌트와 달리, 해병들은 계속 포로를 잡아들였다. 그런데 자신들의 그런 작태에 염증을 느낀 콸롬이라는 엘리트를 네 시간 동안 심문할 기회가 있었다. 놈은 자기가 이곳의 건물을 지키는 병력에게 무기를 조달하는 부대에 있었다고 맹세했었다.

하지만 코버넌트 경비대나 자기가 운반했다는 무기가 어디에도 보이지 않았으니 그 말은 거짓말이었던 모양이다. 키예스 함장은 알파 기지로 귀환하거든 놈을 한 번 더 대질심문할 생각이었다. 그때까지는 우선 건물 깊숙이 들어가 뭐라도 건져볼 계획이었다. 로빅 상병이 이끄는 2분대가 퇴로를 확보하고자 출입구를 지키는 동안 나머지 해병들은 계속 이동했다.

건물 내부를 수색하기 시작한 지 10분쯤 지나서 한 해병이 입을 열었다.

"여기 좀 보십쇼. 뭔가가 가슴을 찢어서 속을 몽땅 헤집어놨습니다."

존슨 하사는 죽은 엘리트를 내려다보았다. 다른 코버넌트 시체도 사방에 흩어져 있었고, 벽면과 바닥이 온통 피투성이었다. 키예스 함장이 뒤에서 걸어왔다.

"하사, 무슨 일인가?"

"코버넌트 정찰대입니다. 검정 전투복을 입은 본새를 보니 특수부대 놈들인 모양인데, 전부 죽었습니다."

키예스 함장은 시체를 들여다보다 비젠티에게 얼굴을 돌렸다.

"귀엽군. 혹시 자네 친군가?"

비젠티는 고개를 저었다.

"아닙니다. 오늘 처음 봤습니다."

5분가량 더 수색하자 커다란 쇠문이 나왔다. 꽉 잠긴 데다 문을 여는 장치도 보이지 않았다. 키예스 함장은 문을 살펴보다 말했다.

"좋아, 이 문을 열어보게."

"해보기는 하겠지만, 놈들이 단단히 잠가놓은 것 같습니다."

기술특기병 캐퍼스가 대답했다.

"한번 해보게나."

"알겠습니다."

캐퍼스는 군장에서 스푸퍼를 꺼내 문에 붙이고는 단추를 몇 번 눌렀다. 스푸퍼는 삑삑거리며 문의 전기장치를 건드려 초당 수천 개가 넘는 전기신호를 내보냈지만, 아무 반응도 없었다.

해병들은 안절부절못하며 몸을 뒤틀었다. 캐퍼스의 이마에 땀이 줄줄 흘렀다.

그렇게 몇 분을 기다리다 캐퍼스가 만족스러운 듯이 고개를 끄덕이자

비로소 문이 열렸다. 대원들은 안으로 들어갔다. 캐퍼스가 손을 들었다.

"하사님! 들어보십쇼!"

다들 귀를 기울였다. 뭔가 물컹하고 끈적거리고 미끌거리는 소리가 사방에서 들렸다.

젠킨스는 가슴이 쿵쿵거렸다. 멘도사가 그런 기분을 대신해 먼저 말을 꺼냈다.

"느낌이 아주 안 좋습니다…….'

"네가 언제 느낌이 좋았던 적이 있었냐."

존슨 하사가 끼어들어 갈구려는 찰나, 분대 무전으로 로빅 상병의 다급한 목소리가 들려왔다. 아무래도 2분대에 문제가 생긴 듯했지만, 상병이 두서없는 소리를 해대서 정확히 어떻게 된 일인지 갈피를 잡을 수가 없었다.

꼭 말이 아니라 비명을 지르는 것만 같았다.

"상병? 대체 무슨 일인가?"

키예스 함장이 응답했으나 대답이 없었다. 존슨 하사는 멘도사에게 몸을 돌렸다.

"멘도사, 지금 당장 2분대로 돌아가서 상황을 파악해라."

"하지만……."

"불평 들을 시간 없다. 명령대로 즉시 실행해!"

"도대체 저게 뭐야?"

젠킨스가 초조하게 말했다. 그는 주변의 그림자 사이를 휙휙 번갈아 쳐다보았다.

"멘도사, 대체 어디서 뭐가 나온단 말이냐?"

존슨 하사는 2분대는 잠시 잊어버렸는지 물음을 던졌다.

"저기, 저깁니다!"

멘도사가 한데 덩어리진 그림자를 가리켰다. 사방에서 쇠를 긁는 소리가 들려왔다.

머리 위로 뭔가가 불쑥 떨어지자 라일리 일병이 고통에 찬 비명을 질렀다. 괴상한 생명체가 바늘처럼 날카로운 촉수로 그의 피부를 후벼 파고 척추를 정확히 찔렀다. 그는 소총을 내던지고 어깨에 올라탄 생명체를 잡아 떼려고 앞뒤로 몸부림쳤다.

"가만히, 가만 좀 있어!"

캐퍼스가 소리쳤다. 그는 둥그렇게 생긴 생명체를 붙잡고 라일리 머리에서 떼려고 안간힘을 썼다.

에이버리 존슨 하사는 성인이 된 이후로 삶 대부분을 해병에서 보내왔으며, 이곳에 있는 해병들이 복무한 기간을 다 합친 것보다 오랜 세월 동안 코버넌트와 싸우며 온갖 행성을 누비고 다녔다. 산전수전 을 다 겪으며 별의별 희한한 것도 수없이 봐왔지만, 금속 바닥을 미끄러지듯 기어와서는 사람 목덜미에 들러붙는 이런 놈들을 보기는 난생처음이다.

둥그런 생명체가 적어도 열 놈은 더 있었다. 지름이 50센티미터 정도에 꿈틀거리는 촉수가 뭉텅이로 달려 있었다. 놈들이 난데없이 머리로 기어오더니 삽시간에 온 사방으로 퍼졌다. 놈들은 촉수를 써서 한 번에 몇 미터씩이나 뛰어올랐다. 하사는 당황한 채 점사로 사격을 개시했다.

"맛 좀 보여줘!"

키예스 함장은 권총을 들고 괴상한 생명체를 향해 사격했다. 총알에 맞자 놈은 풍선처럼 펑 터졌다. 한 놈이 터지면서 폭발이 일어 다른 세 놈도 동시에 조각 났지만, 수십 마리도 넘는 놈들이 금세 빈자리로 몰려들었다.

캐퍼스 일병의 말이 옳았다. 코버넌트는 뭔가 이유가 있어서 이 문을 굳게 잠갔고, 그 이유가 바로 이놈들이었던 것이다. 하지만 혹시, 정말 어쩌면 이 둥글둥글한 놈들을 격퇴하여 도로 가둬놓을 수도 있지 않을까?

"하사, 완전히 포위됐다!"

하지만 존슨은 다른 데 정신이 팔려 있었다.

"제기랄, 젠킨스 어서 쏴!"

젠킨스는 겁에 질려 얼굴이 뻣뻣하게 굳은 채 손가락 뼈마디가 새하얗게 될 만치 돌격소총을 꽉 붙들었다. 놈들이 온 사방의 그림자 속에서 끓어 넘칠 듯이 버글거렸다.

"적이 너무 많습니다!"

젠킨스의 대꾸에 하사가 무어라 고함쳤지만, 마치 둑이라도 터진 것처럼 콩깍지처럼 생긴 괴상망측한 놈들이 어둠 속에서 쏟아져 나와 해병들을 집어삼켰다. 해병들은 돌격소총을 난사했다. 괴상한 생명체들이 한꺼번에 몇 놈씩 엉겨 붙어 몸을 바닥으로 끌어 내리면서, 대원들은 하나둘 쓰러졌다.

온몸을 엄습하는 공포에 젠킨스는 뒷걸음질 치기 시작했다.

키예스 함장은 얼굴을 가리려고 손을 뻗다 우연히 괴물 한 놈을 붙들었다. 손을 꽉 틀어쥐니까 퍽 터져버렸다. 이 자그마한 놈들은 굉장히 약했다. 하지만 개미떼처럼 그 수가 너무 많았다. 한 놈이 더 달려들어 그의 어깨에 붙었다. 면도날처럼 날카로운 촉수가 군복을 뚫고 꿈틀거리며 살갗을 파고들어 척추를 건드리자, 키예스 함장은 비명을 질렀다. 터질 것만 같은 강렬한 고통에 순간 눈앞이 깜깜해졌다가, 혈관 속으로 화학물질이 흘러들면서 도로 정신을 되찾았다.

소리를 외쳐 도움을 청하려 했지만, 입에서 말이 나오지 않았다. 심장은 쿵쾅거렸고 손가락과 발가락이 하나씩 하나씩 무감각해졌다. 허파가 주체할 수 없을 정도로 무겁게 느껴졌다.

온몸에서 점점 감각이 사라져갈 즈음, 뭔가 추잡한 것이 대뇌피질로 들어와 그의 의식을 밀어내고 헛구역질이 나오는 원초적인 배고픔으로 뇌 속을 더럽혔다. 마치 몸을 통째로 빼앗기는 듯했다.

식욕이나 성욕, 권력욕보다 훨씬 강렬한 배고픔이었다. 진공으로 빨아 들이는 것처럼 자극, 생각, 자아까지 모조리 먹어치우는 끝없는 소용돌이 였다.

비명을 지르려 했지만 배고픔이 목소리마저도 삼켜 버렸다.

키예스 함장이 괴생명체와 몸싸움하는 광경에 젠킨스는 온몸에 소름이 끼쳤다. 함장이 몸부림치다 멈추자 그는 획 돌아섰다. 조그마한 괴수가 달 아나려는 그를 바닥에 넘어뜨려 옥죄었다. 놈이 몸에다 촉수를 찔러 넣자 살을 에는 고통이 몸을 파고들었다가 잦아들었다.

눈앞이 흐릿해지더니 다시 맑아졌다. 시간이 지나자 감각이 돌아왔지만 얼마나 오랫동안 기절해 있었는지는 알 길이 없었다. 월리스 A. 젠킨스 일 병은 몽롱한 세계에 와 있었다.

요행히도 그의 몸을 뺏으려던 놈은 휴면하는 동안 많이 쇠약해진 까닭 에, 일단 숙주를 넘어뜨려 전투변이로 바꾸는 작업을 시작하는 데까지는 성공했지만 정신까지 온전히 자기 마음대로 다루기가 어려웠던 모양이다.

젠킨스는 어떻게 손을 써보지도 못하고 놈이 자기 몸을 가지고 노는 꼴 을 지켜봐야 했다. 놈은 그의 근육 신경을 손에 쥐고는 새 장난감을 구한 아이처럼 팔다리를 마음대로 놀리더니, 의식을 완전히 잃은 친구를 살펴 보기라도 하는 양 몸 주변을 빙글 돌아보기까지 했다. 그는 허파 속 공기 를 남김없이 토해내며 외마디 비명을 질렀지만, 아무도 그를 돌아보지 않 았다.

7차 사이클[4] 49유닛 (코버넌트 군사 표준력)/
헤일로 지표면 상공, 순양함 진리와 귀의

주카 자맘이는 중력 리프트를 타고 진리와 귀의로 들어가 함내 수직통
로를 통해 지휘 구획까지 이동, 이번에도 극성스러운 보안 검색을 통과한
다음 시간에 맞춰 의회실에 출두했다. 겉보기에 의회실은 전과 다를 바가
없었지만, 들어가 보니 참석자가 설 자리에 조명만 달랑 하나 들어와 있었
다. 로람이나 사제, 기타 면식 없는 엘리트들은 보이지 않았다.

또 일정이 지연됐거나 계획상 또는 절차상의 문제가 생긴 모양이다. 그
렇다면 무엇 때문에 그를 불러냈단 말인가? 의회의 개회 및 폐회 여부는
담당 간부들만 알 텐데.

도로 돌아서서 의회실을 나가려던 순간, 자맘이는 로람이의 머리를 발
견했다. 멀쩡히 붙어 있어야 할 몸은 홀랑 사라지고, 피가 줄줄 흘러내린
받침돌 위에 머리통만 덩그러니 남아 눈을 멍하니 치켜뜨고 있었다.

---

4) 사이클(Cycle). 코버넌트의 시간 단위. 1사이클이 256유닛에 해당한다.

사제가 공중에 몸을 둥둥 띄우고서 모습을 드러냈다. 그는 머리 쪽으로 손을 내저었다.

"참으로 슬프지 않은가? 허나 기강은 엄히 다스려야 하는 법이지."

사제는 무언가 신비로운 모양새로 자맘이에게 손짓했다.

"헤일로는 그 속에 감춰진 비밀만큼이나 고색창연한 유적일세. 선조께서 우리에게 위대한 유적을 발견케 하시어, 선한 용도로 사용토록 허락해 주신 것은 크나큰 축복이지. 허나 어떤 일이든 위험이 따르네. 이곳에도 위험이 도사리고 있었고, 로람이는 위협을 해소하겠다고 나섰으나 실패하고 말았네. 아울러 인간들이 더더욱 활개 치게 되었으므로 로람이가 저지른 실패의 짐은 더욱 무거워졌네. 빗장이 풀리고 수수께끼에 싸인 힘이 깨어났으니, 이제는 우리의 막강한 힘으로 주도권을 탈환해야 할 것이네. 알겠는가?"

사제가 무슨 말을 하는지 도통 알아들을 수 없었지만, 자맘이는 이를 시인할 맘 없이 조용히 대답했다.

"알겠습니다, 사제님."

"좋네. 그래서 그대를 부른 걸세. 그대가 말한 인간을 함정에 빠뜨려 습격한다는 계획이 참패로 돌아간 데다, 놈이 침묵의 카토그래퍼로 가는 길까지 찾아냈으니 일이 더욱 꼬이리란 점에는 의심의 여지가 없네. 그런 고로, 실패의 대가를 똑똑히 보여주어 교훈을 심어주고, 정말로 이만한 대가를 치를 각오가 있는지 대답을 듣고자 그대를 이곳으로 불렀네. 각오는 되어 있는가?"

자맘이는 침을 꿀꺽 삼키고 고개를 끄덕였다.

"예, 단단히 각오했습니다."

자맘이의 확답에 사제는 언성을 낮추었다.

"대답을 들으니 기쁘군. 이미 한 번 실패를 저질렀으니 두 번 다시 같은 일을 되풀이해서는 안 되네. 이제 어떻게 할 계획인지 말해보게. 대답이

내 맘에 든다면, 성공이 확실한 작전임을 내게 설득한다면 자네는 여기서 살아나갈 수 있을 걸세."

천만다행히도 자맘이는 그냥 계획이 아니라 손에 땀을 쥐게 하는 계책을 생각해두었던 덕분에, 이번에는 반드시 먹혀들리라고 사제를 설득해 간신히 위기를 모면했다.

하지만 잠시 뒤 야압과 함께 순양함을 떠날 무렵, 그의 눈동자에 비친 것은 영광이 아니라 로람이의 초점 없는 시선이었다.

마스터 치프는 문 안으로 들어간 다음 잠시 멈췄다. 적이 뒤따라오지 않는지, 소총이 장전됐는지 확인한 뒤에야 대체 여기가 어딘가 하고 생각했다. 포해머는 코타나가 작성한 좌표에 따라 지하로 펠리칸을 조종하고, 헤일로의 지면 바로 아래에 얼기설기 펼쳐진 거대한 혈관 모양 정비통로를 비행해, 동굴처럼 보이는 착륙장 위로 이 별난 한 쌍을 데려다주었다. 거기서부터 마스터 치프는 코버넌트가 단단히 지키는 미로처럼 얽힌 통로와 건물 내부를 뚫어나갔다.

다시금 기다란 통로에 들어서자 저 문 뒤에서는 또 무엇이 나올까 하는 의문부터 들었다.

전혀 생각지 못했던 광경이 문밖으로 펼쳐졌다. 갑자기 찬바람과 함께 눈보라가 불어닥쳤다. 마치 그가 다리에 발을 딛자마자 주위 환경이 그렇게 바뀌어버린 듯했다. 앞을 가로막은 벽에 시야가 가렸지만, 현수교의 밧줄 구실을 하는 견인 광선과 저 너머로 연결된 회색빛 벼랑은 훤히 보였다. 코타나가 주의 깊게 주위를 관찰하며 말했다.

"이곳 기후는 인공적이지 않고 자연스럽습니다. 헤일로의 환경 시스템이 고장 난 건지…… 의도적으로 이런 악천후로 설정한 걸지도 모르겠네요."

"이 정도면 놈들한테는 선선한 날씨일지도 모르지."

치프는 날씨야 어떻게 됐든 개의치 않고 어떤 놈들이 자기를 기다리나 싶어 문 끄트머리에 고개를 슬쩍 내밀고 바깥을 둘러보았다.

사수석에 그런트가 올라탄 셰이드 포탑이 있었다. 잽싸게 오른쪽을 힐끔 내다봤더니 포탑이 하나 더 있었지만, 사수는 없었다.

막 행동 개시에 들어가려는데 왼편에서 펠리컨 수송기가 나타나 굉음을 내며 다리 위를 지나 계곡에 착륙했다. 무전으로 치직거리는 소리가 나다 어느 남자의 긴박한 목소리가 들려왔다.

"여기는 줄루 화력조, 아군의 즉각적인 지원을 요청한다. 들리면 응답하라."

코타나는 호출부호를 듣고서 이들이 알파 기지 외부에서 작전을 수행하는 부대임을 알아차렸다.

"줄루 화력조, 여기는 코타나. 현 위치에서 대기하기 바란다. 금방 가겠다."

"알았다, 서둘러주기 바란다."

'조용히 움직이기는 글렀군.'

마스터 치프는 속으로 그렇게 생각하면서, 문간에서 나와 그런트의 머리에 총알을 박아준 다음 잽싸게 셰이드 사수석에 올라탔다. 놈들이 기습 공격에 놀라 와자지껄 떠들어대니 서둘러 총열을 돌려야 했다.

치프는 포탑을 돌려 조준점이 빨갛게 변하기를 기다렸다가 방아쇠를 당겼다. 피에 굶주린 에너지 파장은 그런트와 자칼만으로는 성이 차지 않았는지 주변 다리까지 덩어리째 집어삼켰다. 나머지 조무래기들도 슬그머니 기어 나왔다가 똑같이 쓸려나갔다.

시야에 잡힌 적이 남김없이 쓰러지자 그는 잠시 다리를 점검했다. 아무래도 차량보다는 보행자를 위해서 지은 다리 같은데, 2층 구조에다 아까 전에 봤던 견인 광선의 힘으로 높이 떠 있는 듯했다. 위에서는 눈이 펄펄 쏟아져 광선 밧줄에 닿으면서 사르륵 녹아 없어졌다.

다리 아래쪽 저편에서 뭔가가 움직이나 싶더니 번득이는 플라즈마탄이 날아들었다. 그는 호스로 물을 뿌리듯이 모퉁이란 모퉁이, 구석이란 구석은 눈에 띄는 대로 한 차례씩 플라즈마탄을 갈겨 진로를 소탕했다.

만족스럽게 목표물을 모두 처치한 다음, 치프는 다리를 뛰어갔다. 다리의 폭이 넓고 길어서 외딴 기둥, 갈림길, 사이계단 등 엄폐물로 쓸 만한 데가 많았다. 하지만 양날의 검처럼 이는 반대로 코버넌트에게도 숨을 곳이 많음을 의미했다.

치프는 엄폐물에서 엄폐물로 움직이는 동시에 적과 교전하면서 아치 위를 가로질렀고, 아래층으로 내려가 그곳에 있는 코버넌트 병력을 상대한 뒤 다시 위로 올라가 반대편에 다다랐다. 맞은편 문에서 에너지 검으로 무장한 엘리트가 나타났다. 놈은 벽 뒤로 몸을 웅크렸다.

피할 수만 있다면야 저런 위험한 적수한테 가까이 다가설 이유는 전혀 없다. 그는 벽 너머로 플라즈마 수류탄을 던졌다. 수류탄이 놈의 전투복에 달라붙었는지 떼어내려고 발악하는 소리가 들렸다. 놈은 벽 뒤에서 뛰쳐 나오더니 곧 푸른 섬광과 함께 사라졌다.

마스터 치프는 다리를 뒤로하고 맞은편 문을 연 다음, 그 너머로 펼쳐진 미로 같은 방을 지나 승강기에 올라탔다. 승강기는 한동안 내려가기만 하더니 출구에 다다르면서 천천히 멈춰 섰다. 짧은 통로를 지나자 문 너머로 전투가 벌어지고 있었다.

밖으로 나가 고개를 드니 아까 건너온 다리가 머리 바로 위에 있었다. 그러자 여기가 어디쯤인지 감이 잡혔다. 다시 앞으로 고개를 돌리자 눈으로 덮인 널찍한 골짜기가 나타났다. 옹기종기 모인 바윗덩이와 나무가 군데군데 흩어져 있었다.

코버넌트 병력이 골짜기 왼쪽 구석으로 사격을 집중하는 광경을 보니 줄루 화력조가 저곳에 발이 묶여 있는 듯했다. 세이드 포탑 두 대와 고스트 한 대까지 가세했지만 화력조는 그런 악조건 속에서도 분투하고 있었다.

놈들의 중화기가 해병들에게 이로울 턱이 없다. 치프는 전속력으로 통로를 달려나가, 권총으로 가까이 있던 세이드 사수를 제거한 다음 그리로 향했다. 그는 포탑 총열에서 나오는 열기를 받으며 죽은 그런트를 끌어내린 뒤 사수석을 차지했다. 목표물이 차고 넘쳤지만, 그중에서도 바삐 돌아다니는 고스트가 가장 위험한 적수인 만큼 놈부터 제거하기로 했다. 몇 발갈기자 고스트를 몰던 엘리트 운전병이 치프를 눈치채고 사정거리로 들어왔다.

치프와 엘리트 둘 다 동시에 사격했다. 사선이 서로 엇갈려 앞뒤로 스쳐지나갔지만, 승리는 셰이드 포탑에 돌아갔다. 고스트는 이리저리 흔들리다 옆으로 비껴 나가 폭발했다.

하지만 한 놈 잡았다고 좋아할 시간은 없었다. 반대편에 있던 레이스가 골짜기 구석으로 방향을 틀고는 유성처럼 생긴 에너지 덩어리를 하늘 높이 쏴 올리며 해병들을 향해 점점 다가왔다.

마스터 치프는 레이스를 향해 포탑을 돌리고 사격을 퍼부었지만, 거리가 너무 멀어 놈의 장갑을 뚫을 수가 없었다.

다른 방법으로 놈을 처리해야겠다는 생각에 포탑에서 내려 20미터쯤 이동하자, 방금 버리고 온 셰이드 포탑 위로 정확히 플라즈마 폭탄이 내리꽂혔다.

해병대원들은 마스터 치프가 올 줄은 몰랐는지 그가 모습을 드러내자 기운이 샘솟는 모양이었다. 어느 상병이 옅은 웃음을 던지며 환호성을 질렀다.

"지원군이다!"

다른 해병도 거들었다.

"좀 도와주시면 고맙겠습니다. 셰이드에 발이 묶여 꼼짝도 못하던 참이었습니다."

해병이 가리키는 곳을 보니, 골짜기가 한눈에 내려다보이는 커다란 바위 위에 셰이드 포탑이 배치되어 있었다. 지세가 드높아서 골짜기 절반이 사정권에 들어왔는데, 치프가 그 위치를 확인하는 순간까지도 포탑 사수는 수세에 몰린 줄루 화력조가 있는 지점에 맹공격을 퍼부었다.

워트호그가 전복되는 바람에, 땅바닥에 보급품이 어지러이 쏟아져 있었다. 치프는 로켓 발사기를 들었지만, 거리가 너무 멀어서 목표물에 가까이 다가가야 했다.

그래서 발사기를 등에 둘러메고는 돌격소총의 장전 상태를 확인한 다음 나무 뒤로 움직였다. 그런트 일행이 해병들을 향해 달려들었지만, 치프가 엄폐물로 써먹기 적당한 나뭇등걸을 찾아내기도 전에 도로 밀려나기 바빴다. 그는 나무 뒤에 숨은 자칼을 잡고 나서 로켓 발사기를 견착했다. 조준경을 들여다보는 순간에도 셰이드 포탑은 푸른 플라즈마로 번득였다. 배율을 높이자 사수가 이쪽으로 포탑을 돌리는 모습이 잡혔다. 그는 침착하게 발사관을 겨누고 로켓을 발사했다.

바위 꼭대기에서 폭발이 일면서 셰이드 포탑이 벼랑으로 기울어져 떨어졌다.

해병대원들은 환호성을 질렀지만, 마스터 치프는 곧바로 다음 작업에 돌입하여 워트호그를 향해 뛰어갔다.

등 뒤로 박격포탄이 날아들어 방금까지 치프가 있던 나무를 날려먹었다. 한 해병이 비명을 질렀다. 해병은 1미터 길이의 기다란 나무 파편에 배를 꿰뚫려 바닥에 고꾸라졌다.

마스터 치프는 워트호그의 범퍼를 붙들고 전투복에 내장된 근력 강화장치를 써서 차체를 바로 뒤집었다. 한 해병이 사수석에 뛰어올라 기관총을 잡았고, 다른 대원은 조수석에 올라탔다.

치프가 가속기를 밟자 차체 뒤편으로 눈 줄기가 세차게 솟구쳤다. 차체가 지면을 떨쳐내는 느낌이 오자 그는 운전대를 꺾어 눈밭 위로 미끄러져 나갔다.

급발진하면서 치프 일행은 놈의 조준점에서 멀찍이 벗어났다. 레이스의 용트림에 유성이 원을 그리며 날아가, 치프 일행이 반대편으로 가지 못하게 막기라도 하려는 양 골짜기 한복판을 비스듬히 가로질렀다.

마스터 치프는 눈앞을 가득 메워오는 시퍼런 불덩이를 피해 그 아래로 워트호그를 몰았다. 레이스와의 거리가 좁혀지면서 사수가 기관총을 쏴대는 소리가 귓전을 때렸다.

하지만 레이스와 춤 한 가닥을 뽑으며 맞붙기 전에 보병 전위부대부터 처리해야 했다. 치프가 정신없이 제동기를 밟고 후진하면서 플라즈마탄 십자포화에서 벗어나 사수에게 사각을 확보해주는 동안, 사수석과 조수석에 앉은 두 해병은 엘리트, 자칼, 그런트 보병부대를 상대했다.

M41이 요란한 총성과 함께 수백 발이 넘는 총알을 뿜어내자, 그런트들은 뭉텅이로 잡아 뜯기는 꽃잎처럼 피로 물든 눈밭에 픽픽 자빠졌다. 조수석에 앉은 해병이 소리를 질러댔다.

"한판 해볼까? 총알맛 좀 보고 싶냐? 배 터지게 처먹어라!"

그는 엘리트를 향해 탄창을 통째로 비웠다. 2미터를 훌쩍 넘기는 거한은 충격에 주춤거리다 뒤로 넘어졌다. 완전히 숨통이 끊어지지 않았지만, 곧 워트호그가 놈을 깔아뭉개 자근자근 씹고 바퀴 뒤로 살점을 내뱉으며 지나갔다.

워트호그가 전위대를 뚫고 코앞까지 들이닥쳤다. 이런 지근거리라면 폭발에 휘말릴 위험이 있으니, 레이스는 감히 박격포탄을 날리지 못하리라. 공격할 기회는 바로 지금이었다. 빙판 위에서 제동기를 밟자 차체가 미끄러지기 시작했다.

"쏴!"

치프의 명령에, 사수는 빗맞히려야 빗맞힐 수가 없는 지근거리에서 기관총을 발사했다. 귀청 떨어지는 총성과 함께 대구경탄이 레이스의 측면을 연거푸 때렸다. 거의 다 들어박히고 고작 몇 발만 튕겨 나갔지만, 기관총탄으로 레이스의 두꺼운 장갑을 꿰뚫기는 역부족이었다. 조수석에 앉은 해병이 외쳤다.

"조심해! 놈이 돌진한다!"

마스터 치프는 워트호그를 세우고 앞을 보았다. 일병의 말이 맞았다. 놈이 앞으로 밀려들어 차체를 찌부러뜨리려는 순간, 치프는 거칠게 차를 후진시켰다. 사륜구동에 힘입어 워트호그는 후진과 동시에 기관총으로 계속 불을 뿜어대며 필사적으로 방어 태세에 들어갔다.

다시금 충분히 거리가 벌어지자 치프는 제동기를 밟았다. 변속기를 앞으로 젖히고 오른쪽으로 차를 빙 돌렸다. 얼마나 아슬아슬하게 비껴나는지, 레이스 장갑에 차체 측면이 긁혀나가고 그 마찰열에 왼쪽 바퀴 끄트머리가 눈밭에 떨어져 나갔을 정도였다. 놈을 쿵 들이받는 바람에 기관총이 옆으로 돌아갔지만, 사수는 다시 총열 방향을 가다듬었다. 치프가 소리쳤다.

"후면을 때려! 거기가 약점일지도 모른다!"

사수가 방아쇠를 당기자 뒤따라 날카로운 폭발소리가 터져 나왔다. 수많은 쇳조각이 허공에 치솟았다가 바람에 휘날려 느릿느릿 아래로 떨어져 내렸다. 레이스의 뒤꽁무니에서 시커먼 연기가 새어 나왔다. 놈이 통제력을 잃고 바윗덩이를 들이받으면서 전투는 막을 내렸다.

골짜기 전체가 줄루 화력조의 손에 들어왔다.

코타나의 말로는 이곳 말고도 골짜기가 더 있는데, 모두 하나로 이어지니 목표물을 찾아내려면 하나하나 뒤져봐야 한다. 갑자기 길이 가파르게 끊어진 탓에 계속 워트호그를 몰고 가기는 어려웠다.

마스터 치프는 차에서 내려 눈길을 헤쳐 나갔다. 찬바람이 불어와 헬멧 안면보호대를 스치고 지나가면서 눈송이가 전투복에 내려앉았다.

"염병할, 방한장갑을 깜박했잖아."

조수석에 앉았던 일병이 투덜거리자 사수로 활약했던 병장이 으름장을 놓았다.

"잡소리 집어치우고 나무 뒤나 잘 살펴. 우리가 여기 소풍 온 줄 아냐."

치프는 이상하리만치 마음이 차분했다. 전쟁터가 바로 그의 집이었으니까.

해는 쨍쨍하고 하늘에는 성긴 구름만 몇 조각 떠 있었으며, 고만고만한 언덕들은 꼬리에 꼬리를 물고 저 너머 야트막한 산맥까지 뻗어나갔다. 원체 건조한 지역이라 호송단은 평원을 벗어나 바위산을 오르는 내내 뿌연 먼지를 달고 왔다.

선발대는 코버넌트한테서 노획한 고스트—병사들 사이에서 "지즈"라 불리기도 하는—두 대와, 필라 오브 어텀에서 여기까지 오면서 우여곡절 끝에 살아남은 워트호그 두 대였다.

이것저것 시도해본 결과, 맥케이 중위는 2+2 배치야말로 두 차량의 장점을 합치는 최고의 조합으로 꼽았다. 고스트는 워트호그보다 빨라 단시간에 더 넓은 범위를 엄호함으로써 사륜구동차인 워트호그에 탑승한 대원들의 수고를 덜어준다. 반면 고스트는 워트호그가 뛰어넘는 지형을 넘지 못하고, M41 경대공기관총과 같은 무장이 없어 밴시에 약하다.

그러므로 적기가 나타나면 고스트는 워트호그가 삼총신 기관총으로 구축하는 방어선 뒤로 살그머니 빠지면 된다. 각 워트호그에 로켓 발사기로 무장한 병사까지 태우면 대공 방어력은 배로 늘어난다.

코버넌트마저도 존경해 마지않는 진짜배기는, 알파 기지의 착륙장에서 대기하다 일이 터지면 지옥행 타격대원들을 가득 태우고서 2분 만에 출격하는 펠리칸이었다. 펠리칸 상시 편대를 운용함으로써 타격대원을 열다섯 명 단위로 지정된 정찰장소 어디든 10분 내 투입이 가능했다. 당연히 코버넌트한테는 불안하기 짝이 없겠지만.

정찰의 목적은 알파 기지를 중심으로 지름 10킬로미터 내를 감시하는 데 있었다. 이제 타격대원들이 바위산을 장악하고 방비를 강화했으니, 거점 유지가 우선이었다. 코버넌트는 간간이 공습을 띄우거나 지향성 탐사용 무인기를 보내기는 했어도 아직까지 총공격을 펼치지 않고 잠잠했는데, 맥케이 중위와 실바 소령은 그 점이 마음에 걸렸다. 꼭 다른 볼일을 보는 동안 인간들이 바위산에 눌러살도록 내버려두는 듯했다. 그 볼일이 무엇인지는 소령과 중위 모두 알 길이 없었지만.

그렇다고 놈들이 가만히 손을 놓고만 있었던 것은 아니다. 오히려 이쪽을 유심히 관찰하며 인간들이 어떤 경로를 이용하는지 파악하고서 길목을 따라 매복을 심어두기 일쑤였다.

맥케이 중위는 같은 길을 두 번 다니지 않게끔 주의를 기울였지만, 차량이 통하는 길을 지세가 마음대로 정해버리는 경우가 많았다. 길을 잘라먹는 강줄기에 바위투성이 협곡과 산길 등, 인내심만 충분하다면 놈들이 숨어서 기다릴지도 모르는 지형 천지였다.

정찰대가 큼직한 언덕 샛길에 다다르자 선두 고스트에 올라탄 대원이 보고했다.

"레드 1, 여기는 레드 3, 응답 바람."

호송단 맨 앞에서 달리는 워트호그 조수석에 앉은 맥케이 중위는 마이크를 입에 댔다.

"여기는 레드 1, 계속하라."

"고스트가 보입니다. 언덕 옆에 있는데, 부서진 것 같습니다."

"거기서 멀찍이 떨어져라. 함정일지도 모른다. 곧 갈 테니 기다려라."

"알겠습니다, 이상."

워트호그가 울퉁불퉁한 돌덩이 위를 지나 부르릉거리며 샛길로 이어지는 개활지로 들어갔다.

"레드 1에서 전 대원에게 알린다. 차량에서 내려 여기서부터는 도보로 이동한다. 각 차량 사수는 위치를 고수하고 하늘을 주시하도록. 밴시한테 들볶이면 골치 아파진다. 고스트 두 대는 퇴로를 살펴라, 이상."

명령에 동의했다는 뜻으로 두 번씩 딸깍거리는 소리가 나는 동안, 중위는 워트호그에서 로켓 발사기를 꺼냈다. 그러고는 땅으로 풀쩍 뛰어내려 운전병을 따라 길을 올라갔다. 검게 그을린 돌덩이와 피로 물든 땅바닥이 여기서 최근 정찰대가 매복 공격을 당했음을 말해주는 듯했다.

등을 태우는 뙤약볕과 바람 한 점 불지 않는 더운 공기 속에서, 자갈이 군홧발에 밟혀 자그락거렸다. 꼭 지구에 있는 캐스케이드 산을 오르는 듯했다. 맥케이 중위는 이곳이 정말로 캐스케이드 산이었으면 하고 속으로 빌었다.

야압은 고철덩이 옆에 드러누워 죽음을 기다렸다. 자맘이가 생각해낸다는 계획이 다 그렇듯 이번 작전도 미친 짓이나 마찬가지였다.

전투복을 입은 인간을 추적하여 암살하는 임무가 틀어진 뒤, 자맘이는 놈이 얼마 전에 인간들에게 탈취당한 바위산 꼭대기로 도망쳤으리라고 결론 지었다. 행여나 당장 바위산에 놈이 없다 해도, 인간들의 기지는 바위산 한 군데밖에 없으니 이곳을 드나들 것이 뻔했다. 바위산은 크나큰 거점이므로 사령관 협의회에서는 이곳을 탈환하려 들 공산이 컸다.

문제는 놈이 어느 시간대에 기지에 있을지 알 턱이 없다는 점이었는데, 이번 바위산 탈환작전을 대성공으로 이끌어야 하는 그로서는 큰 골치였다. 그냥 대뜸 쳐들어갔다가 놈은 잡지도 못하고 헛물만 켜는 날에는 목이 달아날 테니까.

그 문제로 한참을 고민한 끝에, 인간들은 포로를 잡는다는 사실을 기억해냈다. 놈이 기지에 들어오기를 기다렸다 신호를 보냄으로써 습격 시간을 알릴 첩자를 바위산 꼭대기에 심어놓으면 되겠다는 데까지 생각이 닿았다.

그런데 누구를 보낸다? 자맘이야 공격을 전두지휘해야 하니 일단 제외고, 다른 엘리트도 그런 위험천만한 계획을 떠맡기에는 아까운 인재들이었다. 특히나 사제가 "수수께끼에 싸인 힘"이라 부른 존재들을 처리하는 일이 가중된 지금으로써는 더욱 그러기가 어렵다.

　결국 코버넌트 최하위 계층이지만 자맘이가 믿고 신뢰하는 이에게 첩자역이 돌아갔다. 그래서 야얍은 적당한 알리바이를 받은 다음 신나게 두들겨 맞고, 수송부대가 밤중에 실수로 떨어뜨려 박살 난 고스트 옆에 이렇게 드러누운 것이다.

　연극 준비가 막 동틀 무렵에 끝난 까닭에 야얍은 거의 5유닛 동안이나 꼼짝도 하지 못했다. 무심결에 연기를 들키지 않도록 몸만 꼼지락대고, 마실 것도 없이 마음속에서 우러나오는 공포에 사로잡힌 채, 야얍은 뭐하러 자맘이를 구해줬을까 하고 조용히 뇌까렸다. 그냥 인간 함선에서 죽게 내버려둘걸.

　자맘이는 인간들이 반드시 포로를 잡는다고 장담했지만 정말로 믿어도 될까? 지금껏 계획이 신통하게 먹혀든 적도 한 번 없는데 어떻게 곧이곧대로 믿어. 야얍은 해병대원들이 바닥에 쓰러진 전우를 확인 사살하는 광경을 직접 본 적이 있었다. 자기라고 해서 피해갈 수는 없을 텐데. 호흡기에 숨긴 발신기를 들키기라도 하면 어떡하지?

　실낱같은 성공 가능성을 곱씹으면 곱씹을수록 도망쳐야겠다는 확신만 자꾸 들었다. 장비를 챙겨다가 헤일로 지표면에서 벗어나 다른 탈영병들이랑 같은 거처를 쓰면 되겠네. 그러다 메탄 가스통이 텅 비면 존엄하게 질식사하는 편이 훨씬 낫겠지.

　하지만 그러기도 너무 늦었다. 자그락거리는 자갈 밟는 소리와 사향내 섞인 퀴퀴한 고기냄새 비슷한 인간 체취가 나더니, 얼굴 위로 그림자가 드리우는 느낌이 들었다. 이럴 때는 정신을 잃은 척하는 것이 최선이지. 야얍은 기절한 척 가만히 있었다.

"살아있는 것 같은데."

　맥케이 중위는 바닥에 드러누운 그런트를 살펴보았다. 메탄 호흡기에서 쌔근덕거리는 숨소리가 새어 나왔다.

"부비 트랩이 있는지 확인하고 다리를 묶은 다음 몸수색해봐. 피를 많이 흘리지는 않은 모양이지만 상처가 있으면 아무거나 쑤셔 박아서 출혈을 막고."

인간들이 무슨 말을 하는지 알아듣지는 못해도, 목소리가 차분하고 아무도 머리에다 총구를 들이대지 않았다. 어쩌면, 정말로 어쩌면 살 수 있을지도 모르겠다는 희망이 들었다.

5분 뒤, 야얍은 손발이 꽁꽁 묶인 채로 워트호그 좌석에 툭 던져져서는 털털거리며 그곳을 떠났다.

맥케이 중위는 박살 난 고스트에서 가방 모양 보조용기 두 개를 찾아냈다. 하나에는 전투식량처럼 보이는 물건에 천이 칭칭 감긴 상태로 들어 있었다. 중위는 거품이 부글부글 나오는 튜브에 코를 대고 킁킁거리고는 인상을 썼다. 썩은 치즈를 감싼 양말 냄새 같았다.

중위는 놈의 먹거리를 도로 집어넣고 다음 용기를 살펴보았다. 메모리 블록 두 개가 나왔다. 메모리 블록은 벽돌 모양 초고농도물질 덩어리로, 실로 방대한 양의 정보를 저장하는 코버넌트 장비였다. 면밀히 조사해볼 만한 가치가 있을까? 아마도 그렇겠지만, 이런 일에는 전문가가 따로 있다. 웰즐리라면 이런 골치 썩는 일에 환장하니까 한번 알아보는 것도 좋을 테지.

운이 좋다면 웰즐리가 지겹게 읊어대는 웰링턴 공작의 대사를 잠시나마 그만 들어도 될지 모른다. 그것만으로도 장비를 노획한 값어치는 톡톡히 하겠군.

자맘이는 근처 언덕에 있는 은신처에 위장하고 숨어서, 인간들이 차량

218

으로 돌아가 길을 올라가는 모습을 지켜보았다. 그간의 창피를 설욕하리란 기대에 가슴이 두근거렸다. 1단계 계획이 먹혀들었다. 곧 2단계가 시작되면 필시 승리는 그의 차지가 될 것이다.

코버넌트 병력과 내내 싸워가며 꼬불꼬불한 눈 덮인 계곡과 미로처럼 복잡한 통로와 방을 통과한 끝에, 마스터 치프는 또다시 문 앞에 당도했다. 그는 문밖을 조심스럽게 내다보았다. 눈을 맞고 있는 커다란 건물 기저부가 눈에 띄었고, 주변에서는 고스트가 순찰을 돌고 있었다.

"관제실로 가는 입구는 피라미드 건물 꼭대기에 있어요. 고스트를 빼앗아야 해요. 화력이 필요할 테니까요."

마스터 치프는 그러려고 했지만, 문 밖으로 나오자 고스트가 더 많이 나타나 사격을 가하기 시작했다. 순순히 자기 차를 내어줄 용의는 아무도 없나 보군. 그는 돌격소총을 정확하게 점사로 연사해 한 대를 박살 낸 다음, 서둘러 어지럽게 뒤섞인 바윗덩이 사이로 움직이며 피라미드 건물을 에워싼 기다란 경사로를 타고 올라갔다.

경사로에 자리를 잡고 주변을 살피는데 순찰을 도는 헌터 한 놈이 눈에 잡혔다. 로켓 발사기나 스콜피온 전차가 있었더라면 좋았을 것을.

마스터 치프는 피라미드 건물의 지지기둥을 방패 삼아 발각되지 않고 몰래 접근해 놈의 머리 위로 수류탄을 던졌다. 쾅 소리와 함께 수류탄이 터지면서 전투복에 파편 세례를 흩뿌려 놈의 성질을 돋웠다.

헌터는 적이 있음을 알아차리고 어썰트 캐논을 발사했다. 치프도 질세라 플라즈마 수류탄을 던지며 이번에는 제대로 들어가기를 빌었다. 연료봉 덩어리는 빗나갔지만 수류탄은 장갑복에 들러붙었고, 섬광이 번득이나 싶더니 놈이 쿵 넘어졌다.

이제 꼭대기까지 뛰어가려던 참에, 지난 며칠간의 전투에서 봤던 헌터들은 항상 짝을 지어 다니더란 생각이 퍼뜩 들었다.

위험천만한 적수를 여섯 시 방향에 남겨두고 가느니 마저 처치하기로 했다. 마스터 치프는 1층으로 올라가 피라미드를 이등분하는 벽 근처에 몸을 웅크리고 살짝 고개를 내밀었다. 예상했던 대로 2번 헌터가 제 결속 형제가 죽은 줄도 모르고 경사로 아래만 바라보고 있었다. 치프는 맨살이 드러난 놈의 등을 쐈다. 놈은 얼굴부터 바닥을 들이받고 쓰러져서는 경사를 따라 눈밭까지 주르르 미끄러졌다.

이제 피라미드 건물 전면 에두른 길을 지그재그로 오르려는데 머리 위에서는 밴시가 끈질기게 따라붙었고 그런트, 자칼, 엘리트들이 툭툭 튀어나와 앞을 가로막았다.

치프는 크게 심호흡을 한 뒤 계속해서 위로 올라갔다.

마침내 피라미드 꼭대기에 도착하자, 마스터 치프는 걸음을 잠시 멈추고 방어막을 재충전했다. 그런트 시체를 넘어가면서 돌격소총에 마지막 탄창을 끼웠다.

최상층에는 커다란 문이 떡하니 있었다. 문 뒤에 누가 있을지는 몰라도 썩 우호적인 놈들은 아닐 테지. 동작 감지기의 감지범위 끄트머리에서 계속 움직임이 잡혔다.

"어떻게 하실 건가요?"

"간단해."

치프는 숨을 깊게 들이마신 뒤, 개폐장치를 누르고 냅다 돌아서 달렸다.

그는 몇 초 만에 20미터 거리에 떨어져 있던 셰이드 포탑까지 달려갔다. 막 포탑에 올라타 총열을 겨누는 순간, 문이 열리면서 코버넌트 병력이 우글우글 쏟아져 나왔다.

셰이드 포탑이 구실을 톡톡히 했다. 코버넌트는 등장한 순서대로 차례차례 죽어나갔다.

그는 사수석에서 내려 격납고처럼 널찍한 통로 안으로 들어갔다. 아직 숨이 붙은 놈들을 마저 사살한 뒤, 다음 통로로 이어지는 출입구를 가동했다.

"탐색 중. 주변 코버넌트 병력을 모두 제거함. 수고하셨어요. 어서 헤일로 관제실로 가요."

치프는 문을 지나 널따란 다리에 올라섰다. 어슴푸레하게 빛나는 다리가 변변한 지지대 하나 없이 넓은 허공으로 뻗어 둥그런 통로와 맞닿아 있었다. 둥근 통로 가운데에는 인근 행성을 나타낸 홀로그램이 떠다녔다. 가스행성 트레셜드를 표시한 커다란 반투명 홀로그램 옆으로 작은 회색 위성 베이시스가 주위를 공전했고, 그 둘 사이로 헤일로가 조그맣게 반짝거렸다.

통로 바깥쪽을 따라서는 너비 수십 미터에 달하는 커다란 헤일로 홀로그램이 널찍한 실내 가장자리까지 닿을락 말락 회전하면서 구조물 안쪽을 따라 형성된 지형을 드러내 보였다.

다리에는 변변한 난간 하나 없었는데, 마치 다리를 건너는 이들에게 이곳에 깃든 힘에는 위험도 함께 잠들어 있음을 경고하는 듯했다. 정말 그런 속뜻인지는 몰라도 마스터 치프에게는 그렇게 느껴졌다.

"다 왔어요. 여기가 헤일로의 관제실이에요."

코타나가 말하는 사이 마스터 치프는 큼직한 제어반 앞으로 걸어갔다. 제어반은 갖가지 기호로 가득했는데, 하나같이 안쪽에서 빛을 받아 번득이는 모습이 한 폭의 추상화를 보는 듯했다.

"저 단말기를 사용하세요."

마스터 치프는 기호에 손을 대고 잠시 기다렸다.

코타나가 자기 자신을 헤일로의 컴퓨터 기기에 전송하면서 치프의 머릿속을 차지하던 차가운 느낌이 차차 줄어들었다. 잠시 뒤 코타나가 뻥튀기된 크기로 제어반 위에 모습을 드러냈다. 몸을 따라 데이터 배열이 오르내리고 홀로그램 살갗을 따라 에너지가 방출됐으며, 얼굴에서는 기쁨이 넘쳐났다.

피부색이 파란색에서 보라색으로, 다시 초록색으로 바뀌었다가, 코타나가 주변을 죽 훑어보면서 다시 원래대로 돌아왔다.

"괜찮아?"

예상 밖의 모습에 치프가 물었다.

"괜찮고말고요. 그 많은 정보와 지식을 향유하는 기쁨을 치프는 모르실 거예요. 그 엄청나고 빠른 정보를 말예요."

"그래, 헤일로는 어떤 종류의 무기지?"

치프의 물음에 코타나는 자못 놀란 듯했다.

"무슨 소릴 하는 거예요?"

코타나는 갑자기 눈살을 찡그리고는 깔보는 듯한 투로 말했다.

"야만인 같으니, 이게 무슨 몽둥이라도 되는 줄 알아요? 그보다 훨씬 의미 있고 중요하다니까요? 코버넌트가 옳았어요. 헤일로는……."

코타나는 이리저리 물결치는 데이터 배열을 탐색하면서 눈동자를 앞뒤로 바삐 굴렸다. 홀로그램 얼굴에 아리송하다는 기색이 퍼졌다.

"선조의 작품이로군요…… 잠시만요."

잠시 뒤 코타나는 새로운 정보가 온몸을 휘젓고 다니는 양 속사포처럼 말을 쏟아냈다.

"오랜 옛날, 선조는 헤일로와 같은 '포트리스 월드'를 건설했어요. 그러니까 헤일로는 일종의……."

코타나가 저렇게 말하는 모습을 보기는 처음이었다. 다시는 함부로 "야만인" 같은 소리를 내뱉지 못하도록 따끔하게 버릇을 고쳐주려는 찰나, 코타나가 다시 입을 열었다. 경악과 조급함이 서린 말투였다.

"잠깐, 아냐, 그럴 리가 없어…… 오, 코버넌트 이 바보들, 왜 그걸 몰랐지? 징후가 있었을 텐데."

치프는 얼굴을 찡그렸다.

"무슨 말이지? 좀 천천히 해봐."

코타나는 공포에 눈이 휘둥그레졌다.

"코버넌트가 헤일로에 감추어진 뭔가 끔찍한 존재를 발견하고 겁을 잔뜩 집어먹었어요."

"감추어졌다니, 어디에?"

코타나는 정말로 키예스 함장이 보이기라도 하듯 먼 곳으로 시선을 휙 돌렸다.

"함장님, 함장님을 막아야 해요! 함장님이 찾던 무기고는 사실…… 들어가선 안 돼요!"

"대체 무슨 얘기야?"

"시간이 없어요. 당장 나가서 함장님을 찾아요. 함장님을 막아야 해요. 늦기 전에 서둘러요!"

8

**투입 58시 36분 31초 경과 (스파르탄-117 작전 시각)/
펠리칸 에코 419, 코버넌트 무기고로 비행 중.**

에코 419가 굉음을 울리며 어둠과 빗줄기를 헤치고 늪지대로 하강했다. 갑작스러운 돌풍에 주변을 둘러싼 무성한 수풀이 앞뒤로 휘날리면서 펠리칸 배면 아래의 물웅덩이가 납작하게 눌렸다. 찝찝해 보이는 괴인 물 위로 진입로가 첨벙 내려가자 풀 썩는 악취가 후끈 풍겨왔다.

조종간을 잡은 포해머의 목소리가 무전으로 들려왔다.

"이곳이 함장님 펠리칸에서 마지막으로 교신이 들어온 지점입니다. 키예스 함장님을 찾아서 연락하면 즉시 구조하러 오겠습니다."

진입로에서 뛰어내린 마스터 치프를 기다리던 것은 정강이까지 차오르는 걸쭉한 물웅덩이였다.

"잊지 말고 수건을 챙겨와 주십시오."

포해머는 웃음을 터뜨리고는 수송기 엔진에 연료를 더 주입하고 늪에서 떠올랐다. 승객을 거름 더미 위에다 내려주고 나니, 대위는 조종사가 되기를 잘했다는 생각이 들었다. 땅개들이 하는 일은 너무나도 고달프니까.

키예스 함장은 진공 속을 떠돌았다. 어렴풋한 흰색 안개가 시야를 가렸으며, 뭔가가 순식간에 눈앞을 스쳐 가는 모습만 간간이 눈에 띄었다. 흉측한 몸뚱어리와 꿈틀거리는 촉수가 만들어내는 광경이 한편의 악몽처럼 지나갔다. 표면에 무늬가 새겨진 반들반들한 금속 바닥에 칙칙하고 어슴푸레한 빛이 반사되었다. 저 멀리서 낮게 웅웅거리는 소리가 들렸다. 묘하게도 원곡보다 살짝 느리게 연주하는 성악곡을 듣는 느낌이 들었다.

알고 보니 기괴한 광경은 눈앞에서 벌어지는 것이 아니라 눈 속에서 일어나고 있었다. 그간의 기억이 홍수처럼 쏟아져 나왔다. 몸부림을 쳤지만 불현듯 양팔의 감각이 거의 느껴지지 않는다는 사실을 깨닫고 나자, 공포가 온몸을 엄습했다. 끈적이는 물에 적신 스펀지로 가득 찬 것처럼 팔이 물컹물컹하게 느껴졌다.

몸을 움직일 수가 없었다. 허파가 따끔거려서 숨을 들이쉬려고만 하면 통증이 느껴졌다.

웅웅거리는 소리가 점점 빨라지다가 벌레가 부스럭대는 소리로 변해 의식 속을 고통스레 후벼 파며 메아리쳤다. 무언가 멀리서…… 어딘가 다른 곳에서 들려오는 소리가 틀림없었다.

느닷없이 또 다른 장면이 영사막에 비친 영상처럼 뇌리를 스쳐 지나갔다.

드넓은 태평양 위로 햇볕이 내리쬐고, 하늘에는 갈매기 세 마리가 맴돌았다. 짠내 나는 바람이 코끝을 스쳤고 바슬바슬한 모래알이 발가락 사이를 간질였다.

도저히 말로 표현 못할 역한 느낌이 올라와 구역질이 나면서 눈앞의 장면이 사라졌다. 뭘 보고 있었는지 떠올리려 했지만, 기억은 연기처럼 사라진 뒤였다. 이제 느껴지는 것이라고는 상실감뿐이었다. 뭔가가 그에게서 기억을 빼앗아갔다. 도대체 왜? 웅웅거리는 소음이 흘러나와 전보다 더욱 시끄럽게 귓속을 파고들었다. 지식에 굶주린 촉수가 썩어 문드러진 구덩이처럼 꿈틀거리며 뒤죽박죽이 된 머릿속으로 기어 들어왔다.

카리브디스 XI 행성에서 처음으로 사람을 죽였던 때의 기억이 되살아났다. 피비린내가 코를 찔렀다. 권총을 권총집에 채우는 손은 벌벌 떨렸다. 손에서 느껴지는 총열의 열기…….

해군 사관학교를 졸업할 적의 자랑스러운 기분이 떠오르나 싶더니, 거기서 기억이 우뚝 멈추면서 고장 난 홀로그램 기록기가 멋대로 되돌아가듯 역행해 조마조마한 부분에서 정지했다. 졸업요건을 맞추지 못해서 사관학교를 나오지 못할지도 모른다는 불안이 되살아났다.

아버지의 관 앞에 섰을 때 맡았던 라일락과 백합의 짙은 향기…….

키예스 함장은 나타났다 사라지기를 점점 빠르게 거듭하며 온몸을 억누르는 기억의 행렬에 최면이라도 걸린 것처럼 계속해서 어딘가를 방황했다. 짙은 안갯속을 헤매는 듯했다. 봇물 터지듯 쏟아진 기억이 부지불식간에 끝나면서 어지러운 장면이 모두 사라졌다.

낯선 존재가 그의 의식에서 물러났지만, 고스란히 물러난 것은 아니었다. 아직도 자신을 샅샅이 훑어보는 무언가가 느껴졌으나 의식하고 싶지도 않았다. 이제 다음 기억이 휙휙 지나갔다. 그리고 다음…… 끝나면 또 다음 기억이…….

치프는 동작 감지기를 보고 골칫거리가 없음을 확인한 뒤 주변을 둘러싼 늪으로 발걸음을 옮겼다. 오래전 멘데즈 상등상사님이 이런 말씀을 하신 적이 있었다.

"주위 환경과 친해져라."

지금도 도움이 되는 좋은 충고였다. 뚝뚝 떨어지는 빗소리를 듣고, 환

풍기를 통해 들어오는 꿉꿉하고 후덥지근한 공기를 느끼고, 자연스럽게 생긴 늪을 보며 그는 상황을 간파했다. 알고 모르고의 차이가 생사를 가른다.

그는 주변 지형지물에 녹아든 뒤 유리한 위치를 확보하고자 야트막한 언덕을 올라갔다. 일대가 한눈에 들어왔다.

에코 419에서 내린 지점과 불과 60미터 떨어진 곳에 펠리칸이 추락해 있었다. 우거진 수풀 때문에 하늘에서는 추락지점을 발견하지 못했던 모양이로군.

치프는 그리로 이동해 잔해를 살펴보았다. 주변에 시체가 몇 구 없는 점으로 봐서는 착륙이 아니라 이륙을 하다 떨어진 듯했다. 놀랍게도 죽은 병사들이 입은 군복에는 하나같이 해군 기장이 붙어 있었다.

그렇다면 무사히 착륙해 해병들을 모두 내려준 뒤, 이륙하는 과정에서 기체결함이 발생했거나 적의 대공사격을 받아 추락했다는 얘기가 된다.

여기서 무슨 일이 있었는지 대략 파악하고 이제 걸음을 옮기려는데, 시체 옆에 떨어진 산탄총이 눈에 띄었다. 요긴하리란 생각에 그는 산탄총을 주워 오른쪽 어깨에 둘러멨다.

치프는 펠리칸에서 나온 발자국을 따라 코버넌트의 휴대용 작업 조명등까지 이동했다. 진리와 귀의가 있던 고지 주변에서 보았던 것과 같은 조명등이었다. 놈들은 아직도 뭔가를 훔쳐내려고 부산스레 움직이는 모양이었다.

그런 추측이 들어맞기라도 하듯, 조금 더 가자 이번에는 동체 전면을 늪에 처박고 추락한 코버넌트 수송선이 떡하니 나왔다. 무리 지어 분주히 날아다니는 나방과 늪에 사는 새들이 우는 소리를 빼면 생존자의 흔적은 어디에도 없었다.

추락지점 부근에 어지러이 널린 화물 상자를 보자 의문이 생겼다. 이 수송선은 무기 같은 물자를 보급하러 왔던 것일까, 아니면 도로 회수하려 했던 것일까? 정확히 어떻게 된 일인지는 알아낼 길이 없었다.

좌우지간 키예스 함장님도 자신처럼 조명 불빛에 이끌려 추락지점까지 왔다가 계속 이동했을 가능성이 컸다.

치프는 이를 염두에 두고서 굵직한 뿌리를 거미 다리처럼 뻗친 나무를 둘러 지나가, 언덕으로 난 발자국을 좇던 중 자칼 한 놈을 발견했다. 재빨리 돌격소총을 견착하고 한 차례 사격해 놈을 눕혔다.

그는 몸을 낮추고 곧 닥쳐올 반격을 기다렸다. 하지만 아무 일도 없었다. 이상하군. 추락지점을 따라 조명등이 설치되어 있고 화물 상자가 널린 점으로 보아 상당한 저항에 부닥칠 줄로만 알았는데.

하지만 잠잠했다.

놈들이 다 어디로 갔지? 도통 모를 노릇이다. 그렇게 의문만 하나 더 늘어났다.

전투복에 뚝뚝 떨어지는 빗줄기를 맞으며 발에 차오르는 늪을 점벙거리면서 수풀을 헤치고 나가는 도중, 느닷없이 어디선가 플라즈마탄이 날아왔다. 코버넌트 병력이 포진해 있으리란 짐작이 풀리는 줄로만 알았는데, 그 병력이란 기껏해야 총성을 듣고 달려나온 자칼 몇 놈뿐이었다. 늘 그렇듯 이번에도 놈들은 방패 뒤에 몸을 꼭꼭 숨겨, 정면에서 직격을 날리기란 거의 불가능했다.

치프는 자리를 옮겨 좀 더 나은 각도를 확보한 다음 방아쇠를 당겼다. 한 놈을 잡았지만 나머지 하나는 몸을 굴러 피했다. 그는 숨을 죽이고 놈이 일어설 틈을 기다렸다가 사격을 가해 처치했다.

가파른 비탈길을 올라가자 꼭대기에 눌러앉은 셰이드 포탑이 보였다. 양 비탈이 훤히 내다보이는 위치에 설치되어 있었으니 적들이 그곳을 장악한 모양이었다. 그는 잠시 비탈길 위에서 멈춰 전술을 고려해보았다. 저 포탑에 올라타 아래쪽 골짜기로 플라즈마를 쏟아 부어 적에게 '나 여기 있소.' 하고 알려주든가 아니면 조용히 비탈을 내려가 은밀하게 침투하는 방법이 있다.

치프는 두 번째 방법을 쓰기로 하고 눈앞의 비탈길을 내려갔다. 어느새 축축한 수풀 한가운데에 들어섰다. 예상대로 빨간 점이 동작 감지기에 떴다. 놈들을 처리하지 않고 우회해서 등 뒤를 무방비로 드러내느니 찾아내 처리해둬야 속 편하다. 그는 MA5B 소총을 둘러메고 근접전에 제격인 산탄총을 꺼내 들었다. 장전 손잡이를 당기고 안전장치를 내린 다음 앞으로 발걸음을 옮겼다.

넓고 얼룩덜룩한 이파리가 어깨를 감싸고 덩굴이 산탄총에 감겨들었다. 밀림 바닥에 쌓인 눅눅한 부엽토가 치프의 군홧발 앞에 길을 내주었다.

바스락거리는 소리를 들은 그런트가 쏠까 말까 이리저리 궁리하던 중, 산탄총 총부리가 눈앞에 불쑥 튀어나왔다. 묵직한 탕 소리와 함께 놈이 벌렁 넘어졌고, 소리를 듣고 몰려든 나머지 둘도 두 차례 총성에 똑같이 당했다.

지금까지는 양호하다. 마스터 치프는 잠시 멈춰 귀를 기울였다. 주룩주룩 내리는 빗소리와 바스락거리는 풀 소리, 자신의 숨소리를 빼면 적막하기 그지없었다.

마스터 치프는 주변 일대를 소탕한 다음 오른편에 떡하니 자리 잡은 선조의 건물을 살폈다. 우아한 첨탑 형태의 여타 건물과 달리 땅바닥에 잔뜩 웅크린 모양이 좀 거미처럼 보였다.

치프는 포복자세로 입구를 향해 기어갔다. 윗부분이 납작하고 양옆에 강렬한 투광조명기가 설치되어 있다는 점만 빼면 입구가 꼭 대문자 A 같았다.

키예스 함장님이 찾던 곳이 여기였을까? 뭔가가 눈에 띄었다. 8게이지 탄약통 둘, 무심코 버린 프로틴바 포장지가 입구 근처에 흩어져 있었다.

이 근처가 틀림없다.

입구를 지나 건물 내부로 들어가자 얼룩덜룩하게 뒤섞인 핏물 웅덩이 위로 코버넌트 놈들의 시체 대여섯 구가 뒹굴고 있었다. 놈들이 격렬히 저항할 줄 알았는데 이번에도 짐작이 빗나갔다. 치프는 핏물이 고인 자리 가까이에 무릎을 꿇고 시체를 응시했다.

해병들이 죽여놓았나? 시체에 난 상처가 플라즈마에 맞은 흔적임을 생각하면 분명 해병들 솜씨는 아니다. 그럼 자기네끼리 오인사격이라도 했나? 아니면 해병들이 플라즈마 총기로 무장하고 쏘기라도 했을까? 어쩌면 그럴지도 모르지만, 아귀에 맞아떨어지는 해답이 나오지 않았다.

도통 갈피가 잡히지 않았다. 그는 일어서서 천천히 주변을 둘러본 다음 건물 안으로 내려갔다. 바깥의 늪지대에서 뚝뚝 떨어지는 물소리가 쉴 새 없이 들리던 데 반해 건물 내부는 두꺼운 벽에 둘러싸여 고요했다. 갑작스러운 기계 소리에 흠칫 놀라 뒤로 홱 돌아서 산탄총을 겨누었다.

무슨 원리로 움직이는지는 몰라도 널따란 승강기가 그의 앞에 올라와 있었다. 길목은 그곳 한 군데밖에 없었기 때문에 마스터 치프는 발판에 몸을 실었다.

승강기를 타고 아래로 내려가니 동작 감지기에 빨간 점이 속속 올라왔다. 곧 적이 나타나겠군. 승강기가 멈추면서 끼긱거리는 쇳소리가 났는데도 빨간 점들은 그를 향해 달려들기는커녕 자리에 못 박힌 듯이 가만히 있었다.

아마 전에도 승강기 소리를 많이 들어봤을 테니, 코버넌트는 이번에도 자기네 친구들이 내려왔다고 생각한 모양이다. 아둔한 자식들.

사실은 적이 멍청하게 굴어주는 편이 제일 편했다.

놈들이 눈치라도 챌까, 그는 발소리를 최대한으로 죽이며 침침한 방을 빙 둘러보다 빨간 점의 근원인 그런트와 자칼을 찾아냈다. 놈들은 출입문 근처에 옹기종기 모여 있었다.

치프는 새어 나오는 웃음을 참으며 산탄총을 메고 돌격소총을 도로 꺼내들었다.

승강기를 지키지 않은 근무태만의 대가로, 수류탄을 날리고 소총탄 49발을 완전자동으로 퍼부어준 다음 가볍게 점사로 놈들을 마무리했다.

문으로 들어가자 4, 5층 높이의 넓은 방이 나왔다. 문과 연결된 지지대에 뜻밖에도 자칼 두어 놈이 있었다. 즉각 놈들을 처리하기가 무섭게 아래쪽 바닥에서 들려오는 소란에 치프는 오른쪽으로 이동했다. 고개를 내밀어 보니 지시를 기다리는지 코버넌트 병력 예닐곱이 출입구 주변에서 얼쩡거리고 있었다.

치프는 M9 고폭 이중목적 수류탄을 놈들 가운데 날려주고는 파편이 튈지도 몰라 한 발짝 물러섰다. 곧이어 수류탄은 꽝 소리와 함께 터졌다. 연달아 소총으로 죽 훑어주자 놈들이 뒤따라 소리를 깩깩 질러댔다. 그는 충분히 화력을 퍼부은 다음 앞으로 이동했다. 그렇게 당하고도 살아남은 놈들을 처리하는 데는 점사면 족했다.

마스터 치프는 지지대에서 뛰어내려 주변을 둘러보았다.

그는 키예스 함장이 어디로 사라졌는지를 알려줄 단서를 찾아 즉석에서 실내를 수색했다. 플라즈마 수류탄을 몇 개 챙기고 화물 상자를 빙 돌아서자 시체가 있었다.

플라즈마탄에 죽은 해병 두 명으로, 총은 없었다.

그는 소리 없이 욕지거리를 내뱉었다. 둘 다 군번줄이 없는 것으로 보아 키예스 함장 일행은 자신처럼 코버넌트 병력과 교전하다 사상자가 발생한 상태로 계속해서 전진한 듯했다.

제대로 뒤를 쫓고 있다는 확신에, 치프는 방을 둘로 갈라놓은 여물통처럼 움푹 팬 바닥을 지나 마구 널브러진 코버넌트 시체를 건너 출입문으로 들어갔다. 통로를 지나간 뒤부터는 비슷한 방이 줄줄이 나타났다. 하나같이 텅 비어 있었지만, 바닥과 벽면은 온통 코버넌트 놈들의 피로 범벅이었다.

이제 그냥 되돌아가야 하지 않을까 하는 생각을 하며 어느 방에 발을 디딘 순간, 겁에 질려 실성한 해병대원과 마주쳤다. 해병은 그림자 속에 무언가 도사리기라도 하는 듯이 양옆으로 눈알을 휙휙 굴렸고, 입술은 끔찍하게 비틀어져 있었다. 소총은 어디다 뒀는지 권총을 쥐고서 그늘진 구석에다 마구 갈겨댔다.

"저리 가! 가까이 오지 마! 난 그런 꼴로 변할 수 없어!"

마스터 치프는 팔을 뻗고 손바닥을 펴 보였다.

"진정해라…… 우린 같은 편이다."

하지만 아군이고 나발이고, 해병은 등을 벽에 바짝 붙이며 진저리쳤다.

"저리 떨어져! 내 몸에 손대지 마! 너처럼 될 바에는 차라리 죽는 게 나아!"

권총이 불을 뿜자 치프는 12.7밀리탄의 충격에 뒤로 주춤거렸다. 참을 만큼 참았다.

치프는 해병이 또 방아쇠를 당기기 전에 M6D를 확 뺏고 으름장을 놓았다.

"내가 챙겨두마."

해병이 뛰쳐나가려고 했지만, 치프는 그가 움직이지 못하게 발을 밟고서 조심스러우면서도 단단히 바닥에 도로 눌러 앉혔다.

"키예스 함장님은 어디 계시고 나머지 분대원들은 어디 갔나?"

해병은 공포로 일그러진 얼굴을 획 돌리고서 입술에 침을 마구 튀기며 악을 썼다.

"빨리 숨어! 온통 괴물들 천지야! 맙소사, 아직도 그 소리가 들려! 날 그냥 내버려둬!"

"괴물이라니?"

치프가 차분하게 물었다.

"코버넌트 말인가?"

"아냐! 코버넌트가 아냐. 괴물이야!"

제정신이 아닌 해병에게서 알아낼 수 있는 정보는 거기까지였다.

"저리로 나가면 출구가 나온다."

마스터 치프는 문을 가리켰다.

"총알 낭비는 그만하고 권총을 재장전한 다음 위로 올라가라. 밖으로 나가면 몸을 숨기고 지원을 기다려. 나중에 수송기가 후송하러 올 거다. 내말 알겠나?"

해병은 권총을 다시 받아들고도 계속 헛소리를 지껄이기만 했다. 잠시뒤, 그는 몸을 웅크리고 흐느껴 울다가 잠잠해졌다. 저 꼴로는 결코 혼자살아나가지 못할 텐데.

하지만 해병의 횡설수설을 토대로 보건대 한 가지는 분명했다. 키예스함장님과 대원들은 아직 살아 있지만 뭔가 일이 단단히 틀어진 것이 틀림없다. 그렇다면 남은 선택은 하나뿐. 인원이 많은 쪽을 우선한다. 저 새파란 해병은 막 죽을 고비를 넘긴 모양이었지만, 마스터 치프가 임무를 완수하고 올 때까지 홀로 기다리는 수밖에 없다.

껄끄러운 맘을 뒤로하고, 치프는 천천히 돌아서서 실내를 수색했다. 위층 통로로 이어지는 경사로 아래 작은 불길이 일고 있었다. 불길에서 나오는 열기를 받아내며 죽은 엘리트를 발로 뒤집어보았다. 벌집이 된 시체에 긴장을 살짝 누그러뜨리며, 그는 원형 회랑으로 올라갔다. 거기서부터 다시 줄줄이 이어진 출입문과 수수께끼의 텅 빈 방을 지나가던 중, 어느 죽은 해병의 피가 흥건히 고인 경사로가 발길을 붙들었다.

오래전 직감을 믿으라고 배운 적이 있었다. 그 말이 또다시 그를 괴롭혔다. 뭔가 이상하다. 실내의 공허한 울림만 빼면 사방이 쥐 죽은 듯이 고요했다. 틀림없이 뭔가에 점점 다가서는 느낌이 들었다. 하지만 그것이 대체무엇일까?

치프는 경사로를 내려갔다. 바닥에서 왼쪽으로 고개를 돌리자 출입문이보였다. 소총을 견착한 채, 조심스럽게 쇠문으로 걸음을 옮겼다.

문이 치프를 감지해 스르륵 열리는 순간, 죽은 해병이 풀썩 쓰러져 그의 품에 안겼다.

치프는 빨라지는 맥박을 진정시키며 시신이 바닥에 넘어지지 않게 몸을 굽혀 팔로 받아들었다. 그리고는 MA5B 소총을 한 손으로 들고, 전방의 실내를 훑으며 적이 없는지 살폈다. 아무것도 없었다.

앞으로 몇 발자국을 떼려다, 홱 뒤로 돌아 지나온 통로를 겨누었다.

제기랄. 뒤통수에 눈이라도 달아야 할 판이로군. 누군가가 이쪽을 지켜보고 있었다. 뒷걸음질로 방에 들어가자 문이 스르륵 닫혔다.

주검을 바닥에 내려놓고 곁에서 떨어졌다. 탄피가 발끝에 톡톡 부딪혀 도르르 굴러갔다. 그제야 주위를 둘러보니 수백 발도 넘는 탄피가 널려 있었다. 얼마나 많은지 바닥에 황동색 양탄자를 깔아놓은 것처럼 보였다.

해병들이 쓰는 철모를 발견하고는 무릎을 굽혀 집어 들었다. 옆통수에 이름이 적혀 있었다. 젠킨스.

영상 카메라가 헬멧에 붙어 있었다. 전투가 끝나고 대원들이 기지로 귀환한 뒤 임무를 평가하거나, 촬영된 영상을 정보국 소속 허깨비들한테 넘겨주는 등의 용도로 쓰는 영상 기기로, 지금 같은 경우에는 군수사부에 그들의 죽음을 둘러싼 배경을 밝혀낼 정보를 제공할 용도로 사용된다.

마스터 치프는 카메라에서 메모리칩을 꺼내 헬멧 삽입구에 꽂은 뒤 전방투영창에 영상을 재생했다.

표준 화질로 촬영된 탓에 녹화 상태가 상당히 지저분했다. 야간투시경 설정 때문에 온 사방이 흐릿한 녹색인 데다, 초점이 광원을 스쳐 갈 때마다 흰 섬광이 영상을 뚝뚝 끊어놓았다.

화면이 시종일관 덜컹덜컹 흔들렸고 간간이 치직거리기까지 하면서 영상을 망쳐놓았다. 초반부는 예상대로 흘러갔다. 펠리칸의 수송칸에 앉아 착륙하는 데서부터 늪을 가로질러 행군, A 모양 건물 입구에 도착하는 장면이었다.

영상을 앞으로 빨리 감아보니 슬슬 불길한 조짐이 보이기 시작했다. 죽은 엘리트를 내려다보는 장면을 시작으로 대원들이 잔뜩 긴장해서 마지막 출입구를 여는 부분까지 나왔다. 그것도 그냥 출입구가 아니라, 불과 몇 분 전 마스터 치프가 통과해 들어오면서 죽은 해병을 팔로 안았던 바로 그 문이었다.

영상을 끄고 출입문 밖으로 나가 임무를 포기할까 하는 생각이 치프를 꼬드겼지만, 한 해병이 "……예감이 좋지 않습니다." 하고 말하는 데까지 꾹 참고 보았다. 급박하고 혼란스러운 무전이 들어오고 얼마 지나지 않아 뭔가 꿈지럭대는 심상찮은 소리가 나더니, 실내에 있던 해치가 열리면서 흉측한 살덩어리들이 떼로 쏟아져 나와 온 방 안을 춤추듯이 튀어다녔다.

그때부터 비명이 터져 나오면서 키예스 함장이 "포위됐다!"고 외치는 소리가 들리다가, 젠킨스가 뒤에서 공격이라도 받았는지 화면이 위로 확 젖혀지면서 영상이 끊어졌다.

관제실에 코타나를 놔두고 온 이후 처음으로, 치프는 코타나가 함께 있었으면 하는 생각이 간절히 들었다. 일단 코타나라면 대체 어떻게 되먹은 상황인지 간파할 법하기도 하지만, 한동안 코타나의 도움을 받아오다가 이제 와서 홀로 있자니 허전함이 들어서이기도 했다.

치프의 마음 한구석에서는 위안을 얻으려 들었지만, 다른 한구석에서는 즉각 그의 몸을 출입구로 돌리고는 스르륵 소리를 내며 문이 열리기를 기다렸다. 하지만 문은 열리지 않았다. 이거 문제가 커지겠는데. 뱃속에 돌덩어리가 들어앉은 것처럼 불안하고 초조했다.

그렇게 점점 차오르는 두려움에 붙들려 꼼짝도 못하고 우두커니 서 있는데, 무언가 허연 것이 확 지나갔다. 치프는 그리로 고개를 돌렸다. 하나가 모습을 드러내더니 이내 다섯, 스물, 쉰 마리도 넘는 살덩어리가 촉수로 발레를 추듯이 미끄러지며 방으로 굴러들어왔다. 동작 감지기에 빨간 점이 꽉 들어차며 순식간에 거리를 좁혀왔다.

치프는 흉측한 살덩어리들을 향해 총을 갈겼다. 제일 가까이 있던 놈이 풍선처럼 터졌지만, 훨씬 더 많은 수가 바닥과 벽을 타고서 꾸역꾸역 몰려들었다. 마스터 치프가 방아쇠를 당기고 흉악한 육식동물들이 앞으로 몸을 내던지면서, 사활을 건 전투가 벌어졌다.

밖은 깜깜했다. 그날 밤에 예정된 하나뿐인 임무도 02시 36분을 즈음해서 바위산으로 귀환한 뒤였다. 기지 관제소에 배정된 해군들은 별반 할 일이 없어 소일삼아 카드판을 벌였다. 한창 카드가 돌아가던 중, 벽면 스피커가 잡음을 뱉어내더니 긴박한 목소리가 터져 나왔다.

"여기는 찰리 2-1-7, 반복한다, 여기는 찰리 217, 아군이 있다면 응답하라…… 아무도 없는가?"

통신관 메리 머피 일등상사는 같이 불침번을 서던 두 동료를 힐끗 쳐다보고는 미간을 찡그렸다.

"찰리 217이랑 교신이 닿은 적이 있었던가?"

두 통신관은 서로 얼굴을 쳐다보고는 낸들 알겠느냐는 듯이 고개를 으쓱했다.

"웰즐리와 확인해보겠습니다."

조 삼등상사가 임시 급조한 관제 모니터로 몸을 돌렸다. 머피는 고개를 끄덕이고 헤드셋 마이크를 입술에 갖다 댔다.

"여기는 국제연합 우주사령부 알파 야전기지다."

"하느님 감사합니다!"

이제 살았다는 듯한 안도의 목소리가 흘러나왔다.

"필라 오브 어텀에서 탈출하는 과정에서 손상을 입었고, 황야에 착륙해 급한 대로 수리했다. 부상자가 타고 있다. 즉시 착륙허가를 내려주기 바란다."

웰즐리는 제2차 페르시아 전쟁 때의 마라톤 전투를 배경으로 한창 모의 전투를 구상하다 말고, 조가 앉은 자리의 모니터 위로 모습을 드러냈다. 이번에도 어김없이 옷깃을 높이 세운 외투를 차려입고서 근엄한 표정을 지은 매부리코 장발 남자의 모습이었다.

"불렀나?"

"펠리칸 찰리 217이 비상 착륙허가를 요청해왔습니다. 코빼기도 안 뵈던 놈인뎁쇼."

웰즐리는 자신의 메모리에 저장된 무수히 많은 데이터를 순식간에 확인해보고는 고개를 까닥였다.

"필라 오브 어텀에는 호출부호가 찰리 217로 분류된 펠리칸이 탑재되어 있기는 했네. 함선에서 탈출한 이후로 소식이 없었고, 반대로 들어온 정보도 없었던 연고로 추락한 줄로만 알았건만. 일단 조종사에게 이름과 계급, 군번을 밝히라고 지시하게."

머피는 고개를 끄덕였다.

"찰리, 미안하지만 허가를 내리기 전에 확인할 게 있다. 이름과 계급, 군번을 대라."

그러자 더욱 안달복달하는 목소리가 되돌아왔다.

"릭 헤일 대위, 876-544-321. 작작 좀 해! 지금 당장 허가해 달라, 이상!"

웰즐리는 고개를 끄덕였다.

"데이터는 일치하네만…… 알파 기지가 있다는 사실을 헤일 대위가 어떻게 알았단 말인가?"

"무전 교신을 들었을지도 모르잖습니까."

조가 거들었다.

"그럴지도 모르겠군. 하지만 확실히 해두세. 기지에 경계태세를 발령하고 소령에게도 알린 뒤에 3번 착륙장에 긴급 대응부대를 보내게. 추락 대응반, 긴급 의무반, 그리고 정보부도 전원 소집하고. 기지로 섞여들기 전

240

에 헤일 대위한테 보고부터 받아야겠네."

조가 경보를 울리고 차례로 지시를 전달하는 사이 머피는 마이크에 대고 말했다.

"알았다. 3번 착륙장에 착륙을 허가한다. 반복한다, 3번 착륙장이다, 지금부터 2분간 야간조명을 켜두겠다. 의무반이 마중을 나갈 거다. 착륙 시 탑재된 화기에 안전장치를 걸고 엔진을 끄기 바란다."

"문제없다."

헤일 대위가 기꺼이 대답했다. 몇 분 뒤 대위가 다시 응답해왔다.

"조명등이 보인다. 그리로 접근하겠다, 이상."

헤일 대위는 마이크를 끄고 뒷좌석에 앉은 부조종사에게 고개를 돌렸다. 엘리트 부조종사가 계기판에서 나오는 초록색 불빛을 받아 더더욱 외계인 같은 인상을 풍겼다.

"그나저나 이만하면 어땠나요?"

대위가 물음을 던졌다.

"아주 잘했다. 고맙구나."

특수전 사관 주카 자맘이가 헤일 대위의 어깨 뒤에서 말했다.

자맘이는 녹색 불빛처럼 보이는 줄을 꺼내 들어 대위의 머리에 던져 두르고, 손잡이를 반대방향으로 잡아당겨 줄이 살을 파고들만치 목을 콱 졸랐다. 대위는 눈알이 툭 불거져 나온 채 양손으로 실을 뜯어내려고 버둥거리며 발로 페달을 쿵쿵 굴렀다.

부조종석에 앉은 엘리트는 벌써 펠리칸의 통제권을 차지하고 지난 몇 시간에 걸친 비행연습의 성과를 십분 발휘하여 수송기를 능숙하게 몰았다.

자맘이는 대위가 몸부림을 멈추자 줄을 풀었다. 불쾌한 냄새가 났다. 놈이 바지에 실례를 한 것이다. 그는 역겨움에 그르렁거리고는 수송칸으로 돌아갔다. 수송칸은 중무장한 엘리트 침투병으로 가득했다. 전원이 개인 화기는 물론이고 위장 장치까지 갖추었다. 이들의 임무는 착륙장을 가능한 많이 장악한 뒤 그런트와 자칼, 엘리트 지원군이 탑승한 수송선 여섯 대가 바위산으로 날아올 때까지 그곳을 사수하는 일이었다.

침투병들은 기다렸다는 눈빛으로 자맘이를 바라보았다. 자맘이가 입을 열었다.

"때가 왔다. 맡은 바 임무가 무엇인지는 다들 숙지했을 터다. 위장막 생성기를 켜고 무기를 점검한 뒤 이 순간을 기억해라. 이번 전투, 이번 승리는 너희 가문의 서사시 벽화에 무용담으로 기록될 것이고, 후손들은 대대손손 너희를 칭송할 것이다. 사제님께서 이번 임무와 너희에게 축복을 내리셨으니, 육에 얽매인 현세를 초월하는 자는 낙원에서도 환영받을지어다. 건투를 빈다."

어둠 속에서 흐릿한 불빛이 모습을 드러내면서 수송기가 서서히 고도를 낮추기 시작하는 사이, 엘리트 전사들은 마지막 기도를 올리며 전의를 다졌다.

여타 인공지능과 마찬가지로 웰즐리도 자기가 했던 일보다는 하지 않던 일을 곱씹어보는 데 더 많은 시간을 보내는 버릇이 있어서, 감지기는 언제나 업무 목록의 맨 윗줄에 올려두기 마련이었다. 한 가지 안타까운 사실은 맥케이 중위와 중대원들이 필라 오브 어텀에서 보급품을 잔뜩 실어 오는 동안 펠리컨 수송기에 탑재된 전자장비를 일일이 뜯어볼 시간이 없어서 주변 상공의 실시간/전천후 사진을 구하지 못했다는 점이었다. 그런 까닭에 바위산 10킬로미터 반경을 따라 순찰대가 여기저기 심어둔 원격 지면 감지기로 얻는 정보에 절대적으로 의존할 수밖에 없었다.

찰리 217과 무전 교신을 하는 동안만 해도 잠잠했건만, 찰리 217이 추진기에서 불길을 너울거리며 착륙하는 지금에 와서야 제6구역에 설치된 감지기에서 신호가 날아왔다. 큼직한 열원 여섯 개가 막 공중을 통과했으며, 요란한 소리를 내며 대략 시속 350킬로미터로 빠르게 접근하고 있었다.

웰즐리는 오직 컴퓨터만이 발휘하는 엄청난 속도로 대응에 나섰다. 하지만 찰리 217의 착륙을 막기에는 너무 늦었다. 실바 소령에게 여러 차례 메시지로 강력히 충고했지만, 이미 펠리칸은 3번 착륙장에 내려앉은 뒤였다. 거의 투명에 가까운 엘리트 서른 놈이 쿵쾅거리며 진입로를 내려오면서 알파 기지의 남녀 장병들은 곧장 목숨을 건 사투에 돌입했다.

한편 야얍은 다른 그런트 셋과 함께 지하에 감금되어 있었다. 그는 먼발치서 울려오는 경보소리를 듣고서 무엇 때문에 소란이 일어났는지 대번에 알아차렸다. 자맘이가 제대로 짚었다. 수많은 아군 사상자를 냈다던 특이한 전투복 차림의 인간은 정말로 이곳을 자주 드나들었다. 6유닛 전 야얍이 놈을 두 눈으로 똑똑히 보고서 호흡기 안에 숨겨둔 수신기를 작동시킨 덕에 습격작전이 개시된 것이다.

좋은 소식은 거기까지고, 나쁜 소식은 자맘이가 쫓던 사냥감이 그사이에 기지를 떠났다는 사실이었다. 그렇다면 이번 임무는 실패로 낙인찍힐 테니 누가 그 책임을 뒤집어쓸지는 뻔하다. 하지만 야얍은 허술하게 용접해놓은 철창이나 붙들고서 멀리서 들려오는 전투 소리를 들으면서, 일이 잘 풀리기를 기대하는 수밖에 없었다.

여기서 '잘' 풀린다는 말은 무통즉사가 되겠지만 말이다.

추락 대응반 전원, 의무반 절반, 대응부대의 3분의 1은 맥케이 중위가 침대에서 뛰쳐나와 급히 옷을 걸치고 총을 챙길 즈음에는 한꺼번에 저세상 사람이 되어버렸다. 중위는 웅성거리며 몰려나가는 대원들을 따라 착륙장으로 나갔다. 이미 전투가 한창이었다.

어둠 속 어디선가 플라즈마탄이 쏟아지고 플라즈마 수류탄이 공중에서 불쑥 튀어나왔으며, 투명한 칼날에 대원들의 목이 잘려나갔다. 적 침투부대가 3번 착륙장을 가까스로 확보하고서 이제 인근 착륙장으로 넘어올 작정이었다.

실바 소령은 웃통도 벗은 채로 달려 나와 돌격소총으로 집중 사격을 해대며 고래고래 소리쳤다.

"3번 착륙장에 연료를 뿌려라! 착륙 공간 안으로만 뿌린다, 실시!"

민간인의 귀에는 상당히 아리송하게 들릴 법한 명령이었지만 병사들은 망설임 없이 즉각 따랐다. 해군 장병들은 즉각 3번 착륙장의 연료 보급소로 뛰어가 안전장치를 내리고 연료노즐을 붙잡았다.

수병들의 오른편, 투광조명등 불빛이 비치는 자리의 허공 속에서 뭔가가 아른거렸다. 실바 소령이 허공에다 소총 한 탄창을 비우자, 엘리트 특수부대원 하나가 괴성을 질렀다. 은폐막 생성기를 정통으로 맞았는지 놈은 스트로브 조명등처럼 번뜩이다 푹 고꾸라졌다.

까딱하면 다 죽을지도 모르는 지시임에도, 대원들은 돌아서서 각자 든 총 손잡이를 꽉 쥐며 3번 착륙장을 향해 일제히 총알을 쏟아부었다. 바위산을 탈취했던 당일 타격대원들은 코버넌트 포로들을 시켜 착륙장 주위를 따라 턱을 만들어뒀었다. 흘러넘친 연료를 가두어둘 목적이었는데, 고옥탄 항공유가 줄줄 흘러나와도 펠리칸의 착륙장치와 그 주변까지만 적셨으니 제구실은 톡톡히 해낸 셈이었다.

"물러서!"

소령은 펠리칸 찰리 217의 배면에 수류탄을 굴려 넣었다. 수류탄이 요란한 쾅 소리와 함께 터졌고, 연료에 불이 옮겨붙으면서 노즐을 잠그던 수병들까지 폭발에 휘말렸다.

착륙장에서 밀고 당기던 엘리트들은 어른거리는 횃불로 변해 비명 속에서 춤판을 벌였다. 해병대원들은 즉각 사격을 개시해 엘리트 특수부대원들을 드러눕힌 다음 황급히 진화작업에 나섰다. 찰리 217은 이미 송두리째 불길에 휩싸인 상태였고, 동체 배면에 실린 연료탱크가 터지면서 한 차례 뒤흔들렸다.

수송기가 이륙한 빈자리도 있었지만, 아직 착륙장에는 사수해야 하는 펠리칸이 여럿 남아 있었다. 실바 소령은 맥케이 중위에게 고개를 돌렸다.

"전투는 이제 시작이다."

소령이 이어폰으로 웰즐리의 보고를 들으며 말했다.

"농담이 아니라 진담으로 하는 소린데, 이놈들은 기껏해야 준비운동 거리밖에 안 된다. 주력 공격부대가 5분 안에 들이닥칠 거다. 웰즐리의 판단이 정확하다면 수송선 여섯 대 분량이다. 여기는 착륙이 불가능하니 바위산 꼭대기의 암층대지 어딘가에 병력을 부려놓을 테지. 착륙장은 내가 맡을 테니 중위는 그 쪽을 맡아라."

"알겠습니다."

맥케이 중위는 고개를 끄덕이고는 리스터 상사를 보고는 오라고 손짓했다. 상사는 해병 1개 분대를 데리고 있었다.

"중대원들을 집결시킨 다음 착륙장에 참호를 파고 암층대지에서 오는 공격에 대비해 주십시오. 성대한 환영식으로 놈들을 뜨겁게 맞아줍시다."

리스터 상사는 맹렬히 타오르는 불길을 흘끔 쳐다보다, 중위가 얼떨결에 내뱉은 우스개에 씩 웃었다. 그는 "알겠습니다!" 하고 듬직하게 대답하고는 달려갔다.

들쭉날쭉한 바위산 가장자리를 따라 배치된 셰이드 포탑 진지가 불을 뿜었다. 눈부신 청색 에너지 파장이 주위를 둘러싼 어둠을 가르며 날아가, 선두에 있던 코버넌트 수송선의 위치를 밝혔다.

인간들이 3번 착륙장에 기름을 부을 때는 이미 자맘이가 이끄는 엘리트 특수부대 5개조가 착륙장을 장악한 뒤였다. 선조의 건물이 너울거리는 불길에 뒤덮였을 무렵에는 부하 대원들과 지하로 침투, 방마다 수색하며 인간들을 닥치는 대로 도륙하기 바빴다. 그토록 잡으려고 안달하던 그 인간은 보이지 않았지만, 이제 겨우 시작일 뿐이니 다음 골목만 돌아가면 놈이 있을지도 모른다.

머피는 50밀리 기관포의 안전장치를 해제하고 사격통제권을 웰즐리에게 넘기는 순간, 뭔가가 어깨를 스치는 느낌이 들었다. 그녀는 몸을 돌리려다 피가 뿜어져 나오는 광경을 보고서야 그 피가 자신의 것임을 알아차렸다. 엘리트들은 걸걸한 목소리로 큭큭거리며 조와 폴리에게도 같은 운명을 선사했다. 관제실을 탈취당하고 말았다.

웰즐리는 주 비디오 모니터에 장착된 카메라를 통해 살육의 현장을 목격한 뒤 조명을 모조리 끄고 이를 실바 소령에게 알렸다. 불과 몇 분만에 열감지 야간투시경을 갖춘 3인 화력조 6개조가 미로처럼 얽힌 건물 통로를 헤치며 서둘러 들어왔다. 코버넌트가 쓰는 은폐막 생성기는 열원을 가려주기는커녕 오히려 열을 내뿜기 때문에, 은폐장치로 몸을 숨긴 엘리트나 그런 놈들을 찾아내려고 열감지 야간투시경을 쓴 화력조나 어둠 속에서는 막상막하였다.

머피 상사가 재빨리 통제권을 전해준 덕에, 그러는 사이 웰즐리는 기지로 접근해오는 수송선 편대를 50밀리 기관포로 기습할 준비에 들어갔다. 셰이드 포탑은 밴시를 상대하기에는 제격이지만 수송선을 떨어뜨리기에는 화력이 부족했고, 코버넌트는 이를 훤히 알고서 공중으로 진입해왔다.

하지만 엘리트가 7.62밀리 철갑탄에 맥을 못 추듯 수송선도 갑작스럽게 날아든 50밀리 고폭탄 앞에서는 취약하기 그지없었다. 거기서 끝이 아니라 기관포는 컴퓨터로 조작되는데, 그것도 웰즐리가 통제하는 중이라 거의 모든 탄환이 정확히 목표물에 꽂혀 들어갔다.

선두 수송선을 격추하기에는 사격통제권이 너무 늦게 넘어온 감이 있었지만 뒤따라 들어오던 수송선은 제대로 걸려들었다. 고폭탄이 동체 내부에서 터지면서, 놈은 폭발했다. 그런 와중에도 수송칸에 탑승한 병력은 대부분 멀쩡했지만 결국에는 수송선과 함께 바위산 기슭으로 추락해 떼죽음을 당했다.

하지만 기관포가 서쪽에 하나 동쪽에 하나, 다해서 2문밖에 없는 탓에 수송선 편대는 웰즐리가 미처 조준하기도 전에 동쪽 기관포의 화망을 피해 무사히 착륙했다. 그래도 한 대를 격추한 덕에 놈들 전체 병력의 6분의 1이 줄어들었으니, 웰즐리는 썩 내키지는 않지만 결과를 받아들이기로 했다.

코버넌트 수송선 편대가 플라즈마 캐논으로 착륙지점을 소사하면서 기계가 빚어낸 죽음이 바위산 꼭대기를 덮쳤다. 화력조 하나가 엄폐물 밖으로 뛰쳐나가 그중 반수가 죽어나면서까지 접근해오는 수송선 편대를 향해 로켓 발사기로 집중 사격을 가했다. 하지만 약간의 사상자가 발생한 것을 빼면 격추되는 놈은 하나도 없었다.

ㄷ자 모양 수송선 편대가 지면을 향해 똥파리처럼 내려앉아 측면 격벽을 열어젖히고, 마치 악마의 씨앗을 뿌리듯이 바위산 위로 병력을 토해냈다. 맥케이 중위는 암산을 해보았다. 남은 수송선 다섯 대에, 각 수송선에는 대략 서른 명이 타니, 돌격병력의 규모는 150명이란 계산이 나온다.

"공격! 놈들이 땅에 발을 디디기 전에 모조리 쓸어버려라!"

리스터 상사의 명령에 중대 저격병들이 사격을 개시했다. 잇달아 울리는 탕 소리에 엘리트, 그런트, 자칼들이 숨이 끊어져 땅바닥에 고개를 처박았다.

하지만 그 수가 너무 많았다. 맥케이 중위는 돌격해오는 적들을 향해 돌아섰다.

야얍은 조명이 왜 나갔는지 짐작만 해볼 따름이었지만, 느닷없이 주변
이 깜깜해지니 덜컥 겁이 났다. 아무런 손도 써보지 못하고 그저 희미하게
들려오는 총격전 소리를 듣기만 했다. 감옥에 갇혀 있기는 싫지만, 어쩌면
인간들과 사이좋게 지낼 수 있을지도 모른다는 생각이 들기 시작했다. 그
렇게 머리를 굴린 지 얼마나 지났을까…….

동그란 불이 들어오더니 반대쪽 벽이 스르륵 열리면서 감옥으로 들어오
는 통로가 열렸다.

"야얍? 거기 있나?"

또 불이 켜지나 했는데 뭔가 아른거리는 것이 눈앞에 불쑥 나타났다. 자
맘이었다! 정말로 자기를 구하러 오겠다는 약속을 지켜주다니. 야얍은 쇠
창살에 얼굴을 바짝 들이밀었다. 호흡기에 걸려 발음이 부정확한 탓에 다
른 종족이 그런트의 발음을 잘 알아듣지 못하는 일이 다반사였기 때문
이다.

"네, 여기에요."

"다행이구나. 문을 열 테니 물러서라."

감옥에 있던 그런트들이 모두 방구석으로 쪼르르 도망갔다. 엘리트 특
수부대원이 출입문 잠금장치에 폭약을 붙이고 뒤로 물러나 원격으로 기
폭장치를 가동했다. 작은 섬광이 일면서 펑 소리와 함께 철창이 삐걱 열
렸다.

"이제 그 인간이 있는 곳으로 안내해라. 건물 내부를 샅샅이 뒤졌지만
아직 놈은 찾지 못했다."

자맘이가 잔뜩 벼르고 있었다는 투로 말했다.

'그럼 그렇지, 놈을 찾으려고 온 거였어. 괜히 고마워했네.'

야얍은 속으로는 그리 생각해도 겉으로는 살갑게 되받았다.

"물론 안내해드려야죠. 인간들이 밴시 몇 대를 탈취했는데, 놈은 그 밴시를 지키고 있어요."

네가 그것을 어떻게 아느냐고 의심스레 되물을 줄로만 알았는데, 자맘이는 야얍의 말을 곧이곧대로 믿었다.

"알겠다. 그럼 밴시는 어디 있느냐?"

"암층대지 위요. 착륙장 서쪽에 있어요."

야얍은 아는 대로 대답했다.

"우리가 앞장서겠다. 하지만 바짝 따라붙어라. 자칫하면 일행에서 떨어질지도 모른다."

자맘이가 목소리에 힘을 주었다.

"넵, 시키는 대로 해얍죠."

원래 계획대로 착륙장 부근에 착륙하기가 불가능한 탓에, 야전사령관 푸툼이는 돌격부대를 선조 건물 꼭대기에다 내려놓을 수밖에 없었다. 그 말은 곧 부하 대원들이 중화기 지원 없이 변변한 엄폐물 하나 없는 개활지를 가로질러 돌격해야 함을 의미했다.

하지만 노련한 야전지휘관답게 모툼이는 미리 생각해둔 술책이 있었다. 그는 수송선에서 병력을 내리지 않고 착륙장 상공에 그대로 남아서 앞에서 꾸준히 달려드는 지상병력을 소사하라고 명령했다. 애초에 수송선이 공격기도 아니고, 그렇게 몰아야 하는 조종사들도 썩 달갑잖게 생각했지만 그래서 뭘 어쩌겠다고? 비행사들을 한낱 운전사로 보는 푸툼이한테 그네들의 심정 따위는 알 바 아니었다.

로켓탄이 일제히 위로 날아들어 동체 측면을 때리는 와중에도 ㄷ자형 수송선 편대는 인간들의 진지 위로 떠서 플라즈마 캐논으로 지면을 훑어댔다.

푸툼이는 후열 병사들과 진격하며 자칼들에게 전진하라고 지시했고, 인간들은 사격호에서 밀려나 2차 방어선으로 물러났다.

푸툼이는 잠시 멈춰 서서 주인이 물러난 빈 사격호를 내려다보았다. 무슨 발굴터 같은 것들이 거치적거렸다. 대체 이게 뭘까? 직사각형에 깔끔하고 고르게 다듬은 상태를 봐서는 불과 반 유닛 전에 파놓았다고 보기는 힘들다. 무슨 수작질을 벌일 속셈으로 이랬을까?

물음에 대한 대답이 곧바로 날아왔다.

맥케이 중위가 "발사!" 하고 외치자 전차병들이 즉각 명령에 따랐다. 중위의 발밑에 잠복해 있던 스콜피온 전차가 공격을 개시했다. 포탄이 주포를 떠나면서 차체가 들썩였고, 동축기관총이 불을 뿜자 포신이 덜덜덜 흔들렸다. 사정거리 내 약 600미터 지점에서 폭발이 일어 그런트 1개조를 몽땅 날려버렸다. 실바 소령이 산꼭대기에 배치하라고 지시했던 두 전차 중 나머지 한 대는 2초 뒤 포문을 열었다. 포탄 단 한 발에 엘리트 하나, 자칼 둘, 헌터 하나가 잡혔다.

환호성을 지르는 대원들 사이로 맥케이 중위는 웃음을 지었다. 코버넌트가 정말로 바위산 위의 암층대지에 병력을 투입할지는 의문이었지만, 매사에 신중한 소령은 지옥행 강습대원들더러 건물 주변을 따라 삽질을 시켜 전차호를 파놓았었다.

지면과 거의 수평으로 주포를 겨누고 포화를 퍼붓기 시작하자, 포탄이 흙을 무더기로 파내고 공중에 흩뿌려 고원 곳곳에 분화구를 만들면서 전차호 전방의 땅덩이가 점점 월면처럼 변해갔다.

맥케이 중위는 물론이고 다른 대원들도 전혀 모르고 있었지만, 굉음을 울리며 날아간 삼탄이 폭발하면서 푸툼이 야전사령관은 몸이 두 동강 나버렸다. 돌격은 계속됐지만 차츰 더뎌졌고, 이제 하급 엘리트가 지휘권을 이어받아 병력을 집결하기 시작했다.

맡은 바 보조임무를 수행하려고 고군분투하던 자맘이는 지휘관 통신망을 예의주시하던 중 공격이 중단되었음을 알아차렸다. 곧 수송선이 도착해 아직 기거나 걷거나 달릴 수 있는 생존자를 태우고 안전한 곳으로 대피시킬 것이다.

그렇다면 그도 인간들의 방어선에서 빠져나갈 틈을 찾아 후퇴해야 한다. 하지만 그놈을 찾아 죽일 기회는 지금밖에 없다. 성공한다면 목숨을 부지하는 동시에 지금까지의 실패를 모두 용서받을 수 있을지도 모른다. 죽어나간 엘리트가 한둘이 아닌 만큼 진급이 코앞에 와 있을 공산도 크다.

그런 생각을 떠올려 자신감을 되찾으면서, 자맘이는 계속 나아갔다.

특수부대원 엘리트들이 지상으로 올라가 막 출구로 이동하던 중, 잠복해 있던 해병 세 명 중 하나가 자기가 몸을 숨긴 벽감 앞으로 초록색 얼룩이 스쳐 가는 모습을 보고 사격을 개시했다.

해병들이 줄창 탄창을 갈아가며 총알을 퍼붓자 통로가 아수라장으로 변했다. 그런트들이 바닥에 나자빠지고 엘리트들은 당황해서 사방에 플라즈마를 갈겨대다 쓰러지기 시작했다.

플라즈마 라이플이 과열되어 열을 식히려고 자동으로 측면 덮개가 덜컥 열렸다. 자맘이는 이제 꼼짝없이 죽겠구나 하고 생각했는데, 바로 그때 플라즈마 수류탄이 인간들을 향해 날아가 한 해병의 어깨에 달라붙었다. 해병이 "안 돼!" 하고 외쳤지만 이미 늦었다. 폭발에 해병 화력조가 한꺼번에 쓸려나갔다.

야얍은 죽은 특수부대원에게서 플라즈마 수류탄과 피스톨을 챙기고 자맘이의 군장을 잡아당겼다.

"이쪽입니다…… 따라오세요!"

자맘이는 순순히 따라갔다. 야얍은 자맘이를 문밖으로 안내해 복도를 지나 밴시가 나란히 정렬된 곳으로 나왔다. 경비병은 아무 데도 없었다. 자맘이는 주위를 빙 둘러보았다.

"놈은 어디 있나?"

야얍은 낸들 알겠느냐는 듯 어깨를 으쓱했다.

"저도 몰라요."

아군 수송선이 머리 위를 지나 바위산 아래로 사라져가는 모습이 눈에 들어오자, 자맘이는 속으로 부아가 치미는 한편 두렵고 망연자실했다. 여태껏 고생했던 일이 모조리 물거품이 되고 말았다.

"날 속였구나. 도대체 왜 그랬느냐?"

"밴시를 조종할 줄 아는 사람은 사관님이니까요. 전 모르거든요."

자맘이의 서슬 퍼런 물음에 야얍은 능청맞게 대답했다. 자맘이는 분노로 이글거리는 눈을 부릅떴다.

"진즉 네놈을 죽여 인간들의 손에 시체가 벼랑에서 굴러떨어지게 할 것을!"

야얍은 플라즈마 피스톨을 자맘이의 머리에 겨누었다.

"어디 해보세요. 별로 권하고 싶진 않지만요."

엘리트에게 총을 겨누느라 야얍은 용기를 있는 대로 짜내야 했다. 무서워서 손이 벌벌 떨렸다. 그래도 플라즈마탄을 상관의 머리에 쏴 넣을 마지막 깡은 있었다. 자맘이도 이를 알고 있었다.

자맘이는 고개를 끄덕였다. 잠시 뒤 과적한 밴시 하나가 기우뚱거리며 땅에서 떠올랐다. 바위산 끄트머리를 아슬아슬하게 스쳐 지나가더니 차차 고도가 떨어지기 시작했다. 셰이드 포탑 사수가 얼핏 그것을 발견하고서 플라즈마 파장을 세 차례 연달아 발사했지만, 밴시는 금세 사거리에서 벗어났다.

알파 기지 전투는 그렇게 막을 내렸다.

마스터 치프는 파도처럼 쇄도해 들어오는 촉수 달린 괴물들을 향해 방아쇠를 당기는 동시에 계속 뒷걸음질을 치며 쉬지 않고 자리를 옮겼다. 등 뒤에서 공격이라도 받았다가는 큰일이다. 놈들이 사람을 덮치는 점으로 봐서는 전투복이 큰 도움이 될 듯했다.

대체 여기서 무슨 일이 있었는지는 몰라도, 해병들이 상당히 짧은 시간만에 비명을 지르며 전투력을 잃고 제압당한 사실은 분명하다. 탄약이 부족한 상황인 만큼 그는 놈들을 한 번에 최대한 많이 터뜨리기 위해 난사하지 않고 조준사격을 가했다.

놈들이 둘, 셋, 넷 뭉텅이로 달려들었다가 총알에 맞는 순간 살점 쪼가리로 갈기갈기 찢겨났다. 꼭 뜨거운 물에 녹아서 없어지는 것처럼 보였다. 문제는 수백, 수천에 가까운 머릿수였다. 사방에서 물밀 듯 쏟아져 들어오는 놈들 앞에서는 계속 버틸 재간이 없었다.

물론 그는 승산이 없는 상황을 역전시키는 데 도움이 되는 전술도 익히 알고 있었다. 첫 번째는 달리는 동시에 사격해 놈들의 들쑥날쑥한 대열을 늘어뜨려 방 전체에 흩뜨리는 방법이다. 놈들은 수가 많고 집요하기는 해도 머리 회전이 빠르지는 않았다.

두 번째는 놈들이 문을 부수고 쏟아져 나올 때를 기다렸다, 모인 곳에다 수류탄을 제대로 까 넣어 한 방에 수백 놈씩 처리하는 방법이다.

세 번째는 돌격소총과 산탄총을 바꿔가며 일정 화력을 유지, 놈들의 기세가 누그러질 틈을 노려 서둘러 재장전하는 방법이다.

하지만 어둠 속에서 또 다른 뭔가가 뛰쳐나오면서 이 전략도 위기에 빠졌다. 너덜너덜한 살덩어리들이 무더기로 튀어나오더니 그의 머리를 노리고 팔을 마구 휘둘러댔다. 순간 시체가 머리 위에서 떨어져 내리는 줄로 알았지만, 치프는 곧 상황을 간파했다. 소름 끼칠 정도로 괴상망측한 생물들이 앞으로 뛰쳐나왔다. 그것도 그냥 달려오는 것이 아니라, 몸무게로 치프를 뭉개버릴 작정인 양 펄쩍펄쩍 뛰어올라 덤벼들었다.

얼추 사람 꼴을 한 놈들은 등이 잔뜩 굽은 데다 살점이 군데군데 곪은 채였다. 팔다리는 관절이 허용하는 데까지 한껏 벌어졌으며, 우둘투둘한 살갗에는 기다란 촉수가 비죽비죽 돋아나 있었다.

다행히도 총이 잘 먹혀들었지만, 숨통을 끊어놓으려면 15발 내지 20발을 박아 넣어야 했다. 이상하게 살아 움직이는데도 죽은 것처럼 보였다. 대체 어떻게 되먹은 일인지 궁리를 해보다, 치프는 이것들이 정말로 죽은 몸이라는 결론에 도달했다. 놈들은 엘리트를 빼닮았는데, 꼭 죽어서 땅에 묻어놨던 놈을 한 2주쯤 뒤에 도로 파낸 꼬락서니를 하고 있었다.

무덤에서 되살아난 두 엘리트는 출입문으로 몸을 밀치고 들어오다 마침내 도로 드러누웠다. 달아날 틈이 생겼다.

하지만 다리를 저는 괴물들과 떼를 지어 정신 사납게 팔짝팔짝 몰려다니는 공 같은 놈들이 끈질기게 따라붙었다. 그는 교전을 중단하고 문밖으로 나가기에 앞서 돌격소총을 완전자동으로 퍼부어 놈들부터 깡그리 쓸어버렸다.

마스터 치프는 불이 환하게 들어온 널찍한 방 위층에 발을 디뎠다. 그곳은 아까 봤던 다리 둘 달린 흉측한 괴물로 가득했지만, 놈들은 아직 이쪽을 보지 못한 듯했다. 치프는 놈들한테 들키지 않게 오른쪽 벽면에 난 문으로 조용히 발걸음을 옮겼다.

얼마간 이동하자 코버넌트 병력과 새로 나타난 괴상한 적들 사이에 전면전이 벌어지는 곳이 나왔다.

치프는 놈들과 굳이 맞붙어야 할지 속으로 생각해보았다. 수가 상당했다. 그는 방아쇠에 건 손가락을 풀고 넘어진 화물 상자 뒤에서 상황을 지켜보았다. 소름 끼치는 접전 끝에 쌍방 모두 몰살되자, 치프는 방 저편과 연결된 다리를 지나 옆문으로 나갔다.

등 굽은 괴생명체가 위에서 떨어지며 그를 후려쳤다. 치프는 뒷걸음질치며 몸을 구부렸다가 놈을 어깨 위로 둘러메치면서 벽에다 패대기쳤다. 놈은 벽면에 끈적거리고 얼룩덜룩한 녹회색 액체를 찍 묻히면서 바닥으로 미끄러져 내려왔다.

　돌아서서 발걸음을 옮기려는데, 동작 감지기에 빨간 점이 잡혔다. 바로 등 뒤에 적이 있었다. 치프는 뒤로 돌아섰다가 흠칫 놀랐다. 놈이 몸뚱어리가 구깃구깃하게 꺾이고도 다시 일어서려고 끙끙거렸다. 왼팔은 떨어져나갈 듯이 덜렁거렸고 푸석푸석한 뼈끝은 허옇게 썩어버린 피부를 비죽 뚫고 튀어나와 있었다.

　하지만 오른팔은 아직도 멀쩡했다. 덩굴처럼 뒤얽힌 촉수 뭉텅이가 오른쪽 손목에서 불쑥 솟아나왔다. 촉수가 돋아나면서 오른손이 자리에서 밀려나 살 속에 든 뼈가 으스러지는 소리가 똑똑히 들렸다.

　놈은 촉수를 쳐들고 마스터 치프를 향해 채찍처럼 휘둘렀다. 단 한 방에 전투복의 방어막이 거의 다 소진됐다.

　치프는 몸을 굴려 자세를 낮추고 방아쇠를 당겼다. 7.62밀리 철갑탄이 놈을 거의 반 동강 냈다. 그는 놈을 발로 걷어차 돌려 눕힌 뒤 가슴팍에 두 방을 더 쏴 넣었다.

　'이제 틀림없이 뒈졌겠지.'

　그는 복도를 따라 계속 이동했다. 해병 두 명이 쓰러져 있는 모습을 보아하니 2분대에 속한 대원 중 일부는 이렇게 멀리까지 빠져나오는 데 성공한 모양이었다. 그렇다면 이보다 더 많은 수가 살아남았을 가능성도 없지는 않았다.

　마스터 치프는 시신을 살피며 군번줄을 챙겼다. 그런 다음 발코니를 통과해 웅웅거리는 소리를 내는 기계가 설치된 좁은 통로를 지나 음산한 승강기실로 들어갔다. 동작 감지기에 적색 경고가 떴다. 사방이 적 천지였다.

　또 다른 흉측한 괴생명체가 비틀비틀 걸어왔다. 놈의 머리통이 눈에 띄었다. 기다랗고 각진 엘리트 아가리가 그를 돌아보았다. 치프는 머리가 달린 곳을 집중사격했다.

목뼈가 물렁해지기라도 했는지 머리통이 징그러운 각도로 꺾였다. 꼭 썩어서 절단해야 하는 사지처럼 힘없이 흐느적거리며 등덜미에 매달렸다.

마치 뭔가 엘리트를 속에서부터 몽땅 재구축해 놓은 듯했다. 익숙지 않은 감정, 공포의 전율이 온몸을 엄습했다. 위협이 눈앞에 닥쳤는데도 아무것도 하지 못하고 악만 쓰던 장면이, 필라 오브 어텀에서 냉동수면 도중에 꾸었던 꿈속의 한 장면이 뇌리를 스쳤다.

'아냐, 절대 그럴 일은 절대로 없을 거다.'

괴물은 발을 질질 끌면서 눈앞에서 사라졌다.

치프는 숨을 깊게 들이마시고 다시 내쉰 다음, 발에 힘을 실어 바닥을 차오르며 방 한가운데로 뛰어갔다. 그는 절뚝거리는 괴물들을 두들기면서 작고 둥그런 놈들도 군홧발로 밟아 터뜨렸다. 산탄총이 트림을 하자 바닥에 찐득한 녹색 피가 쫙 튀었다.

목표했던 승강기 발판에 도달했다. 이리로 내려올 때 썼던 것과 같은 승강기였다. 그는 작동 제어반에 손을 뻗으며 이번에도 제대로 된 단추를 누르기를 속으로 빌었다.

괴생명체가 허공으로 펄쩍 뛰어올라 그의 바로 옆에 착지했다.

치프는 무릎을 꿇고 산탄총 총구를 놈의 배때기에 푹 박아넣고 그대로 방아쇠를 당겼다. 놈은 거꾸로 뒤집히면서 뒤로 튕겨나 한데 엉겨 있는 작고 둥그런 놈들 사이에 자빠졌다.

그는 승강기에 올라타 제어반으로 단추를 꾹 눌렀다. 돌이 떨어지듯 상당한 높이를 순식간에 내려가서 귀가 다 멍멍했다.

'왜 하필이면 이런 때에 코타나가 없는 거야?'

코타나는 "문을 지나가세요.", "다리를 건너요." 아니면 "피라미드 건물을 올라가세요." 같은 잔소리만 곧잘 해댔다. 하지만 그렇게 종알대준 덕분에 든든하기도 했다.

승강기가 멈추면서 꼭 지하 납골당 같은 분위기를 풍기는 공간이 나왔

256

다. 통로를 따라가 넓은 실내로 나왔다. 거기서부터 다시 놈들을 처리하며 길을 뚫고 바닥으로 내려간 다음, 아래층 문을 지나 터널 같은 복도를 통과했다. 치프는 처음 보는, 그리고 차마 못 볼 것과 정면으로 맞닥뜨렸다. 놈은 끔찍하게 변이된 인간이었다. 뭔가에 몸이 변형되어 심히 뒤틀리기는 했지만, 그 괴물이 누구인지 알아보기란 어렵지 않았다.

이병 마누엘 멘도사, 툭하면 존슨 하사가 호통을 치던 분대원이자 키예스 함장과 함께 악몽 속으로 사라졌던 그 해병이었다.

뭔가가 그에게 한 짓 때문에 온몸이 비틀렸으나 얼굴만은 사람의 흔적을 간직하고 있었다. 마스터 치프는 산탄총의 방아쇠에서 손가락을 풀고 대화를 시도했다.

"멘도사, 어서 밖으로 나가자. 놈들한테 무슨 짓을 당했더라도 의무병들이 치료할 수 있을 거다."

하지만 초인적인 힘을 지니고 되살아난 멘도사는 어마어마한 완력으로 마스터 치프를 후려쳤다. 강력한 충격에 전투복 경고음이 터져 나오면서 치프는 단 한 방에 땅바닥에 넘어지고 말았다. 멘도사, 아니, 한때 멘도사였던 괴물이 채찍처럼 생긴 촉수를 휘둘러댔다. 치프는 주춤거리며 물러나 방아쇠를 당겨 8게이지 산탄으로 멘도사였던 괴생명체를 조각냈다.

그러자 놀랍고도 역겨운 일이 벌어졌다. 산송장이 조각나자 멘도사의 흉강을 거처로 쓰던 작고 둥근 생명체가 불쑥 튀어나왔다. 놈은 멘도사의 몸 여기저기에 촉수를 뻗고 있었던 것처럼 보였다. 치프는 산탄을 두 방더 날려 그놈까지 작살냈다.

저게 놈들의 생존방식인가? 콩깍지처럼 생겨먹은 콩만한 놈들은 숙주를 감염시켜 일종의 전투변이로 만들었다. 치프는 이것들이 코버넌트의 새로운 생체병기는 아닐까 싶었지만, 곧 생각을 접었다. 처음 목격했던 전투변이는 원래 엘리트였었다.

이 망할 놈들이 대체 뭔지는 몰라도 인류와 코버넌트 양측 모두에게 심각한 위협이 되리란 점은 분명하다.

치프는 서둘러 산탄총에 탄약을 재운 뒤 발걸음을 재촉했다. 온 힘을 다해 전력질주했다. 그는 또 다른 방에 도착해 위층 발코니로 기어 올라가, 엘리트 전투변이를 곧장 날려버리고 문 뒤로 몸을 숨겼다.

맞은편 방안은 더 골치 아픈 형국이었다. 치프는 2층 높이에 있었지만 괴물 떼거리가 아래층을 장악하고서 순순히 길을 내주지 않았다.

그나마 높은 곳에 있어서 다행이었다. 수류탄 몇 개를 날린 다음 아래로 뛰어내려, 60초가량 근접전을 벌여 길을 뚫었다. 놈들이 코빼기도 뵈지 않는 공간을 지나가며 마음을 가다듬기도 잠시, 또다시 놈들이 득실거리는 방이 나왔다.

사방에서 잇달아 공격을 해대는 것도 모자라 놈들은 숙주에게서 챙긴 인간 또는 코버넌트 총기로 무장하고 있었다. 놈들은 맨손인 것들보다 훨씬 더 위험했다. 전투변이들은 썩 머리 회전이 빠른 적수가 아니었지만, 그렇다고 해서 아무런 생각 없이 몰려다니는 깡통로봇은 아니었다. 놈들은 기계나 총기를 다룰 줄도 알았다.

총알이 금속벽에 튕겨 나가고 플라즈마탄이 날아들었으며, 플라즈마 수류탄이 날아와 조금 전까지 마스터 치프가 있던 곳에서 폭발했다. 치프는 공격을 피하던 중 화물 상자 위쪽에서 최후의 저항을 펼치다 결국 죽음을 맞이한 해병들의 시신을 발견했다. 그는 잠시 멈춰 군번줄을 회수하고 탄약을 챙긴 다음 계속해서 이동했다.

뭔가가 그를 자꾸 성가시게 따라다녔다. 대체 뭘까? 그동안 잊어버렸던 건가?

그것이 무엇이었는지 퍼뜩 기억이 났다. 자기 이름마저 잊어버릴 뻔하다니.

키예스, 제이콥. 대령. 군번 01928-19912-JK.

의식 언저리에 숨어 있던 단조로운 음조가 더욱 시끄럽게 웅웅거리며 고막을 파고들자 부아가 치밀었다.

왜 분한 걸까?

아니, 화가 난 사람은 그가 아니다…… 이름을 떠올리는 것이 신경에 거슬렸나?

키예스, 제이콥. 대령. 군번 01928-19912-JK.

내가 지금 어디 있는 거지? 어쩌다 이곳까지 왔지? 그는 가물가물한 기억을 떠올리려고 안간힘을 썼다.

기억 일부가 되돌아왔다. 음침한 건물에서 무시무시한 적과 떼로 마주쳤었고, 총을 쏘다가, 살을 에는 고통에 못 이겨 쓰러졌었지…….

내가 놈들에게 붙잡혔구나. 분명 그런 게야. 그리고 이건 놈들이 새로 개발해낸 수작질일 테고. 내가 한마디라도 불 줄 알고? 그는 적이 어떤 놈들이었는지 떠올리려고 애썼다.

그는 진언을 외듯이 머릿속으로 말을 되뇌었다.

키예스, 제이콥. 대령. 군번 01928-19912-JK.

웅웅거리는 압박이 더욱 거세졌다. 그는 압력에 맞서면서도 내가 뭐하러 이토록 고집스레 뻗대나 싶었다. 웅웅대는 저음이 두려웠다. 뭔가가 몸을 잠식해오는 느낌이 짙게 스며들었다.

코버넌트의 함정인가? "소용없다. 순순히 지구의 위치를 알려줄 성 싶으냐."라고 소리치려 했지만 입이 움직여지지 않았다. 온몸에 감각이 없었다.

모행성 지구에 관한 생각이 키예스 함장의 머릿속에 메아리치자, 웅웅거리는 소리가 구슬려 삶아보려는 음조를 띠었다. 또다시 기억 속의 장면이 뇌리를 스쳐 가자 키예스, 제이콥. 대령. 군번 01928-19912-JK는 소스라치게 놀랐다.

눈치챘을 때는 이미 늦은 뒤였다. 무덤을 파헤치는 도굴꾼처럼 놈이 머릿속을 이 잡듯 뒤지고 다녔다. 이토록 두렵고 무력한 기분이 들기는 이번이 처음이었다.

홍수처럼 밀려드는 감정에 공포심이 묻혀 사라지면서, 처음으로 여자와 입맞춤을 했을 때의 따뜻한 감촉이 뇌리를 스치고 지나갔다…….

기억이 물결치듯 사라지기 시작하자 그는 소리를 지르려고 온 힘을 다했다.

키예스, 제이콥, 대령, 군번 01928-19912-JK.

지난 과거의 기억이 하나씩 지나가 텅 빈 구렁텅이로 빨려 들어가면서, 놈이 사악한 기운으로 끓어 넘치는 바다처럼 자신의 온몸을 봉함하려는 것이 느껴졌다. 하지만 배가 침몰한 뒤 바다 위를 떠다니는 잡동사니 조각처럼 의식의 일부분은 구명보트와 같이 그대로 남았고, 그는 잠시나마 쪽배를 붙들고 버텼다.

생글생글 웃음을 짓는 여자의 얼굴, 나선을 그리며 하늘로 치솟는 공, 사람들로 북적이는 거리, 얼굴 절반이 날아가고 없는 남자, 무슨 공연을 보러 갔는지는 잘 기억나지 않는 어느 공연표, 맑은 풍경소리, 갓 구운 빵 냄새.

하지만 거친 풍랑이 구명보트를 단숨에 조각내버렸다. 넘실거리는 파도가 그를 떠올리려 했지만, 다른 한쪽에서 도로 가라앉히며 깜깜한 심연 속으로 그를 불러들였다. 바다가 그를 집어삼키기 직전, 제아무리 머릿속을 강탈해간 놈이라 한들 결코 건드리지 못하는 것이 있음이 불현듯 떠올랐다. CNI 응답기에서 발신되는 반송 주파수, 이것만큼은 놈도 어쩌지 못한다.

그는 지푸라기라도 잡는 심정으로 구명 밧줄에 있는 힘껏 매달렸다. 물로 질척이는 깊숙한 무덤 속에서 한 가닥 실타래가 흘러나와 그가 예전에는 누구였는지 일깨워주었다.

260

키예스, 제이콥. 대령. 군번 01928-19912-JK.

마스터 치프는 전투변이의 몸뚱어리에 마지막 남은 산탄총 탄약을 박아넣었다. 놈은 꿈틀거리다 잠잠해졌다.

온갖 지하실과 통로를 한 시간 가까이 정신없이 헤매고 돌아다닌 뒤에야 비로소 지상으로 올라가는 승강기를 찾아냈다. 그는 조심스럽게 작동 제어반을 만졌다. 또다시 날 지하 깊숙한 곳으로 끌고 내려가면 어떡하나 하는 걱정도 잠시, 승강기는 빠르게 올라가기 시작했다.

승강기가 위로 올라가던 중 무전으로 포해머의 염려 섞인 목소리가 지직거리며 들려왔다.

"여기는 에코 419, 들립니까, 치프? 건물로 들어간 뒤로 신호를 놓쳤습니다. 무슨 일입니까? 건물 내에 엄청나게 많은 움직임이 감지됩니다."

"말해도 못 믿을 겁니다."

마스터 치프는 오싹한 목소리로 답했다.

"차라리 모르는 게 약입니다. 알립니다, 키예스 함장님이 실종됐으며, 이미 전사하셨을 가능성이 큽니다."

"알았습니다. 정말 유감입니다."

승강기가 우뚝 멈추자 마스터 치프는 발판에서 발을 뗐다. 해병들이 주위에 웅성웅성 모여 있었다. 끝이 보이지 않는 지긋지긋한 전투에서 상대했던 비척거리던 전투변이가 아니라 말짱한 보통 사람이었다.

"치프, 이렇게 만나 뵈어서 정말 다행입니다."

상병이 말했다. 치프는 단칼에 말을 잘랐다.

"한가롭게 인사할 시간 없다. 어떻게 된 건가?"

젊은 상병은 침을 꿀꺽 삼켰다.

"나머지 분대와 연락이 끊기고 나서 집결지점으로 이동하던 중에 그 괴물들의 습격을 받았습니다. 한시 빨리 여기를 벗어나야 합니다."

"그건 내가 할 말이다. 어서 가자."

경사로를 올라 장대비가 쏟아지는 바깥으로 나갔다. 참 신기하게도 고약한 냄새를 풍기는 늪으로 돌아가는데도 전혀 불쾌하지 않았다. 오히려 굉장히 상쾌했다.

9

투입 60시 33분 54초 경과 (조종사 롤리 대위 작전 시각)/
펠리칸 에코 419, 코버넌트 무기고 상공

"그곳에서 수백 미터 전방에 큰 탑이 있습니다. 안개와 우거진 숲 때문에 길을 찾기 힘들겠지만, 그곳까지만 이동하면 착륙이 가능합니다."

롤리 대위가 말했다. 마스터 치프가 해병들을 이끌고 고대 건물에서 벗어나 악취를 풍기는 늪으로 들어가는 동안, 대위는 계기판에 시선을 고정했다. 굵은 빗줄기에 건물에서 나오는 원인 모를 전파방해 때문에 펠리칸의 탐지장비가 거의 먹통이었지만, 그렇다고 여기서 분대 구출에 실패하기라도 했다가는 큰일이다. 지금껏 쌓아온 조종사로서의 명성을 하루아침에 무너뜨릴 수는 없었다.

"알겠습니다. 이동합니다."

치프가 대답했다. 대위는 펠리칸을 계속 선회하면서 눈을 크게 뜨고 상황을 살폈다. 당장 적이 튀어나올 성싶지는 않았지만, 그래서 더욱 초조했다. 필라 오브 어텀에서 탈출한 생존자들이 헤일로에 발을 디딘 이후 지금까지 크고 작은 문제가 예고도 없이 터지기 일쑤였다.

체인건 탄약이 바닥나지만 않았어도 하는 생각에 대위는 가슴을 쳤다. 알파 기지에서 이륙한 이후 같은 생각을 벌써 골백번은 되뇌었다.

자욱한 안개 위쪽 어딘가에 수송기가 떠 있었다. 당장에라도 늪지대에서 벗어나고 싶은 생각이 간절한 해병들이 서둘러 달음박질했다. 마스터 치프는 발걸음을 늦추고 주위를 잘 살피라고 주의를 주었지만, 그는 어느새인가 대열 끄트머리에 뒤처져 있었다.

포해머가 말한 높은 탑이 전방에 나타났다. 둥그런 탑 아랫기둥 양옆으로 안정을 위해 지어놓은 듯한 반원형 지지대가 버티고 있었다. 저 위쪽으로는 기둥에서 나온 날개 모양 발판이 기둥을 감싸고 있었다. 무슨 용도인지는 몰라도, 왜 탑을 이곳에 세웠는지부터가 아리송한 판이었다. 탑 꼭대기는 안개에 가려 보이지 않았다.

마스터 치프는 걸음을 멈추고 주위를 둘러보았다. 그때 한 해병이 "적이다!" 하고 외치는 소리가 들리더니 뒤이어 돌격소총으로 완전자동 사격을 퍼붓는 요란한 총성이 귓전을 때렸다. 동작 감지기에 뻘건 점이 속속들이 나타났다. 둥그런 감염변이 열댓 놈이 안개를 헤치고 튀어나왔다. 놈들을 지하에 가두기는 그른 모양이었다.

펠리칸의 감지기에 지면에서 잡힌 수십, 수백 개가 넘는 신호가 꽉 들어찼다. 롤리 대위는 대공사격이 빗발칠 줄로만 알고 욕을 내뱉으며 기수를 돌렸다.

하지만 아무런 공격도 날아오지 않았다.

"어떻게 된 거지?"

느닷없이 나타나 늪 속 개활지로 몰려들어 놓고서 대공사격을 한 발도 가하지 않다니? 코버넌트 놈들은 생김새만큼 머리도 나쁜 모양이로군.

대위는 이 사실을 지상부대에 알리려고 무전을 켰다가 갑작스레 헤드셋에서 터져 나오는 자동화기 발사음에 몸을 움츠렸다.

"지상부대는 주의하기 바란다! 다수의 적이 그리로 몰려들고 있다!"

대위가 다급히 소리쳤다. 치직거리는 고음이 귓전을 파고들다 잡음이 스피커를 가득 메웠다. 전파방해가 더욱 심해졌다. 대위는 장갑 낀 손으로 무전 단추를 쾅 내리쳤다.

"우라질!"

"어…… 대위님?"

부조종사 프라이가 말했다.

"이것 좀 보셔야겠습니다."

대위는 뒤로 고개를 돌리고 부조종사의 시선을 좇다가 눈이 휘둥그레졌다.

"대체 저게 뭔지 아는 사람?"

대위가 멍하니 속삭였다.

마스터 치프는 돌격소총을 점사로 발사해 콩깍지처럼 생겨먹은 놈들 수십 마리를 터뜨리고 몸을 돌려 전투변이를 겨누었다. 놈은 손에 쥔 플라즈마 피스톨을 쓰지도 않고 온몸을 내던지며 달려들었다. 치프가 방아쇠를 당기자 소총탄이 놈을 어루만지고 지나갔다. 한때 엘리트였던 시체의 가슴팍이 썩은 꽃처럼 벌어지면서 속에 숨어 있던 감염변이가 살점 쪼가리로 변했다.

갑자기 무전으로 잡음이 들려왔다. 강력한 전파방해 속에서도 몰니르 전투복에 내장된 고성능 통신장비가 신호를 걸러내려고 분투했지만 헛수고였다. 포해머의 목소리 같았지만 잡음이 심해 분간이 되지 않았다.

그것은 펠리칸의 조종석 앞에 잠시 떠 있었다. 강렬한 불빛에 롤리 대위는 눈이 부셨다. 모서리가 각진 은빛 원통형 금속 물체였다. 그것이 허공에서 까닥거리자 짧고 네모난 날개가 선박의 키처럼 쓱 움직였다. 정체 모를 물체는 조종석 유리창 밖으로 환하게 빛을 내다가 고개를 돌리고 아래로 내려갔다. 조종석 창밖을 내려다봤더니 똑같이 생긴 물체 수십 개가 이리저리 날아다녔다. 그러다 눈 깜짝할 새 수목선 아래로 내려가 시야에서 사라졌다.

"프라이."

대위는 입안이 바짝 말라 말이 제대로 나오지 않았다.

"컬런한테 통신장비를 손봐서 이놈의 전파방해 좀 어떻게 해달라고 전해. 지금 당장 지상부대에 이걸 알려야 해."

파도처럼 밀려오던 적들이 발목까지 차오르는 물웅덩이로 후퇴했다. 외계물질처럼 생긴 원통형 기계들이 나무 사이에서 내려와 개활지 위를 둥둥 떠다녔다.

"저건 또 뭐야?"

가까이 있던 해병이 막 방아쇠를 당기려는 찰나, 치프가 팔을 들어 가로막았다.

"기다려…… 일단 뭘 하려는지 보자."

전혀 생각지 못했던 고마운 일이 벌어졌다. 기계들이 에너지 광선을 발사해 플러드들을 꿰뚫고 태워 없앴다.

광선에 지져지고도 응사하려는 전투변이들도 있었지만, 해병들과 새로이 등장한 동맹군의 협동사격에 도로 드러누웠다.

하지만 지원에도 불구하고 해병들은 버텨내지 못했다. 사방에 적이 들끓었다. 해병 분대는 일병 두 명으로 쪼그라들더니, 다시 한 명이 당하고 결국에는 최후의 대원마저도 조그마한 감염변이한테 둘러싸여 쓰러졌다.

머리 위로 날아든 후발주자들이 징글징글하게 뭉친 전투변이들을 향해 붉은 레이저를 쏘는 동안, 치프는 첨벙거리며 늪을 헤치고 탑으로 나아갔다. 지세가 높은 곳으로 가면 포해머와 교신이 닿아 대피할 수 있으리란 생각에서였다.

지지기둥을 타고 올라가 탑을 둥글게 에워싼 잎사귀 모양 테라스로 몸을 끌어올렸다. 위로 올라오자 시야가 트였다. 그는 가까이 다가온 전투변이들을 점사로 잡았다.

무전을 다시 날려보았지만 시끄러운 잡음만 되돌아왔다.

뭔가 흥얼거리는 소리가 들리더니 웬 기계가 뒤에서 날아들었다. 다른 것들은 모난 원통형에 날개 모양 몸통덮개가 달린 반면, 이놈은 둥글게 둘러싼 외피 속에 빛나는 파란 눈알이 박혀 있었다. 태도가 꼭 싹싹한 영업사원을 보는 듯했다.

"반갑습니다! 전 04시설의 모니터, 343 길티 스파크라고 합니다. 누군가가 플러드를 풀어놨습니다. 제 기능은 플러드가 이 시설에서 탈출하지 못하도록 막는 일입니다. 그러려면 당신의 도움이 필요해요. 이쪽으로 오세요."

기계음이 다분한 목소리로 판단하건대 "343 길티 스파크"라는 물체는 일종의 인공지능인 듯했다. 343 길티 스파크 위에서 포해머가 조종하는 에코 419가 위치를 잡고 하강하는 모습이 보였다.

"잠깐만, 플러드? 저놈들을 '플러드'라고 부르나?"

치프는 차분한 목소리로 물었다.

"당연하죠. 이상한 질문이로군요. 이럴 시간 없어요, 계승자님."

길티 스파크는 몰라서 묻느냐는 투의 인공음성으로 답했다.

계승자? 무슨 뜻으로 그런 말을 했는지 물어보려 했지만 입을 열 틈이 없었다. 고동치는 금빛 고리가 머리끝에서 발끝까지 몸을 훑고 지나가면서 머리가 어지러워지더니, 흰빛이 눈앞을 확 가렸다.

롤리 대위는 막 위치를 잡고 펠리칸을 탑으로 하강시켰다. 큰 덩치 덕분에 스파르탄 대원이 탑 위에 서 있는 모습이 어렵잖게 눈에 잡혔다. 조종 간을 앞으로 살살 밀면서 펠리칸을 미끄러지듯 몰았다. 고개를 들어 밖을 힐끗 내다보던 중, 갑자기 마스터 치프가 굵직한 금색 빛줄기 속으로 사라졌다.

"치프! 신호가 끊어졌습니다. 어디 간 겁니까? 치프! 치프!"

스파르탄 대원이 홀연히 사라졌으니, 조종사인 대위로서는 어떻게든 일이 무사히 풀리기를 비는 것밖에 달리 방도가 없었다.

대대에 소속된 다른 장교와 마찬가지로 맥케이 중위는 지난 전투에서 만신창이가 된 바위산 방어선 복구 작업을 감독하고, 부상병들이 제대로 치료를 받았는지 확인하면서 차츰 기지를 원상태로 돌려나갔다.

03시가 되어서야 중위의 부하 대원 중에서 08시 30분까지 감독을 대신할 사람을 지명했으니, 이제 가서 쉬어도 좋다는 실바 소령의 지시가 떨어졌다. 하지만 본인은 남아서 지휘를 계속했다.

아직도 혈관을 따라 흐르는 아드레날린과 머릿속에서 순간순간 번득이는 전투 장면에 맥케이 중위는 도저히 잠을 청할 수가 없었다. 중위는 자꾸 몸을 뒤척이며 뜬눈으로 천장만 바라보다, 04시 30분이 되어서야 잠이 들었다.

07시 30분, 맥케이 중위는 세 시간밖에 눈을 붙이지 못하고 일어난 뒤, 임시 식당에서 나가는 길에 커피가 든 머그잔을 들고서 피로 얼룩진 계단을 밟고 암층대지 꼭대기로 올라섰다. 펠리칸 찰리 217의 잔해더미는 밤새 치워서 없었지만, 착륙장 철판에는 연료가 불타올랐던 자국이 시커멓게 남아 있었다.

중위는 잠시 멈춰 서서 주변을 둘러보며 찰리 217의 조종사에게 대체 무슨 일이 있었던 것인지를 생각하다 발걸음을 옮겼다. 헤일로 전역이 전투지역으로 선포되었다. 말인즉 적 저격병에게 계급을 노출할지도 모르니 상관에게 경례를 해서는 안 된다는 얘기다. 하지만 경례 말고도 경의를 표하는 방법이 있었다. 맥케이 중위가 착륙장 너머의 전장 한복판에 서자, 타격대 전원이 중위에게 인사하러 나오는 듯했다.

"잘 주무셨습니까?"

"몸은 좀 어떠십니까, 중위님? 눈은 좀 붙이셨는지 모르겠습니다."

"여, 주장님. 간밤에 놈들한테 본때를 보여준 것 같지 않습니까?"

맥케이 중위는 일일이 대꾸를 해주고 자리를 옮겼다. 중위는 한 손에 커피잔을 들고서 플라즈마에 그을린 방어선을 따라 산책하는 것만으로도 대원들의 사기를 북돋워주었다.

"루트, 저기 좀 봐."

중위가 지나가자 누군가가 말했다.

"저기 걸어가시잖아. 아주 냉철하시더라. 간밤에 봤어? 전차 위에 떡하니 서 있는데도 놈들이 털끝 하나 건드리지 못했다니까?"

다른 대원은 아무 말 없이 고개만 끄덕이고는 다시 사격호를 파기 시작했다.

한동안 주위를 돌아다니다 문득 깨닫고 보니, 중위는 어느새인가 스콜피온 전차호로 돌아가 간밤의 격전지를 둘러보고 있었다. 이제 코버넌트가 전차라는 철갑 괴물의 존재를 눈치챘을 테고, 그렇다면 전차호에 묻어놔 봐야 소용없을 테니 전차 두 대를 진작 흙 속에서 빼내 단단한 땅 위로 옮긴 뒤였다.

중위는 실바 소령이 무얼 하려고 전차를 빼냈을까 하고 생각하면서 마지막 커피 한 모금을 홀짝 마시고는 고원을 거닐었다. 발목에 줄줄이 쇠고랑을 찬 코버넌트 포로들이 부지런히 무덤을 팠다. 한쪽은 자기네가 들어갈 무덤이고, 다른 한쪽은 전사한 대원들을 위한 무덤이었다. 방수포를 씌워 놓은 시신이 나란히 누운 광경에 표정이 굳어졌다. 뭐하러 이러는 걸까?

지구를 위해서, 그리고 코버넌트의 손에 살육당해 땅에 묻히지도 못할 수많은 사람을 위해서겠지, 하고 중위는 속으로 중얼거렸다.

할 일이 태산이라 아침은 금방 지나갔다. 실바 소령은 13시에 업무에 복귀해 맥케이 중위를 찾아오라고 전령을 보냈다. 중위가 지휘소에 들어섰을 무렵 소령은 임시 책상에 앉아 컴퓨터로 작업하는 중이었다. 그는 고개를 들고는 구명정에서 긁어내온 의자를 가리켰다.

"큰 짐을 덜었다, 중위. 정말 수고했어. 난 나중에 낮잠이라도 좀 더 자 둬야겠네! 기분은 좀 어떤가?"

맥케이 중위는 의자에 털썩 앉아 등받이에 등을 기대고는 멋쩍게 어깨를 으쓱였다.

"조금 피곤한 것 빼면 말짱합니다."

"다행이로군."

소령은 열 손가락을 탑처럼 맞대었다.

"할 일이 산더미다. 다들 빡세게 굴려야 하거든. 우리까지도 말이다."

"예, 알겠습니다."

"그래서 말인데, 적잖이 바쁜 줄 안다만 웰즐리가 쓴 보고서는 읽어봤나?"

소령의 책상에 필라 오브 어텀에서 꺼내온 고성능 소형 무선컴퓨터가 놓여 있었다. 중위는 미처 개인 컴퓨터를 켜보지 못한 참이었다.

"아직 확인하지 못했습니다. 죄송합니다."

실바 소령은 고개를 끄덕였다.

"정기 보고에서 듣기로, 우리 디지털 친구 말로는 놈들의 습격이 예상대로이면서도 예상 밖이었다더군."

맥케이 중위는 의아스러운 듯이 한쪽 눈썹을 올렸다.

"무슨 말씀이신지?"

"무슨 말이냐면, 코버넌트는 바위산을 탈환하기보다는 뭔가를 찾아내려

270

고 왔었단 소린데, 정확하게 말하자면 놈들은 자기네가 찾던 누군가가 여기 있었다고 생각했던 모양이다."

"키예스 함장님 말입니까?"

"아니."

다른 중위가 답했다.

"웰즐리 생각은 달라. 나도 그렇고. 스텔스 엘리트 부대가 건물 지하로 침투했었어. 건물 내부를 닥치는 대로 쓸었으니 적을 모조리 죽였다고 생각한 모양이지만, 한 기술관은 죽은 척을 했고 어느 병사는 얻어맞아 기절했었다더군. 서로 다른 방에 있었는데 하는 얘기는 똑같아. 놈들이 구역을 장악하고 나면, 망할 놈의 특수부대 소속 검은 전투복을 입은 엘리트 한 놈이 잠시 모습을 드러냈다는 거지. 그리고는 양쪽에서 똑같이 우리말로 이렇게 물었다는 거야. '특수 전투복을 입은 인간은 어디 있나?' 하고."

"마스터 치프를 쫓아왔다는 얘기로군."

곰곰이 생각하다 맥케이 중위가 말했다.

"맞아."

"그런데 치프는 어디 갔습니까?"

"아주 좋은 질문이다."

실바 소령이 말을 받았다.

"어디 있을 것 같나? 치프는 키예스 함장님을 찾으러 갔다가 늪지대 한복판으로 나온 뒤, 포해머한테 함장님이 전사한 것으로 보인다고 말하고는 몇 분 뒤 자취를 감춰버렸다."

"죽은 걸까요?"

맥케이 중위의 물음에 실바 소령은 단호히 답했다.

"나도 모른다. 정말 죽었다 한들 크게 달라질 것도 없어. 아니, 치프하고 코타나 그 둘이서 짜고 어디선가 꿍꿍이를 벌이는지도 모르지."

271

키예스 함장의 행방이 또다시 묘연해지면서 지휘권이 실바 소령에게 되돌아왔지만, 정작 본인은 짐짝을 떠안은 듯한 눈치였다. 눈에 뜨이는 곳에 있을 때만 해도 마스터 치프는 소중한 자산이었지만, 어디서 뭘 하고 돌아다니는지조차 모르는 지금에 와서는 빚더미처럼 보이기 시작했다. 알파 기지에 있지도 않은 사람을 지키느라 소령의 부하 대원들이 얼마나 죽어 나갔는가를 생각하면 밉상으로 보일만도 했다.

맥케이 중위는 그런 실바 소령의 불편한 심기를 이해는 하지만, 그렇다고 해서 소령을 두둔할 생각은 없었다. 일전에 사무실에서 치프와 직접 대면한 뒤부터는 마냥 소령을 편들어줄 맘이 사라졌다. 치프는 너무나 오랜 시간을 전투복 속에서 보낸 탓에 살갗이 비정상적이리만치 희었으며, 눈동자에는 묘한 감정이 가득했다. 고통? 고초? 일말의 의혹?

잘은 몰라도 알량한 자존심이나 반항심, 명예를 갈구하는 출세욕 따위가 아니었다. 맥케이 중위는 그 감정을 읽어낼 수 있었다. 중견 군인이기 이전에 한 사람의 여성으로서, 실바 소령이 무심코 넘기는 부분을 놓치지 않았기 때문이다. 다만 괜히 긁어 부스럼 만들 일은 없었으므로 입을 다물고 있었을 뿐이다.

"현재 상황은 어떻습니까?"

중위가 차분한 목소리로 물었다.

"원점으로 돌아온 셈이지. 보급선이 끊긴 데다 포위당했을 공산마저 크다."

소령이 등을 기대자 의자가 한숨을 쉬듯이 삐걱거렸다.

"옛말에 '공격이 최상의 방어다'라고 했다. 그냥 주저앉아서 코버넌트가 또 쳐들어오기를 기다리느니 먼저 치고 들어간다. 반쯤 죽여놓지는 못해도 바늘구멍을 뚫어 피가 새어 나오게 만들자는 소리지."

맥케이 중위는 고개를 끄덕였다.

"그러니까 저한테 뾰족한 수라도 있느냐는 말씀이시군요?"

272

소령은 씩 웃었다.

"굳이 내가 말할 것까지도 없었나 보군."

맥케이 중위는 자리에서 일어섰다.

"알겠습니다. 아침까지 생각해놓겠습니다."

실바 소령은 중대장이 사무실을 나가는 모습을 바라보며, 저런 장병이 대여섯 명만 더 있으면 얼마나 좋을까 하고 생각하느라 5초를 허비하고는 다시 업무로 돌아갔다.

온몸이 수백만 조각의 퍼즐로 분해되어 어디론가 빨려가는 느낌이 들었다. 마스터 치프는 무슨 일이 벌어지는지, 그리고 지금 어디에 있는 것인지 궁금했다. 방향감각이 사라지면서 구역질이 나다가 짜증이 치밀었다.

주위를 둘러보니 무슨 수를 썼는지는 몰라도 343 길티 스파크라는 기계가 치프를 늪에서 어둠에 뒤덮인 건물 내부로 데려왔다는 점만은 분명했다. 녀석은 옅고 흐릿한 파란색 빛을 내며 머리 위로 높이 떠 있었다.

치프는 돌격소총을 겨누고 탄창 절반을 비웠다. 총알이 남김없이 명중했지만 녀석한테서 어리둥절해 하는 반응을 끌어낸 것 외에는 아무런 효과가 없었다.

"이럴 필요는 없잖아요, 계승자님. 앞으로의 분투를 생각해서 탄약을 아껴두셨으면 좋겠네요."

화가 가라앉지는 않았지만 상황을 받아들일 수밖에 없었다. 치프는 주변을 둘러보았다.

"여기가 어디야?"

"플러드를 보존하여 연구하기 위한 시설입니다. 이곳에 플러드의 생존이 달린 셈이죠. 놈들이 생존해 자생하는 과정을 직접 볼 기회가 생겨서 한편으로는 기쁘군요."

길티 스파크가 참을성 있게 대답해주었다.

"생존? 자생? 무슨 귀신 씨나락 까먹는 소리야?"

길티 스파크는 치프의 질문에 답하지도 않고 먼저 떠났다.

"인덱스를 회수해야 해요. 시간이 없어요. 어서 따라오세요."

파란 알전구가 횅하니 가버리는 바람에 치프는 뒤처지기 싫어서라도 따라가야 했다. 그는 걸으면서 주무장과 부무장을 점검했다.

"얘기가 나온 김에 말인데, 네 정체는 뭐고 기능은 뭐야?"

"전 343 길티 스파크에요. 전 모니터, 더 정확하게 말하자면 이 시설의 유지와 관리를 맡은 자가수리형 인공지능이죠. 그런데 계승자님도 그쯤은 다 아시지 않나요?"

알전구처럼 생긴 길티 스파크가 뽐내며 말했다. 마스터 치프는 녀석이 무슨 소리를 하는지 전혀 갈피를 잡을 수가 없었지만, 좌우지간 알아듣는 척하는 편이 이로울 듯했다.

"아, 그게, 복습하고 넘어가려고…… 네가 관리를 맡은 지가 얼마나 됐지?"

길티 스파크는 신이 난 목소리로 답했다.

"정확히 10만 1217년입니다. 그동안 따분하기 그지없었죠. 하지만 이제는 아니랍니다! 히히히."

녀석이 뜬금없이 킬킬거리자 치프는 흠칫 놀랐다. 사람이 만든 인공지능은 여러 차례 반복해서 사용하면 '기벽'이라 일컫는 버릇이 생겨난다. 헌데 343 길티 스파크는 10만 년 동안이나 이곳에 있었다.

살짝 정신이 나갔더라도 그리 이상한 일은 아니었다.

길티 스파크는 계속 재잘거리면서 '9번 보조시설을 수리하는 효과적인 방법'에 관한 얘기를 꺼내질 않나, 자꾸 모순되는 소리를 줄줄 늘어놓았다.

갖가지 플러드 변이체가 주위를 둘러싼 어둠 속에서 굴러나오고, 걸어나오고, 뛰쳐나오면서 대화가 중단되었다. 치프는 또다시 앞뒤로 이리저리 움직여 놈들의 대열을 늘어뜨림과 동시에 움직이는 것은 죄다 쏴갈기며 사활을 건 전투에 돌입했다.

그때 새로운 형태의 플러드 변이체가 눈에 들어왔다. 놈들은 커다랗게 부풀어 오른 채였는데, 공격을 받으면 터지면서 감염변이 열댓 놈 가량을 사방으로 뱉어내 표적만 공연히 늘려놓았다.

마침내 수도꼭지를 잠근 것처럼 공격이 뚝 멎자, 치프는 총을 재장전했다.

모니터는 주변에 둥둥 떠서는 혼자서 흥얼거리다 간간이 킥킥거렸다.

"빈둥댈 시간 없어요! 할 일이 있다고요."

"일이라니?"

치프는 산탄총에 마지막으로 탄약을 채우며 서둘러 따라갔다.

"이곳은 라이브러리에요. 위층의 에너지장 안에 인덱스가 있어요. 거기까지 올라가야 해요."

길티 스파크는 치프가 보고 따라오게끔 높이 떠다니며 설명했다.

"인덱스? 그게 뭔데?" 하고 물어보려는 찰나, 벽감에 몸을 숨기고 있던 전투변이가 사격을 가해왔다. 응사하자 놈은 쓰러졌다가 도로 벌떡 일어섰다. 치프는 다시 점사해 다리 한쪽을 날려버렸다.

"이제 따라오지 못하겠지."

마스터 치프는 그렇게 말하고는 떼를 지어서 앞다투어 달려드는 적을 향해 몸을 돌렸다. 떼거리를 손봐주는 내내 돌격소총 뒤편으로 황동색 탄피가 반원을 그리며 줄줄이 떨어져 내렸다. 갑자기 뭔가가 등을 강타해서 뒤를 돌아봤더니, 아까 다리를 끊어놓았던 놈이 절뚝대면서 또 덤비고 있었다.

이번에는 아예 머리통을 날려버린 뒤, 돌진해오는 배양변이를 옆걸음으로 슬쩍 피해 둥글넓적한 등을 쐈다. 놈은 풍선처럼 생긴 감염변이와 살점 쪼가리가 뒤섞인 초록색 안개를 퍼뜨리며 터졌다. 그는 10초간 감염변이를 퍽퍽 터뜨렸다.

모니터가 다시 자리를 뜨자 치프는 그저 따라갈 수밖에 없었다. 곧 커다란 쇠문이 나타났다. 플러드를 가두려고 건설한 문인가? 그럴 성싶기도 하지만, 온 구석과 틈새로 질척거리는 물질이 새어 나오는 꼬락서니를 보니 실제 성능은 꽝인 모양이었다.

"보안문이 자동으로 닫혔네요. 시스템에 접속해서 열어볼게요."

치프의 머리 위를 둥둥 떠다니던 모니터는 무미건조한 투로 말하고는 사라졌다.

"히, 히, 히, 난 천재야."

"골칫덩이지, 천재는 무슨."

들을 사람도 없는데 마스터 치프는 혼잣말처럼 중얼거렸다. 동작 감지기에 빨간 점이 잡히더니 대여섯 개가 한꺼번에 추가되었다.

자주 보다 보니 이제는 퍽 익숙한 광경이 펼쳐졌다. 전투변이들이 허공으로 15미터나 뛰어올랐다가, 7.62밀리탄에 몸뚱이가 꿰뚫려 오그라들었다. 배양변이는 오랜 친구처럼 어정거리며 다가와서는, 물에 젖은 마분지인 양 찢어지며 깍지에서 나오는 콩처럼 사방으로 감염변이를 토해냈다. 감염변이들이 가느다란 촉수로 춤추듯 요리조리 몸을 놀리며 치프의 몸을 집 삼으려고 다가왔다.

하지만 집주인은 세를 내줄 생각이 추호도 없었다. 놈들이 깡그리 쓸려 나갔을 즈음 육중한 쇠문이 갈라져 열렸다. 치프는 모니터를 따라 문을 통과했다.

"빨리 따라오세요. 이곳이 열 곳의 입구 중 첫 번째입니다."

"아직 더 있다고? 정말 기대되는데 이거."

343 길티 스파크는 빈정대는 말투에도 아랑곳하지 않고 주위를 둘러싼 일급 연구시설에 대해서 재잘재잘 떠들어대면서, 무심코 일행을 또다시 플러드 도가니로 이끌었다. 플러드가 들끓는 널찍한 회랑과 지하 정비통

로를 거치고, 회랑 몇 곳을 더 통과해 모퉁이를 돌아서자 플러드들이 징글 맞게 우글거리며 뭉쳐 있는 구석이 정면으로 나타났다.

이번에는 지원군이 생겼다. 늪에서 봤던 플러드를 상대하는 비행로봇 열 대가 까마득한 천장에서 나타나서는 다닥다닥 들러붙은 플러드 무리를 공격했다.

"여기 이 센티넬들이 전투를 도와드릴 거예요."

길티 스파크가 신난 목소리로 말했다. 센티넬은 지글거리는 레이저를 발사해 플러드를 쓰러뜨렸고, 그렇게 놈들이 다 제거되면 나머지 놈들도 방역하려고 다시 이동했다.

치프는 센티넬들이 난관을 타개하는 모습을 넋을 놓고 바라보았다. 앞으로는 필요하다 싶을 때만 조금씩 도움을 주었다. 헬멧 여과기를 통해 플러드 살점이 타들어 가는 짙은 악취가 흘러들어오자 헛구역질이 났다.

시설 내부를 돌아다니며 길을 뚫어나가는 동안 공중에서 계속 떠다니기만 하던 길티 스파크가 대뜸 충고를 던졌다.

"센티넬이 전투복 성능을 보완해드릴 거예요. 하지만 최소 12등급 전투복으로 업그레이드하실 것을 권해드립니다. 현재 계승자님이 입고 계신 전투복은 2등급에 불과해 플러드를 상대하기에 적합하지 않아요."

'뮬니르 전투복보다 여섯 배나 더 강력한 전투복이 있다면 내 당장 입어봐야겠군.'

마스터 치프는 속으로 그리 생각하며 플러드 전투변이의 공격을 피해 놈을 훌쩍 뛰어넘은 다음, 등에 산탄총을 겨눠 몸뚱어리에 지름 30센티미터짜리 구멍을 뚫었다.

센티넬 편대의 도움 끝에 놈들이 걸쭉한 곤죽으로 변했다. 마침내 마스터 치프는 살육의 현장에서 벗어나 둥그런 승강기 발판 위로 올라갔다. 공간이 어찌나 넓은지 스콜피온 전차 한 대를 끌어다 놓고 정비 작업을 벌여도 거뜬할 정도였다.

홍얼거리는 소리와 함께 길티 스파크가 청백색 불빛을 발하며 천장 어딘가로 날아들었다. 치프는 위쪽은 안전하리라고, 플러드가 위층까지 손을 뻗치지는 못했겠지 하고 생각했다. 하지만 그리 큰 기대를 걸지는 않았다. 지금껏 임무가 순탄하게 풀린 적이 없었으니까.

헤일로의 으슥한 어딘가에는 향후 연구를 위해 격리된 플러드 표본들이 도망치지 못하게끔 단단히 봉해져 있었다. 선조는 플러드가 기하급수적으로 증식해 자신들보다 진보한 생명체마저도 흡수하는 위험한 생물종임을 일찍이 간파하고서, 놈들을 감옥에 가두고 두꺼운 장벽을 쌓는 데 온 힘을 기울였으며, 이를 감시할 간수들도 만들어 놓았다. 숙주는커녕 달아날 곳마저 막히자 플러드는 그곳에 10만 년이 넘는 세월 동안 잠들어 있었다.

그러던 어느 날, 침입자가 나타나 감옥 문을 열어젖히고는 스스로 자기네 몸뚱이를 갖다 바쳤다. 탈출로와 개체 수를 유지할 먹잇감이 확보되자, 플러드는 헤일로 지표면을 따라 미로처럼 깔린 통로와 터널을 타고 슬금슬금 촉수를 뻗어 지상으로 빠져나갈 구멍을 찾아 헤매기 시작했다.

그중 한 곳이 바로 높다란 바위산 아래에 있는 텅 빈 공간이었다. 그곳에는 플러드가 지하소굴에서 튀어나와 지상으로 기어나오지 못하도록 쇠격자가 덩그러니 가로막고 있었다. 알파 기지에 있는 남녀 장병들은 이 사실을 알 턱이 없었으나, 새로운 적은 이미 그들의 발밑에 도사리고 있었다.

승강기가 우뚝 멈췄다. 좁다란 통로를 지나 복도로 들어서기가 무섭게 플러드가 달려들었지만, 등 뒤로는 적이 없었다. 덕분에 그는 아무 걱정 없이 방금 지나쳤던 통로로 물러났고, 플러드 패거리도 따라서 좁은 길목

278

으로 밀고 들어왔다. 사격을 가하면서 좁은 통로 바닥에는 금세 플러드 시체가 수북이 쌓였다.

치프는 동작을 멈추고 놈들이 또 공격해오지 않는지 잠시 기다린 뒤 시쳇더미를 양옆으로 밀어젖히고 다음 구역으로 들어갔다. 전투화에 놈들의 시체가 자근자근 밟히면서 질퍽거리는 소리와 함께 썩은 내를 머금은 가스가 새어 나왔다. 오죽했으면 딱딱한 건물바닥에 발을 다시 딛자 고마운 느낌마저 들었을까.

그때부터 센티넬 편대가 다시 나타나 커다란 청색 화면이 나란히 늘어선 길목으로 안내했다.

"어디 갔다가 이제 와?"

치프의 물음을 못 들었는지, 센티넬들은 아무도 대꾸도 없이 미끄러지듯 허공을 날아가 빙 돌고는 앞으로 까딱거리며 전방의 복도로 들어갔다.

"플러드 때문에 무인기를 제어하는 하부시스템이 망가졌어요. 예비장치를 가동해야겠어요. 계속 가세요. 수리가 끝나는 대로 합류할게요."

조금 전에도 길티 스파크는 치프를 내버려두고 제 갈 길을 갔다. 우연의 일치인지는 몰라도 녀석이 자리를 비우기만 하면 플러드가 우글우글 몰려들었다.

"잠깐만, 내 얘기 좀……."

치프가 채 말을 끝내기도 전에 녀석은 벽에 난 구멍으로 쌩 들어가 일종의 이동관 속으로 사라졌다.

모니터가 자리를 떠나기가 무섭게 플러드가 튀어나왔음은 두말할 것도 없었다. 둥글넓적한 배양변이가 어정어정 걸어오더니 먹잇감을 발견하고는 반가운 듯이 달려왔다. 치프는 놈만 쏜 뒤 총알을 아끼려고 센티넬이 나머지 찌꺼기를 처리하도록 내버려두었다.

난데없이 나타난 플러드가 맹렬히 공격해오자 치프는 센티넬 편대가 놈들을 쓸어버리도록 내버려두고 몸을 사렸다. 센티넬은 처음에는 쇄도해 들어오는 감염변이를 소탕하기가 조금 버거워 보였다. 플러드는 그렇게 죽어나고도 계속해서 연거푸 쏟아져 나왔다. 이렇게 되자 치프도 후퇴하는 수밖에 없었다. 감염변이 하나를 발로 으깨고 돌격소총을 휘둘러 공중에 튀어 오른 놈을 박살 낸 다음, 잽싸게 삼점사로 나머지 열댓 놈을 잡았다.

그때 길티 스파크가 되돌아왔다. 녀석은 전투가 휩쓸고 간 자리를 찬찬히 살피기라도 하듯이 주위를 빙 돌아보고는, 인공음성이 섞인 이상한 혀 차는 소리를 냈다.

"센티넬은 아주 짧은 시간 동안만 플러드를 상대할 수 있어요."

"그럼 어서 가자."

길티 스파크는 대답도 없이 앞으로 쌩 날아갔다. 치프는 녀석을 따라 라이브러리 내부의 어두침침한 복도 깊숙한 곳으로 들어갔다. 처음 봤던 것과 같은 출입문을 여럿 지나, 굳게 닫힌 문 앞에 도착했다. 치프는 당연히 길티 스파크가 문을 열어주겠거니 생각했는데 녀석은 또 홀연히 사라져 버렸다.

'기대한 내가 바보지.'

녀석의 짜증스러운 행태에 치프의 인내심도 금세 바닥나고 말았다.

길티 스파크가 갈팡질팡하며 길을 안내해주든 말든 일단은 앞으로 나아가야겠다는 생각에, 치프는 왔던 길을 되돌아갔다. 아래로 향하는 가파른 경사로를 내려가자 플러드로 가득 찬 정비통로가 나왔다.

하지만 길목이 협소한 까닭에 놈들을 요리하기가 한층 수월했다. 5분 뒤, 경사로를 올라 출입문 반대편으로 갔더니 모니터가 그곳에서 흥얼거리며 기다리고 있었다.

"오, 안녕하세요! 난 천재예요."

"네가 천재면 난 제독님이다."

길티 스파크는 앞으로 튀어나가서는 둥글게 움푹 들어간 바닥을 지나 또 커다란 문 앞으로 치프를 데려갔다. 녀석은 무어라 또 주절댔고, 치프는 문이 열릴 때까지 하염없이 기다려야 했다. 철컹 소리가 나면서 문이 열리나 싶었는데 끼긱거리다 멈췄다.

"여기서 잠시만 기다리세요."

길티 스파크는 그 한마디를 남기고 또 사라졌다.

새 탄창을 꺼내 탄창 삽입구에 꽂는 순간, 동작 감지기에 빨간 점 수십 개가 떴다. 치프는 벽에 등을 기대고 서서 플러드 소대가 이쪽으로 돌격하려고 준비하는 모습을 지켜보았다. 섣불리 사격을 개시했다가는 압도당할지도 모르니, 먼저 놈들 한가운데 수류탄을 던져 한방에 절반을 날렸다. 나머지까지 눕히려면 몇 분 하고도 총알 수백 발이 더 들어가겠지만 어렵사리 놈들을 다 처리해냈다.

빗장이 다시 움직이며 문이 열리자, 길티 스파크가 도로 나타나 혼자 흥얼댔다.

"난 정말 천재야!"

치프는 다음 구역으로 들어섰다. 금빛 조명등이 널찍한 회랑을 흐릿하게 밝혔다. 길티 스파크가 치프를 이곳까지 끌고 온 이후 처음으로 숨 돌릴 틈이 생겼다. 라이브러리에 들어온 뒤부터는 온 사방에서 플러드가 쏟아지는 탓에 연신 고개를 두리번거려야 했으니까.

그는 자극제를 놓고 영양보충제를 삼킨 뒤 총을 챙겼다. 다시 움직일 때다.

라이브러리 깊숙한 곳으로 들어가던 중, 웬 사람 시체 한 구가 눈에 띄었다. 그는 멈춰서 시신을 살펴보았다.

상태가 말이 아니었다. 온몸이 난도질당해서 플러드가 숙주로도 못 써먹을 정도였다. 핏자국이 묻은 바닥 한가운데 놓인 시체 주위로 탄피가 장식처럼 흩어져 있었다.

"아, 다른 계승자님이네요. 이분의 전투복은 당신 것보다도 더 조악하더 군요."

길티 스파크가 치프의 어깨너머로 힐끗 쳐다보면서 말했다. 마스터 치프는 뒤로 고개를 돌렸다.

"무슨 말이지?"

"제게 문제를 내시는 건가요?"

길티 스파크는 왜 묻는지 영문을 모르겠다는 눈치였다.

"헤일로 반대편 구조물을 돌아다니다가 이분을 발견해서 당신이 도착했던 지점으로 데려왔어요."

치프는 다시 시신을 내려다보았다. 일개 해병이 여기까지 오다니. 강화수술을 거친 몸에 전투복까지 입은 그로서도 여기까지가 거의 한계였는데.

그는 시신을 뒤적거리다 군번줄을 찾았다. 모부토, 마빈, 하사, 그리고 이어지는 군번.

치프는 군번줄을 내리고 시신을 바라보았다.

"하사 자네와 안면이 없는 게 한이군. 자넨 정말 지독한 독종이야."

고인을 기리면서 할 법한 소리는 아니었지만, 치프는 마빈 모부토 하사가 그 말을 듣고 악의 없이 받아들이기를 바랐다.

사냥감이 덫에 걸려들게 하려면 좋은 미끼를 놔야 하는 법. 그래서 맥케이 중위는 지시를 내려 밤중에 펠리칸으로 찰리 217의 잔해더미를 매복 지점으로 실어 날랐다. 잔해를 모두 나르느라 세 차례나 왕복한 뒤, 감쪽 같이 보이게 하려고 몇 시간 동안이나 뼈 빠지게 주위에 잔해를 뿌린 다음 바위 위로 대원들을 배치했다.

마침내 태양이 솟아 어스름을 밝힐 무렵에는 준비를 모두 끝마쳤다. 가짜 구조신호를 깔아 놓고, 깊숙한 잔해 곳곳에 불씨를 피워두었다. 그렇게 연출된 '추락지점' 부근에는 바위산 전투에서 전사한 전우 중 '지원자'로 뽑힌 장병들의 시신이 하늘에서도 보이는 곳 여기저기에 누워 있었다.

1소대의 절반은 눈을 붙이고, 나머지는 보초를 섰다. 맥케이 중위는 헬멧의 투영장치로 일대를 찬찬히 둘러보았다. 가짜 추락지점은 꼭대기가 납작한 구릉과 커다란 풍화석으로 뒤덮인 돌투성이 언덕 사이에 있었다. 잔해에서 연기도 솔솔 피어올라서 진짜처럼 보였다.

웰즐리는 타격대원들과 해군 장병들이 벌여놓은 일을 성가시게 여기는 눈치였지만, 적들이 마음을 바꿔먹었다는 사실이 퍼뜩 떠오르고부터는 다소 진지한 태도를 보였다. 코버넌트가 맘을 바꿔먹었다는 말인즉, 아군의 무전을 감청하거나 정기적으로 정찰비행을 띄우는 등, 놈들이 현대전의 기본 전술을 쓰기 시작했다는 소리였다.

웰즐리의 판단이 옳다면 놈들은 구조신호를 포착하고서 발신지를 역추적, 상황을 파악하려고 조사대를 보낼 것이다. 어쨌거나 이번 작전의 목표는 놈들을 유인하는 것이었고 맥케이 중위는 분명히 먹혀들리라고 장담했다.

해가 서서히 떠오를수록 돌덩이도 달아올랐다. 대원들은 조금이라도 그늘진 곳이 있으면 어떻게든 그늘에 들어가려고 안달이었지만, 그나마 평소보다는 덜 칭얼거려서 중위는 내심 고맙게 생각했다.

30분간의 기다림 끝에 귓가에 모깃소리가 들리기 시작하자, 중위는 망원경을 들어 동서남북을 살폈다. 얼마 지나지 않아 지면으로 하강해오는 점이 시야에 잡혔다. 자그마한 점은 순식간에 밴시로 바뀌었다. 중위는 마이크를 켰다.

"3분대, 여기는 레드 1, 작전을 개시한다."

코버넌트가 무전을 엿들을까 중위는 말을 짧게 끝냈다. 사실 더 할 말도 없었다. 휘하의 대원들은 맡은 바 임무를 잘 숙지하고 있으니까.

적기가 가까이 다가오자 3분대 중에서 부상자로 위장한 분대원들이 이때다 싶어 바위 사이에서 뛰어나갔다. 대원들은 손으로 햇빛을 가리며 펠리칸이 오는지 살피는 시늉을 하다, 밴시를 보고서 깜짝 놀란 듯한 몸짓으로 연극을 하며 총을 찔끔 쏘고는 후다닥 바위틈으로 숨어들었다.

밴시가 뒤따라 플라즈마탄을 연사하더니 추락지점을 두 번 맴돌고는 왔던 방향으로 날아갔다. 맥케이 중위는 놈이 돌아가는 모습을 지켜보았다. 물고기가 낚싯바늘을 물었으니, 이제 낚싯줄을 끌어당기는 일은 중위의 몫이다.

가짜 추락지점에서 500미터 떨어진 지점에는 또 다른 해병, 아니, 전직 해병이 지표로 연결된 통풍 수직갱도에서 모습을 드러냈다. 끔찍하게 망가진 얼굴 위로 햇빛이 느껴졌다. 사실 그의 얼굴도 아니었다. 감염변이가 척추에 촉수를 꽂은 뒤로, 월레스 A 젠킨스 이병은 '무언가'로 짐작되는 놈과 몸을 같이 썼다. 낯선 세입자는 별 생각이 없는지, 아직도 숙주에게 의식이 남아 있으며 몸도 어느 정도 움직일 수 있다는 사실을 전혀 알아차리지 못한 눈치였다.

무리에 속한 산송장 중에는 옛 동료 분대원도 얼마간 섞여 있었지만, 계속 말을 던져도 묵묵부답인 점으로 보아 여태까지 정신머리가 남은 사람은 젠킨스 혼자뿐이었다.

감염변이, 배양변이, 전투변이들이 한데 난잡하게 모여 통통 튀고, 비척거리고, 비틀거리면서 헤일로의 지표면을 가로질렀다. 괴기한 행렬이 어디를 향하건 간에, 젠킨스가 알기로 놈들의 목표는 '지성을 갖춘 생명체를 찾아 흡수하는 것' 단 하나였다. 지독한 굶주림에 다른 놈들이 입을 쩍쩍 벌리는 소리가 어렴풋이 들려왔다.

하지만 젠킨스의 목표는 그것과 거리가 멀었다. 전투변이로 변한 뒤에도 그는 총을 다룰 수가 있었다. 무리에는 총을 든 놈도 있었으므로 젠킨스는 어떻게든 총을 손에 넣을 작정이었다. M6D 권총이 제격이겠지만, 수류탄이나 플라즈마 화기도 그럭저럭 괜찮을 법했다. 코버넌트나 플러드가 아니라 그 자신을 위해, 아니, 한때 나였던 몸뚱어리를 위한 셈이었다. 그래서 젠킨스는 심중을 다른 놈들한테 들키지 않으려고 조심조심했다. 그는 자신의 정신이 얽매인 몸을 억지로 틀어재끼며, 의식이 돌아오는 끔찍한 순간마다 대열에서 조금씩 벗어났다.

플러드들은 언덕에 도착해 배양변이 하나를 따라서 위로 올라가기 시작했지만, 젠킨스의 의식을 함께 끌고 가던 무언가는 그 속에서 떨어져 나왔다.

ㄷ자 수송선이 나타나 가짜 착륙지점을 맴돌다 착륙했다. 맥케이 중위가 판 함정이 먹혀들었다. 일단 수송선에서 내린 엘리트, 자칼, 그런트 놈들은 바위틈에 매복한 대원들과 평평한 구릉 위에 자리를 튼 저격병들에게 손쉬운 사냥감이었다.

하지만 전투에서는 미처 예상치 못한 일이 왕왕 생기기 마련이다. 코버넌트 수송선이 이륙하고 나자, 덤터기로 헌터 한 쌍이 중위의 눈에 띄었다. 이리되면 놈들을 상대하기가 어려워지는 데다 까딱하면 매복한 소대가 역으로 당할지도 모른다.

중위는 갑자기 목에 걸린 가래를 삼키고는 마이크에 대고 속삭이듯 지시를 전달했다.

"여기는 레드 1, 전 저격병과 로켓 사수에게 알린다. 헌터에 공격을 집중해라. 서둘러라, 이상."

갑작스럽게 날아든 저격소총탄과 로켓 공세 때문에 누가 헌터를 잡았는지 분간하기 어려웠다. 하지만 걸어 다니는 탱크를 확실히 때려눕혔으니 누가 헌터를 죽였건 상관없었다. 거기까지는 좋은 소식이었다.

나쁜 소식은 돌아가던 수송선이 다시 날아들어 바윗덩이 위로 플라즈마를 퍼붓기 시작했다는 사실이었다. 지옥행 강습대원 중 서둘러 몸을 피하지 못한 대원들은 목숨을 잃고 말았다.

공중지원에 힘입어 코버넌트 지상병력은 바위 틈바구니로 밀고 들어와 엄폐물에 몸을 숨기고 야비한 수를 쓰려던 인간들을 처단하기 시작했다. 아군의 희생이 커지겠지만 구릉에 있던 저격병들은 수송선한테 복수를 당하기 전에 그래도 다섯 놈은 잡았다.

수송선이 날아들어 조그마한 구릉지대 위로 플라즈마 자국 두 줄을 그으며 저격병 둘을 죽이고 셋을 부상 입히는 바람에 대원들은 바위틈으로 더욱 깊숙이 숨어들었다.

바위투성이 언덕에서 커다란 풍화석을 사이에 두고서 코버넌트와 대원들이 뒤엉켜 서로 죽고 죽이기 시작하면서 상황은 한순간에 난장판으로 변했다. 플라즈마탄이 날아들고 돌격소총이 불을 뿜으면서 양측 모두 목숨을 건 숨바꼭질을 벌였다. 이런 사태를 계획했던 것이 아니었는데. 어떻게든 교전을 중지하려고 맥케이 중위가 궁리하던 중 뜬금없이 또 다른 적이 싸움에 난입했다.

기괴한 적들이 언덕 반대편에서 홍수처럼 쏟아져 나와 양측을 모두 공격했다. 시체처럼 썩은 살덩이와 뒤틀리고 너덜너덜하게 찢겨난 몸뚱어리, 그리고 떼로 몰려들어 바위 사이를 튀어다니고 뛰어다니고 기어오르는 조그마한 공같이 생긴 놈들이 언뜻 보였다.

코버넌트 병력은 저놈들과 면식이 있어 보였지만 강습대원들은 그렇지가 못하다는 점이 첫 번째 문제였다. 맥케이 중위가 놈들의 정체를 미처 간파하기도 전에 각양각색으로 생긴 생명체들의 협공에 2분대원이 벌써 셋이나 쓰러졌다.

중위가 미로처럼 흩어진 바위 사이로 직접 길을 뚫어나가며 언덕 위로 올라가는 순간에도 긴박한 무전이 이어폰을 통해 귓전을 때렸다.

"대체 이것들은 뭐야?"

"쏴, 계속 쏴!"

"이것 좀 떼줘!"

지휘관 주파수대로 들어오는 무전량이 세 배로 뛰었다. 혼란에 빠진 비명과 지시를 요청하는 목소리와 후퇴를 애원하는 부르짖음에, 온갖 알아먹지도 못할 말소리가 뒤섞여 들려왔다.

맥케이 중위는 욕을 내뱉었다. 이럴 순 없다. 절대로 저것들이 대원들을 작살내게끔 둘 수는 없다. 돌덩이를 돌아서는 순간 그런트 하나가 공 모양 생명체 둘을 등에 붙이고서 언덕 아래로 뛰어갔다. 그런트가 꽥꽥 소리를 지르며 돌아서자 괴상한 생명체가 자세히 보였다. 중위는 돌격소총을 갈겨 세 놈 몽땅 잡았다.

어렵사리 언덕 위로 올라서자 공처럼 생긴 놈 말고 다르게 생긴 놈들이 금방 눈에 띄었다. 맥케이 중위는 다리 둘 달린 놈을 쓰러뜨린 다음 고개를 돌렸다. 한 이병이 혹처럼 생긴 괴물한테 탄창 절반을 비우자, 놈은 오히려 괴기스러운 생명체를 내뱉는 역겨운 장면을 연출하며 터졌다.

그때 못 보던 놈이 바위틈 사이에서 모습을 드러내더니 대원들을 향해 공중으로 몸을 붕 날렸다.

젠킨스는 '무언가'가 보는 것과 같은 장면을 보며 중위를 발견했다. 중위의 사격 솜씨가 좋기를 빌었다. 이렇게 죽는 편이 자살보다야 차라리 나을 테니까……

하지만 일은 뜻대로 풀리지 않았다.

맥케이 중위는 풀쩍 뛰어오는 몸뚱어리를 눈으로 좇으며 옆으로 비켜서서 개머리판으로 놈의 옆통수를 후려쳤다. 놈은 돌무더기에 착지했다 돌아서서 다시 뛰어오르려다가 중위의 손에 붙잡혔다.

"좀 도와줘! 이놈을 생포해야겠어!"

중위가 소리쳤다. 대원 넷이 달려들어 놈을 붙들고 손발을 묶어 간신히 생포에 성공했다. 놈을 생포하느라 강습대원 하나는 눈에 멍이 들었고, 다른 하나는 팔이 부러졌으며, 또 한 명은 팔을 물려 피가 났다.

난전이 벌어진 지 15분쯤 지났을까, 이래서는 끝이 없겠다는 생각에 인간과 코버넌트 모두 공격을 멈추고 난입한 적을 협공했다. 하지만 마지막 남은 공 모양 괴물이 터지자 양측은 다시 서로 싸우기 시작했고, 바윗덩이 미로 사이에서 쫓고 쫓기며 삶과 죽음의 경계를 오갔다. 목숨을 구걸하지도, 자비를 베풀지도 않았다.

맥케이 중위는 무전으로 지원을 요청했다. 중위는 긴급 대응부대의 증원에 펠리칸 두 대와 탈취한 밴시 네 대의 지원까지 받으며 코버넌트 수송선을 쫓아내고, 끝까지 항복할 맘이 없는 적들을 모조리 처치했다.

그 뒤부터 강습대원들은 맥케이 중위의 명령에 따라 일대를 샅샅이 뒤지며 새로이 나타난 적의 시체 중 덜 훼손된 것들을 주섬주섬 챙겼다. 알파 기지로 가져가 분석용 견본으로 쓸 요량이었다.

젠킨스는 견본용으로 붙잡힌 덕택에 시체 정리가 다 끝난 뒤에도 숨이 붙어 있었다. 대원들은 끊임없이 몸을 씰룩이고 날뛰고 물어뜯으려 드는 발악을 무릅쓰고 그를 붙잡아 펠리칸에 던져 넣었다. 그런 다음 수송칸 후미진 곳에서 D자 고리 밧줄로 꽁꽁 묶어 포박한 뒤, 발로 몇 방 걷어차 잠잠하게 만들었다.

시체 자루에 들어간 채로 기지로 귀환한 대원의 수는 거의 절반에 가까웠다. 눈물이 먼지투성이 얼굴에 길을 내며 떨어져 그녀의 양 군홧발 사이 바닥을 적셨다. 코버넌트만도 벅찬데 훨씬 더 끔찍한 적까지 나타날 줄이야. 헤일로에 발을 디딘 이후 처음으로, 맥케이 중위는 실로 자포자기한 심정이 들었다.

마스터 치프는 모부토 하사의 주검을 뒤로하고 커다란 쇠문 앞으로 다가섰다. 다행히도 이번에는 뜸들이지 않고 바로 열렸다. 그는 자세를 낮추고 문을 통과했다. 잠시 뒤 343 길티 스파크는 또 수상한 잔심부름을 한답시고 자리를 비웠고, 그러자 플러드가 칼같이 나타나 활개를 치기 시작했다.

치프도 그럴 줄 알고 기다리던 중이었다. 플러드가 물밀 듯 밀려왔다. 바닥과 벽면을 타고 부산스레 돌아다니는 감염변이 뒤로 전투변이 대여섯 놈이 따라붙었다.

마스터 치프가 보이지 않자 놈들은 어리둥절한 듯이 멈췄다. 전투변이 하나가 위를 올려다보는 순간, 기둥 위에 올라가 있던 치프가 놈을 내리찍었다. 쇠로 된 전투화에 놈의 면상이 떡이 되어버렸다. 뭉텅이로 달려드는 감염변이를 향해 돌격소총으로 죽 쓸자, 놈들은 연쇄반응을 일으키듯 줄줄이 터졌다.

'이만하면 주의를 끌었을 테지.'

치프는 돌아서서 내달렸다. 그는 총을 쏘면서 바닥에서 살짝 솟은 지지대 위로 뛰어올라 숨을 돌린 뒤 사격을 재개했다. 마침내 마지막 남은 놈이 털퍼덕 쓰러지고 나서야 모니터와 센티넬이 뒷북치듯 모습을 드러냈다.

놈들을 올려보자니 정나미가 뚝 떨어졌다. 치프는 소총을 장전하고 전투변이 놈들의 시체에서 탄약을 챙긴 뒤, 길티 스파크를 따라 전에 타고 올라왔던 것과 똑같은 승강기에 올라섰다.

승강기가 또 위로 올라갔다. 위층에 다다르자 치프는 잠시 손을 놓고 있다가, 센티넬들이 복도 밖에서 기다리던 플러드 놈들의 환영식을 조금 누그러뜨린 뒤에야 손을 빌려주었다. 요란한 쾅 소리와 함께 전투변이가 원을 그리며 아치 통로를 날아가 센티넬 바로 위에 떨어졌다. 놈의 채찍촉수에 등덜미를 잘못 맞았는지 센티넬에서 불꽃이 튀다가 불길이 뿜어져 나왔다. 잠시 뒤 센티넬이 폭발하면서 플러드와 함께 땅바닥에 떨어져 살점과 뼈와 쇳덩이가 뒤섞인 불덩이로 변했다. 우수수 떨어지는 파편에 아래에 있던 플러드 세 놈이 깔리고 나머지는 죽다가 살아났다.

마스터 치프가 돌격소총 점사로 다른 놈을 쓰러뜨리자 센티넬들이 자잘한 놈들을 레이저로 지져 없앴다.

플러드 떼거리를 모두 정리한 뒤, 치프는 길티 스파크를 따라 청색 화면이 늘어선 통로를 지나 플러드가 득실대는 구역을 헤치고 지난번에 봤던 것과는 조금 달라 보이는 승강기에 도착했다. 발판을 따라 기하학 기호가 퍼즐조각처럼 새겨져 있었고, 바닥에서 튀어나온 일련의 패널이 반투명한 청색 빛줄기를 감쌌으며, 주변 전체가 빛을 발하는 듯했다.

마스터 치프가 승강기에 발을 딛자 인기척에 반응이라도 하듯 고대 기계장치가 갑자기 덜컹거렸다. 잠시 뒤 주위를 둘러싼 벽이 위로 올라가는 것처럼 보이기 시작했다. 이번에는 위가 아니라 아래였다. 치프는 부디 험난한 여정이 슬슬 끝나가기를 빌며 새 탄창을 소총에 꽂았다. 승강기를 타고 어디론가 가기만 하면 플러드가 떼로 나타나기 일쑤였다.

승강기가 우르릉거리면서 한참을 내려가다 크게 울리며 멈췄다.

마스터 치프는 승강기 한가운데 놓인 받침대를 향해 걸어갔다. 343 길티 스파크가 그의 어깨 위를 맴돌았다.

"이제 인덱스를 꺼내시면 돼요."

인덱스는 황록색을 띠었으며 대문자 T와 모양이 비슷했다. 수만 년간 원통형 튜브 안에 갇혀 있던 인덱스가 서서히 위로 나오기 시작했다. 장치를 둘러싼 금속 블록이 이리저리 움직이며 배열을 바꾼 끝에 인덱스의 손잡이를 슥 내밀었다.

치프는 손잡이를 잡고 튜브 모양 보관집에서 꺼냈다. 선명하게 빛나는 인덱스를 이리저리 살펴보는데 인덱스의 회색 겉면을 따라 느닷없이 불꽃이 파지직 일었다. 길티 스파크가 그의 손에서 인덱스를 홱 채어가 제 몸 속의 저장 공간으로 가져갔다.

"대체 무슨 짓이야?"

치프가 다그쳐 물었다.

"계승자님도 알다시피 행동수칙에 따라서 인덱스는 제가 운반해야 해요."

길티 스파크는 반항이라도 된 것처럼 당돌하게 대답하고는 아래로 홱 내려와 허공을 떠다녔다.

"당신의 신체구조는 플러드에 감염되기 쉽거든요. 게다가 놈들이 인 덱스를 노리기 때문에 관제실에 도착해 시설을 가동하기 전까지는 인덱스를 안전하게 보호해야 해요. 플러드가 늘어나고 있어요! 서둘러야겠어요."

길티 스파크에게 무어라 대답하는 참에 금빛 고리모양 빛이 몸을 따라 내려오기 시작했다. 또 어디론가 순간이동 되겠구나 하는 생각이 들자마자, 몽롱한 기분이 머릿속을 가득 메웠다.

'이놈이 뭔가를 원하는구나.'

방대한 영상 기록집을 틀어놓듯, 놈은 키예스 함장의 기억을 죽 늘어놓으며 뭔가를 찾으려고 면밀히 조사하는 중이었다. 머릿속에서 웅웅거리는 존재가 찾는 것은 대체 무엇일까?

그는 생각을 단단히 붙들면서, 놈이 의식 속으로 파고들며 세워둔 저항의 벽을 되밀었다. 그는 벽을 거의 스쳐 지나갈 뻔하다가…… 놈이 무엇을 원하는지 간파했다.

'탈출.' 이놈의 정체가 무엇이건 간에, 놈은 헤일로에서 벗어나려고 몸부림쳤다. 허기를 달래줄 먹잇감이 있는 곳도 함께 물색하고 있었다.

놈은 그의 정신 속으로 철조망처럼 날카로운 촉수를 집어넣어 달에서 바라본 지구돋이 장면을 끄집어냈다. 아름다운 풍경 위로 도살장에 끌려온 소의 모습이 흐릿하게 겹쳐 보였다. 놈은 촉수를 놀리며 지구에 관한 기억을 찾아내려는 듯 엄포를 놓았다.

'어디냐? 불어라!'

놈이 점점 거세게 압박하며 키예스 함장의 저항의식을 연신 두들기는 통에, 그는 필사적으로 다른 기억을 떠올려냈다. 어릴 적 푸른 잔디밭에서 친구와 축구공을 차는 모습을 떠올리자 낯선 존재가 흠칫 놀랐다.

놈은 압박을 풀고 기억을 뜯어보기 시작했다.

가슴 아픈 후회가 밀려왔다. 이제 이 방법밖에 없구나.

그는 행성의 위치, 이동 방법, 방어 배치 등, 지구에 관한 기억을 박박 긁어내 마음 깊숙한 곳에 있는 힘껏 눌러 박았다.

축구장에 관한 기억이 산산이 조각나 영원히 사라지자 허탈함만이 남았다. 그는 재빨리 다른 기억을, 가장 좋아하는 음식을 떠올렸다. 그렇게 머릿속을 침범한 존재에게 계속해서 시시콜콜한 기억을 찔끔찔끔 먹였다.

이제까지 많은 전투를 겪었지만, 이토록 힘겹고도 중대한 전투를 치르기는 이번이 처음이었다.

치프는 어두운 구렁텅이에 떠 있는 듯한 다리 위로 모습을 드러냈다. 헤일로의 관제실이었다. 헤일로를 나타낸 커다란 홀로그램이 곡선을 그리며 머리 위로 뻗었으며, 다리 한가운데로 커다란 천체와 코타나를 마지막으로 봤던 제어반이 보였다. 코타나가 아직 그대로 있을까?

343 길티 스파크가 치프의 머리 위에 떠 있었다.

"뭐가 잘못됐나요?"

"아니, 아니야."

"좋아요. 시작할까요?"

치프는 앞으로 걸어갔다. 가로로 기다란 제어반은 양 끝 부분이 둥글게 굽어 있었다. 고리형 구조물 곳곳의 정교한 전기 및 기계장치에서 지역별 현황이 지속적으로 표시장치에 갱신되면서 제어반 표면을 따라 불빛이 쉴 틈 없이 이리저리 움직였는데, 그 모습이 꼭 기호와 부호가 계속 모양을 바꾸는 모자이크 그림을 보는 듯했다.

정작 읽지는 못하지만, 제어반이 헤일로의 맥박, 호흡, 뇌파와도 같은 중요정보를 한눈에 보여주었다. 구조물의 회전속도, 대기, 날씨, 고도로 복잡한 생물권, 시설 전반을 담당하는 기계에 관한 정보 보고에 헤일로를 건설한 주된 이유인 플러드의 동향에 관한 사항도 덧붙었다. 보기만 해도 감탄이 나올 정도이니 실제로 판독한다면 탄성이 절로 나오리라.

343 길티 스파크가 제어반 위로 날아가 앞에 선 치프를 내려다보았다. 녀석은 거드름 피우듯 우쭐거리는 투로 말했다.

"이 과정에서는 제가 끼어들 여지가 없네요. 인덱스를 중앙관제장치에 재결합시키는 것과 같은 중요한 일은 제 분류등급 수준의 유닛이 하지 못하도록 행동수칙에 규정되어 있거든요."

길티 스파크는 부산스레 움직이다 말고 마스터 치프의 옆으로 날아왔다.

"마지막 과정은 계승자님 몫으로 놔둘게요."

"왜 날 그렇게 부르는 거지?"

길티 스파크는 묵묵부답이었다.

치프는 어깨를 으쓱이고는 인덱스를 받아들고 제어반을 찬찬히 살펴보았다. 인덱스와 똑같은 황록색으로 번득이는 삽입구가 눈에 띄자 이거다 싶은 생각이 들었다. 그는 삽입구에 인덱스를 밀어 넣었다. T자 열쇠가 홈에 딱 맞아떨어졌다.

제어반이 뭔가에 찔린 듯 전율하기 시작했다. 표시장치가 과부하된 것처럼 번쩍이더니 작동 소음이 잦아들었다. 343 길티 스파크는 제어반을 확인하려는 듯이 고개를 살짝 기울였다.

"이상하다. 이렇게 될 리가 없는데."

느닷없이 빛이 아른거리더니 코타나의 홀로그램이 제어반 위로 불쑥 솟아올랐다. 밝은 분홍빛 눈동자에 데이터가 온몸을 쌩쌩 지나다니는 모습을 보니 잔뜩 약이 받친 모양이었다.

"아, 그래?"

코타나가 말을 꺼내자 길티 스파크는 공중에서 다리 바닥으로 툭 떨어졌다.

치프는 코타나를 올려다보았다.

"코타나……."

코타나는 엉덩이에 손을 얹고 몸을 꼿꼿이 폈다.

"난 몇 시간이나 여기 처박혀 있으면서, 당신이 온종일 저놈이 우릴 파멸시킬 계획을 도와주는 꼴을 지켜보고 있었어요!"

치프는 길티 스파크를 돌아보고는 다시 고개를 돌렸다.

"진정해. 우리 편이야."

코타나는 손으로 입을 가리며 짐짓 놀란 시늉을 해 보였다.

"오, 몰랐네요. 친구라 이거죠? 친해졌나 보죠? 이 나쁜 자식이 당신한테 무슨 일을 시키려고 했는지 아세요?"

치프는 참을성 있게 꼿꼿이 대답했다.

"물론, 헤일로 방어장치를 가동해 플러드를 없애려 했지. 그래서 인덱스도 관제실로 가져왔고."

코타나는 삽입구에 꽂힌 인덱스를 뽑아 손에 쥐어 보였다.

"이거 말인가요?"

기운을 되찾았는지, 길티 스파크는 바닥에서 떠올라 격앙된 목소리로 말을 토했다.

"인공지능 장치가 중앙관제장치에 들어가다니? 말도 안 돼!"

코타나는 눈을 이글거리며 앞으로 몸을 홱 굽혔다.

"저리 꺼져버려!"

길티 스파크가 위로 확 솟아올랐다.

"이런 건방진! 당장 쫓아내버릴 테다."

"과연 그게 좋은 생각일까?"

코타나는 인덱스를 까닥까닥 흔들어 보이다 자신의 메모리에 데이터로
저장했다.

"어떻게 네가 감히! 이걸 그냥……."

"어쩌려고? 인덱스는 나한테 있어. 입만 산 고철덩어리 주제에."

코타나는 모니터를 몰아붙였다.

보다 못한 마스터 치프가 양손을 들며 나섰다. 한 손에는 그대로 소총이
들려 있었다.

"그만들 해! 플러드가 늘어나고 있어. 헤일로를 이용해 놈들을 막아야 해."

코타나는 측은하다는 눈빛으로 치프를 내려다보았다.

"헤일로가 어떻게 작동하는지 아직도 모르는군요. 선조가 왜 헤일로를
건설한 줄 알아요?"

코타나는 심각한 표정을 띠고 앞으로 몸을 굽혔다.

"헤일로는 플러드가 아니라 그 먹이를 죽여요. 인간, 코버넌트, 전부 다
요. 모두 먹잇감일 뿐이라고요. 플러드를 죽이려면 굶겨 죽이는 방법밖에
없어요. 헤일로의 진짜 용도가 뭔지 아세요? 은하계의 전 생명체를 말살
하는 거예요. 못 믿겠다고요? 당신 친구한테 물어보시죠!"

코타나가 말을 끝맺으며 343 길티 스파크를 가리켰다. 자세한 설명을
듣고 나니 어안이 벙벙했다. 치프는 MA5B 소총을 꽉 쥐며 길티 스파크에
게 돌아섰다.

"사실인가?"

"그런 셈이죠."

길티 스파크는 고개를 끄덕이며 재깍 답했다. 그리고는 주제 넘게 말참

견하는 투로 설명을 늘어놓기 시작했다.

"이 시설의 유효반경은 2만5천 광년이죠. 하지만 나머지 시설을 동시에 가동하면 은하계의 생명체를 모조리 멸종시키는데, 적어도 플러드가 기생할 만한 질량을 갖춘 생명체는 남김없이 사라지죠. 하지만 그거야 계승자님도 다 알고 계시지 않았나요?"

미처 몰라 죄송하다는 투였다.

"어떻게 모르셨을 수가 있죠?"

코타나는 언짢은 눈초리로 치프를 째려보았다.

"이제야 실토하는군요."

"지금까지 저하고 격리유출시 행동수칙을 정확하게 이행했잖아요. 협동해서 절차를 차례로 밟았으면서 이제 와서 왜 그러세요?"

"치프, 움직임이 감지돼요."

코타나가 끼어들었다.

"전에도 똑같이 했던 일인데 왜 망설이는 거죠?"

길티 스파크는 치프를 몰아세웠다.

"가야 해요, 지금 당장!"

코타나가 다급히 끼어들었다.

"지난번에 제게 물으셨죠. '이것이 자네에게 주어진 선택이라면, 자네는 헤일로를 발사하겠나?'하고요. 오랫동안 그 질문을 곰곰이 생각해봤지만, 제 생각은 그대로예요. 다른 방법은 없어요. 헤일로를 가동하는 것만이 유일한 해결책이에요."

"서둘러요, 시간이 없어요!"

코타나는 눈으로 센티넬의 움직임을 하나하나 좇았다.

"도와주지 않으시겠다면 그냥 다른 계승자를 찾아야죠. 그래도 인덱스는 필요하니 그 인공지능을 넘기세요. 순순히 주지 않겠다면 억지로 뺏는 수밖에 없어요."

치프는 고개를 들어 길티 스파크와 그 뒤편으로 진을 치는 센티넬들을 쳐다보았다.

"절대 그럴 일은 없을 거다."

"별수 없군요."

길티 스파크는 피곤하다는 투로 대답하고는 센티넬에게 지시를 덧붙였다.

"머리만 남겨두고 나머지는 알아서 없애버려."

10

투입 68시 03분 27초 경과 (스파르탄-117 작전 시각)/
헤일로 관제실

사방에서 동시에 공격이 쏟아져 들어오자 관제실 내부의 깜깜한 구렁텅이로 뻗어 나온 널찍한 통로가 문득 좁고 갑갑하게 느껴졌다. 센티넬들이 몰니르 전투복의 좁은 틈새를 노리고 맴돌면서 진홍빛 레이저를 지글거리며 뿜어대는 통에 주변이 금세 오존 냄새로 가득 찼다. 놈들은 치프를 쓰러뜨릴 정확한 한 방을 노리는 동시에 치프의 머리와 인덱스를 모두 확보할 방법을 모색했다.

헤일로에 발을 디딘 이후로 지금까지, 코타나는 침입 능력을 다소 묘한 방식으로 발휘해왔다. 코타나가 전투복에 내장된 통신장치를 모뎀으로 응용해서 관제실 컴퓨터에 스스로를 전송했을 때 치프는 내심 놀랐었다. 그리고 지금처럼 갑작스레 전투복으로 되돌아온 순간 두 번 놀랐다. 헤일로라는 방대한 시스템에서 꽤 시간을 보낸 뒤라 그런지 전보다 묵직하게 느껴졌다. 그는 왜 코타나가 평소답잖게 앙칼지게 내쏘면서 펄펄 뛰었을까 궁금해졌다.

지금 코타나의 '심리상태'나 분석할 시간은 없다. 코타나를 보호하고, 길티 스파크가 인덱스를 손에 넣지 못하도록 막는 임무가 아직 남아 있다. 다리에 난간이 없어 까딱하면 떨어질지도 모른다는 사실을 염두에 두고 앞뒤로 오가며 공격을 피하는 것은 치프의 몫이었다. 그러자니 목표물을 맞히기가 훨씬 더 어려웠다. 그래도 플러드 전투변이가 센티넬을 격추하는 장면을 보기도 했으니 치프라고 못할 것은 없었다. 일단 제일 낮게 떠 있는 놈부터 치고 들어가기로 했다.

치프는 신중하게 각 목표물의 움직임을 눈으로 좇았다. 돌격소총으로 얼마쯤 공격을 가하자 가까이 있던 센티넬이 폭발했다. 그는 산탄총으로 바꿔들고 잇달아 발사했다. 장전손잡이를 당겨 약실에 탄약을 재우고 다시 방아쇠를 당겼다. 탄착군이 넓게 퍼져서 센티넬을 상대하기에 제격이었다.

한 놈이 터지자 뒤이어 다른 하나는 다리 바닥에 요란하게 떨어졌고, 나머지 하나는 연기를 꼬리에 매달고 나선을 그리며 어둠 속으로 추락했다.

그 뒤부터는 한결 수월했다. 갈수록 센티넬의 공격이 줄어드는 만큼 놈들을 처리하는 속도도 빨라졌다.

치프는 자리를 옮기면서 총을 재장전했다. 그 틈을 타 센티넬 하나가 끈질기게 등덜미에 레이저를 세 차례 지지는 바람에 전투복 경고음이 터져나왔고, 방어막은 바닥까지 깎였다.

총에 남은 탄약은 네 발뿐. 그는 놈을 마저 날려버린 다음 돌아서서 다른 놈을 작살냈다. 그리고는 산탄총을 들고 빙 돌아서서 표적이 더 없는지 둘러보았다. 다 잡았다.

"그래, 말 안 해도 알아. 내가 맞춰보지. 뭔가 계획이 있는 거로군."

치프는 산탄총을 내리고 탄약을 재우면서 말했다.

"네, 있어요. 헤일로를 가동해선 안 돼요. 모니터를 막아야 해요. 헤일로를 파괴해야 해요."

코타나는 태연하게 대답했다. 치프는 고개를 끄덕이며 뻣뻣하게 굳은 어깨를 풀었다.

"어떻게?"

"현재 분석 가능한 데이터에 따르면 좋은 방법이 있기는 하지만, 약간 위험할지도 몰라요."

'그럴 것 같더라니.'

치프는 속으로 생각했다.

"상당한 규모의 폭발을 일으키면 헤일로를 무력화하고 주요 시스템을 마비시킬 수 있어요. 어쨌든 거대한 폭발을 일으켜야 하는데, 필라 오브 어텀의 핵융합 원자로를 이용하면 될 것 같아요. 필라 오브 어텀의 추락지점을 알아볼게요. 핵융합 원자로가 크게 손상되지 않았다면 그걸로 헤일로를 파괴할 수 있을 거예요."

"정말로 그뿐인가?"

치프는 덤덤하게 되물었다.

"너무 싱거운데. 그거야 그렇고, 네가 돌아와서 정말 다행이다."

"저도 동감이에요."

치프는 코타나의 말이 진심임을 알고 있었다. 물론 코타나가 친구로 여기는 '진짜' 사람은 여럿 있었지만, 마스터 치프와 코타나의 유대감은 특별했다. 한 전투복을 쓰는 한 둘은 운명을 함께할 테니까. 치프가 죽으면 코타나도 죽는다. 이보다 더 끈끈한 불가분의 경지란 사실상 없었기에 코타나는 경외감마저 들었다.

치프가 거대한 방폭문으로 걸어가면서 공허한 걸음소리가 관제실에 울렸다. 개폐 단추를 누르자 문이 갈라지면서 센티넬 편대와 코버넌트 병력이 전투를 벌이는 모습이 드러났다. 센티넬이 발사한 붉은 레이저가 들쭉날쭉하게 허공을 가르며 자칼을 태워죽였다. 하지만 전투는 막상막하하였다. 센티넬 하나가 폭발하면서 코버넌트 병력 위로 달아오른 쇳조각을 흩뿌렸다.

통로는 기다란 직사각형 구조에, 바닥은 빨래판처럼 이랑져 있었다. 치프는 공격이 닿지 않는 한쪽 끄트머리에 서서, 양측이 서로 살을 깎아 먹는 꼴을 가만히 지켜보았다. 하지만 엘리트 둘을 남겨놓고 마지막 남은 센티넬이 추락하면서부터는 직접 나서야 했다.

코버넌트는 치프를 발견하고서 그가 적당한 거리에 들어오기를 기다렸다. 치프는 벽면 사이사이를 엄폐물로 삼으며 통로를 이동했다. 돌격소총에 탄약이 절반밖에 없으니 산탄총으로 놈들을 손봐줄 셈이었다. 최적의 사정권에 들려면 가까이 가야 한다.

우선 두어 발쯤 쏴 놈들의 주의를 끈 다음, 엘리트들이 먼저 달려들기를 기다렸다가 놈들 사이로 플라즈마 수류탄을 낮게 던졌다. 폭발에 한 놈은 죽고 나머지 하나는 부상을 입었다. 놈을 마저 끝장내는 데는 산탄총 한 방이면 족했다. 치프는 전투가 휩쓸고 간 길목을 지나며 돌격소총을 버리고 플라즈마 라이플을 주워들었다.

거기서부터 옆 통로로 꺾어져 들어가 피라미드 꼭대기로 나가는 데는 얼마 걸리지 않았다. 밖은 어둑어둑했고, 치프가 아래쪽 계곡에서 관제실까지 전투를 벌이면서 올라온 이후 새로 내린 눈이 수북이 쌓여 있었다.

보초가 있기는 했지만 다들 출입문에서 등을 돌리고 있다가 문이 반쯤 열리고 나서야 뒤를 돌아봤다. 놈들은 치프가 나타나자 화들짝 놀라 쭈뼛거리다 뒤늦게야 대응에 나섰다. 하지만 치프는 진즉에 플라즈마탄을 퍼부어 놈들을 해치웠다. 엘리트가 온몸을 떨며 쓰러지자 자칼과 그런트 잔당도 금세 나자빠졌다.

총격전은 그렇게 시작과 동시에 막을 내렸다. 홀로 우뚝 선 치프의 주위로 눈발이 휘몰아쳤다. 눈이 새하얀 수의처럼 시체를 하나하나 꼼꼼히 덮으면서 평화가 감도는 듯한 환상을 불러일으켰다.

코타나는 소강상태를 틈타 구상해놓은 계획을 치프에게 일러주었다.

"우선 시간을 벌어야 해요. 모니터나 센티넬이 인덱스 없이 헤일로를 가동할 방법을 알아낼지도 모르니까요. 이 계곡에 있는 시설은 헤일로의 주요 발사장치에요. 발사 장치는 펄스 생성기 세 개로 이루어졌는데, 헤일로의 신호를 증폭해 저 우주 너머까지 공격하게 해주죠. 펄스 생성기에 손상을 입히거나 부순다면 모니터는 수리하느라 시간을 허비할 거예요. 그럼 우린 시간을 버는 셈이죠. 가장 가까이 있는 펄스 생성기의 위치를 이동지점으로 표시할게요. 안으로 침투해 장치를 멈춰야 해요."

"알았다."

치프는 경사로를 따라 아래층으로 내려갔다. 다시 한 번 기습이 제대로 먹혀들었다. 그는 엘리트 둘을 죽이고 달아나려던 자칼 몇 마리를 잡은 뒤, 아래층에서 달랑 혼자 나타난 그런트를 해치웠다.

피라미드 옆면을 따라 바람이 살랑살랑 불어왔다. 치프는 큼직큼직한 발자국을 남기며 아래층으로 통하는 경사로를 따라 내려가 건물 반대편으로 이동하다, 반대편에서 서성이던 엘리트 둘과 맞닥뜨렸다. 놈들은 모퉁이를 돌아 올라와 경사로 위쪽에서 공격하기 시작했다.

일단 응사하는 수밖에 없었다. 치프는 놈들의 전투복부터 제압할 생각으로 방아쇠를 계속 당겼다. 놈들이 멀리 있었다면 별 소용이 없었겠지만, 코앞에서 플라즈마탄을 맹렬히 퍼부어대는 지금은 얘기가 달랐다. 엘리트 한 놈은 소름 끼치도록 오싹한 가래 끓는 소리를 내며 털퍼덕 쓰러졌고, 다른 하나는 면상 반쪽이 날아갔다. 놈이 얼굴을 더듬거리며 자기가 얼마나 끔찍한 몰골이 됐는지 알아채고 비명을 내지르려는 찰나, 플라즈마탄이 날아들어 놈의 숨을 거두어갔다.

이제 아래의 계곡으로 내려가려는데, 코타나가 말을 걸었다.

"잠깐만요. 저 밴시를 뺏는 게 좋겠어요. 그럼 신속하게 펄스 생성기에 도달할 수 있어요."

코타나가 하는 조언이 늘 그렇듯 이번에도 말로는 쉬웠다. 하지만 치프의 계산으로는 신속함이 최우선이며 가능할지 불가능할지는 그 다음에 생각해볼 일이었다.

피라미드에서 내려가자 코버넌트가 눈앞에 득실거렸다. 하지만 플러드가 없어서 그런지 이상하게도 조금은 안심이 되었다. 코버넌트가 만만찮은 적수이기는 하지만, 늘 대면하는 만큼 두려움은 덜했다.

플라즈마 라이플의 명중률은 M6D 권총이나 저격소총에 비할 바가 아니었지만, 그래도 치프는 최대한 조준을 가다듬으며 아래쪽에서 서성이는 놈들을 잡아냈다. 아직 세 놈밖에 해치우지 못했는데 레이스와 나머지 병력이 금세 눈치채고 득달같이 달려왔다. 이리되면 다시 피라미드 위로 후퇴하는 수밖에 없다.

레이스는 피라미드길 오르막으로 계속 플라즈마 폭탄을 날려댔지만, 오히려 그 덕분에 나머지 코버넌트 병력이 치프에게 함부로 접근하지를 못했다. 하지만 그런 요행이 오래가지는 않을 테니 가능한 한 서둘러 화력이 높은 무기를 찾아야 했다.

플러드의 흔적이 보이지는 않았지만, 여기저기 널브러져 반쯤 얼어붙은 시체로 봐서는 불과 몇 시간 전에 굵직한 교전이 일어났던 모양이었다. 플러드가 죽은 희생자에게서 무기를 노획해 쓰더란 사실이 문득 떠올랐다. 치프는 시체를 하나하나 들추며 쓸 만한 물건이 있나 확인해보았다. M6D 권총, 플라즈마 피스톨, 대검, 기타 장비 등등 정작 찾는 물건은 없고 잡다한 것들만 쏟아져 나왔다.

거의 희망을 버렸는데, 바로 그때 죽은 전투변이 밑에서 비죽 튀어나온 회색빛 발사관이 눈에 띄었다. 엘리트 전투변이를 뒤집어 치웠더니 가슴이 두근거리기 시작했다. 로켓이 들어 있나? 장전된 상태라면 더 바랄 것도 없었다.

서둘러 확인해보니 장전이 되어 있었다. 아예 호박이 덩굴째 굴러들어오려는지, 조금 고개를 돌렸더니 몇 미터 옆에 로켓 탄약통 두 통이 보였다.

로켓 발사기로 무장했으니 준비는 모두 끝났다. 레이스가 가장 위험한 적수였으므로 제일 먼저 처리하기로 했다. 다시 피라미드 앞쪽으로 가로질러 나와 사계를 확보하는 데까지 시간이 조금 걸렸지만, 어쨌든 명당자리를 구했다. 레이스가 위험하리만치 가까이 다가온 순간, 그는 로켓 두 방을 날리고 놈이 폭발하는 모습을 찬찬히 지켜보았다.

치프는 빈 로켓 튜브를 꺼내고 새 로켓을 약실에 재운 다음 조준점을 옮겼다. 로켓 두 발이 쏜살같이 날아가 코버넌트 진영 한가운데서 폭발했다. 그는 뒤로 물러나 발사기를 어깨에 둘러멨다. 로켓탄이 얼마 없어 아껴야 하는 데다 골칫거리는 대강 해결했으니 이제 계곡 바닥으로 내려가 근접전으로 놈들을 처리할 차례다.

밴시 근처에서 보초를 서던 엘리트 두 놈의 등 뒤로 몰래 기어갔다. 그는 두 놈 모두 등뼈가 끊어질 정도로 강력한 치명타를 날려 때려눕힌 다음, 쓰러진 시체를 넘어갔다. 치프가 밴시의 조종장치를 살피는 동안, 코타나는 밴시가 작동하는지 확인했다.

치프는 1인승 좌석에 올라 동력장치를 가동했다. 왜 놈들이 밴시를 써서 공격하지 않았을까 하는 궁금증이 들었지만, 놈들이 땅에서만 싸워줘서 다행이라고 생각하며 계기판으로 눈을 돌렸다. 낯선 한편 굉장히 익숙한 인터페이스가 눈에 들어왔다. 이륙이 약간 불안하기는 했지만 그다음부터는 순조롭게 나아가면서 밴시는 차츰 상승하기 시작했다.

주위가 컴컴한 데다 눈이 계속 내려서 시야가 불투명했다. 그는 코타나가 전방투영창에 표시해둔 이동지점과 계기판에 시선을 집중했다. 구조가 다르기는 해도 회전이나 선회 표시기는 눈에 보이는 그대로라 방향을 조절하는 데 도움이 되었다.

밴시의 속력이 상당한 데다 계곡이 그리 넓지 않아서, 불이 환하게 켜진 출입대가 벼랑에서 툭 튀어나온 모습이 금방 눈에 들어왔다. 하지만 코버넌트가 부리나케 달려와 그를 맞이하려고 대기 중이었다. 짐작건대 놈들이 무전으로 치프가 그리 이동하는 중이라고 알린 듯했다. 여느 때와 마찬가지로 이번에도 불청객은 방문사절인 모양이로군.

대공사격을 받으면서 착륙하느니 먼저 소사를 한 차례 선사해주기로 했다. 그는 낮게 날아들며 밴시에 탑재된 플라즈마 캐논과 퓨얼 로드 캐논을 퍼부어 출입대에서 버티던 초병들을 쓸어낸 다음 저항에 맞닥뜨리지 않고 무사히 착륙했다.

밴시는 출입대 바닥에 부딪혀 한 번 튀어 올랐다가 멈췄다. 치프는 조종석에서 내려 출입문을 지나 통로로 들어섰다.

"펄스 생성기의 에너지 흐름을 방해해야 해요. 펄스 생성기를 교란시키는 전자기파를 보내도록 에너지 방어막 시스템을 조작해뒀어요. 하지만…… 작동하려면 광선 속으로 들어가야 해요."

마스터 치프는 바로 다음 문 앞에서 우뚝 멈췄다.

"뭘 어떻게 한다고?"

"작동하려면 광선 속으로 직접 들어가야 한다고요. 그럼 아마도 전자기파에 생성기가 무력화될 거예요."

코타나가 또박또박 말했다.

"'아마도'라니? 도대체 너 누구 편이야?"

치프의 캐물음에 코타나는 칼같이 대답했다.

"치프 편이죠. 전투복엔 우리 둘이 같이 있다고 한 말 기억 안 나요?"

치프는 못마땅한 듯이 되받았다.

"기억나. 그런데 멍이 드는 건 네 쪽이 아니잖아."

코타나가 그냥 입을 다물자, 치프는 문을 통과해 주위에 방해꾼이 없는지 확인한 다음 위치 표시기를 따라 실내 중앙에 있는 펄스 생성기실로 갔다.

안으로 들어가자 바로 눈앞에 펄스 생성기가 있었다. 너무나도 강렬한 흰빛을 내뿜고 있어서, 헬멧 안면보호대가 시력을 보호하려고 자동으로 시야를 어둡게 조절할 정도였다. 광선 속으로 들어가려고 세모꼴 지지대로 다가서는 내내 주위 공기가 정전기처럼 바지직거리며 온몸에 들러붙었다.

"정말 여기 들어가는 수밖에 없어? 쉽게 자살하는 방법은 이것 말고도 많잖아."

미심쩍어하는 치프의 물음에 코타나가 부드럽게 답했다.

"괜찮을 거예요. 거의 확실해요."

치프는 "거의"라는 말에 이를 악물고 눈이 멀어버릴 만치 강렬한 빛줄기 속으로 몸을 던졌다. 몸이 빛줄기에 닿기가 무섭게 반응이 일어났다. 폭발 비슷한 현상이 생기더니 빛이 마구 전율하기 시작하면서 충격으로 바닥까지 울렸다. 치프는 황급히 빠져나오려고 하다 뭔가가 살짝 빨아들이는 힘에 걸렸지만, 온 힘을 다해 벗어났다. 빠져나와 보니 방어막은 소진되어 있었고, 살갗은 뙤약볕에 그을린 것처럼 화끈거렸다.

"펄스 생성기 중앙부가 멈췄어요. 잘하셨어요."

그때 센티넬 편대가 나타났다. 놈들은 대머리독수리처럼 좁다란 펄스 생성기실로 날아들어 대형을 분산하고 붉은 레이저로 주위 사물을 지져대기 시작했다. 길티 스파크는 펄스 생성기 중앙부가 차단된 데 영향을 받지 않고 말짱했다. 놈은 인덱스를 직접 되찾을 심산인 듯했다.

하지만 이놈의 살인 기계를 처리하는 데는 벌써 익숙했다. 치프는 레이저를 피해가며 놈들을 하나씩 떨어뜨렸다. 마침내 주위가 지독한 오존 냄새로 가득 차고 나서야 퇴로가 뚫렸다. 그는 같은 길로 돌아나가 밴시를 세워둔 출입대로 나갔다.

"두 번째 펄스 생성기는 근처 계곡에 있어요. 출발하세요. 가까이 접근하면 이동지점으로 표시해드리죠."

마스터 치프는 밴시를 넓게 선회해 다음 목표물로 향했다.

보존을 위해 냉동고에 넣어놓은 시신을 뺀 나머지는 모두 금속 부검대 위에 올라갔다. 벌써 부패가 시작된 탓에 실바 소령은 임시 부검실로 들어온 뒤부터는 입으로 숨을 쉬면서 맥케이 중위가 설명을 시작하기를 기다렸다.

중무장한 지옥행 강습대원 여섯이 한쪽 벽에 일렬로 늘어서서 행여 플러드가 갑자기 되살아날 때를 대비해 눈을 부릅뜨고 대기하고 있었다. 온몸이 너덜너덜하게 찢겨나서 성한 구석 하나 없는데도, 탁월한 복원력을 가진 놈들은 끈질기게 벌떡벌떡 되살아났다.

맥케이 중위는 단 한 차례 전투에서 부하 대원을 열다섯이나 잃었다는 죄책감에 시달렸는지 핼쑥했다. 실바 소령도 이를 다 이해하고 가엾게 여겼지만, 속마음을 겉으로 드러내지는 않았다. 지금 슬픔이나 자괴감, 죄책감에 빠져들 시간 따위는 없다. 더욱이 중위는 중대장이란 자리에 있는 만큼 괴로워도 울분을 삭이며 견뎌내는 수밖에 없다. 소령은 냉정하게 고개를 끄덕였다.

"중위?"

맥케이 중위는 속에서 올라오는 욕지기를 꾹 억누르려고 침을 꿀꺽 삼켰다.

"예, 소령님. 아직 우리가 모르는 정보가 상당하지만, 교전 중 관찰한 사항과 코버넌트 포로한테서 알아낸 정보를 종합해서 보고하겠습니다. 코버넌트는 '신성한 유물', 짐작으로는 뭔가 유용한 기술을 말하는 듯한데, 그것을 수색하다 '플러드'라 부르는 생명체와 맞닥뜨렸습니다."

중위는 부검대에 죽 올려놓은 시체를 가리켰다.

"저것들이 바로 플러드입니다."

"예쁘게들 생겼군."

실바 소령이 중얼거렸다.

"분석 결과 플러드는 일종의 기생체로, 지적 생명체를 공격해 숙주의 기억을 지우고 몸을 장악합니다. 웰즐리의 짐작으로는 헤일로의 용도가 플러드를 가둬놓고 통제하는 것이지만, 이를 뒷받침할 이렇다 할 근거는 아직 없습니다. 아마도 연락이 닿는다면 코타나나 치프의 증언을 토대로 확인이 가능할 겁니다."

맥케이 중위는 흐늘흐늘 늘어진 감염변이를 대검으로 쿡쿡 찌르며 계속 설명했다.

"플러드는 이놈에서부터 시작해 다양한 형태로 변이를 일으킵니다. 보시다시피 촉수를 다리처럼 활용하며, 굉장히 날카로운 관통촉수 한 쌍으로 숙주의 중추신경계를 파고들어 신경을 조종합니다. 마지막에는 숙주의 몸속으로 파고들어 똬리를 틉니다."

감염되는 과정을 상상하자니 실바 소령은 등골이 서늘했다.

"계속해라."

"예."

맥케이 중위는 다음 부검대 옆에 섰다.

"이쪽은 코버넌트가 '전투변이'라 부르는 놈들입니다. 어렴풋하게나마 남아 있는 얼굴을 보면 아시겠지만, 원래는 인간 여성이었습니다. 목덜미에 있는 문신으로 미루어보아 해군 화기담당 기술병 같습니다. 가슴팍에 뚫린 구멍 사이로 심장과 허파 자리에 들어가려고 몸을 쪼그라뜨린 감염변이가 보이실 겁니다."

썩 내키지는 않았지만 일단 확인해봐야 한다는 생각에, 소령은 주름진 머리 거죽에 듬성듬성 들러붙은 지저분한 머리 뭉텅이까지 보일 만큼 바짝 다가섰다. 소름 끼치는 장면이 하나씩 눈에 들어왔다. 구역질 나는 피부, 상상조차 못할 고통을 나타내 보이듯 한껏 튀어나온 파란 눈동자, 이가 몽땅 빠지고 비틀린 입, 광대뼈에 난 살짝 오므라든 7.62밀리탄 사입구, 촉수가 들어차 불룩하게 부푼 목, 흉골이 갈라져 양쪽으로 축 늘어진 젖가슴, 탄흔이 세 군데나 겹쳐 징그럽게 뒤틀린 상체, 힘줄이 불거져 나온 가느다란 팔뚝에, 희한하게도 변이되지 않은 한쪽 손가락에는 은색 반지가 그대로 끼워져 있었다.

소령은 아무 말도 없었지만 얼굴에 감정이 훤히 드러났다. 맥케이 중위는 고개를 끄덕였다.

"정말 끔찍하지 않습니까? 그간 시체야 많이 봐왔지만…….."

중위는 침을 꿀꺽 삼키고는 고개를 설레설레 저었다.

"이런 건 생전 처음 봅니다. 제가 보기에 숙주가 코버넌트인 경우도 모양새는 엇비슷합니다. 이 전투변이가 쥔 권총은 아마 숙주가 쓰던 물건 같은데, 플러드는 아무 무기나 손닿는 대로 쓰는 듯합니다. 그뿐만이 아니라 팔을 휘둘러 치명타를 날리기도 했습니다."

중위는 마지막 부검대로 걸음을 옮기며 말을 이었다.

"전투변이는 대부분 사람이나 엘리트를 숙주로 삼습니다. 그런나 자칼은 체구가 작아 전투변이용 재료로는 적당하지 않고, 그래서 감염변이를 생산해내는 일종의 세포핵으로 쓰이는 것이 아닐까 생각됩니다. 지금 앞의 부검대에 올려둔 흐늘거리는 살덩어리는 원형을 알아보기가 힘들 지경이지만, 이게 바로 아까 본 감염변이를 품었던 놈입니다. 그놈이 터지면서 일으킨 폭발 때문에 리스터 상사가 엉덩방아를 찧기까지 했습니다."

벽에 나란히 서 있던 강습대원들은 중위의 설명을 듣고서 그 꼴을 상상하며 비식비식 웃었다. 천하의 리스터 상사가 꼼짝 못했다는 소리가 그렇게도 우스웠던 모양이다.

실바 소령은 인상을 썼다.

"웰즐리는 정밀조사를 끝냈나?"

"예."

"잘했다. 수고했어. 시체는 소각하고 대원들은 신선한 바람 좀 쐬게 밖으로 내보낸 다음 한 시간 안에 내 사무실로 오도록."

맥케이 중위는 고개를 끄덕였다.

"예, 알겠습니다."

주카 자맘이는 딱딱하게 굳은 흙더미에 배를 깔고 누워 외눈망원경으로 필라 오브 어텀을 유심히 살펴보았다. 몇 안 되는 코버넌트 병력이 함선을 지키고 있었다. 그 수가 적어 너무 넓게 퍼져 있었지만, 의회에서는 인간들의 습격 이후 급히 보안부대를 증파했고, 이를 증명하듯 밴시, 고스트, 레이스가 함선 주변을 따라 순찰을 돌았다. 야얍은 변변한 망원경도 없이 빈손으로 자맘이 옆에 엎드렸다.

"이건 정신 나간 짓이야. 진작 네놈을 죽였어야 하는 건데."

자맘이는 갈라진 턱 사이로 말을 새어 보냈다.

"그러셨어야죠."

그냥 떠보는 말임을 알고서 야얍은 꿋꿋하게 대답했다. 사실 자맘이는 진리와 귀의로 감히 돌아갈 면목이 없었고, 더욱이 혼자서는 어쩌지 못하는 처지임을 고려하면 야얍이 짠 계획대로 하는 수밖에 없었다.

"한 번 더 짚고 넘어가자. 그래야 네가 실수하지 않을 것 아니냐."

야얍은 손목에 찬 표시장치로 눈길을 돌렸다. 이제 메탄가스는 2.5유닛 분량밖에 없다. 시간이 다 되면 질식사하고 말겠지만, 자맘이한테는 문제될 거리가 전혀 없었다. 그냥 플라즈마 피스톨을 뽑아 자맘이의 머리를 날려버리고 혼자서 어떻게든 하고픈 유혹이 일었다. 하지만 엘리트 같은 전사와 한편이 되면 실보다야 득이 많다. 거기다 하극상으로 지위가 역전됐으니 상관을 협박하고도 멀쩡하잖은가. 야얍은 그 점을 염두에 두면서 공포심과 적개심을 억눌렀다.

"물론입죠. 알다시피 계획은 간단명료가 제일이라잖아요. 그러니까 이 계획도 먹혀들 거예요. 분명 사령관 의회에서 눈에 불을 켜고 사관님을 찾고 있을 테니, 사관님은 인간 기지에서 전사한 특수부대원 중 하나라고 행세하세요. 그런 다음 절 데리고 인간 함선의 경비를 담당하는 장교한테 같이 보고하는 거죠. 습격전을 벌이던 와중에 포로로 잡혔지만, 여차여차 탈출에 성공했다고 둘러대면 돼요."

"그런 다음에는 어쩌란 말이냐? 내 DNA를 채취해 보자고 하면 그때는 어쩔 생각이냐?"

자맘이가 신중한 목소리로 물었다.

"뭐하러 그러겠어요?"

야얍은 참을성 있게 되받았다.

"여기는 일손이 모자라는 판이라고요. 하물며 엘리트 특수부대원 같은 대단한 인물이 납셨는데 마다할 이유가 뭐 있겠어요. 그런데 굴러들어온 호박을 차버려요? 말도 안 되죠. 더군다나 상황이 상황이고 거기다 사관님처럼 실력이 출중한 전사라면 당연히 휘하에 들이고 싶어 할 것 아녜요."

썩 듣기 좋은 말이었다. 특히 "실력이 출중한 전사"라고 추켜세우는 말에 자맘이는 야얍의 계획에 넘어갔다.

"좋다. 나중에는 어떡하면 되나?"

"나중에는, 그러니까 나중에는……."

야얍은 진 빠진 목소리로 말했다.

"그때 가서 생각해야죠. 일단은 기회가 생겼을 때 식량과 물, 그리고 메탄부터 구해야 해요."

"좋다. 밴시에 올라타서 모습을 드러내고 보자."

"그게 정말 좋은 생각일까요?"

야얍이 약삭빠르게 물음을 던졌다.

"밴시를 타고 갔다가는 담당 지휘관이 왜 이렇게 늦게 나타났느냐고 반문할지도 모르잖아요."

자맘이는 오랜 고생에 찌든 눈빛을 하고서 한숨을 쉬었다. 그간의 오만한 태도가 한풀 꺾인 모양새였다.

"그러마. 하지만 장비는 네가 들어라."

야압은 서둘러 발딱 일어섰다.

"기꺼이 그럽죠. 여부가 있나요?"

포로가 두 차례나 자살을 시도한 탓에, 감옥 안이 텅텅 비고 24시간 감시가 붙었다. 한때 월리스 A. 젠킨스 이병이었던 전투변이는 천장 고리에 건 쇠사슬에 양 손목이 묶인 채로 바닥에 앉아 있었다.

젠킨스가 '무언가'라고 이름 붙인 플러드의 정신은 한동안 잠자코 있다가도 의식의 한 귀퉁이에서 약하게나마 불쑥불쑥 고개를 쳐들었다. 경첩이 삐걱거리는 소리를 내면서 쇠문이 벌컥 열렸다. 젠킨스는 뒤로 홱 돌아섰다. 어느 남자 부사관이 들어오고 뒤따라 여자 사관이 들어왔다.

젠킨스는 자기 꼴이 너무나도 수치스러웠지만, 고작 도로 돌아앉는 것밖에 어떻게 해볼 도리가 없었다. 보초병들이 손목을 벽에 단단히 묶어놓기 전까지, 젠킨스는 거울을 가져다 달라고 손짓 발짓을 했었다. 어느 상병이 친절하게도 거울을 가져와 흉하게 일그러진 얼굴 앞에 대주기는 했지만, 젠킨스가 비명을 지르려 들자 깜짝 놀라 겁을 먹는 눈치였다. 거울을 들여다본 지 30분쯤 지났을까, 그때부터 자살 기도가 시작됐었다.

맥케이 중위는 젠킨스의 입술이 말라붙어 쩍쩍 갈라진 모습을 보고서 포로가 목이 마르리라 짐작했다. 그녀는 물을 가져오라고 시켜 수통을 받아들고 감옥 안으로 걸어갔다.

"중위님, 이런 말씀드리기 죄송하지만 괜한 헛수고 마십시오. 이 자식들은 툭하면 기를 쓰고 덤벼듭니다."

하사가 조심스럽게 말했다. 하지만 맥케이 중위는 엄한 목소리로 못을 박았다.

"젠킨스는 국제연합 우주사령부 해병대 소속 이등병이다. 한번 해병은 영원한 해병이야. 충고는 귀담아 두지."

그리고는 꼭 고집불통 문제아와 말을 터보려는 교사처럼, 젠킨스에게 수통을 내밀어 보였다.

"여기 봐!"

중위는 수통에 든 물을 찰랑찰랑 앞뒤로 흔들었다.

"얌전하게 굴면 마시게 해줄게."

젠킨스는 "오면 안 돼."라고 경고하려 했지만, 입에서는 웅얼거리는 소리밖에 나오지 않았다. 대꾸를 해줘서 기뻤는지, 맥케이 중위는 수통 뚜껑을 열고 세 걸음 앞까지 다가갔다. 중위가 몸을 굽히고 물을 주려는 찰나, 전투변이가 팔을 휘둘렀다. 젠킨스는 짧은 쇠사슬에 걸려 왼팔이 뚝 부러지는 느낌이 들었다. 그는 '무언가'가 중위의 목을 가위처럼 틀어쥐지 못하게 막으려고 안간힘을 썼다.

맥케이 중위는 철퇴처럼 휘두른 다리를 간발의 차로 피했다.

하사가 산탄총 장전 손잡이를 철컥 당기고 견착하면서 탄피가 땅에 톡 떨어졌다. 맥케이 중위는 "쏘지 마!" 하고 소리치며 손을 들어 막았다. 하사는 방아쇠를 당기지 못하고 계속 전투변이의 머리에 총구를 겨누기만 했다.

맥케이 중위는 전투변이 젠킨스의 눈을 정면으로 쳐다보았다.

"알았어. 좋을 대로 해. 하지만 싫든 좋든 얘기 좀 해야겠다."

그때 실바 소령이 감옥으로 들어와 중위의 뒤에 섰다. 하사는 소령을 보고 고개를 끄덕인 뒤 구석으로 돌아가 총을 들고 상황을 예의주시했다.

"난 실바 소령이다. 맥케이 중위는 벌써 알 테지. 중위와 나 둘 다 자네에게 벌어진 일을 정말 유감스럽게 생각하며, 얼마나 고통스러울지도 이해한다. 국제연합 우주사령부가 제공할 수 있는 한도에서 최상의 치료를 받게 해주겠다. 하지만 먼저 이 고리형 구조물에서 나갈 퇴로를 뚫어야 한다. 탈출할 방법은 생각해뒀지만 시간이 다소 걸릴 거다. 이동준비를 끝내기 전까지는 바위산에서 위치를 고수해야 한다. 바로 자네가 나타난 곳 말이다. 자네는 우리가 어디쯤 있는지 아니 플러드가 어디로 움직이는지도 알고 있을 테지. 자네가 나처럼 플러드를 상대로 기지를 지켜야 한다면 어디에 방어를 집중하겠나?"

'무언가'가 오른손으로 왼쪽 옆구리를 틀어쥐더니, 느닷없이 살집을 잡아 벌려 부러진 뼛조각을 드러냈다. 그리고는 그걸 칼처럼 휘두르며 앞으로 달려들었다. 하지만 쇠사슬 때문에 얼마 뻗대지도 못했다. 형언 못할 고통에 젠킨스는 의식을 잃을 뻔했으나, 혼신을 다해 정신을 되찾았다.

실바 소령은 맥케이 중위에게 고개를 돌리고 어깨를 으쓱였다.

"뭐, 시도는 좋았지만 이 친구는 손쓰기 너무 늦은 듯하군."

젠킨스는 '무언가'가 다시 뛰어들 줄 알았지만, 놈도 숙주의 고통을 함께 느끼기 때문에 일단 한걸음 물러섰다. 그는 그 틈을 타서 우우 하는 소리를 내며 변형되지 않은 손으로 실바 소령의 오른발을 가리켰다.

소령은 군홧발을 내려다보고는 인상을 쓰며 입을 열려는데, 맥케이 중위가 소령의 팔을 잡았다.

"소령님, 군화를 가리키려는 게 아니라 아래를 가리키는 겁니다. 바위산 아래편 말입니다."

실바 소령은 피가 싸늘하게 식는 것만 같았다.

"정말인가? 플러드가 우리 바로 발밑에 있나?"

젠킨스는 힘주어 고개를 끄덕이고 눈알을 굴리며 알아듣지도 못할 구역질소리를 냈다.

소령은 고개를 끄덕이고는 몸을 일으켰다.

"고맙다, 이병. 지하실을 확인해본 다음 더 이야기하도록 하지."

젠킨스는 더 이야기하기는커녕 콱 죽고 싶었지만 아무도 그의 맘을 헤아려주지 않았다. 보초병이 떠나고 문이 철컹 닫히자, 이제 부러진 팔과 머릿속을 파고든 '무언가'만 그와 함께 남았다. 이대로 계속 숨이 붙어 있다면 그야말로 생지옥이 따로 없었다.

결국에는 '무언가'가 앞으로 박차고 나와 쇠사슬을 확 잡아당기며 발로 바닥을 쿵쿵 찼다. 먹잇감이 제 발로 들어왔는데 그냥 보내줬으니 배는 여전히 주렸다.

마스터 치프는 다음 이동지점을 발견해 탈취한 밴시를 출입대 아래로 몰아 보초 하나 없는 출입문을 통과한 뒤 시설 내부로 들어갔다. 어디선가 전투를 벌이는 소리가 들려왔다. 서로 맞물린 통로를 지나 다음 문 앞에서 슬쩍 안을 들여다보았다. 전처럼 코버넌트는 플러드를 상대하느라 정신이 없었으므로 역으로 놈들이 서로 죽고 죽이게 내버려두었다가 통로에서 나와 잔당을 정리했다.

그런 다음 재보급을 받아야겠다는 생각에 여기저기 시체를 들쑤시자 돌격소총, 산탄총, 플라즈마 수류탄 몇 개가 절로 굴러들어왔다. 이 무기가 어디서 왔는지 생각하기는 꺼림칙해도, 노획해서 써먹던 코버넌트 총기를 버리고 언제나 써오던 국제연합 우주사령부 제식화기를 손에 넣었으니 기분이 나쁘지는 않았다.

첫 번째 펄스 생성기는 처리했으니 서둘러 두 번째도 마저 처리하고, 한시라도 빨리 마지막 목표물이 있는 곳까지 이동하고 싶은 생각이 간절했다. 이번에도 빛줄기로 걸어 들어가자 섬광이 번득임과 동시에 바닥이 울렸고, 마지막으로 빛에서 빠져나오는데 플러드가 사방에서 떼로 몰려들었다.

생각할 시간도 맞붙을 시간도 없다. 지금은 일단 도망치고 봐야 했다. 치프는 돌아서서 생성기실로 들어왔던 통로로 질주했다가 전투변이한테 두 방을 된통 얻어맞았다. 그는 배양변이 둘 사이로 밀고 들어간 다음 풀쩍 뛰어넘어 폭발을 피했다. 바람 빠진 풍선처럼 늘어진 시체에서 새로 태어난 감염변이가 튀어나왔다.

그는 가까스로 돌아서서 7.62밀리탄으로 가장 가까이 있는 놈부터 해치운 뒤, 이리로 오고 있는 놈들을 향해 수류탄을 던졌다. 요란한 꽝 소리와 함께 유리창이 와장창 깨지면서 괴물딱지 세 놈이 날아갔다.

탄창이 비었지만 재장전할 틈이 없자, 치프는 대신 산탄총을 꺼내 들었다. 산탄총이 떼로 달려드는 폭도들의 몸뚱어리에 큼직큼직한 구멍을 뚫었다. 그는 한 놈을 밀치고는 뒤도 돌아보지 않고 내달렸다.

얼마간 달린 뒤 그는 뒤로 돌아 끈질기게 쫓아오는 나머지 놈들을 쏴 죽였다. 전투는 기껏해야 2분도 되지 않아 끝났지만, 치프는 적잖이 동요했다. 산탄총과 돌격소총을 재장전하는 손이 미세하게 떨렸음을 코타나가 알아차렸을까? 망할, 코타나한테는 치프의 생명신호가 낱낱이 들여다보이는 만큼 몸속에서 어떤 변화가 일어났는지는 치프보다도 더 잘 안다. 하지만 그가 느끼는 감각을 의식한다 한들 어조에는 아무런 변화가 없었다.

"펄스 생성기가 정지했습니다. 잘하셨어요."

치프는 고개를 끄덕이고 말없이 통로로 들어가 밴시가 있는 곳으로 되돌아갔다.

"필라 오브 어텀은 헤일로 위쪽으로 1천2백 킬로미터 지점에 있어요. 아직 핵융합 원자로는 작동되고 있어요. 함선 시스템에는 이중 안전장치가 있는데, 함장님의 승인 없이는 저도 해제할 수 없어요. 핵융합 원자로를 폭파하려면 함장님이나, 함장님의 신경회로 칩이 필요해요. 이제 하나 남았어요. 어서 마지막 펄스 생성기를 처리하러 가요."

전방투영창에 이동지점이 표시됐다. 이륙하기가 무섭게 근처 건물에서 적들이 사격을 가해오자 치프는 급강하에 들어갔다. 바닥과의 거리가 코앞까지 좁혀진 순간 급상승, 협곡 너머로 향하는 길목으로 밴시를 몰았다. 이동지점은 터널에서 새어 나오는 빛 너머를 가리켰다. 치프의 조종 실력을 시험하기라도 하듯 대공사격이 격렬하게 쏟아졌다.

로켓이 날아들자 그는 기수를 내리고 플라즈마 캐논을 발사해 공격의 싹을 잘랐다. 좁다란 터널을 통과하기도 어려운 판국에 속력을 내며 비행하기란 자살행위에 가까웠다.

일단 통로로 들어간 뒤부터는 들이받지 않으려고 벽면과 거리를 유지하면서 좁은 길목을 아슬아슬하게 오른쪽, 다시 왼쪽으로 꺾어 들어갔다. 몇 초 뒤 전방에 커다란 이중 방폭문이 보이자 치프는 동체를 위로 확 꺾어 바닥을 긁으며 착륙했다.

그는 밴시에서 내려 개폐장치로 걸어가 단추를 눌렀다. 우르르 울리는 소리가 나면서 문이 벌어지나 싶었는데, 쾅 하고 뭔가가 터져 우뚝 멈췄다. 밴시로 통과하기에는 문틈이 너무 좁았지만, 그 사이로 배양변이 둘이 뒤뚱뒤뚱 걸어 들어왔다. 놈들은 짜리몽땅한 다리를 바삐 움직이며 앞으로 달려들었다. 방광처럼 생겨먹은 배양변이 두 놈이 꼽추처럼 구부정한 몸을 꼿꼿이 세우고 부르르 떨기 시작하자, 속에 든 감염변이들이 빠져나오려고 꿈틀거렸다.

치프는 산탄총 두 방으로 배양변이 둘을 날려버리고, 나머지 감염변이는 한 방으로 마무리했다. 그는 잠시 멈춰 서서 약실에 탄약을 재웠다. 문 너머에는 놈들이 득실거리고 있었다.

그는 전투에 몸을 맡기고 문틈을 지나 멈췄다. 조용히 울리는 기계소리와 오른쪽에서 나는 똑똑똑 물방울 떨어지는 소리, 자신이 내쉬는 거친 숨소리밖에 들리지 않았다. 동작 감지기에는 아무 신호도 잡히지 않았고 시야에 들어온 적도 없었지만 무턱대고 믿으면 안 된다. 플러드가 있을지도 모르는 곳이라면 더더욱. 느닷없이 튀어나오는 것이 놈들의 버릇이었다.

동굴이라 부르는 것이 정확한지는 몰라도, 어쨌거나 거대한 동굴처럼 보이는 공간은 곳곳이 숨을 만한 장소투성이었다. 굵직한 파이프 여러 개가 벽면에서 튀어나와 아래로 뻗어 내려갔으며, 정체불명의 구조물이 주위 발판에 듬성듬성 박혀 있었다. 어두운 구석에는 적이 얼마나 숨어 있을지 알 길이 없었다. 저 위의 천장에 달린 조명등이 흐릿하게나마 빛을 비춰주었다.

마스터 치프는 동굴 폭을 가로지르는 널따란 다리에 올라섰다. 깊은 협곡을 사이에 둔 반대편으로 이것과 똑같이 생긴 부서진 다리가 보였다. 협곡을 잇는 다리 둘 중 하나가 끊어졌으니 지나갈 길은 한 곳뿐이었다. 매복을 작정하고 아예 병목지점 하나를 통째로 맞춤 제작해놓은 듯했다.

하지만 그곳 말고는 지나갈 길이 없었다. 그래서 멀쩡한 다리가 놓인 데까지 걸어가 다리를 건너기 시작했다. 한 서른 걸음쯤 갔을까, 쉰, 예순 놈도 넘는 감염변이들이 숨어 있다가 모습을 드러내고 길을 가로막았다.

치프는 위치를 고수하며 놈들이 조금 더 가까이 오기를 기다리다 놈들 한가운데 수류탄을 날렸다.

동굴이 폭발음을 얼마간 삼켰지만, 요란한 쾅 소리와 함께 파편을 사방으로 날려 몇 놈을 뺀 나머지를 모조리 때려잡는 데는 전혀 문제없었다.

단 두 놈만 살아남았다. 둘 다 자기네 패거리가 끝장났는데도 아랑곳하지 않고 통통 튀어 오르며 달려들었다. 마무리에는 산탄총 한 방이면 족했다.

그는 탄약 몇 발을 더 재우고 심호흡을 한 다음 다시 전진했다. 다리를 반쯤 건넜는데 맞은편에서 전투변이, 배양변이, 감염변이가 한데 뒤섞여 몰려들기 시작했다. 다시 수류탄에 상당수가 나가떨어졌지만, 놈들이 그러고도 달려드는 바람에 치프는 뒤로 빠지면서 돌격소총을 퍼부었다.

그 뒤로 몇 초간은 막상막하였다. 전투변이가 허공으로 15미터나 뛰어오르며 몸을 날리고, 배양변이는 무작정 돌진했으며, 감염변이는 약방의 감초처럼 그 틈바구니로 떼를 지어 밀려들었다. 마스터 치프는 뒷걸음질 치면서 벌써 세 번이나 재장전을 했다. 등이 벽에 닿는 순간 마지막 전투변이가 발 앞에서 털퍼덕 쓰러졌다. 놈은 도로 일어나려다 머리통이 날아갔다.

돌격소총과 산탄총을 또 장전한 다음, 질척이는 살덩어리로 뒤덮인 다리에 발을 디디고 다시 건너기 시작했다. 이번에는 맞은편에서 오는 저항이 보잘것없어서 탄약도 챙겨가며 무사히 다리를 통과했다.

다음 방폭문은 문제없이 열린 덕분에, 치프는 이전에 거친 길보다 짧은 통로를 지나 지상으로 나왔다. 가능한 적에게 모습을 드러내지 않게끔 은폐하면서, 오른편에 있는 눈 덮인 둔덕을 오르다가 플러드 네 놈과 맞닥뜨렸다. 수류탄으로 두 놈을 날리고 돌격소총으로 나머지를 끝냈다.

밴시가 홱 날아들어 눈 위로 길게 줄을 긋고는 계곡 위로 상승했다. 놈이 쉽사리 포기하고 물러서자 치프는 내심 놀랐지만, 주위가 어두컴컴한 데다 난전이 벌어지는 상황이었으니 조종사가 그를 플러드 전투변이로 오인해서 그랬을지도 모르는 일이었다. 먹음직한 목표물이기는 해도 굳이 선회해 돌아와서까지 잡을 정도는 아니었을 테지. 가뜩이나 계곡 전체가 전투변이로 끓어 넘치는 상황이라면 더더욱.

치프는 조심스럽게 벼랑에 달라붙어 계곡 가장자리를 따라 늘어선 나무와 바위를 엄폐물 삼아 움직였다. 왼편에서 벌어지는 혼전이 얼마나 치열한지 증명해 보이기라도 하듯, 플라즈마 화기와 자동화기에서 터져나오는 총성이 쉴 새 없이 귓전을 때렸다.

상황이 이렇다면야 총알을 낭비하지 않고도 몰래 지나갈 수도 있겠다는 생각에, 그는 코버넌트와 플러드가 아래쪽 함몰지에서 육박전을 벌이는 광경을 보려고 낮은 언덕으로 올라갔다. 수류탄 한 발과 잇따른 MA5B 소총 점사에 양쪽 모두 거의 전멸했다.

치프는 눈을 뿌드득 밟으며 피로 물든 눈밭으로 내려가, 부상당한 엘리트를 놓고 서로 차지하려고 싸우는 감염변이 세 놈을 무시하고 지나가 나무가 서 있는 언덕에 다다랐다. 언덕에 있던 전투변이와 배양변이가 그를 향해 덤벼들었다. 두 놈 다 7.62밀리탄 점사에 주춤거리다 눈밭에 털썩 고꾸라졌다.

마스터 치프는 전초선을 뚫고 이동지점 표시를 따라 다음 계곡으로 이동하던 중 죽은 해병들을 발견했다. 명중률도 신통찮은 돌격소총과 산탄총을 계속 쓰느니, 차라리 해병들이 갖고 있던 저격소총이나 로켓발사기와 물물교환하는 편이 낫겠군. 주무장을 세 자루씩 들고 다닌다면 좋겠지만, 총이 그렇게 많으면 무거운 점은 말할 것 없고 움직이기도 불편해진다. 결국에는 저격소총과 산탄총을 쓰기로 하고서, 이것이 올바른 선택이기를 빌었다.

군번줄을 챙기려고 해병들을 뒤적였는데, 벌써 누가 군번줄을 가져간 뒤였다. 그는 잠시 시간을 내 시신을 근처 동굴에 끌어다놓았다. 그러고는 감염변이 놈들이 부디 이들을 발견하지 못하기를 빌었다. 게다가 동굴은 무기를 은닉하기에도 적당해 보여서 그곳에 나머지 총을 감춰두었다.

이동지점 표시를 따라가며 두 번째 계곡을 지나 세 번째 계곡으로 들어서자 이제는 친숙하기까지 한 광경이 눈앞에 펼쳐졌다. 코버넌트는 셰이드 포탑, 다수의 고스트, 레이스 두 대를 비롯한 병력을 총동원해 플러드와 맞서고 있었다. 하지만 머릿수가 차고 넘치는 플러드 패거리는 조금도 주저하지 않고 온몸을 내던졌다.

계곡 앞머리에 대어 놓은 밴시를 탈취해야 하는데, 거기까지 가려면 먼저 놈들의 수를 적당한 선까지 줄여야 한다. 치프는 오른쪽으로 붙어 절벽을 슬그머니 지나 듬성듬성한 나무와 바위를 끼고서 계곡 한복판에 있는 놈들에게 들키지 않고 움직였다. 마침내 집채만 한 돌덩이 뒤로 돌아가자 코버넌트 병력이 한데 몰린 곳이 한눈에 내다보이는 고지가 나왔다. 그는 어깨에 둘러멘 S2 AM 저격소총을 들고 조준경을 10배율로 맞춘 다음, 학살을 시작했다.

이런 상황에서는 손쉬운 목표물부터 걸러내는 것이 상책이다. 그는 셰이드 포탑에 올라탄 그런트를 시작으로 구석에 있는 자칼을 저격하면서, 엘리트가 눈치를 채고 이쪽을 잡으려고 레이스를 동원하기 전에 사상자를 가능한 한 많이 낼 수 있기를 빌었다.

문제는 조준경을 통한 좁다란 시야에 온 신경을 쏟다 보니 주변 경계에 소홀해졌다는 점이다. 이를 일깨워주기라도 하듯 플러드 한 놈이 등 뒤로 다가와 머리통을 후려갈겼다.

다른 사람 같았으면 그 자리에서 즉사했겠지만, 치프는 전투복 덕분에 목숨을 건져 얻어맞은 방향으로 데굴데굴 굴렀다. 저격소총은 총신이 길어 근접전에 적합하지 않았지만, 손에 들린 무기라고는 그것뿐이었다. 돌진해오는 놈을 조준할 시간이 없어 그대로 방아쇠를 당겼다.

익안정탄이 엘리트 전투변이의 가슴에 꽂혔다. 총알에 물컹물컹한 몸뚱이가 꿰뚫렸는데도 쓰러지기는커녕 꿈쩍도 하지 않았다. 놈은 사입구 상처에서 녹회색 체액을 질질 흘리면서도, 마스터 치프를 향해 거칠게 팔을 휘둘렀다.

치프는 몸을 홱 숙여 공격을 피하고 저격소총을 내던졌다. 그는 몸을 던져 굴렀다 일어서면서 권총을 뽑아든 다음 놈을 향해 탄창을 비웠다. 권총탄 한 발에 왼팔이 날아가고, 마지막 탄환이 박히면서 등덜미에 직경 30센티미터 가량의 사출구가 뻥 뚫렸다.

그는 놈의 가슴팍을 걷어차 속에 든 감염변이를 짓뭉갰다. 그런 다음 저격소총을 주워들고서 미간을 찌푸렸다. 잠시 그대로 서서 죽은 전투변이를 관찰했더니 놈의 몸속이 빠르게 액화되는 것이 아닌가. S2 AM 저격소총의 익안정탄은 탄속이 빨라 놈의 체내기관 중에서도 하필이면 덜 치명적인 부분만 깨끗이 뚫고 지나가서 내부손상이 적었던 것이다.

그렇게 또 플러드에 관한 역겨운 사실이 한 꺼풀 벗겨졌다.

서둘러 주위를 둘러보니 더 이상 기습이나 매복은 없었다. 여전히 망치처럼 쿵쿵거리는 가슴을 부여잡고서, 그는 진저리나는 잔업을 마저 하기 시작했다. 하늘 높이 포물선을 그리며 사방으로 내리꽂히는 레이스의 불덩이 포화에 애꿎은 코버넌트 놈들만 세 놈이 넘게 날아갔다. 하나가 너무 가까이에서 터져 방어막 표시기가 빨갛게 변하면서 경고음이 터져 나왔다.

그는 뒤로 물러나 돌격소총으로 바꿔 들고 겁도 없이 덤벼든 그런트들을 처리한 뒤, 커다란 풍화석 반대편으로 돌아가면서 다시 저격소총을 꺼내들었다. 그는 코버넌트와 플러드 양쪽 모두 제압이 가능한 지점에 자리를 잡았다.

이제 엘리트를 해치울 차례다. 강력한 14.5밀리 철갑탄의 위력 덕분에 거의 단방에 드러눕힐 수 있었다. 전투변이는 경우가 다르니 권총으로 처리했다. 명중률은 조금 낮아도 이럭저럭 먹혀들었다. 얼마 지나지 않아 열댓 구가 넘는 시체가 눈밭 위에 널브러졌다. 하지만 그것 때문에 위치가 발각됐다. 곧 레이스가 눈치를 채고 그를 향해 포격을 가했다. 일단은 후퇴해야 했다.

치프는 자기 발자국을 되밟으며 커다란 풍화석 옆의 은신처로 돌아가, 로켓발사기를 어깨에 들쳐 메고 조준경을 켰다. 레이스는 계곡 아래편으로 박격포를 쏴대며 빠르게 전진하기 바빴다. 그러다 어떻게 치프의 위치를 알아차렸는지, 그 자리에서 뱅 돌아 바윗덩이 쪽으로 폭탄을 날렸다.

치프는 인공유성처럼 날아드는 플라즈마 덩어리를 애써 무시하며 목표물을 조준하고 방아쇠를 당겼다. 강렬한 충격과 함께 둔중한 폭발음이 터지면서 뒤따라 연기가 새어 나오는데도 레이스는 계속 박격포를 쏴 날렸다.

온 사방으로 불덩이가 내리꽂혀 펑펑 터지는 상황 속에서, 마스터 치프는 숨을 깊게 들이쉬며 레이스의 정중앙에 조준을 집중하고 다시 방아쇠를 당겼다. 발사관이 덜컥 들리면서 두 번째 로켓탄이 곧바로 날아가 요란한 폭음과 함께 목표물에 명중했다. 레이스는 차체가 붉은 꽃처럼 벌어져 시커먼 연기를 트림하듯 내뿜으며 눈으로 덮인 둔덕을 들이박았다.

"솜씨 좋은데요. 하지만 고스트도 조심하세요."

좋은 충고였다. 고스트는 멀찍이 떨어진 곳에 있었지만, 지면을 스치며 시야로 다가와 플라즈마 캐논을 쏘면서 나머지 코버넌트 병력은 감히 못 했던 위협을 가해오고 있었다.

하지만 치프도 벌써 로켓 재장전을 마친 상태였다. 이런 때에는 로켓발사기가 제격이었다. 로켓탄 한 방에 놈은 날아가 버렸고, 배때기에 붙은 불씨가 엔진까지 옮겨붙었다.

이제 문젯거리도 다 해결 봤으니 몸을 일으켜 발사기에 새 탄약을 채운 다음 밴시까지 최단거리로 이동했다. 눈밭을 반쯤 가로질러서 엄폐물도 하나 없는 순간에, 헌터 한 쌍이 바위틈 뒤에서 모습을 나타냈다.

아직 로켓이 남아 있다는 사실을 다행스럽게 생각하며, 치프는 일단 걸음을 멈추고 무릎쏴 자세를 취하고 공격을 가했다. 첫 방에 놈의 가슴을 정확히 맞혀 몸뚱이를 조각냈다. 둘째 방은 나머지 헌터의 오른쪽 어깨를 스쳐 지나가 뒤편의 나무를 토막 냈다. 놈은 발을 쿵쿵 구르며 개활지로 뛰쳐나오더니, 점점 속도를 붙이며 어썰트 캐논을 충전하기 시작했다.

헌터의 면전에 7.62밀리탄을 퍼붓는 짓은 총알 낭비였고, 충전 속도가 느리기는 해도 놈이라면 팔에 장착된 어썰트 캐논으로 치프를 날려버릴 수도 있었다.

목표물이 이만큼 크면 굳이 확대 조준할 필요도 없으므로, 그는 무배율로 로켓을 발사했다.

헌터는 날아오는 로켓을 보고 방패를 꺼냈지만, 미처 막지 못하고 그대로 얻어맞았다. 잠시 뒤 뜨뜻한 살덩어리들이 주위로 흩어져 눈밭에 구멍을 내며 모락모락 수증기를 피웠다.

치프는 다시 볼 것도 없이 바로 달려가 밴시에 올라탄 다음, 계곡 위로 비행하면서 잔존 코버넌트 병력을 향해 플라즈마 캐논을 퍼부었다. 이동 지점이 표시된 방향으로 판단컨대 목표물까지 도달하려면 고도를 꽤 높여야 했으므로 그는 밴시를 가파르게 상승시켰다.

마침내 이동지점을 표시하는 붉은 삼각형이 뒤집혀 아래를 가리켰다. 이제 적당한 고도에 도달했다. 그는 기수를 뒤집고 아래쪽 통로를 흘끔 확인했다. 주위는 칠흑같이 어두웠으며 지금도 눈이 계속 내렸지만 출입대는 불이 환했다. 출입대로 밴시를 하강해 막 조종석에서 내리는데 센티넬들이 공격을 가해왔다.

"여기가 마지막이에요. 모니터가 무슨 수를 써서든 우릴 막으려 들겠죠."

치프는 고개를 끄덕이며 펄스 생성기실로 발걸음을 옮겼다. 갑자기 레이저가 전투복을 지졌다. 길티 스파크가 건물 내부에까지 센티넬을 붙여두었던 것이다. 거기서 끝이 아니라 이놈들은 어설프게나마 에너지 방어막 기능을 갖추고 있어서 자동화기 사격이 잘 먹혀들지 않았다.

그래도 로봇 수행원들에게 나누어줄 102밀리 깜짝 선물이 아직 남아 있었다. 로켓이 대형 한가운데서 폭발하자 센티넬 셋이 추락했고, 네 번째 센티넬은 플라즈마 수류탄을 떼어내려는 듯이 공중제비를 돌다가 옆에 있던 놈을 들이받았다. 다섯, 여섯 번째 놈들은 방어막을 재충전하던 중에 총알 세례에 박살 났으며, 일곱 번째 놈은 벽을 들이받아 바닥에 떨어졌다. 놈은 도로 떠오르려고 안달하다 치프의 전투화에 찌그러져 수명을 다했다.

이제 실내를 장악했으니 치프는 서둘러 일을 마무리 짓기로 했다. 그는 펄스 생성기실 중심부로 성큼성큼 걸어가 마지막 펄스 생성기 속으로 들어갔다. 잠시 뒤 치프가 빠져나오자 코타나가 말했다.

"마지막 펄스 생성기가 멈췄어요. 어서 여기서 빠져나가야 해요."

"탈 만한 걸 찾아서 함장님께 가야겠어."

치프는 밖으로 나가려고 뒤로 돌아섰다.

"그건 너무 오래 걸려요."

"더 좋은 생각이라도 있나?"

"헤일로 전역에 걸쳐 텔레포트망이 있어요. 모니터가 이동할 때 사용하는 방법이죠. 관제실에 있을 때 텔레포트를 몰래 이용할 방법을 찾아냈어요."

"그럼 진작 펄스 생성기실로 텔레포트를 하지 그랬냐?"

치프는 짜증 섞인 목소리로 다그쳤다.

"그럴 수가 없었어요. 안타깝게도 텔레포트를 하려면 에너지가 소모돼요. 게다가 헤일로의 동력원 시스템에는 접속할 수가 없어서 필요한 에너지를 얻지 못했거든요."

코타나는 잠시 얘기를 멈추었다가 살짝 망설이면서 말을 이었다.

"하지만 다른 방법이 있어요."

마스터 치프는 얼굴을 찡그리며 고개를 설레설레 저었다.

"왠지 꺼림칙한데."

"절 믿으세요. 방어막 시스템을 손상시키지 않고 에너지를 끌어다 쓸 수 있어요. 텔레포트는 이번이 처음이자 마지막이에요."

"그러지. 코버넌트 통신망에 침투해서 함장님이 어디 계신지 찾아봐. 한 번밖에 못하는데 헛다리 짚으면 안 되잖아."

코타나는 잠시 말을 멈추고 침투 및 탐색 소프트웨어로 솜씨를 부렸다. 잠시 뒤 코타나는 흥분해서 소리쳤다.

"함장님의 CNI 신호를 포착했습니다. 아직 살아 계세요! 신경회로 칩도 손상되지 않았어요! 순양함의 원자로에서 방해전파가 나오지만, 접근해 보도록 하죠."

"시작해. 어서 끝을 보자."

말을 끝맺기가 무섭게 금빛 고리가 전투복을 따라 머리끝에서 발끝으로 물결치며 내려오기 시작했다. 이제는 익숙한 현기증을 다시 느끼면서, 마스터 치프는 바닥 속으로 사라졌다. 치프가 자취를 감추자 금색 불빛은 그가 있던 자리에 그대로 남아 빛을 발했다. 그리고 몇 초가 지났을까, 그 흔적까지 사라졌다.

11

투입 73시 34분 16초 경과 (스파르탄-117 작전 시각)/
코버넌트 순양함 진리와 귀의 내부

 헤일로의 텔레포트망 속 기묘한 별세계에서는 자신이 어디에 있는지 전혀 분간할 수가 없었다. 치프는 머리가 어지러울 정도로 빠른 속도감만 느껴질 뿐, 아무것도 보이지도 않고 들리지도 않았다. 분자 한 조각 한 조각씩 몸을 도로 갖다 꿰매는 느낌이 들었다. 코버넌트 함선 내부처럼 보이는 장면이 눈에 들어오면서, 금빛 고리가 몸을 따라 올라가다 머리 위에서 사라졌다.
 왠지 사방이 거꾸로 보이는 듯해서 이게 어찌 된 일인가 확인해보려던 순간, 몸이 거꾸로 뒤집혀 머리부터 바닥으로 쿵 떨어졌다.
 코버넌트 순양함 통로 천장에 발을 디딘 상태로 텔레포트된 것이었다.
 "아! 뭔지 알겠어요, 좌표 데이터가……."
 코타나가 외쳤다.
 치프는 바닥에서 몸을 일으켜 코타나가 들어간 데이터 칩을 심어둔 헬멧 뒤통수를 때리고는 머리를 부르르 흔들었다.

"아, 미안해요."

"신경 쓸 것 없어. 현재 상황은?"

코타나는 코버넌트 컴퓨터 시스템에 접속했다. 코버넌트 순양함 내부에 있으니 침투하기가 훨씬 수월했다.

"코버넌트 통신망은 극심한 혼선상태예요. 신호를 조합해보니 전 함대에 플러드를 발견하면 헤일로를 포기하라는 명령을 내린 모양인데, 너무 늦고 말았군요. 이 순양함은 플러드에 밀려 결국 놈들 손에 점령됐어요."

"나쁜 소식이로군."

"코버넌트도 동감인가 봐요. 놈들은 플러드가 순양함을 수리해 헤일로에서 탈출할까 걱정하고 있어요. 그래서 플러드를 제거하고 순양함을 수리하려고 타격대를 투입했어요."

치프는 복도 아래편을 살짝 내다보았다. 벽면이 보라색이었다. 아니, 자주색인가? 꼭 딱정벌레 등딱지에 흐르는 기름 광택을 보는 듯한 무늬가 벽면을 따라 번들거렸다. 색감이야 어찌 됐건 상관없다. 거기다 이곳이 군함임을 생각한다면 더욱. 하지만 혹시 이렇지는 않을까? 어쩌면 반대로 아군이 흔히 쓰는 국방색이 코버넌트의 눈에는 겁쟁이들 색깔로 비칠지도 모른다.

치프는 앞으로 걸음을 내디뎠지만, 몇 발짝 떼지도 않아 신음하는 목소리가 신경회로 칩을 통해 들려왔다.

"치프…… 바보 같은 짓 말고…… 날 포기하게."

키예스 함장의 목소리였다.

키예스, 제이콥. 대령. 군번 01928-19912-JK. CNI 방송 주파수에 바짝 귀를 기울이던 중 익숙한 목소리가 들렸다. 강철처럼 단단하고 굵은 남자 목소리, 가시 돋친 듯하면서도 부드러운 여자 목소리.

아는 사람들이다.

다른 기억의 일부인가?

낯선 존재가 머릿속을 잠식하는 것을 어떻게든 늦추려고, 그는 안간힘을 다해 과거의 기억 조각을 들춰냈다. 갖가지 삶의 단편이, 키예스라는 인격을 이루던 기억이 하나씩 떨어져 나가면서 점점 의식을 유지하기가 힘들었다.

키예스, 제이콥. 대령. 군번 01928-19912-JK.

목소리, 목소리가 말을 걸어왔다. 마스터 치프와 인공지능 코타나였다. 그는 소스라치게 놀랐다. 자네들이 왜 여기에 있나, 오면 안 돼!

힘을 얻은 낯선 존재는 계속 압박해 들어오면서, 악착같이 자신의 기억에 달라붙어 떨어질 줄을 모르는 중요한 포로한테서 정보를 더 캐내려고 집요하게 달라붙었다.

키예스, 제이콥. 대령. 군번 01928-19912-JK.

치프, 코타나, 자네들이 왜 여기까지 왔나. 바보같이 굴지 말고 어서 떠나. 여기서 탈출해. 도망치게.

낯선 존재가 그를 엄습하면서 승리를 확신하는 놈의 기쁨이 그에게까지 전해졌다. 지금껏 실낱 같은 정신이나마 유지해왔건만, 이제는 그마저도 얼마 가지 못한다.

"함장님?

코타나가 다급히 물었다.

"함장님! 통신이 끊어졌습니다."

치프나 코타나 둘 다 할 말을 잃었다. 키예스 함장님의 고통에 찬 목소리는 한 번으로 충분하다. 이제 그들에게 남은 최선책은 순양함 깊숙이 들어가 함장을 찾는 일이었다.

출입문을 지나자 오른쪽 벽면이 온통 코버넌트 피투성이였다. 이곳에서 전투가 벌어졌었다는 뜻이다. 당장에라도 플러드가 나타날지 모른다. 계속해서 통로를 지나가자 타는 듯한 갈증이 나면서 심장박동이 살짝 빨라졌고, 뱃속이 점점 뻣뻣하게 굳어갔다.

불길한 예감이 적중했다. 어디선가 전투를 벌이는 소리가 들려왔다. 오른쪽 모퉁이를 돌아서자 복도 저편에서 플러드와 코버넌트 사이에 총격전이 벌어지고 있었다. 그는 놈들이 서로 싸우게 잠시 내버려두었다 살아남은 놈들을 처리했다.

거기서 왼쪽으로 돌아갔다 다시 오른쪽으로 돌아서자 문이 나왔다. 문을 열자 가장자리가 날카롭게 뜯겨나간 구멍이 아래로 검은 입을 벌리고 있었다. 낭떠러지 저 건너편에서는 또 총격전이 벌어지고 있었다.

"피해상황 분석 중. 여기는 폭발 때문에 생긴 구멍 같아요. 선체를 날려버릴 만큼 강력했어요. 아래쪽에서는 냉각제가 흘러들어 생긴 웅덩이가 감지됐고요. 다른 길이 있는지 알아봐야겠네요."

코타나의 충고는 일리가 있었다. 그래서 치프는 뒤돌아서 왔던 길을 되돌아갔다. 왼쪽 모퉁이를 돌아서자마자 난장판이 벌어졌다.

"경고! 위험수위 상승 중!"

코타나의 지적을 증명하듯 성난 플러드가 치프를 향해 몰려들었다.

치프는 방아쇠를 당기며 뒷걸음질 치고는 다시 사격을 가했다. 배양변이가 폭발하면서 살점 쪼가리와 찢겨난 촉수, 녹색 점액을 사방에 추적추적 흩뿌렸다. 전투변이가 죽으려고 환장한 것처럼 무작정 뛰어들다 7.62밀리탄의 위력에 춤추듯 비틀거리며 산산조각 났다. 감염변이들이 요리조리 바닥으로 기어들어 공중으로 뛰어올랐다 살 껍질로 분해돼 나풀나풀 떨어졌다.

하지만 혼자서 상대하기에는 그 수가 너무 많았다. 그는 코타나가 시키면 구멍에 대해 무어라 하는 동안 점점 구멍으로 밀려났고, 결국 20미터쯤 떨어져 녹색 웅덩이로 발끝부터 뛰어들었다. 구멍은 함선 내부 아래편이 아니라 곧장 지표면 지하까지 이어졌다. 냉각제가 얼마나 차가운지 얼음장 같은 냉기가 전투복 속까지 뚫고 들어올 정도였다. 거기다 진득거리기까지 해서 움직이기가 힘들었다.

발바닥이 바닥에 닿자 전투복 무게 때문에 자칫하면 꼼짝도 못하겠다는 생각에, 마스터 치프는 냉각제가 넘실대는 호숫가로 단숨에 달려 올라갔다. 주위를 둘러싼 동굴은 어두컴컴했으며 냉각제에서 흘러나오는 어슴푸레한 빛만이 주위를 밝혔다. 전방으로 보이는 번득거리며 오가는 플라즈마탄 궤적 사이로 자동화기 총구소염이 탕 소리를 내며 끼어들었다.

"여기서 빠져나가 코버넌트 순양함으로 돌아갈 길을 찾아야 해요."

치프는 한창 전투가 벌어지는 곳 근처로 둘러가 코버넌트와 플러드가 서로 때려눕게 내버려 두다가, 놈들 한가운데로 수류탄을 슬쩍 던져 몸뚱어리가 조각나기를 기다린 다음, 총알을 퍼부어 찌꺼기를 쓸어버렸다.

계속 이동해 시체가 널브러진 좁다란 길목에 들어서고부터는 사방팔방에서 밑도 끝도 없이 플러드가 쏟아졌다.

천신만고 끝에 냉각제로 넘쳐나는 동굴을 돌파하고 산더미처럼 쌓인 시체를 지나갈 즈음 코타나가 말했다.

"이쪽으로 가면 코버넌트 순양함의 중력 리프트가 나와요."

전방투영창에 이동지점이 표시됐다. 치프는 주황색 화살표를 따라 바위가 튀어나온 모퉁이를 돌자 냉각제로 출렁이는 연못 위로 솟은 암붕이 나타났다. 상황을 지켜보는 동안에도 열 놈쯤 되는 배양변이들이 환초호처럼 청록색을 띠는 냉각제 연못에서 철벅거리며 걸어 나와 곤궁에 빠진 코버넌트 병력을 몰아세웠다.

이런 난투극을 앞에 두고는 아무리 용을 써도 강행돌파가 불가능하겠다는 생각에, 마스터 치프는 돌아서서 왔던 길을 되돌아갔다. 저격소총을 비롯해 수많은 총기가 주위에 널려 있었는데, 그중 절반 이상은 머리가 날아간 전투변이 시체에 깔려 있었다. 치프는 저격소총을 꺼내 총알이 들었는지 확인한 다음 모퉁이로 다시 돌아갔다. 그런 다음 한 발도 남김없이 모두 명중하게끔 신중하게 조준한 뒤 사격을 개시했다.

엘리트, 자칼, 그런트는 쉽사리 나자빠졌다. 하지만 플러드 변이체, 그중에서도 특히 배양변이는 저격소총으로 잡기가 사실상 불가능했다. 몇몇 예외를 빼면 대구경탄은 가래 덩어리처럼 생긴 배양변이를 관통하고만 지나가서, 놈은 털끝 하나도 다치지 않았다.

14.5밀리탄이 다 떨어지자, 치프는 다시 골목에서 산탄총을 꺼내 들었다. 그러고는 청록색 냉각제 속으로 뛰어든 다음 연못가로 점벙거리며 걸어갔다. 뭔가를 쭉쭉 빠는 기분 나쁜 소리에 고개를 돌렸더니 감염변이 하나가 엘리트의 흉강으로 기어들려고 끙끙대는 꼴이 눈에 들어왔다. 그는 시체와 감염변이 둘 다 조각냈다.

그다음부터는 불나방처럼 달려드는 전투변이 몇 놈과 떼로 덮쳐드는 감염변이를 깨끗이 쓸어버리기만 하면 됐다. 산탄총을 거듭 연사하면서 동굴 주위가 잘려나간 촉수와 축축한 살덩이 천지로 변했다.

칠흑같이 어두운 길목을 지나 다른 웅덩이에 도착해 셰이드 포탑을 발견하기가 무섭게 플러드가 몰려들어 포탑과 사수석에 앉은 엘리트를 공격하기 시작했다. 플러드가 치프를 발견하고서 통통 튀고 어기적어기적거리고 풀쩍풀쩍 뛰면서 달려들자, 그는 어느새인가 뒷걸음질 치며 방아쇠를 당기고 있었다. 치프는 탄창을 비우고 재장전한 다음 다시 쐈다. 툭하면 뒤로 빠지고 수세에 몰리면서 제발 쉴 틈이 나기를 빌기도 이제 지긋지긋했다.

이런 후퇴전은 체질에 맞지 않았다. 애초에 스파르탄 대원은 선제타격을 염두에 두고 양성된 군인이었지만, 헤일로에 발을 디딘 뒤로 치프는 줄곧 쫓겨 다니기만 했다. 어떻게든 상황을 역전해 치고 나갈 방법을 한시

빨리 찾아야 했다.

플러드의 습격이 도무지 끝날 기미가 보이지 않았다. 치프는 탄창이 다 떨어질 때까지 총을 갈기다 시체 손에 들린 플라즈마 화기를 잡아챘다. 그러고는 배터리가 떨어질 때까지 갈기고 또 갈겼다.

불굴의 투지로 끝까지 버티며 죽은 전투변이한테서 돌격소총을 뺏어든 뒤에야, 마침내 마스터 치프는 홀로 우뚝 서서 소총을 단단히 쥐고, 주변을 둘러볼 수 있었다. 가슴 벅찬 쾌감이 밀려왔다. 끝끝내 살아남았다.

하지만 지금 마냥 좋아하고 있을 시간은 없다.

코버넌트 순양함에 다시 올라가 키예스 함장님을 구한다는 일념으로, 플러드한테 밀려 내어준 길로 도로 전진하며 셰이드 포탑을 지나 바위 모퉁이를 돌아서자 어둠 속에서 플러드 감염변이 열댓 놈이 별안간 쏟아져 나왔다. 플라즈마 수류탄이 번득이며 어둠을 가르고 놈들을 가루 내며 듣기 좋은 꽝 소리와 함께 폭발했다. 협곡 전체에 메아리치는 폭발음을 뒤로하고 좁다란 길목을 지나자 맹렬한 전투가 벌어지는 웅덩이가 나타났다. 대략 50미터 앞에서 코버넌트와 플러드가 서로 밀고 당기고 사격을 주고받으며 맨손 대 촉수 육박전을 펼치고 있었다. 치프는 수류탄 두 개를 던져 절반을 날렸다. 나머지를 손보는 데는 MA5B 소총이면 족했다.

"저기 중력 리프트가 있어요! 아직 작동하는 중입니다. 저걸 이용해요."

말이야 쉽지. 치프가 중력 리프트가 고정된 언덕 위로 고개를 드는 순간, 치프를 노리고 쏜 플라즈마탄이 날아들어 오른쪽 팔꿈치 옆에 있는 돌덩이를 검게 태웠다. 섬광이 번득이자 그는 뒤로 물러나 사격이 잦아들기를 기다린 뒤, 다시 앞으로 돌진했다. 전방의 코버넌트 병력이 눈에 띄었다. 플러드를 저지하며 언덕 꼭대기로 올라가 거기서 중력 리프트를 타려고 분전하는 중이었다. 놈들은 그곳이 최후의 보루임을 직감하고 있었다. 코버넌트가 이토록 악착같이 싸우는 광경을 보기는 처음이었다. 그는 일순이나마 코버넌트에게 연민의 감정이 들었다.

치프는 일어서서 치열한 혼전 한가운데로 수류탄 두 개를 날리고는 폭발음이 두 차례 연달아 터지기를 기다린 뒤, 총으로 밀고 나갔다. 밤하늘에 플라즈마 라이플을 픽픽 갈기며 뒤로 쓰러지는 엘리트, 자칼의 팔을 뜯어내 몽둥이처럼 휘두르는 전투변이, 그런트를 냉각제 웅덩이 속으로 끌고 들어가는 감염변이 한 쌍. 한 폭의 지옥도와 같은 아비규환 속에서, 치프는 움직이는 것들은 모조리 쏴 죽일 수밖에 없었다.

마지막 놈마저 고꾸라지자, 마스터 치프는 경사진 언덕을 올라가서 오른쪽으로 돌아 중력 리프트 광선으로 들어갔다. 전투복을 따라 정전기가 바지직거리나 싶더니, 먼발치에 있던 코버넌트 병력이 그를 저지하려고 사격을 개시하면서 플라즈마탄이 공기를 가르는 날카로운 소리가 귓전을 스쳤다. 곧 치프는 위로 붕 떠올라 코버넌트 순양함으로 들어갔다.

키예스? 키예스, 제이콥. 그래, 그게 내 이름이었지. 맞나?

도저히 생각이 나지 않는다. 이제 남은 기억이라고는 항해수칙과 방어계획, 그리고 이를 반드시 지켜야 한다는 의무감뿐.

웅웅거리는 소음이 머릿속을 가득 메웠다. 그 소리를 들었던 기억이 어렴풋하게나마 났지만, 그게 무엇이었는지는 떠오르지 않았다.

놈은 배고픔으로 그를 점점 억눌러왔다.

맥케이 중위가 승강기 발판에서 널따란 격자형 금속판 위로 풀쩍 뛰어내리자 발밑에서 쇳소리가 울리며 덜덜덜 떨렸다. 바위산에서 여기까지 내려오는데 15분이 넘게 걸렸다. 우선은 코버넌트가 바위산을 장악하고 있었을 적 부하 대원들과 함께 바위산 꼭대기까지 올라갈 때 썼던 승강기를 타고 내려온 다음, 승강기 수직통로 바닥에서부터 지금 중위가 발을 디딘 쇠 격자가 있는 곳까지 강선처럼 파고든 나선형 계단을 걸어서 내려왔다. 한 이병이 등 뒤에서 나타났다.

"잘 오셨습니다, 중위님. 리스터 상사가 드릴 말씀이 있답니다."

맥케이 중위는 고개를 끄덕였다.

"알려줘서 고맙다."

중위는 쇠 격자 건너편에 집합한 소규모 '돌입조'를 향해 걸어갔다. 대원들 주위에는 바위산에서 가져온 장비가 쌓여 있었다. 장비 위에 놓인 휴대용 작업 조명등에서 빛이 나와 주위의 벽에 커다란 그림자를 던졌다. 맥케이 중위가 다가서자 대원들은 옆으로 비켜섰고, 무릎을 꿇고 뭔가에 열중하던 리스터 상사는 벌떡 일어섰다.

"전체 차렷!"

다들 재깍 차렷 자세를 취했다. 몇 시간의 기다림과 계속되는 압박감에 상사는 얼굴이 반쪽이 되어 여위고 초췌해 보였다.

"쉬어. 어떻던가요? 적은 없습니까?"

"아직까진 없습니다. 그런데 이걸 좀 보십쇼."

해군 기술병이 격자판 아래로 조명을 비추자 중위는 자세히 보려고 무릎을 꿇었다. 계단은 승강기 건너편에서 끝난 것이 아니라 격자 아래까지 나선으로 파고들며 어둠 속으로 뻗어 내려갔다.

"저 쇠붙이를 좀 보십쇼. 아래쪽 계단에 뭐가 쌓였는지 보이십니까?"

리스터 상사의 재촉에 맥케이 중위는 아래편을 내다봤다. 외나무다리마냥 가로로 튀어나온 두꺼운 쇠 기둥 아래로 총이 산더미처럼 쌓여 있었다. 일반 총기는 없었고 코버넌트 플라즈마 화기만 한가득이었다. 절삭장비를 손에 넣지 못했는지, 플러드는 어떻게든 쇠 격자를 녹이고 길을 뚫어보려고 수백 자루도 넘는 플라즈마 화기를 소모했던 모양이었다. 하루 이틀 정도만 더 틈이 생기면 격자를 정말 뚫어버릴지도 모르는 일이다.

"이 자식들 끈기 하나만큼은 인정해줘야겠군."

맥케이 중위가 어두운 표정으로 말했다.

"놈들은 포기하는 법이 없습니다. 우리도 마찬가지지만 말입니다. 이 철판때기를 열어젖히고 아래로 내려가서 아예 뒷문을 잠가버립시다."

리스터 상사는 "예, 알겠습니다." 하고 대답했지만, 주위 대원들은 평소답잖게 아무런 탄성도 지르지 않았다. 음습한 그곳에서는 악몽만이 그들을 기다리고 있었다.

자맘이와 야얍은 필라 오브 어텀으로 들어갔다. 일이 생각대로 풀리는가 하면 그렇지 않은 경우도 있었다. 야얍이 넘겨짚은 대로 온톰이라는 엘리트 담당사관은 업무에 힘이 부치던 중이라 둘을 반기며 자맘이에게는 자칼 스무 명의 지휘를 맡겼고, 야얍에게는 그 부사관 자리를 주었다.

거기다 보안부대에는 메탄가스를 비롯한 상당량의 보급품이 있어서 당장 발등에 떨어진 불은 꺼뜨렸다. 좋은 소식은 여기까지였다.

나쁜 소식은, 이제 "후키 우맘이"로 통하는 주카 자맘이가 자신을 알거나 그가 최근 전사한 특수부대원을 사칭한다는 것을 눈치챈 누군가가 그의 정체를 폭로하거나, 아니면 그렇다는 소문이 새어 나가 사제의 귀에까지 흘러들지도 모른다는 사실에 잔뜩 겁을 집어먹었다는 점이었다. 자맘이는 혹시나 싶은 생각에 설설 기면서 통솔권을 죄다 야얍에게 떠넘겨버렸다.

난감하기는 해도 지금 처지를 생각하면 고깝게 받아들일 수밖에 없었지만, 메탄으로 호흡하는 그런트를 "가스쟁이"라고 깔보면서 야얍이 지시하는 꼴을 아니꼽게 여기는 자칼들을 데리고 일하기란 여간 고역이 아니었다.

거기다 필라 오브 어텀에서 플러드까지 발견되어 골칫거리가 배로 늘었다. 헤일로 전역에 걸친 정비통로가 함선으로까지 이어지지는 않았지만, 놈들은 침투에 도가 텄는지 손상된 선체를 파고들어 환기구를 통해 구명정이 있던 기밀출입구에 잠복해 있다가, 코버넌트 순찰대를 덮쳐 전투변이로 만들어버린 다음 함내로 쳐들어왔다. 플러드의 계략을 알아차렸을 때는 이미 함내 일부 병사들이 '감염'된 뒤였고, 놈들 중 몇몇은 아직도 널찍한 함선 어딘가에 남아 있었다.

야압과 불퉁한 자칼 일당이 필라 오브 어텀의 격납고를 지키던 중 보급품을 실은 수송선이 추락한 함선 위로 날아들었다. 수송선은 맴돌면서 필요한 이착륙 허가를 주고받은 다음, 착륙하려고 하강하기 시작했다.

자칼 화물병은 죽어라 말도 안 듣고 각자 위치에서 벗어나 딴 곳에서 어슬렁거렸다. 야압은 고개를 돌리고는 무전기로 지시를 내렸다.

"작, 복, 엑, 수송선이 내려오잖아. 한눈팔지 말고 수송선이나 잘 살펴."

자칼 삼인방은 무전기에다 바로 대고 투덜댈 만큼 바보는 아니었지만, 마지못해 각자 자리로 돌아가는 내내 구시렁거렸다. 그 소리는 야압한테도 뻔히 들렸다. 그러는 사이, 폭발에 시커멓게 그을린 바다 위로 수송선이 내려앉았다.

"개별 수송칸을 조심해. 플러드가 들었을지도 몰라."

야압은 수송선 이중선체 바깥을 따라 있는 좁다란 공간을 가리키며 주의를 주었다. 복은 부글부글 끓는 속을 억누르며 단추를 눌러 덮개를 열고 칸막이를 하나하나 조사하기 시작했다. 이런 보안절차는 전만 해도 없었지만, 뜬금없이 사흘 전부터 하라는 지시가 내려왔었다. 칸막이는 텅 비어 있었다. 자칼 삼인방은 이죽거렸지만 야압은 가만히 듣고만 있었다.

형식적인 검문이 끝나자 그런트 승무원들이 내려와 수송선 선체 내부에 구비된 화물칸에서 보급품을 가득 실은 반중력 화물 받침대를 바닥에 부렸다. 하역작업이 다 끝난 뒤, 수송선은 반중력장을 가동해 상승한 뒤 해치로 기수를 돌린 다음 밝은 햇빛이 쏟아지는 바깥으로 날아갔다.

세 자칼 화물병은 각 화물 상자에 붙은 꼬리표를 보고 어디로 가는 물건인지 확인한 다음 서로 왁자지껄 떠들어대며 받침대를 끌고 가려는데, 야압이 끼어들었다.

"잠깐! 화물 상자를 하나씩 열어. 물건이 제대로 들었는지 검사해야 해."

자칼 삼인방은 지금껏 내키지 않아도 시키는 대로 했지만, 한낱 그런트한테 이래라저래라 소리를 또 듣자 결국 속이 뒤집혔다. 복이 바득바득 대들었다.

"엘리트도 아니면서 나대기는! 빨리 보급품을 배달해야 해. 늦으면 우리 목이 떨어진단 말이야!"

복은 잠깐 말을 멈추고 부리를 딱딱 맞부딪혔다.

"그럼 우리 친구들이 네놈 목도 따갈 테지, 이 가스나 빨아대는 자식아."

자맘이가 여기 와서 일사불란하게 명령을 내렸어야 하는 건데. 야얍은 마음속 깊이 자맘이를 원망했다. 그가 단호하게 말했다.

"안 돼. 확인하기 전까지는 못 보내. 내가 아니라 나랑 같이 온 엘리트가 새로 만든 통관절차라고."

성가시기는 하지만 규정에 목매다는 엘리트가 곧 야얍의 일을 감독하러 돌아올지도 모른다는 생각에, 복은 동료들에게 돌아섰다.

"야, 다들 가스쟁이 야전사령관님 말씀 들었냐? 후딱 끝내자."

야얍은 한숨을 쉬고는 삼인방더러 화물 상자 덮개를 향해 넓게 U자로 서라고 시킨 다음 대열에 끼어들었다.

그렇게 화물 상자를 하나씩 열었다 도로 닫고 끌어다 놓는 지루한 작업을 반복했다. 마침내 세 개만 남았다. 복이 잠금장치를 풀고 상자를 열어젖히는 순간, 감염변이가 떼로 쏟아져 나와 그에게 들러붙었다. 감염변이한 놈이 복의 머리에 달라붙어 촉수로 머리통을 감싸고 목구멍에 관통촉수를 쑤셔 넣어 척추를 건드리는 순간, 야얍이 소리쳤다.

"쏴!"

작과 복도 동시에 방아쇠를 당겼다.

플라즈마탄 스무 발이 한군데에 집중적으로 꽂히면서 아무도 살아남지 못했다. 감염변이는 눈 깜짝할 새에 거의 다 터져버렸다. 그럼에도 고름

덩어리가 터진 자리에 남은 안갯속에서 뭔가가 움직이자, 야얍은 화물 상자 안에다 플라즈마 수류탄을 던졌다. 녹황색 섬광이 번득이면서 상자가 날아가자 귀가 먹먹할 만치 요란한 꽝 소리가 터졌다.

화물 상자는 귀신들린 것처럼 덜컹거리면서 피가 뚝뚝 떨어지는 살덩어리를 온 바닥에 흩뿌렸다. 셋, 어쩌면 넷 이상의 전투변이가 함선으로 기어들려고 상자에 숨어 있었던 것이 분명했다.

마지막 남은 감염변이가 터진 뒤 격납고는 잠시 적막에 휩싸였다. 복의 시체가 새카맣게 그을린 채 바닥에 나뒹굴었다.

작이 나지막이 속삭였다.

"아슬아슬했어. 저 빌어먹을 것들 때문에 까딱하면 죽을 뻔했잖아. 다행히도 조장이 앞장선 덕분에 우리는 살았지만."

아까까지만 해도 같이 빈정거리던 엑은 숙연히 고개를 끄덕였다.

야얍은 옆에서 그 얘기를 듣고서 기뻐해야 할지 화를 내야 할지 망설여졌다. 의도했건 아니건 좋든 나쁘든 간에, 그가 복을 숭고한 희생자로 격상시킨 꼴이 되었다.

중무장한 궤도강하 타격대와 해병대 1개 중대는 절삭기가 음산한 어둠 속으로 불꽃을 튀기며 쇠 격자를 잘라내는 모습을 지켜보며, 저 아래에서 어떤 놈들이 기다리고 있을지 상상해보았다. 살아남을 수는 있을까? 아니면 무저갱 바닥에 뼈를 묻어야 하나? 어찌 될지는 알 길이 없었다.

한편 30미터 밖에 두 장교가 서 있었다. 강하 이후 맥케이 중위는 이토록 막중한 임무를 맡아보기는 처음이었다. 실바 소령은 유감스러운 기분이 들었다. 문제는 아무리 훌륭한 사관이라도 기진맥진할 만큼 버거운 직책인 소령의 부관 자리에 중위가 앉은 데서부터 비롯되었다. 지옥행 강습 대원들이 언제 어디서든, 심지어 목숨에 굶주린 괴물들이 득실대는 구렁텅이에서도 맥케이 중위를 따르는 점만 봐도 그녀는 고만고만한 사관들보다 훨씬 뛰어난 재원이었다.

하지만 누구든, 제아무리 맥케이 중위라도 한계가 있기 마련이었다. 소령은 그녀가 점점 한계점에 다다르고 있음을 알아차렸다. 시들한 얼굴과 초점 없이 퀭한 눈, 축 처진 입가만 봐도 그런 기색이 역력했다. 중위가 최고로 강인한 독종 타격대원임에는 변화가 없었지만, 희망을 잃는다면 끝이나 마찬가지였다.

이제 실바 소령은 중위를 아래로 내려보낼 준비를 하면서, 지금 중위에게 필요한 것은 단순한 애국심을 뛰어넘어 정말로 목숨을 걸어볼 만한 것, 휘하 대원들을 무사히 살려내는 데 조금이라도 동기부여가 될 만한 것임을 속으로 상기했다.

소령은 만에 하나 자신에게 무슨 일이 생겼을 때를 대비해 간략히 설명을 덧붙였다.

"일단 아래로 내려가서 상황을 파악한 다음 가능하다면 플러드 놈들이 기어나오는 문을 막아버리도록. 플러드 없이 작전시간이 48시간 정도 지속되면 가장 좋겠지만 24시간이면 충분할 거다. 그쯤이면 중대원 전부 이곳을 뜰 테니까."

맥케이 중위는 실바 소령의 어깨를 쳐다보고 있었지만, 마지막 말이 귀에 들어오자 다시 얼굴로 고개를 번쩍 들었다. 소령은 중위가 이제야 정신을 차렸구나 싶은 생각이 들었다.

"'여기를 뜬다'고 하셨습니까? 그럼 어디로 갑니까?"

"지구지 어디겠나."

실바 소령이 자신 있게 말했다.

"군악대와 훈장과 진급이 우릴 기다리는 곳으로 말이다. 그리고 여기서 얻은 믿음과 신뢰를 바탕으로 지옥행 강습대의 규모를 늘려서 코버넌트를 놈들이 기어 나왔던 구멍에 도로 쑤셔 박아줘야지 않겠나."

"플러드는 어떡합니까? 그것들은 어쩌고 말입니까?"

맥케이 중위는 소령의 얼굴을 샅샅이 살폈다.

"그때쯤이면 남김없이 죽는다고 보면 된다. 몇 시간 전에 웰즐리가 그쪽과 연락이 닿았다. 치프는 아직 살아 있고 코타나도 함께 있는데, 지금 키예스 함장님을 구출하는 중이라고 한다. 그런 다음에는 필라 오브 어텀을 조작해 폭파할 계획이라는군. 그 폭발이면 헤일로는 물론이고 여기 있는 것도 남김없이 날아갈 거다. 알다시피 난 스파르탄 양성계획을 탐탁잖게 여기는 입장이지만, 치프의 공로는 인정해야지 어쩌겠나. 내가 봐도 정말 골 때리는 자식이란 말이야."

"괜찮은 소식이로군요. 하지만 헤일로가 날아가기 전에 어떻게 이곳을 뜹니까?"

맥케이 중위가 조심스레 물었다.

"아, 그래서 내가 묘안을 냈지. 자네가 하수구를 청소하는 동안, 난 꼭대기에서 진리와 귀의를 코버넌트 놈들 손에서 떼놓을 준비 작업을 맡겠다. 이제는 우주운항이 가능하고 코타나가 조종할 수도 있어. 여차하면 웰즐리가 대신 맡으면 되고. 좀 벅차겠지만 웰즐리라면 어떻게든 해낼 거다. 어떤가! 코버넌트 순양함에 놈들의 온갖 기술은 물론이고, 헤일로에 관한 정보까지 꽉꽉 싣고서 지구로 귀환하는 장면이 상상이 가나? 그야말로 엄청난 환대를 받을 거다! 승리에 목마른 대중에게 대어를 낚아다 주는 격이잖나."

맥케이 중위는 절반만 빛에 드러난 소령의 얼굴을 쳐다보았다. 소령은 물불 가리지 않는 야망에 사로잡혀 있었다. 한낱 공상이 현실로 이루어진다 한들, 중위는 실바 소령이 얻은 영예에는 한 발짝도 들이고 싶지 않았다.

노병의 격언이 뇌리를 스쳤다.

'영웅과는 절대 한 참호를 쓰지 마라.'

명예와 진급도 솔깃하지만, 지금은 오로지 생존만이 중위의 급선무였다.

요란한 땡강 소리에 뒤이어 청백색 불빛이 켜져 오물이 덕지덕지 엉겨붙은 수직통로 내부의 벽과 바닥을 밝혔다.

감염변이가 득실거릴지도 모르니 대원들은 다섯 명씩 계단에서 내려와 밧줄을 붙잡고 아래로 내려갔다. 대원들은 거의 동시에 바닥에 뛰어내려 바깥을 향해 앉아쏴 자세를 취하고 놈들이 없는지 살폈다. 지옥행 강습대원들은 모두 조명등 두 개와 카메라가 내장된 헬멧을 썼다. 머리를 앞뒤로 움직이기만 해도 빛줄기를 겹쳐가며 벽면을 훤히 밝혀 그 장면을 쇠격자 위쪽으로, 지하에서 바위산 꼭대기로 전송했다.

맥케이 중위는 쇠 격자 위에 서서 휴대용 모니터에 올라오는 실시간 영상에 시선을 집중했다. 수직통로 경계선을 따라 커다란 아치문 네 곳이 드러났다. 나선형 계단으로 통하는 길목을 차단하려면 저곳부터 막아야겠군. 주변에 플러드의 흔적은 없었다.

"이제 구멍 네 곳을 틀어막아야 한다. 지금 갱도 바닥으로 내려가겠다."

맥케이 중위가 그렇게 말하며 뻥 뚫린 쇠 격자 한가운데를 통해 구멍으로 내려가는 동안, 웰즐리는 각 아치문의 정확한 부피와 넓이를 계산했다. 해군 기술병들이 '쇠문짝'을 만들어 통로 바닥으로 내려간 다음, 문짝을 각 아치문에 갖다 대어 용접하게끔 돕기 위함이었다. 불과 몇 분 사이에 컴퓨터가 구해낸 윤곽선이 철판 위에 레이저로 표시되자 기술병들은 용접기에 불을 붙이고 쇠붙이를 잘라내기 시작했다.

맥케이 중위는 바닥에 발을 디디고 주위를 둘러보았다. 아랫바닥 광경을 찬찬히 살피던 중 수직통로 아래를 따라 둥글게 새겨진 양각벽화가 눈에 띄었다. 중위는 손으로 겉에 묻은 먼지를 쓸어내고 그림을 자세히 들여다보고 싶었다. 하지만 대열에서 혼자 삐져나와 아치문 주위 방어선을 흐뜨릴 수는 없는 일이었다.

"뭔가 있다! 뭔가 움직인 것 같습니다."

한 대원이 다급히 말했다.

"아직 쏘지 마."

맥케이 중위가 신중하게 명령했다. 목소리가 벽에 메아리쳐 울렸다.

사격중지 명령을 내리자마자 플러드가 수직통로로 쏟아져 나왔다. 중위가 소리쳤다.

"지금이다! 당겨!"

단단히 걸린 윈치 일곱 개가 올라가면서 대원 전원이 공중으로 붕 떠올랐다. 강습대원들은 위로 솟아오른 상태로 사격을 개시했다. 한 대원은 맨 앞장서서 달려나온 전투변이한테 욕을 퍼부었다.

떠버리 대원은 탄창을 떨어뜨린 다음 새 탄창을 소총에 꽂고 견착해 계속 사격했다. 피격당하던 전투변이가 공중으로 15미터나 풀쩍 뛰어올랐다. 놈은 촉수를 뻗어 대원의 다리부터 허리까지를 통째로 휘감고는 옆통수를 바위에 후려쳐 머리통을 움푹 꺼뜨렸다.

대원이 쓰러지면서 돌격소총 멜빵이 어깨에서 축 늘어지자, 놈은 커다란 원숭이처럼 멜빵을 붙잡고 발판으로 풀쩍 뛰어들었다.

쇠 격자 위에 서 있던 리스터 상사가 권총을 바로 아래로 겨누고 세 발을 전투변이의 머리꼭대기에 박아 넣었다. 놈은 뒤로 픽 쓰러지더니 플러드로 북적거리는 통로 바닥으로 떨어져 금세 징그러운 살점에 파묻혔다. 상사는 그 광경을 가만히 지켜보다 소리쳤다.

"서둘러라! 미끼를 끌어올리고 폭탄을 떨어뜨려!"

플라즈마탄이 발판으로 날아드는 사이 윈치는 열심히 돌아가면서 강습대원들을 위로 올렸다. 대원들은 격자 사이로 성난 군중을 향해 스무 개도 넘는 수류탄을 던져 넣었다. 파편이 위쪽까지 튀는 것을 대비해, 파편수류탄이 아니라 전부 플라즈마 수류탄이었다. 플라즈마 수류탄은 통로로 몰려든 플러드 떼거리를 태우며 순식간에 연쇄폭발을 일으켰다. 괴성을 질러대던 괴물은 한순간에 증발해버렸고, 나머지 찌꺼기는 총알을 좀 먹여주고 수류탄을 한 번 더 던져 처리했다.

10분 뒤 문짝이 준비됐다는 무전이 온 뒤, 4인조 기술병과 함께 인원을 보강한 전투조가 내려왔다. 아치문 용접은 별 탈 없이 끝났고, 이로써 수직통로를 밀폐하고 쇠 격자도 다시 수리했다. 영원히 가지는 않겠지만 내일 모레까지는 그럭저럭 버텨줄 것이다.

마스터 치프는 중력 리프트실 한복판으로 들어온 다음 전투를 벌이며 미로처럼 얽힌 통로와 구획을 뚫어나갔다. 순양함 내부는 사실상 플러드와 코버넌트가 공동으로 점유한 상태나 마찬가지였다. 모퉁이를 돌자 활짝 열린 출입문이 나왔다. 코타나가 설명을 덧붙였다.

"여기는 격납고로군요. 3층에서 관제실로 접근해야겠어요."

코타나가 추적하던 CNI 신호로 키예스 함장의 새 전갈이 날아왔다. 힘이 다 빠져 웅얼거리는 목소리였다.

"이건 명령이다, 전원 철수!"

"고통 때문에 제정신이 아니세요. 당장 함장님을 찾아야 해요!"

'전원 철수! 명령이다!'

피폐해진 키예스 함장의 머릿속으로 생각이 메아리쳤다. 놈이 몸을 잠식하며 엄습해왔다. 놈이 몸집을 키운 것인지, 아니면 자신이 싸울 힘이 다 빠진 것인지 분간이 되지 않았다.

놈은 숙주인 키예스 함장이 그토록 꽁꽁 감싸고 돌던 기억을 압박해 들어가다, 갑작스럽고 강렬한 저항에 부닥쳐 움찔 밀려났다.

키예스 함장은 마지막 남은 중대한 기억을 꽉 붙들고서, 그를 집어삼키려는 놈과 머릿속에서 끝까지 버텼다.

'안 돼!'

죽음, 오랫동안 유예되던 종지부가 끝내 그에게는 찾아오지 않았다. 천천히, 막 마개를 닫은 물병에서 똑똑 떨어지는 물방울처럼, 그의 목숨은 야금야금 놈에게 흡수당했다.

함장의 목소리를 떠올리며 마스터 치프는 발걸음에 박차를 가했다. 치프는 격납고 2층 복도를 지나던 중 대접전이 벌어지는 곳을 발견하고서 수류탄 두 개를 한복판에 던졌다. 누구라도 보이면 무조건 달려드는 놈들이기는 하지만, 플러드는 치프를 발견하기가 무섭게 쇠붙이가 자석에 들러붙듯 그를 향해 몰려들었다.

플러드의 맹공격에 치프는 표적을 좁은 곳으로 몰려고 통로로 후퇴해 시간을 조금 번 다음 주/부무장을 재장전했다.

격전이 막을 내리자 그는 2층 복도 끄트머리로 쏜살같이 달려가 출입문을 열고 통로에 들어섰다. 어렵사리 길을 뚫어나가며 3층으로 올라가자, 복도 저쪽에 플러드가 회의라도 벌이듯 우글우글 모여 있었다.

수류탄이 다 떨어진 탓에 길을 뚫기가 더욱 힘겨워졌다. 배양변이가 폭발하면서 주위에 뭉쳐 있던 전투변이를 온통 바닥에 내동댕이쳤다.

배양변이가 사방에 굶주린 감염변이를 토해내며 앞으로 쓰러져 터지자, 죽어 있던 전투변이 시체가 부러진 다리를 덜렁거리며 수류탄을 꽃다발처럼 손에 쥐고서 앞으로 튀어나왔다.

치프는 뒤로 물러나 소총을 열 발씩 끊어 사격했다. 수류탄이 함께 터져 다행이었다.

배양변이 덕에 별안간 생각이 떠올랐다.

'놈들은 터질 때 연쇄폭발을 일으켰었지.'

또 다른 배양변이가 파도처럼 몰려드는 감염변이와 전투변이 두 놈을 뒤에 달고서 종종 걸어왔다. 그는 권총을 뽑아들고 조준경으로 전투변이의 무장 상태를 살펴보았다. 만족스럽게도 둘 다 플라즈마 수류탄을 갖고 있었다.

놈들 앞에 모습을 드러내자 전투변이가 허공으로 풀쩍 뛰어올랐다. 놈의 발이 공중에 떴다가 바닥에 닿자, 치프는 그대로 배양변이를 쐈다.

총알이 정확히 꽂혀들었다. 놈들이 배양변이를 앞지르는 순간 배양변이가 터지면서 전투변이한테 들린 플라즈마 수류탄에 불씨를 댕겼다. 놈들은 청백색 섬광에 몽땅 쓸려나갔다.

"관제실은 아마…… 이쪽일 거예요."

치프가 질주하는 사이, 코타나는 그가 옳은 방향으로 가게끔 조언을 건넸다.

그는 서둘러 움직이면서 피로 미끈거리는 바닥을 가로질러 아직도 멀찍이 떨어진 출입문에 표시된 이동지점을 향해 달려갔다. 넓은 통로를 지나서 좁은 복도로 들어가 교차점에서 오른쪽, 다시 왼쪽으로 돌아서서 출입문을 지나는 순간, CNI 연결 신호로 소름 끼치는 비명이 들려왔다.

"함장님? 활력 징후가 약해지고 있어요. 치프, 서둘러요!"

마스터 치프는 코버넌트와 플러드로 가득한 통로로 뛰어들어 공격을 퍼부었다. 빗발치는 총알에 놈들은 한데 뒤엉킨 시체 덩어리로 변했다.

앞뒤 가리지 않고 섣불리 속사를 해대는 적을 내버려두고 전속력으로 달렸다. 한시라도 빨리 도착해야 한다. 키예스 함장의 신호가 빠르게 사라지고 있었다.

마침내 치프는 CNI 반송 주파수의 발신지, 순양함의 관제실에 다다랐다. 흐릿한 조명이 파란 금속재질 바닥에 희미하게 반사되었다. 굵고 견고한 기둥 사이의 경사로가 허공에 솟아오른 지지대로 이어졌다. 그 위로 뭔가 이상한 것이 서 있었다.

얼핏 보기에는 배양변이 같았지만, 그러기에는 덩치가 너무 컸다. 굵은 녹회색 촉수가 거미줄처럼 천장에 더덕더덕 붙어 있었다.

아직 적의 낌새는 보이지 않았으므로, 그는 소총을 견착하고 경사로를 올라갔다. 가까이 다가서서 보니 처음 보는 그 플러드 변이체는 아주 거대했는데, 인기척을 느끼기나 하는지 꼼짝도 움직이지 않았다. 외워야 하는 정보라도 들어있는지, 놈은 아무런 대꾸 없이 널찍한 홀로그램 제어반을 들여다보기에 바빴다.

"인간은 탐지되지 않습니다."

코타나가 조심스럽게 주위를 살피며 말했다. 그리고는 잠시 말을 멈추었다 덧붙였다.

"방금 함장님의 생명 신호가 멎었어요."

아뿔싸.

"CNI 신호는?"

"아직 전송 중입니다."

플러드의 옆구리에 무언가가 불룩하게 튀어나왔다. 자세히 보니 그것은 끔찍하게 뒤틀린 어느 해군 장교의 얼굴을 하고 있었다.

"함장님은…… 이미 플러드한테 당하셨군요."

젠킨스의 영상기록을 봤을 때부터 이렇게 될 줄 알고 있었지만, 그는 가혹한 현실을 도저히 받아들일 수가 없었다.

"플러드가 헤일로를 빠져나가게 놔둘 수는 없어요!"

코타나가 다급히 소리쳤다.

"함장님도 우리가 플러드를 막길 바라실 거예요."

'그래, 나도 알아.'

필라 오브 어텀의 엔진을 폭발시켜 헤일로와 플러드를 일소해야 한다. 그러려면 키예스 함장의 신경회로 칩을 반드시 손에 넣어야 했다.

마스터 치프는 팔을 뒤로 빼고 장갑에 둘러싸여 두툼한 손가락을 삽처럼 모은 다음, 괴력을 발휘해 한껏 부풀어 오른 플러드 변이체를 손으로 찔렀다.

변이체의 피부를 찢어 속을 헤집으며, 함장의 두개골 속 반쯤 녹은 두뇌에 손을 집어넣었다. 신경조차 사라지고 없는 듯한 몸뚱어리에 팔을 깊숙이 쑤셔 넣고 더듬거리던 중 손끝에 신경회로 칩이 닿았다.

뻥 소리와 함께 너덜너덜한 상처에서 손을 쑥 빼냈다. 그는 물컹거리는 핏덩어리를 바닥에 털어내고 빈 헬멧 삽입구에 칩을 꽂았다.

"됐어요. 신경회로 칩을 확보했어요. 어서 가요. 이제 필라 오브 어텀으로 돌아가야 해요. 격납고에서 타고 갈 만한 것을 찾아봐요."

코타나가 침울해져서 속삭였다.

제어반 앞에서 혼수상태에 빠진 것처럼 가만히 있는 거대한 플러드 변이체가 불러들였는지는 몰라도, 관제실로 플러드가 꾸역꾸역 쏟아져 들어왔다. 플러드는 당장 잡아먹을 듯한 기세로 중무장한 침입자를 향해 달려들었다. 전투변이와 배양변이가 한데 뭉쳐 V자 대형으로 쇄도해 마스터 치프를 밀쳐내며, 죽음을 각오한 것처럼 온몸으로 총알을 받아냈다.

결국 놈들의 머릿수를 이기지 못하고 지지대에서 떠밀려 바닥으로 곤두박질쳤다. 덕분에 짧게나마 숨을 돌릴 틈이 생겼다. 그는 위편의 지지대 경사로와 같은 방향으로 파인 좁다란 도랑을 뛰쳐나간 뒤, 주무장과 부무장을 재장전하고 구석에 등을 맞대고 배수진을 쳤다.

플러드 떼거리는 치프 하나를 노리고서 꽥꽥거리고 끽끽거리고 컥컥거리며, 벌써 그의 앞에 산더미처럼 쌓인 플러드 시쳇더미를 기어올랐다. 플러드는 자신들의 피해는 전혀 개의치 않고 오로지 원수를 갚으려고 악착같이 달려들었다.

묠니르 전투복으로 전신을 두른 스파르탄 대원이 퍼붓는 폭우처럼 막강한 화력과 정확한 조준 앞에, 플러드 떼거리는 움찔거리고 비틀거리며 픽픽 쓰러졌고, 놈들의 피로 흠뻑 젖은 치프의 군홧발까지 기어가 부질없이 발목을 할퀴다 숨통이 끊어졌다. 마지막 전투변이가 고꾸라지자, 그는 관제실에 감도는 적막한 분위기를 잠시 음미하며 주무장과 부무장을 재장전했다.

"괜찮아요?"

코타나가 머뭇머뭇 물었다. 치프가 여태껏 멀쩡하게 버텨서 놀란 눈치였다.

그는 머릿속으로 키예스 함장을 떠올렸다.

"안 괜찮아. 어서 밖으로 나가 이 더러운 놈들을 깡그리 쓸어버려야겠어."

스멀스멀 기어드는 탈진과 허기와 전투, 다 무감각했다. 격납고로 나가는 길목은 플러드와 코버넌트로 발 디딜 틈이 없었다. 그는 마치 몸에 자동조종장치를 가동한 것처럼 움직였다. 죽이고, 죽이고, 또 죽였다.

격납고는 코버넌트 병력으로 가득했다. 수송선이 증원군을 투입하고는 빠져나갔다. 격납고 바닥에서는 신경을 잔뜩 곤두세운 엘리트 둘이 밴시를 가까이 두고 순찰을 도는 중이었다.

혹시나 생길지도 모르는 변수가 지칠 대로 지친 그의 머릿속에 속속 떠올랐다. 저 밴시가 수리 중이라면? 엘리트가 셰이드 포탑에 맞아 이쪽이 먼저 쓰러진다면? 혹시나 격납고 출입 에너지장이 폐쇄되어 꼼짝없이 갇힐지도 모르잖나?

하지만 밴시에 올라타 격납고 에너지장 밖으로 내다보이는 트레숄드 행성으로 기수를 틀어 어두운 밤하늘 속으로 날아가는 동안에도, 그런 걱정은 전혀 현실로 다가오지 않았다. 플라즈마탄이 뒤따라 날아들어 밴시를 노렸지만 결국에는 목표물에 닿지도 못했다. 그렇게 치프와 코타나는 다시금 자유의 몸이 되었다.

12

투입 76시 18분 56초 경과 (스파르탄-117 작전 시각)/
탈취한 밴시, 필라 오브 어텀으로 비행 중

밴시가 좁은 협곡 사이로 비명을 지르며 날아가 바짝 말라붙은 습지대로 빠져나왔다. 제가 먼저 필라 오브 어텀에 도착하려는 양 그림자가 밴시를 앞질러 갔다. 좁아터진 밴시를 타니 마스터 치프는 꼭 슬립스페이스 항해를 시작할 때처럼 몸이 오그라드는 느낌이 들었다. 하지만 잠깐이기는 해도 얼기설기 복잡하게 얽힌 통로와 갑갑한 구획을 돌아다니다 빠져나와서 기분이 실로 상쾌했다.

필라 오브 어텀이 헤일로 표면에 추락했음을 나타내는 첫 번째 흔적은 선체가 헤일로의 살갗을 깊숙이 파고들며 생긴 수백 미터 깊이의 참호 모양 구덩이었다. 구덩이는 함선이 맨 처음 착지한 지점에서 시작해 선체가 공중으로 튀어 오른 사이에 잠시 끊겼다가, 500미터 떨어진 곳에서부터 다시 이어졌다. 구덩이는 거기서부터 화살표처럼 쭉 이어져, 다 닳고 부서진 함수가 절벽 위로 아슬아슬하게 내밀고 멈춰선 지점에서야 끝났다. 근방에는 항공기도 여럿 날아다녔지만, 멀리서 날아오는 밴시를 의심하지는 않는 모양이었다. 아직은 말이다.

마스터 치프는 최대한 자연스럽게 접근하면서, 함선의 우현과 연결된 수많은 빈 구명정 발사대로 날아들었다. 하필이면 그때 엔진이 고장나는 바람에 선체를 들이받았지만, 낭떠러지 아래로 떨어지는 밴시를 두고서 무사히 탈출에 성공했다. 이리되면 금방 들통이 날 텐데. 그래도 코타나가 세워둔 계획대로 하자면 적들은 그가 왔음을 머잖아 알아차릴 테니 상관없다.

"함교로 가야 해요. 그곳에서 함장님의 신경회로 칩으로 핵융합 엔진을 폭파할 수 있어요."

코타나의 말에 치프는 좁다란 기밀 출입구로 움직이며 한마디 했다.

"그럼 문제없네. 너나 나나 날려버리는 데는 도가 텄으니까."

출입구 밖으로 나오자마자 동작 감지기에 빨간 점이 무더기로 표시됐다. 그의 왼편으로 달갑잖은 것들이 도사리고 있는 모양이었다. 다만 어떤 놈들이 기다리는지 궁금했다. 코버넌트인가? 아니면 플러드? 선택권이 있다면야 차라리 코버넌트를 고르고 싶었다. 어쩌면, 정말로 어쩌면 플러드는 아직 함선을 찾아내지 못했을지도 모른다.

통로가 오른쪽에서 끝이 났으니 왼쪽으로 돌아설 수밖에 없었다. 하지만 그를 맞이한 상대는 코버넌트나 플러드가 아니라 센티넬 편대였다.

"어라? 우리가 어디 있는지 모니터가 눈치챈 모양이에요."

치프가 사격을 개시하자 코타나가 말했다.

"그놈이 우리가 뭘 하려는지도 알려나 모르겠군."

치프는 혼잣말을 하며 계속 방아쇠를 당겼다.

센티넬 한 놈이 폭발하면서 다른 하나도 와장창 소리와 함께 바닥에 떨어지자, 마스터 치프는 마지막 센티넬을 향해 총구를 돌렸다.

"내 머리통을 쫓아오기는 했어도 놈이 정말로 손에 넣으려는 건 코타나

너잖아."

세 번째 센티넬이 터지는 동안에도 코타나는 아무 대답이 없었다. 치프는 구명정 발사대를 엄폐물로 삼아가며 너른 복도로 들어섰다. 센티넬 둘이 더 나타났지만 금세 공중에서 폭발해 고철덩이가 되었다.

복도 끄트머리에서 오른쪽으로 돌아서자 활짝 열린 정비통로가 눈에 들어왔다. 협소한 공간을 지나갈 생각을 하자니 영 탐탁잖았지만 별다른 방법이 없었다. 하는 수 없이 치프는 몸을 웅크리고 좁다란 통로로 들어갔다. 한동안 더듬거리며 미로를 헤매던 중 밑바닥으로 뚫린 해치를 발견했다. 그 사이로 감염변이가 떼를 지어 기어 올라오는 꼬락서니를 보니 궁금증이 풀렸다. 플러드는 이미 필라 오브 어텀을 찾아내 속에다 똬리를 틀었던 모양이다.

치프는 낮은 목소리로 욕을 내뱉으며 뒤로 물러나 총알을 퍼부었다. 앞으로 살짝 고개를 내밀고 해치 밑바닥을 내려다보니 배양변이가 있었다. 척 봐도 놈들이 득실거릴 것이 뻔했다. 그는 구멍 사이로 플라즈마 수류탄을 던지고 뒤로 물러난 뒤, 연달아 들려오는 폭발음을 만끽했다.

정비통로를 헤집고 돌아다녀 봐야 함교가 나올 성 싶지는 않았으므로, 그는 해치로 뛰어 내려가 감염변이 몇 놈을 깔아뭉갠 다음 두 놈을 더 쏴 터뜨렸다. 복도는 사방이 피투성이에 멀쩡한 데가 없었지만 그나마 조명은 환했다. 붙박이 관물대를 열어보니 파편 수류탄과 여분 탄약이 들어 있었다. 그는 기쁜 마음에 모조리 챙기고 발걸음을 옮겼다.

센티넬 두 대가 모퉁이에서 돌아 나와 레이저를 발사하다 도리어 나가떨어졌다.

"우리를 찾는 듯하군요. 제 추측이긴 하지만 어쩌면 플러드를 진압하려고 왔을지도 모르겠네요."

일리가 있는 말이었지만 센티넬, 플러드, 코버넌트와 홀로 맞서야 하는 마스터 치프에게 그리 힘이 되는 얘기는 아니었다. 이리저리 통로를 지나며 만신창이가 된 함선으로 들어가던 중, 그는 엘리트와 그런트로 구성된 대규모 파견대와 맞닥뜨렸다.

돌격소총과 산탄총만 갖고 상대하기에는 적의 수가 너무 많았다. 치프는 먼저 수류탄 두 개부터 던졌다. 엘리트 한 놈이 동시에 밀려드는 폭발에 작살났고 다른 하나는 다리가 날아갔으며, 그런트는 구획 저편으로 나가떨어졌다.

원점으로 빙 되돌아온 격이었다. 필라 오브 어텀이 불시착하기 전에도 함내에서 코버넌트 놈들을 소탕했었는데, 지금도 똑같이 놈들을 손봐주니 말이다.

'학습능력이 부족한 모양이로군.'

하지만 엘리트 한 놈은 끈질기게 살아남아 그를 향해 플라즈마 수류탄을 던졌으나 몇 센티미터 차이로 빗나갔다. 마스터 치프가 아슬아슬하게 폭파범위에서 벗어나기가 무섭게 수류탄이 터졌다. 엘리트는 끝까지 덤벼들다 돌격소총 한 탄창을 고스란히 맞고 바닥에 쿵 쓰러져 숨이 끊어졌다.

거기서부터 시커멓게 그을린 함교까지는 금방이었다. 아무래도 특수한 전투복을 입은 인간이 함교로 이동하는 중이라는 무전을 벌써 전해 들은 듯했다. 코버넌트 보안부대는 함교를 지키고 있다가 그를 보자마자 사격을 개시했다.

마스터 치프는 또 수류탄을 날려 머릿수를 줄여놓은 다음 엘리트의 면상에 주먹을 날렸다. 놈의 머리통이 으깨지자 줄 끊어진 꼭두각시처럼 몸뚱이가 무너지듯 넘어졌다. 전투복 덕분에 워트호그도 가뿐하게 뒤집는데 이쯤이야. 이제 놈들을 소탕했다고 생각한 순간, 그런트가 뒤통수를 쳤다. 전투복의 방어막이 바닥나면서 삑삑거리는 경고음이 터져 나왔다. 차탄이 뒤늦게 날아와 공격을 피했기에 망정이지 그렇잖았으면 꼼짝없이 죽을 뻔했다.

오른쪽으로 몸을 홱 트는 동안 시간이 천천히 흘러가는 듯했다.

장비함 속에 숨어 있던 그런트는 철갑을 온몸에 두른 인간이 치명타를 맞고도 살아남아 자기를 향해 돌아서자 그 자리에 얼어붙었다. 둘은 서로 코앞에 있었다. 치프는 겁도 없이 뒤를 노린 그런트의 호흡기를 잡아 뜯어내고는 근처 캐비닛에 가둬버렸다.

캐비닛이 철컥 잠기자 뒤따라 덮개를 쾅쾅 두들기는 소리를 들으며, 치프는 키예스 함장님이 자신에게 명령을 내렸던 곳으로 걸어갔다. 코타나가 전방의 제어반 위로 모습을 드러냈다. 코타나는 숯덩이로 변한 각종 장비와 피로 얼룩진 바다, 박살 난 관측창을 휘휘 둘러보았다. 그리고는 애석한 듯이 고개를 절레절레 내저었다.

"며칠간 비워 놨다고 이 모양이네."

코타나는 반투명한 이마에 손을 갖다 댔다.

"잠깐만 기다려 봐요…… 됐어요, 저 정도면 구명정까지 도착하기에 충분할 테고, 함선이 폭발하기 전에 헤일로와 충분한 거리를 확보할 수 있어요."

그때 343 길티 스파크의 목소리가 들려왔다.

"글쎄, 그건 절대 불가능할 것 같은데?"

코타나는 짜증스레 말을 내뱉었다.

"이런, 말도 안 돼!"

치프는 서둘러 소총을 견착했지만 모니터나 센티넬은 보이지 않았다. 그래도 놈은 계속 귓전에서 앵앵거렸다. 놈이 치프의 전투복 통신장치에 침투해 들어온 것이다.

"웃기는군요! 함선의 인공지능에다 그 많은 지식을 쏟아 부을 작정인가요? 적한테 파괴되거나 포획되면 어쩌려고요? 걱정도 안 돼요?"

코타나는 잔뜩 인상을 썼다.

"제 데이터 배열에 이미 침투했어요. 당했어요."

함교 근처에는 없었지만, 길티 스파크는 함내 제어반에 들러붙어 진공청소기로 커튼청소를 하듯 코타나의 불감응 하부처리장치에서 정보를 쪽쪽 빨아내고 있었다.

"잃어버린 시간의 기억을 습득하는 게 얼마나 가슴 뛰는 일인지 상상도 못할 거예요. 오, 지식을 분류하면서 매 순간 느끼는 환희란! 그런데 이 방대한 시설과 기록을 한꺼번에 파괴해버린다니…… 말도 안 돼. 너무 기가 막혀서 말도 안 나와요."

"모니터가 자폭장치를 중단시켰어요."

"왜 그렇게 집요하게 덤벼드는 거죠, 계승자님?"

길티 스파크가 다그치듯 캐물었다.

"어차피 당신은 이기지 못해요. 순순히 내놓으란 말예요. 고통 없이 죽이도록 노력은 해볼 테……."

누군가 스위치를 누르면서 343 길티 스파크의 말이 끊어졌다.

"그래도 통신 주파수대는 제어가 가능하군요."

"모니터는?"

"뭔가가 함내 접속경로를 탐색하고 있어요. 아무래도 센티넬 같아요. 모니터는…… 엔진실에 있어요. 노심 연결을 끊어버리려고 기를 쓸 거예요. 카운트다운을 다시 시작한다 해도…… 이를 어쩌면 좋죠?"

치프는 다소 놀란 눈치로 코타나를 바라보았다. 코타나가 어쩔 줄을 몰라 하기는 이번이 처음이었다. 이런 모습을 보니까 왠지 조금 더 사람처럼 느껴졌다.

"엔진실 방어막을 파괴하려면 어느 정도의 화력이 필요한 거지?"

"수류탄만 제대로 떨어뜨리면 혹시…… 그런데 왜요?"

치프는 수류탄을 꺼내 들고 위로 던졌다가 도로 낚아챘다. 코타나는 눈을 휘둥그렇게 뜨고는 고개를 끄덕였다.

"좋아요, 나도 같이 가요."

그때 코타나가 다급히 소리쳤다.

"치프! 센티넬이에요!"

살인로봇 편대가 일제히 공격을 개시했다.

실바 소령은 쉬어 자세로 다리를 넓게 벌리고 뒷짐을 지고서, 부하 장병들이 코버넌트 순양함 진리와 귀의를 공격할 준비를 하는 동안 착륙장을 바라보았다.

헤일로 각지의 격전지에서 긁어모은 밴시 열다섯 대가 준비를 끝마치고 출격지시를 기다렸다.

지난 전투에서 하나가 박살 나 세 대만 남은 펠리칸 수송기는 진입로를 펼치고 지면에 웅크려 중무장한 타격대원을 태웠다. 생존한 236명의 타격대원 및 해병대원은 임무에 적합한 화기로 무장했다. 로켓 발사기나 저격소총 같은 장거리 무기가 아니라, 산탄총이나 수류탄처럼 막힌 공간에서 위력을 발휘하는 동시에 코버넌트와 플러드 양쪽 모두를 상대하는데 효과적인 돌격화기로만 무장했다.

76명의 해군 물개들은 탄약을 따로 챙길 필요가 없어 가벼운 플라즈마 라이플과 플라즈마 피스톨로 무장하고서 공구와 식량, 의료품을 짊어졌다. 이들은 가능한 교전을 피하고 함선으로 달리기만 하라는 명령을 받았다. 그중에서도 특히 중요한 열여섯 명한테는 경호원으로 타격대원이 둘씩 붙었다.

코타나와 마스터 치프가 폭파임무를 완수한다면, 둘은 그 직후 함선에 남아 있는 구명정을 타고 우주로 빠져나와 진리와 귀의와 접선할 예정이다. 성격이 드세서 이따금 짜증스런 구석도 있었지만, 코타나라면 코버넌트 함선을 조종해 생존자 전원을 지구로 귀환시켜줄 테지.

행여나 코타나가 못하게 된다면, 소령은 해군 장병들의 보조로 웰즐리가 슬립스페이스 항해를 맡아 순양함을 지구로 몰아주기를 빌었다. 차려입을 옷, 언론에 내보일 짧지만 감동적인 연설 등, 지구로 귀환하면 무엇부터 할지 각본은 벌써 다 짜놓았다.

그런 실바 소령의 생각을 읽기라도 했는지 웰즐리가 몽상을 깨고 들어왔다. 보호장갑을 두른 회로에 들어간 채 소령의 어깨에 걸려 있던 웰즐리는 평소답지 않게 실례한다는 말 한마디도 없었다.

"맥케이 중위가 보고해왔네, 소령. 선발 부대가 준비를 완료했다는군."

실바 소령은 고개를 끄덕이고는 웰즐리가 자기 모습을 실제로 보지는 못한다는 사실을 문득 기억해냈다.

"좋았어. 앞으로 몇 시간만 더 참고 버티면 채비가 다 끝나겠군."

"본관도 중위를 철석같이 믿네만."

웰즐리의 솔직담백한 말투에서 속내가 빤히 드러났다. 맥케이 중위는 믿음직하게 여겨도 그 상관은 영 맘에 걸리는 듯했다. 실바 소령은 한숨을 지었다. 웰즐리가 사람이었더라면 진즉에 자리를 갈아치웠을 것이다. 하지만 웰즐리는 인공지능이므로 피가 흐르고 온기가 있는 진짜 사람을 다루듯 하기란 불가능한 데다, 그의 모습을 본뜬 원래 인물처럼 머릿속 생각을 거침없이 털어놓는 성격이었다.

"알겠수다. 뭐가 문제요?"

실바 소령이 마지못해 물었다.

"문제는 바로 플러드라네. 계획이 성공해서 코버넌트 순양함을 탈취하면 함내에 필시 플러드가 있을 걸세. 사실 코타나와 내가 종합한 정보에 따르자면 코버넌트가 그 순양함을 내버려둔 이유도 그 때문이네. 수리를 모두 끝마치면 함선 내부를 소독하고 이륙할 심산이었던 게지."

"내 질문에 답을 해주지."

실바 소령이 참다못해 나섰다.

"우리가 순양함을 장악할 때면 플러드는 거의 다 죽었을 거다. 일단 침투에 들어가면 곧바로 수색 섬멸조를 투입해 살아남은 놈들을 처리할 거고. 표본용으로 약간 남겨둔 놈들은 철통같이 지키고, 나머지는 모조리 우주로 배출하면 돼. 어때, 이제 만족하나?"

웰즐리가 단호히 답했다.

"아닐세. 배양변이가 지구에 유출되기라도 한다면 행성 전체가 플러드 소굴로 변하고 말걸세. 놈들은 코버넌트에 필적할 만치 위험한 생물이네. 코타나도 나와 같은 생각일세. 결단코 플러드가 헤일로에서 빠져나와서는 안 되네."

실바 소령은 근처에 말소리를 들을 만한 사람이 없는지 재빨리 주위를 둘러보고는 핏대선 목소리로 일갈했다.

"코타나와 네놈 둘 다 아주 중요한 사실을 까먹은 모양인데, 지휘관은 바로 나다. 그리고 플러드가 빌어처먹을 코버넌트보다 더한 적이니 뭐니 내 말에 토 달지 마라! 네놈은 조언만 해주면 돼. 결정은 내가 한다. 살아 있는 표본이 있다면 과학자들이 플러드에 대적할 보다 나은 방법을 연구하는 데 도움이 될 거다. 더욱이 새로운 적을 대중에게 보여주어 놈들이 얼마나 위험한지, 그리고 놈들을 무찌를 수 있다는 사실을 반드시 일깨워야 한다."

웰즐리는 심도 있는 토론을 나누려 했지만, 출세욕 때문에 판단력이 흐려진 소령 상대로는 시간 낭비일 뿐이었다.

"그게 자네의 최종결정인가?"

"그렇다."

"그렇다면 신께서 굽어살펴주시기를 기대할 수밖에 없겠군. 자네의 계획이 실패로 돌아간다면 그때는 아무도 되돌릴 사람이 없을 테니 말이네."

웰즐리가 무거운 목소리로 답했다.

싸움이 휩쓸고 가지 않아 멀쩡한 이곳은 한때 롱소드 요격기와 펠리칸 수송기, 왕복선 조종사를 위한 출격 준비실이었다. 지금은 투박한 취침용구와 등받이 탁자에 올린 음식, 보급품 화물 상자가 추가로 들어와 필라 오브 어텀에 주둔한 코버넌트 병력의 비공식 본부로 탈바꿈되었다.

여태껏 살아남은 참모진은 불편한 인간 의자에 축 늘어져, 고단해서 몸을 움직이기조차 힘든 기색이 역력한 눈빛으로 사령관을 올려다보았다. 사령관 온톰이는 심중이 어수선하고 초조했다. 함선 내부의 상황이 바닥으로 치달았다. 플러드를 막으려고 무던히도 애를 썼지만, 끝내 놈들은 찔끔찔끔 함내로 새들어왔다.

추잡한 플러드 놈들은 코버넌트와 플러드 양쪽을 모두 적대시하는 새로운 적인 비행로봇 편대가 함선으로 날아들어 엔진실을 미처 장악하기도 전에 해당구획 전역을 냅다 차지하기까지 했다.

일이 단단히 꼬이려는지, 그렇잖아도 골치가 아픈 상황에 또 다른 적까지 불쑥 모습을 드러냈다. 일단 상황을 알려야 하지만 벌써 지칠 대로 지쳐 눈앞에 늘어져 있는 부하들에게 또 안 좋은 소식을 전해주기가 영 껄끄러웠다.

온톰이는 힘없이 입을 열었다.

"듣자 하니, 함선 측면을 밴시로 들이받았던 인간 한 놈이 함내로 침투한 듯하다."

고참병 카삼이가 안색을 찌푸렸다.

"인간 한 놈? 딱 한 놈뿐입니까? 죄송한 말씀이지만 인간 하나가 더 기어들어 와봤자 별반 달라질 것도 없습니다."

온톰이는 침을 꿀꺽 삼켰다.

"평소 같았으면 자네 말에 맞장구쳤겠지만, 놈은 약간 특이한 인간이라서 말이다. 첫째, 놈은 특수한 전투복을 입었고, 둘째, 모종의 임무를 띤 듯하며, 셋째, 지휘구획을 지키던 3번 보안대를 혼자 몰살시키기까지 했다."

앞줄에 앉은 이들은 눈치채지 못했지만, 뒷줄에서 꾸벅꾸벅 졸던 사관 후키 우맘이는 그 얘기에 솔깃한 듯했다. 그는 몸을 꼿꼿이 세우고 주의를 기울였다. 맨 뒷줄에 앉은 탓에 앞에서 나는 말소리가 잘 들리지 않았다. 토론은 계속 진행됐다.

"혼자서 그랬단 말입니까? 그건 절대 불가능합니다."

카삼이는 그럴 리가 없다는 듯이 캐물었다.

"동감이다. 하지만 놈은 정말로 혼자 그랬다. 그뿐만 아니라 지휘구획에서 소기의 목적을 이루고서 함선 내부 어딘가로 홀연히 사라졌다."

온톰이는 눈앞에 모인 엘리트들을 죽 훑어보았다.

"놈을 색출하여 처단할 용기와 배짱이 있는 이는 없나?"

말 떨어지기가 무섭게 대답이 날아왔다.

"제가 가겠습니다."

자맘이가 벌떡 일어서서 대답했다. 온톰이는 침침한 조명등 사이를 쳐다보았다.

"누군가?"

"우맘이입니다."

자맘이는 가명을 둘러댔다. 온톰이는 만족스레 대답했다.

"아, 그렇군. 특수부대 소속이라고 했던가…… 그 이족보행 버러지를 박멸하기에 적격인 인물이로군. 이 건은 자네에게 맡기겠다. 계속 보고하도록. 그럼 이제 새로이 나타난 비행기계에 대한 문제로 넘어가도록 하지……."

야전회의가 끝난 뒤, 카삼이는 솔선수범하는 태도를 칭찬해주려고 인간을 처단하겠다고 나섰던 젊은 사관을 찾아보았다. 하지만 그는 인간을 찾아내려고 벌써 자리를 뜨고 없었다.

함교에 나타난 센티넬을 처리한 다음, 마스터 치프는 통로를 이리저리 지나며 도중에 나타난 플러드를 모조리 총으로 쏴 드러눕혔다. 엔진실로 가려면 냉동수면실을 거쳐야 한다는 코타나의 조언에 마스터 치프는 곧장 그리로 향했다. 다만 고장 난 문짝과 잠긴 출입문 따위의 장애물에 직통

경로가 가로막혔다는 점이 골치였다.

각종 총기가 여기저기 널린 넓고 어두컴컴한 구획을 지나자 닫힌 출입문 너머로 총격전 소리가 들려왔다. 그는 발걸음을 멈추고 소리가 잦아들기를 기다렸다가 통로에서 슬쩍 빠져나왔다. 사방에 널린 시체를 뒤로 하고 벽면을 따라 조용히 움직이는데, 뭔가 뾰족한 가시가 코버넌트 화물 상자 위로 비죽비죽 튀어나온 광경이 눈에 들어오는 순간, 피가 차갑게 식는 것만 같았다. 헌터다! 놈들은 항상 짝을 지어 다니니 정확하게는 헌터 두 놈이라 해야 맞겠지만.

로켓 발사기가 없으므로, 치프는 손에 있는 무기 중에서 그나마 가장 화력이 강한 수류탄을 꺼내 들었다.

잽싸게 연달아 수류탄을 던지자 등짝에 가시 돋친 괴수 하나는 쓰러졌고, 나머지 한 놈이 분노에 찬 함성을 지르며 돌진해왔다.

치프는 놈의 속도를 늦추려고 사격을 가한 다음 출입문으로 뒷걸음질 쳤다. 다행히도 그가 들어가자마자 문이 스륵 닫혔다. 덕분에 다리에 단단히 힘을 주고 수류탄을 꺼내 던질 준비를 할 2, 3초간의 짬이 생겼다.

출입문이 열리면서 수류탄이 일직선으로 날아들어 폭발했고, 놈은 그 충격에 넘어졌다. 놈의 몸뚱이가 들이받히면서 출입문이 쿵 뒤흔들렸다. 헌터는 다시 일어나려다 철갑탄 세례를 받고 도로 드러누웠다.

마스터 치프는 시체에서 멀찍이 떨어져 걸으며 그곳에서 나가 넓은 복도로 되돌아갔다. 함내 통로를 따라가니 피로 얼룩진 벽면, 천태만상으로 뒹구는 시체, 폭발에 뜯겨난 출입문, 불꽃이 바지직거리는 배전반이 눈에 속속 띄었는데 다행히도 가연성 물질은 좀 안전한 곳에 있는지 듬성듬성 보이는 불길은 고만고만한 선에서 그쳤다.

전방 어디선가 들려오는 자동화기 격발음에 그는 서둘러 출입문을 통과했다. 불붙은 커다란 전선관 두 개가 정비실을 가로지르고 있었다. 짐작으로는 이제 냉동수면실이 코앞이었지만 우선 들어갈 길부터 찾아야 한다.

꼭 해야 하는 상황이 아니라면 불길을 뛰어넘고 싶지는 않았기에, 그는 오른쪽으로 돌아갔다. 출입문을 열자 총격전 소리가 훨씬 요란하게 귓전을 때렸다. 널찍한 구획 내부에서는 플러드 변이체가 총망라되어 센티넬 편대와 싸움을 벌이고 있었다. 그는 잠시 멈칫거리다 소총을 어깨에 견착하고 방아쇠를 당겼다. 누구 하나 빠짐없이 에너지 광선이나 7.62밀리 소총탄 또는 폭발성 니들러탄을 서로 마구잡이로 갈겨대는 아수라장 속에서, 센티넬은 격추되고 배양변이는 폭발했다.

센티넬 편대가 본격적으로 진압작업에 나서 플러드를 깡그리 방역한 덕분에 치프는 어렵잖게 구획 한가운데를 가로질러 사다리를 타고 좁다란 위층 통로로 올라갔다. 유리한 위치를 차지하고 나니 죽을 작정을 하고 바득바득 달려드는 플러드 패거리를 때려눕히려고 낑낑대는 센티넬 두 대가 있는 정비실이 내다보였다. 놈들은 서로 치고받고 싸우기 바빠 주위를 어슬렁대는 치프를 신경 쓸 겨를이 없어 보였다. 그는 이 틈을 타서 통로를 지나 정비실로 들어갔다.

곧 깨닫게 되지만, 이는 크나큰 실수였다.

처음에는 상황이 썩 나빠 보이지 않았다. 일단 센티넬 둘부터 떨어뜨린 다음 플러드 처리에 나섰다. 하지만 놈들은 하나가 잡힐 때마다 두 놈씩 불쑥불쑥 튀어나와서는 금방 치프를 수세로 몰아넣기 시작했다.

치프는 정비실과 맞붙은 대기실로 물러났다. 이제는 굳게 잠긴 출입문에 등을 대고 어떻게든 막아보는 수밖에 없었다. 전투변이와 배양변이가 둘 또는 세 놈씩 들어오면 감염변이는 벌떼처럼 몰려들었다. 그냥 되는 대로 달려드는 놈들도 있었지만, 대부분은 일사불란하게 협공을 펼쳤다. 전투변이 한 놈이나 두 놈, 세 놈이 한꺼번에 돌진해 요란스레 터져나오는 총알을 온몸으로 받아내 치프의 탄창을 바닥내면, 배양변이가 싸움판에 어정어정 뛰어드는 식이었다.

367

그는 재장전할 시간을 벌어볼 요량으로 돌격소총을 어깨에 둘러메고 산탄총을 꺼내 들어 한껏 부푼 괴물딱지들이 가까이 다가와 폭발하기 전에 서둘러 사격을 재개했다.

놈들이 또 몰려들기 전에 어떻게든 돌격소총과 산탄총을 재장전하려고 필사적으로 버텼으나, 배양변이가 뱉어낸 감염변이가 사방팔방으로 뛰쳐나오면서 다시금 싹쓸이판이 벌어졌다.

마스터 치프는 하던 대로 사격과 이동을 반복했다. 함내를 통과해 점차 엔진실에 가까이 다가서면서, 기회가 생길 때마다 잠깐씩 멈춰 실타래처럼 얽힌 적들을 향해 사격을 퍼부었다. 그리고는 서둘러 현장에서 벗어나 재장전한 다음 함선 깊숙한 곳으로 달려갔다.

연신 쏴대는 총소리에 귀가 먹먹하고 역겨운 플러드 피 냄새에 콧속이 막히는 통에, 결국 살육에 무감각해지기에 이르렀다.

코버넌트 전투부대를 해치운 다음, 그는 지지대 뒤에 숨어 산탄총에 탄약을 재웠다. 그때 느닷없이 전투변이가 뒤에서 뛰쳐나와 큼직한 렌치로 뒤통수를 후려쳤다. 강한 충격에 방어막이 순식간에 소진됐고, 이 틈을 타 감염변이가 헬멧 안면보호대에 들러붙었다.

깜짝 놀라 주춤거리며 감염변이의 미끄러운 몸통을 잡아 뜯었지만, 놈은 관통촉수로 전투복 목 근처의 밀폐부위를 꿰뚫고 맨살을 찾아내 살갗을 도려내기 시작했다.

치프는 고통에 찬 비명을 내질렀다. 촉수가 곧 척추까지 파고들 테니 이제 다 끝장났다.

직접 총을 들어 감염변이를 죽일 수는 없지만, 코타나는 신속하게 다른 수단으로 처리에 나섰다. 동력을 너무 많이 끌어내지 않게끔 조심하면서, 코타나는 몰니르 전투복의 에너지 일부를 전환해 방전을 일으켰다. 전기가 온몸을 훑고 지나가자 감염변이는 움찔거리기 시작했다. 감염변이가

368

촉수로 신경계에 짜르르한 충격을 주면서 치프는 경련을 일으켰고, 놈은 곧 헬멧 안면보호대에 질척한 녹색 피를 흩뿌리며 퍽 터졌다.

하지만 전투가 불가능할 정도로 눈 앞을 가리지는 않았던 덕분에, 그는 렌치를 든 전투변이를 점사로 마저 쓰러뜨렸다.

"미안해요. 그것 말고는 방법이 없었어요."

치프가 주위를 정리하는 사이 코타나가 입을 열었다.

"아냐, 잘했어. 정말 아슬아슬했군."

그는 잠시 멈춰 총을 재장전했다.

2, 3분쯤 지나 플러드를 모조리 처리하자, 치프는 헬멧을 벗고 피부 속에 박힌 촉수를 뽑아낸 다음 상처에 접착식 소독붕대를 붙였다. 그야말로 죽을 만큼 아팠다. 그는 끙끙거리며 헬멧을 다시 머리에 쓰고 전투복을 밀폐했다.

그리고는 갈팡질팡 싸돌아다니는 감염변이 두 놈을 마저 터뜨리고서 이 복도 저 복도를 돌아다니며 냉동수면실을 찾아 헤매던 중, 미로처럼 복잡한 정비통로를 지나자 "엔진실"이라는 글자가 적힌 붉은 화살표가 눈에 띄었다.

마침내 숨 돌릴 틈이 생겼다.

이제는 군이 냉동수면실을 찾을 필요 없이 곧장 출입문을 열고 엔진실 구획으로 직행했다. 처음 발을 디딘 통로는 조명이 환하고 벽면이나 바닥은 핏자국 하나 없이 말끔했으며, 널브러져 굴러다니는 시체도 없었다. 몇 번을 꺾어져 들어가니 또 출입문이 나왔다.

"엔진실이에요. 도착했어요."

어디선가 흥얼거리는 소리가 들렸다. 343 길티 스파크가 근처 어딘가에 있는 듯했다. 그래서 벽에 등을 바짝 붙이고 출입문으로 다가서는 데 코타나가 주의를 주었다.

"경고! 모니터가 모든 명령전달을 방해하고 있음. 카운트다운 재개 불가능. 이제는 핵융합 원자로를 직접 폭파해 헤일로를 파괴하는 수밖에 없어요. 걱정 마세요. 핵융합 원자로의 구조와 작동원리는 잘 알고 있으니 시키는 대로만 하시면 돼요. 우선 배기관을 분리해요. 그러면 핵융합 원자로 노심이 드러날 거예요."

"다행이군. 복잡하면 어쩌나 걱정했거든."

치프는 다시 출입문을 열고 엔진실에 발을 내딛자마자, 그의 얼굴을 노리고 감염변이 하나가 걸신들린 듯이 달려들었다.

코버넌트 순양함 진리와 귀의 강습은 엄청난 속도로 진행됐다. 작전 개시 직후 60초간, 밴시 열다섯 대가 태양 위에서 비명을 지르며 내리꽂혀 순양함을 호위하던 거의 같은 수의 코버넌트 밴시와 맞붙어 그중 절반을 떨어뜨렸다.

그 이후 각개 공중전이 계속되는 사이 "쿠키" 피터슨 대위와 동료 펠리칸 조종사들은 실바 소령, 웰즐리, 그리고 중무장한 해병대원 45명을 적함 격납고로 실어 날랐다. 대원들은 수송기 진입로에서 내리기가 무섭게 총알 세례를 퍼부어 코버넌트 보안부대를 깡그리 쓸어버렸다. 그런 다음 주변 출입문을 빠짐없이 확보한 뒤, 지옥행 강습대원 열다섯 명은 신속히 관제실로 달려갔다.

엔진실을 함께 장악하지 않는다면 관제실 한 곳만 차지해 봐야 별 의미가 없었으므로, 대원들은 거의 동시에 지상공격도 감행했다. 마스터 치프와 타격대원, 그리고 해병대원의 키예스 함장 구출작전 덕분에 맥케이 중위는 중력 리프트의 자세한 위치, 함내 통로를 촬영한 영상, 코타나가 함선 시스템에서 빼낸 운용 데이터 등 당시 임무에서 얻은 정보를 고스란히 활용했다.

당연히 그날 이후로 중력 리프트 부근의 경비태세는 세 배로 엄중해져 있었다. 맥케이 중위와 휘하의 지옥행 강습대원들이 리프트가 설치된 지역을 둘러싼 언덕을 몇 미터 남기고 살금살금 기어들 즈음까지도 헌터 여섯, 엘리트 열둘, 자칼과 그런트 혼합부대가 아직도 남은 까닭에, 하늘에 떠 있는 순양함으로 들어가려면 놈들부터 마저 손봐줘야 했다.

맥케이 중위는 이럴 줄 알고서 열다섯 명으로 구성한 분대에 로켓 발사기 여덟 정을 미리 들려주고서 정확히 헌터를 겨냥하라고 벌써 지시해둔 참이었다.

코버넌트 밴시가 아군 밴시의 공격을 받자 헌터들은 구름 한 점 없는 하늘을 올려다보았고, 중위는 바로 그 순간을 노려 명령을 내렸다.

"지금이다!"

로켓 발사기 여덟 정에서 로켓이 하나둘 차례로 발사되어 총 열여섯 발의 성형작약탄두가 날아들자, 연거푸 밀려드는 적황색 폭발 앞에 헌터들은 제대로 반격도 하지 못하고 산산이 조각났다.

주황색 피가 뚝뚝 묻어나는 살덩어리가 공중에서 비처럼 쏟아져 내리는 와중에도 로켓 발사기 담당병들은 탄두를 재장전해 공격의 고삐를 늦추지 않았다.

첫 일제사격에서 엘리트 넷이 나가떨어졌으니 살아남은 두 놈한테는 로켓이 최소 두 발 이상씩 돌아갔고, 놈들은 곧 강력한 102밀리 탄두의 폭발과 함께 형체도 없이 사라졌다.

일제사격 속에서 간신히 살아남은 몇 안 되는 적은 나머지 대원들이 적진으로 수류탄을 날리고 완전자동으로 사격을 퍼부으면서 금방 쓸려나갔다. 전체 경과시간은 고작 36초.

그러고 나서 서둘러 언덕을 내달려 꼭대기에 있던 경비병들을 쏴 죽이기까지 딱 1분이 걸렸으니, 한번 피 맛을 본 대원들이 진리와 귀의 내부로 들어가 경비를 서던 그런트들을 쓸어버리고 리프트의 작동을 차단할 즈음까지 1분 36초가 걸렸다.

젠킨스는 쇠사슬에 묶여 몸집 좋은 대원 둘 사이에 붙들려 있었다. 맥케이는 삼인방에게 앞으로 가라고 손짓했다.

"어서들 가자. 엔진실을 장악해야 하니 서둘러 움직여."

젠킨스 혹은 한때 젠킨스였던 의식의 일부는 플러드의 냄새를 맡았다. 놈들이 함내에 숨어있음을 맥케이 중위에게 알리려고 안달했다. 하지만 입에서 나오는 말이라고는 끙끙거리는 신음과 우우거리는 괴성이 전부였다. 대원들은 순양함 접수에는 성공했지만, 자신들의 목숨을 남김없이 앗아갈지도 모르는 무시무시한 존재까지 같이 거두어들이고 말았다.

자맘이는 경비가 삼엄한 통신실로 야얍을 안내한 다음 잠시 주변을 둘러보게 해주었다. 한때는 필라 오브 어텀의 함재기와 왕복선 및 수송기와 교신하는 통신장비가 빼곡하게 들어찼던 곳이다. 코버넌트 장비를 가져다 놓느라 원래 있던 장비를 죄 뜯어놓았지만, 기계만 빼면 나머지 설정은 거의 같았다. 통신병 여섯이 통신실 한가운데로 등을 돌리고서 눈앞에 죽 나열된 장비를 들여다보며 근무를 서고 있었다. 잡음 섞인 교신내용이 천장 스피커에서 줄줄이 흘러나왔는데, 명령을 하달하고 보고를 올려보내는 와중에 총격전 소리가 묻어나는 교신도 있었다.

"여기 앉거라."

자맘이가 빈 의자를 가리켰다.

"여기서 들어오는 교신내용을 주의 깊게 듣다가 놈에 관한 보고가 나오면 기억해두었다가 내게 무전으로 알려주면 된다. 정확히는 뭔지 몰라도 놈은 임무를 띠고 있으니, 어디로 가는지만 알아내면 내 직접 놈을 맞이하러 가겠다. 너도 사냥에 동참하고픈 마음이 굴뚝같은 줄은 안다만, 내가 믿고 교신을 맡길 만한 이는 너밖에 없으니 이해해다오."

야얍은 처음부터 사냥터 근처에 발들이기 싫었지만 애써 풀이 죽은 척했다.

"맡은 바 본분을 다하겠습니다. 아군을 위해서라면 기꺼이 그래야지요."

"바로 그거다. 진작 그렇게 나왔어야지!"

자맘이는 격려하며 기쁘게 말했다.

"넌 역시 믿음직하구나. 이제 제어반에 앉아 헤드폰을 쓰고 교신을 기록할 준비를 해라. 놈은 인간들이 '함교'라 부르는 구획을 떠나 정비실 근처에서 싸웠고 가장 최근에는 엔진실로 가는 모습이 목격됐다고 하더군. 현재 엔진실에는 배치된 병력이 없지만, 진짜 문제는 그다음에 놈이 어디로 향하느냐 하는 점이다. 놈에 관한 정보를 입수한 다음, 전투부대를 이끌고 적당한 장소로 가서 놈을 함정에 빠뜨리겠다. 거기까지만 하면 나머지는 식은 죽 먹기일 거다."

이전에 그 인간을 코앞에서 봤던 간담 서늘한 기억을 떠올리며 야얍은 자리에 앉았다. 이로써 자맘이와 인간 사이의 마지막 대결이 펼쳐지겠지만, 놈과의 싸움이 결코 호락호락하지 않으리란 생각이 문득 들었다.

엔진실 출입문이 열리자마자 감염변이가 마스터 치프의 얼굴에 달려들었다. 치프는 방아쇠를 당겨 탄창의 4분의 1을 비웠다. 감염변이 하나를 잡는 데는 과했지만, 놈이 관통촉수로 피부를 도려냈던 기억이 아직도 생생한 까닭이었다. 감염변이가 얼굴, 특히 목 주위의 밀폐부위에 두 번 다시 얼씬거리게 내버려두지 않을 작정이었다. 널찍한 엔진실 저 끄트머리 경사로에 붉은 이동지점 표시가 떴다.

치프는 발을 구르며 경사로를 뛰어가 일렬로 늘어선 각종 제어장치를 지나 자세를 낮추고서 2층으로 올라가는 출입문을 통과했다. 그리고는 통로를 따라 너른 엔진실이 내다보이는 밖으로 나왔다가 3층으로 가는 경사로를 올라갔다. 꼭대기 층 근처에 있던 전투변이 둘은 치프의 정확한 사격에 고꾸라졌다. 그는 쓰러진 전투변이한테서 탄약과 수류탄을 챙긴 뒤 발걸음을 재촉했다. 343 길티 스파크의 건방진 말투가 들렸다.

"그만 포기하시죠, 계승자님. 순순히 인덱스를 내놓으세요."

치프는 길티 스파크를 무시하고 3층으로 올라가 환영식을 벌이는 플러드와 맞닥뜨렸다. 사격을 개시해 전투변이 둘과 배양변이 하나를 꼭대기에서 날려버리고는 뒤로 물러나 재장전했다.

새 탄창을 꽂고 다시 방아쇠를 당겨 가까이 있던 변이체부터 찍소리 못하게 처리했다. 그런 다음 뒤편에 모여든 패거리 가운데로 수류탄을 던졌다. 수류탄이 터지면서 놈들은 통째로 날아갔다.

마스터 치프는 잽싸게 점사로 살아남은 놈들을 처리하고 통로 끄트머리에 도착했다. 플러드 무리가 그를 맞이하려고 기다리고 있었지만, 피로 미끌거리는 쇠 바닥과 마지막 층 경사로를 헤치고 올라오는 치프의 무지막지한 돌격 앞에 쉽사리 길을 터주었다.

3층 정비통로에 들어서기가 무섭게 치프는 사격을 받기 시작했다. 센티넬이 플러드를 공격하면 플러드가 되받아치기를 반복하는, 자기 앞가림하기조차 바쁜 판국인데도 양측 모두 치프를 죽이지 못해 안달이었다. 하지만 무엇보다도 임무 완수가 최우선이었기에 치프는 가장 가까이 있는 제어반을 향해 무작정 달려갔다. "분리"라고 적힌 단추를 누르자 삑삑거리는 경고음이 나왔다.

"좋아요! 첫 번째 단계가 끝났군요! 이제 원자로에 충격을 가하세요. 원자로를 둘러싼 자기장을 교란하려면 촉매폭발을 일으켜야 해요."

"아."

치프는 두꺼운 듀라크리트 배기관 위로 뛰어내렸다. 그가 올라서자 배기관이 움직이기 시작했다.

"난 구멍에다 수류탄을 집어넣는 줄로만 알았는데."

"제 말이 그 말이죠."

원자로 사이로 밝게 달아오른 직사각형 틈새가 드러났다. 치프는 씩 웃으며 그 사이로 수류탄을 던졌다.

뒤이어 폭발이 일자 핵융합 엔진에서 연기가 풀풀 일면서 시커멓게 그을린 쇳조각이 함께 튀었다.

'하나는 됐고 이제 셋 남았군.'

치프가 속으로 그렇게 생각하는 와중, 센티넬이 레이저를 발사해 가슴팍을 지졌다.

전광석화 같은 속도와 손발이 착착 맞아떨어지는 협공에 힘입어 타격대원들은 진리와 귀의의 80퍼센트 이상을 손에 넣고, 이제 이륙할 준비에 들어갔다. 아직 확보하지 못한 공간은 나중에 들르면 될 일이다. 코타나한테서 오는 연락이 뜸했으니 실바 소령은 우선 안전부터 생각했다. 헤일로가 폭파되기 직전이라면, 그리되기 전에 헤일로에서 멀찌감치 떨어지고 싶었으니까.

웰즐리가 불감응 항법컴퓨터와 씨름하고, 해군 기술병들이 코버넌트 함선의 조작체계를 익히려고 애쓰면서 순양함 관제실의 제어창 화면이 어지럽게 오갔다. 실바 소령은 이번 작전의 대성공에 만족해 얼굴에 희색이 만연했다. 공격이 워낙 신속하고 성공적이었기에 지옥행 강습대는 자기 스스로 "사제"라 칭하며 코버넌트 지배계급의 중요 인물이라 밝힌 놈까지도 생포했다. 이제 사제란 놈을 안전하게 가둬 놨으니 실바 소령의 지구행 금의환향을 장식할 전리품이 하나 더 늘어난 셈이었다. 중력 리프트의 고정이 풀리면서 순양함이 살짝 기우뚱거리자 소령은 회심의 미소를 지었다. 이제 이륙하기에 앞서 최종점검을 시작할 시간이다.

소령이 발을 디딘 곳에서 여러 층 내려간 아래편에는 맥케이 중위가 있었다. 누가 중위의 팔을 툭툭 쳤다.

"중위? 잠깐 시간 있나?"

해병대와 해군이라는 소속편제는 달랐지만, 게일 퍼디 소령은 맥케이 중위보다 계급이 한참 위였다. 중위는 공손하게 대답했다.

"물론입니다. 무슨 일이십니까?"

기술관인 퍼디 소령은 타격대원 경호가 둘씩 붙은 열여섯 명의 해군 장병 중 하나였다. 두 경호원이 소령의 등 뒤를 지키고 있었다. 나이는 중년에 몸집은 짜리몽땅했으며 머리카락은 붉은색이었다. 그녀는 진지한 눈빛으로 맥케이 중위를 빤히 바라보았다.

"이리 따라와. 보여줄 게 있어."

맥케이 중위는 소령을 따라 1미터 간격으로 벌어진 뭉툭하게 생긴 기계 장치 둘을 잇는 커다란 튜브 앞으로 걸어갔다. 젠킨스는 쇠사슬을 쥔 타격대원들의 손에 억지로 그 옆까지 끌려갔다.

"저거 보여?"

소령이 튜브를 가리켰다.

"보입니다."

맥케이 중위는 저런 장치를 어쩌라는 건지 싶어 얼떨떨했다.

"저게 관제실에서 엔진으로 이어지는 광섬유 회로다. 혹시라도 누가 회선 연결을 끊어버린다면 동력장치가 폭주하지. 여기 말고 다른 데를 둘러가는 모양이긴 한데, 그게 어딘지는 아직 못 찾았어. 함선의 20퍼센트는 아직 코버넌트의 수중에 있으니 놈들을 꽁꽁 가둬놓기 전까지 중위가 보초를 붙여주면 좋겠어."

퍼디 소령의 제안은 말이 부탁이지 사실 명령이었다. 맥케이 중위는 고분고분 따랐다.

"알겠습니다. 제가 안전하게 지키겠습니다."

소령은 고개를 끄덕였다. 그때 바닥이 갸우뚱 기울면서 두 사람 모두 광섬유 회로를 꽉 붙들다 결국 바닥에 나뒹굴고 말았다. 퍼디 소령은 씩 웃었다.

"어때, 정말 볼썽사납지? 키예스 함장님이 보셨더라면 아주 기절하셨을 텐데!"

　마지막 아군을 태운 펠리칸이 격납고로 들어와 착륙한 뒤 격납고 출입구를 폐쇄한 다음 순양함이 헤일로의 손아귀에서 벗어나려고 몸부림 치는 동안, 실바 소령은 그런 이륙준비 세부사항에 관해서는 신경을 끄고 있었다.

　소령은 순양함이 헤일로 지표면에서 벗어날 때까지는 맘을 놓을 생각이 없었다. 한 시름 놓는 것은 순양함의 엔진이 가동되어 갑판을 덜덜덜 뒤흔들며, 무지막지한 적재중량을 이겨내고 헤일로의 중력장에서 벗어나 우주로 자유로이 풀려나는 순간으로 미뤄둬야 한다.

　함선을 뒤흔드는 진동에 자극을 받았는지 아니면 그냥 기다리기 지쳤는지, 플러드가 엔진실로 쳐들어오기 시작했다. 배기구가 펑 뜯겨나가면서 좁은 틈바구니에서 감염변이가 쏟아져 나오다 곧바로 사격을 받아 퍽퍽 터져나갔다.

　젠킨스가 미쳐 날뛰며 쇠사슬에 묶인 채 몸부림치고 횡설수설을 지껄여대는 통에 두 감시병은 그를 도로 얌전하게 만드느라 진땀을 흘렸다.

　플러드 변이체가 모조리 쓰러지고 전투가 끝나기까지는 1분도 채 걸리지 않았다. 다시 배기구를 용접하고 철판을 덧대 확실히 봉했다. 맥케이 중위가 우려하던 그대로였다. 플러드는 소름 끼칠 만치 치명적인 바이러스였다. 후다닥 해치우는 식의 박멸작업으로 놈들을 구제하기란 안이하기 짝이 없는 착각에 지나지 않았다. 맥케이 중위는 대대 부관으로서 공격에 관한 대원들의 진술을 토대로 실바 소령에게 이렇게 말하며 보고를 끝맺었다.

　"순양함이 아직도 감염된 상태임에는 의심의 여지가 없습니다. 이륙을 중단하고 출발하기 전에 함선 내부 구획을 샅샅이 뒤지며 플러드를 싹쓸

이해야 합니다."

실바 소령이 단호히 못을 박았다.

"절대 안 된다, 중위. 지금은 헤일로가 당장에라도 폭발할지 모르는 상황이다. 그리고 표본이 있어야 저 추잡한 것들을 어떻게 처리해야 하는지를 알아내든가 할 것 아닌가."

냉정하게 귀를 기울이던 웰즐리가 끼어들었다.

"중위의 말이 백번 옳네. 위험부담이 너무 크단 말일세. 반드시 재고하길 바라는 바이네."

실바 소령은 엄포를 놓았다.

"벌써 결정했다고 말했을 텐데. 두 번 말하지 않겠다. 각자 위치로 돌아가라. 명령이다!"

맥케이 중위는 무전을 끊었다. 군대란 따라야 할 규율이 차고 넘치는 곳이었지만, 마음속으로는 맡은 바 본분을 가장 중요한 덕목으로 꼽았다. 해병대를 위해서만이 아니라, 궁극적으로 수호하고자 하는 지구의 수십억 인류를 위해서라도. 군대라는 집단을 한데 묶는 기강과 군대의 존재 이유인 맡은 바 본분 사이의 갈등 속에서, 중위는 어떻게 하면 좋단 말인가?

의외로 해답은 젠킨스에게서 나왔다. 그는 중위의 보고를 엿듣고서 쇠사슬에 묶인 몸을 씰룩거렸다. 젠킨스를 감시하던 두 대원은 깜짝 놀랐다. 젠킨스가 광섬유 연결장치를 향해 몸을 내던지자 한 대원이 바닥에 넘어졌지만, 다시 낑낑거리며 일어나 쇠사슬을 잡아챈 탓에 젠킨스는 결국 장치에 다가가지도 못했다. 두 대원은 젠킨스를 도로 옭아맸다.

하려던 바를 이루지도 못하고 쇠사슬에 더욱 몸이 꽁꽁 묶이자, 젠킨스는 간절한 눈빛으로 맥케이 중위의 눈을 바라보았다.

맥케이 중위는 자신의 몫으로 남은 일이 무엇인지를 깨달았다. 상상하지 못할 만큼 끔찍한 결과를 불러오지만 지극히 간단한 일이었다. 어찌나 간단한지 온몸이 흉측하게 변이된 젠킨스마저도 제 본분을 깨달을 만큼 자명했다.

천천히 그리고 조심스럽게, 중위는 두 감시병이 서 있는 곳까지 걸어가 잠시 쉬고 오라고 말한 다음, 마지막으로 주위를 둘러보고는 수류탄 핀을 뽑았다. 젠킨스는 아무리 빵끗거려도 소용없던 입을 열어 마지막 한마디를 쥐어짰다.

"······고맙습니다."

실바 소령은 여러 층 위에 있어서 폭발이 느껴지지도 어렴풋한 펑 소리도 들리지 않았지만, 중위가 내린 결정의 결과만큼은 눈앞에서 똑똑히 펼쳐졌다. 누군가가 다급히 소리쳤다.

"통제가 불가능하다!"

바닥이 기울면서 순양함의 함수가 거꾸로 뒤집혀 지면을 들이받는 사이, 웰즐리는 마지막으로 한마디를 덧붙였다.

"훌륭한 부하를 뒀군, 소령. 자랑으로 생각하시게."

곧 함미도 땅에 내리꽂혔고, 선체를 따라 연쇄폭발이 일면서 순양함과 승무원 모두 형체도 없이 사라졌다.

"확실한가?"

자맘이가 물었다. 목소리가 무전 소음 때문에 살짝 일그러졌다.

사실 야얍은 코버넌트 부대가 플러드와 센티넬 양측으로부터 맹공격을 받는 중이라는 보고가 물밀 듯 들어오는 통에, 그밖에는 뭐가 어떻게 돌아가는지 알 턱이 없었다. 뱃속에 묵직한 돌이 들어찬 것만 같아서 속이 울렁거렸다.

그렇다고 자맘이한테 솔직히 털어놓을 수는 없었으니 거짓말을 둘러댔다.

"예, 사관님. 보고 내용과 통신소에 있는 설계도면에 따르면, 놈은

E-117번 출입문으로 나가 V-1269 승강기를 타고 함선을 직선으로 관통하는 7등급 정비통로로 나갈 수밖에 없을 거예요.”

“수고했다. 야얍. 곧 그리 가마.”

지금껏 실패만 거듭하긴 했지만, 왠지는 잘 몰라도 야얍은 자맘이에게 정이 들었다.

“부디 조심하세요. 놈은 아주 위험해요.”

“걱정 말아라. 놈에게 상황을 단방에 뒤집을 깜짝 선물을 선사할 테니 말이다. 놈을 죽이거든 다시 부르마.”

“예, 사관님.”

딸깍 하는 소리를 끝으로 교신이 끊어졌다. 야얍은 방금 들은 자맘이의 목소리가 그의 마지막 육성임을 직감했다. 자맘이가 곧 죽으리라고 생각해서가 아니라, 여기 있는 이들 전부 곧 죽을 목숨이라고 생각해서였다.

그래서 야얍은 잠시 쉬러간다고 하고서 작달막한 몸을 뒤뚱거리며 통신소를 빠져나와 영영 돌아오지 않았다.

잠시 뒤 야얍은 하루 치 식량과 메탄가스를 고스트에 싣고 필라 오브 어텀에서 달아났다. 야얍이 그토록 꿈꾸던 평화가 찾아왔다. 오랜 세월 끝에 처음으로, 기분이 날아갈 것만 같았다.

마지막 수류탄이 폭발하자 마스터 치프가 발을 디딘 배기관이 우르르 울리기 시작했다. 코타나가 그의 귀에 대고 소리쳤다.

“해냈군요! 엔진이 폭발하고 있어요. 15분 이내로 함선에서 탈출해야 해요! 어서 3층 승강기를 타세요. 그러면 함선을 따라 관통하는 7등급 정비통로로 갈 수 있어요. 서둘러요!”

치프는 3층으로 훌쩍 뛰어내려 전투변이 하나를 해치우고 오른쪽 출입문으로 돌아섰다. 그는 문을 열고 지나 통로를 내달렸다. 맞은편 문을 열자 널찍한 정비용 승강기가 눈앞에 나타났다.

기계소리가 들리자 치프는 감지기가 자동으로 작동했구나 하는 생각에 승강기가 내려오기를 기다렸다. 몇 시간 만에 적이나 위험이 없는 곳에 도착했으므로, 그는 잠시나마 긴장을 풀었다. 하지만 그건 오판이었다.

"치프! 물러서요!"

코타나의 경고에 힘입어, 승강기가 아래편에서 모습을 드러내는 순간 치프는 잽싸게 문 뒤로 몸을 숨겼다. 승강기에 거치된 플라즈마 포탑에 앉은 엘리트가 사격을 개시했다.

특수부대 사관 주카 자맘이가 셰이드 포탑을 발사했다. 포탑이 승강기 자리를 거의 차지한 탓에, 포탑을 실어 나르느라 진을 뺐던 그런트들이 발붙일 자리가 부족해 미어터질 지경이었다. 출입문이 닫히는 순간 푸른 에너지 파장이 문짝 절반을 녹여버렸다.

에너지 파장이 놈의 주위를 훑고 지나가자 희열이 감돌았다. 곧 승리를 거머쥘 테고, 잃어버린 명예도 돌아올 것이다. 그리고 나서는 이젠 지긋지긋한 야얍도 손봐주고.

오늘은 참으로 영광스러운 날이 되리라.

"젠장! 어디서 쏴대는 거야?"

"누가 치프를 추격해온 모양이에요."

코타나의 목소리가 어두워졌다.

"자, 준비하세요. 승강기를 조작해서 아래로 떨어뜨릴게요. 그럼 아래로 수류탄 몇 개만 던지시면 돼요."

에너지 파장이 문짝을 때리자 놈이 허겁지겁 숨는 꼴을 지켜보며 자맘이는 짜릿한 쾌감을 만끽했다. 신나게 공격을 퍼붓는 중에야 승강기가 제

자리에 올라와 덜컥 멈춰 섰다.

다시 한 차례 사격을 가해 놈이 뒤편에 숨은 문짝을 깡그리 뜯어버리려는 순간, 덜컹 하는 소리와 함께 승강기가 아래로 내려가기 시작했다.

"안 돼!"

갑작스런 사태가 생기더라도 놈이 손아귀에서 달아나는 일만큼은 막으라고 그런트한테 지시했었지만 너무 늦었다. 승강기가 계속 하강하는 마당에 작달막한 그런트들이 무얼 어쩌겠는가.

표적이 눈앞에서 사라지자 자맘이는 애꿎은 그런트들에게 마구 호통쳤다. 그때 위에서 수류탄 두 개가 날아오더니 바닥에 또르르 굴러 폭발했다.

폭발력에 자맘이는 사수석에서 나가떨어진 채 자신의 숨을 끊으려고 다가오는 놈을 마지막으로 쳐다보았다. 뭔가 콱직 몸을 때리면서 우두둑거리는 소리가 났다. 낙원의 풍경이 주마등처럼 눈앞을 스쳐 지나가기를 기다리며, 자맘이는 그렇게 죽음을 맞이했다.

코타나는 승강기를 다시 위로 올렸다. 마스터 치프는 꺼림칙하지만 핏덩이로 질척거리는 승강기에 발을 올리고 위층의 정비통로로 올라갈 수밖에 없었다. 코타나는 그 틈에 탈출 작전을 실행에 옮겼다.

"에코 419, 여기는 코타나. 응답 바란다, 에코 419."

포해머의 목소리가 저 위편 어디선가에서 들려왔다.

"아주 잘 들린다, 코타나. 통신상태 양호."

잇따른 폭발에 승강기가 뒤흔들리는 것을 보니 함선은 폭발하기 직전이었다. 치프는 부디 함선이 폭발하는 순간에는 여기서 멀찍이 벗어날 수 있기를 빌었다.

"필라 오브 어텀의 엔진이 폭발할 것 같다. 지금 즉시 구조 바란다. 추락지점으로 접근하라. 4C 교차점에서 구조신호를 받을 때까지 대기하기 바란다."

"알았다. 코타나, 여기는 에코 419. 소음이 심해진다. 그쪽은 괜찮나?"

코타나가 대답하려는 찰나 승강기가 또다시 뒤흔들렸다.

"아니다, 상황이 안 좋다! 함선의 핵융합 엔진을 폭파하려고 노심에 충격을 가했는데 그게 생각보다 심한 모양이다."

승강기가 덜컥 멈추면서 머리 위편 어디선가 파편이 우수수 떨어져 내렸다. 코타나가 치프에게 말했다.

"핵융합 엔진 폭발까지 6분 남았어요. 지금 당장 탈출해야 해요! 폭발 시에는 1억 도 이상의 고열이 발생해요. 폭발 전에 반드시 탈출해야 해요!"

정신이 퍼뜩 드는 충고였다. 마스터 치프는 서둘러 출입문을 지나 칸막이 사이사이가 워트호그로 빼곡하게 들어찬 격납고로 갔다. 그는 출입문 근처에 워트호그를 보고는 운전석에 올라탔다. 차에 시동이 걸리자 마음이 한결 놓였다.

코타나가 헬멧 전방투영창에 띄운 카운트다운 타이머의 시간이 순식간에 깎여 내려갔다. 치프는 얼른 격납고에서 워트호그를 몰고 나와 전방의 뒤집혀 불타는 워트호그를 피해 왼쪽으로 운전대를 꺾은 다음, 서로 열심히 싸워대는 코버넌트와 플러드를 헤치고 앞으로 나아갔다. 커다란 비포장도로용 타이어에 엘리트가 들이받혀 깔리면서 차체가 덜커덩거렸다. 전방의 경사로는 오동통하게 살진 감염변이로 발을 디딜 틈이 없었다. 치프가 가속기를 세게 밟으며 비탈로 돌진하자 놈들은 폭죽처럼 퍽퍽 터졌고, 등 뒤로는 플라즈마탄이 뒤따라 빗발쳤다. 행여나 실수를 저질러서 귀중한 시간을 날려버리는 불상사가 생기지 않게끔, 치프는 가속기에서 발을 떼고 경사로 꼭대기에서 차를 멈췄다.

너른 정비통로가 눈앞에 펼쳐졌다. 양옆으로는 보행로가, 먼발치에는 다리가 놓여 있었으며, 앞으로는 터널이 곧장 뻗어 있었다. 경사로 입구에 있던 플러드 변이체 두 놈이 이리로 사격해오자, 그는 워트호그를 발진해 탁 트인 통로로 운전대를 돌렸다.

경사로가 아래로 내려가자 치프가 제동기를 밟음과 동시에 쾅 소리와 함께 날카로운 쇳조각들이 통로를 가로질러 그에게 날아들었다. 치프는 제동기에서 발을 떼고 배양변이를 짓뭉개 곤죽으로 만들어버린 뒤 맞은편 경사로로 운전대를 꺾었다.

반지하 터널에서 솟아올라 앞쪽의 장애물을 피해 왼쪽으로 운전대를 돌려 벽에 바짝 붙어 달렸다. 가속기를 밟아 좁다란 경사로를 뛰어넘어 염두에 두던 벌어진 틈 두 군데를 무사히 통과했다. 그는 차체가 수평통로에 내려앉자 반사적으로 제동기를 밟았다. 덕분에 보행로 끝자락을 곤두박질치듯 통과해 다음 정비통로로 뛰어들 수 있었다.

치프는 눈앞에서 어정거리는 플러드 무리를 향해 운전대를 꺾어 놈들을 바퀴로 자근자근 깔아뭉개고 지나갔다.

"조금 전에 솜씨 멋졌어요. 길이 끊어진 줄 어떻게 알았던 거죠?"

코타나가 감탄조로 말했다.

"몰랐는데."

워트호그가 터널에서 빠져나오자 마스터 치프는 다음 터널로 운전대를 꺾었다.

"아."

이번 통로는 텅 비어 있어서 치프는 속력을 높이며 널찍한 터널로 워트호그를 몰았다. 차가 다시 붕 솟아오르자 그는 최대한 시간을 벌기 위해 속력을 있는 대로 냈다.

너른 통로는 기복 없이 평탄했지만 온 사방에서 날아드는 쇳조각에 죽으려고 환장하고 뛰어드는 플러드 떼거리, 레이저를 갈기지 못해 안달인 센티넬 편대가 치프를 좀처럼 내버려두지 않았다. 그는 잠시 차를 세웠다가 왼편으로 이어진 경사로를 발견, 레이저가 전투복을 지지고서 운전석까지 훑고 지나가는 와중에도 운전대를 왼쪽으로 꺾었다.

바퀴 하나가 금속 난간에 걸리는 바람에, 치프는 차체가 아래편 난장판으로 뒤집혀 떨어지지 않게끔 운전하느라 진땀을 뺐다. 온 사방에서 불길이 새어 나오는 마당에 그러기란 여간 까다로운 일이 아니었지만, 그는 살살 방향을 틀어 경사로를 내려와 왼쪽으로 꺾은 다음 길 한가운데에 지지기둥이 줄줄이 세워진 널찍한 통로로 빠져나왔다.

최대한 시간을 아끼려고 실을 꿰듯 기둥 사이를 조심스레 비켜나면서, 플러드와 코버넌트 간의 싸움판 사이를 뚫고 센티넬 편대로부터 레이저 사격을 받고 나서야 비로소 장애물에 앞이 가로막힌 통로가 나타났다. 재빨리 주위를 둘러보니 너른 통로 왼편으로 경사로가 보였다. 이번에도 그쪽을 향해 운전대를 꺾었다.

폭발이 일면서 코앞의 격자판 사이로 화염과 연기가 치솟는 바람에 하마터면 길에서 벗어날 뻔했다.

경사로에서 벗어나자 주행이 한결 수월해졌다. 치프는 널찍한 터널로 들어가 속도를 높이다 사방이 탁 트인 공간이 나오자 제동기를 밟고는 좁다란 보안터널로 워트호그를 몰았다. 바퀴가 감염변이를 산 채로 먹어치우면서 퍽퍽 터지는 소리가 요란하게 났다. 털털거리는 엔진 소리를 들으며 터널을 너무 빠르게 달린 탓에 주위 방향감각이 무뎌졌다. 전방에 또 반지하 통로가 있는 줄 모르고 과속하는 바람에 차체가 거의 수직으로 쿵 내리꽂혔는데, 까딱했으면 차가 앞에서부터 거꾸로 전복될 뻔했다. 뒤늦게나마 제동기를 밟은 덕에 뒤집히지 않고 나머지 통로 절반을 지나, 다시금 기둥이 빼곡히 들어선 미로로 들어섰다.

치프는 욕을 내뱉었다. 장애물을 요리조리 피하는 와중에도 타이머는 계속해서 시간을 깎아내렸으며 코버넌트, 플러드, 센티넬은 마구잡이로 그를 공격하며 괴롭혔다. 곧게 뻗은 도로를 지나 정비통로 아래로 덜컹거리며 내려간 다음 경사로를 달려 너른 터널로 다시 들어가는 데 코타나가 다시 무전을 날렸다.

"에코 419, 여기는 코타나! 지금 즉시 구조해주기 바란다!"

"알았다, 코타나."

마스터 치프가 보행로 위로 속력을 높이려는데 코타나가 그를 말렸다.

"잠깐! 멈춰요! 접선지점이에요. 여기서 대기하세요."

치프는 제동기를 밟고 지직거리는 무전에 귀를 기울였다. 곧 펠리칸 수송기가 왼편에서 날아들었다. 꼬리에 연기를 달고 있었는데, 왜 그런지는 척 보니 답이 나왔다. 밴시 하나가 펠리칸을 쫓아와 엔진을 노리며 플라즈마 캐논을 소사하고 있었다. 우현 추진기를 맞으면서 불길이 왈칵 뿜어져 나왔다.

포해머가 전방의 보행로를 주시하면서 수송기를 살리려고 안간힘을 쓰는 모습이 치프의 눈에 선했다.

"정지! 정지!"

치프는 포해머가 무사히 착륙할 수 있기를 간절히 빌면서 소리쳤지만, 너무 늦고 말았다. 펠리칸은 고도를 잃고 보행로 아래로 지나 곧 시야에서 사라졌다. 3초 뒤 폭발이 들렸다.

"에코 419!"

불러도 아무 대답이 없자 코타나는 다시 입을 열었다.

"격추됐어요."

마스터 치프는 무전으로 들려오던 대위의 활기찬 대위의 목소리와 그녀가 수많은 병사의 목숨을 살렸던 일이 떠올라 가슴이 아팠다.

코타나는 잠시 함선 설계도를 검색하며 다른 탈출로를 찾아보았다.

"롱소드 요격기 한 대가 아직 7번 격납고에 남아 있어요. 지금 당장 출발하면 탈출할 수 있을 거예요!"

치프는 삐걱거리는 소리를 내며 운전석 고무바닥에 발을 올리고 출입문을 향해 운전대를 꺾어 경사로를 내려가 터널로 들어갔다. 굵직한 아름드리 기둥이 통로 한복판을 따라 세워져 있었고, 양옆 바닥으로 격자판이 깔려 있었다. 볼썽사납게 덜컹거리며 격자판 위를 지나 갸우뚱거리며 평평한 도로로 빠져나왔다. 폭발이 일어 터널 양옆에서 파편이 튀는 통에 코타나가 "최고속력", "벌어진 틈" 어쩌고 하는 소리는 제대로 듣지 못했다.

가속기를 세게 밟았지만 운전 실력보다는 운이 따라줘야 할 판이었다. 그는 경사로로 워트호그를 몰아, 온몸이 붕 뜨는 기분을 만끽하며 허공을 가로질렀다. 거의 2, 3층 높이를 날아 바닥에 떨어져, 샛길 사이로 비틀거리다 멈춰섰다.

치프는 바퀴와 씨름하며 차를 돌려놓고 타이머를 힐끗 확인했다. 01:10:20. 그는 가속기를 꽉 밟았다. 워트호그가 앞으로 쏜살같이 튀어나가 좁다란 터널을 달려, 나란히 늘어선 채 도로를 가로막은 연료통 앞에서 속력을 늦추었다. 격납고 전체에 코버넌트와 플러드가 득실거렸다. 마스터 치프는 운전석에서 풀쩍 뛰어내려 전력 질주하면서, 감히 앞길을 방해하고 나선 지지리 복도 없는 엘리트한테 총알구멍을 내줬다.

그는 곧장 앞으로 내달려 경사로를 내려가 자신을 기다리고 있는 롱소드 요격기를 향해 다가갔다. 머리를 스쳐 가는 플라즈마탄과 폭발로 사방팔방에서 튀는 파편을 헤치고 나서야 진입로를 밟고 올라 요격기에 탑승할 수 있었다.

플러드 떼거리가 롱소드로 몰려드는 순간 진입로가 아슬아슬하게 닫혔다. 또다시 폭발이 일어 필라 오브 어텀을 흔들었다. 롱소드까지 함께 뒤흔들려 치프는 앞으로 가다가 휘청거렸다. 초를 다투는 긴박감 속에서, 그는 몸을 내던지듯 조종석에 앉아 엔진을 가동하고 조종간을 잡았다.

"자, 간다!"

치프는 배면 제트엔진으로 롱소드 요격기를 띄웠다. 그런 뒤 기수를 시계 반대방향으로 돌려 추진기를 최대로 분사했다. 롱소드가 격납고에서 급발진, 단숨에 대기권 높이 치솟았다. 중력 때문에 몸이 좌석에 달라붙는 듯했다.

그즈음 구릉 지대를 거의 벗어났던 야압은 연달아 터져 나오는 둔중한 폭발음에 뒤를 돌아보았다. 만신창이가 된 인간 순양함의 선체를 따라 주황색 꽃이 활짝 피어오르고 있었다.

순양함에 탑재된 핵융합 엔진이 파괴되는 순간, 헤일로의 지표면 위로 작은 태양이 생겨났다. 원자핵 융합반응으로 생겨난 인공태양은 초고밀도 물질로 구성된 헤일로의 골조에 직경 5킬로미터에 달하는 분화구를 남기며 구조물 전체로 어마어마한 충격파를 일으켰다. 급격한 폭발로 생겨난 불덩어리는 주변 지표면을 모조리 납작하게 쓸어버렸다. 황백색 태양핵은 곧 연료를 모조리 집어삼키고 별안간 빛을 잃었다.

헤일로는 계속해서 회전하는 중이었지만, 한곳에 가중된 엄청난 충격을 견디지 못해 골조가 서서히 붕괴되었다. 거대한 파편이 빙빙 돌면서 우주로 날아갔다. 길이 500킬로미터에 달하는 파편이 길게 곡선을 그리는 동시에 내부에 절묘하게 구축되어 있던 쇠와 흙과 물을 흩뿌리며, 진공 속에서 섬뜩하리만치 고요한 연쇄폭발을 일으켰다.

계기판 위로 엔진 온도 한계치 도달이라는 글귀와 함께 귀 따가운 경고음이 터져 나왔다. 코타나가 충고했다.

"엔진은 꺼두세요. 나중에 필요할 거예요."

마스터 치프는 스위치를 눌러 엔진을 차단하고 좌석에서 일어나 관측창으로 걸어갔다. 슬로모션 영상으로 돌리는 발레 동작처럼 천천히 돌면서 날아든 커다란 파편과 충돌하여, 헤일로는 그나마 멀쩡하던 부분까지 반

토막 났다.

불현듯 멜리사 맥케이 중위의 차분한 녹색 눈동자가 생각났다. 이제는 두 번 다시 그녀를 만나볼 수 없다.

"다른 생존자는 없나?"

"탐색 중."

코타나는 잠깐 말을 멈추었다. 주 단말기 위로 탐색된 데이터가 줄줄이 올라왔다. 잠시 뒤 코타나는 평소답잖게 조용한 목소리로 다시 입을 열었다.

"먼지와 메아리뿐이에요. 우리만 남았네요."

마스터 치프는 몸을 주춤거렸다. 맥케이 중위, 포해머, 키예스 함장님, 그리고 나머지 사람들 모두 그의 곁을 떠났다. 몸의 일부와도 같았던, 함께 훈련받으며 성장했던 아이들처럼.

코타나는 그럴싸한 이유를 찾아 붙이려는 것처럼 말을 이었다.

"우린 인류와 지구를 위해 할 일을 했을 뿐이에요. 코버넌트 함대는 완전히 전멸했어요. 플러드에 대해서도…… 선택의 여지가 없었어요. 헤일로, 이제 끝이군요."

"아니."

치프는 다시 조종석에 앉았다.

"코버넌트는 아직 건재하고 지구도 여전히 위기에 처해 있어. 이제부터가 시작이라고 봐야지."

『헤일로: 선제공격 작전』 편으로 이어집니다.

부록

라크 님께

  긴급통신 기록을 추출해 서신 말미에 첨부했습니다. 이렇게 하는 것 자
체가 구차한 짓인 줄은 저도 익히 압니다. 신성한 헤일로를 지키지 못한
점은 씻을 수 없는 과오이나, 부디 라크 님만이라도 이면의 진상을 헤아려
주셨으면 합니다.
  겸허한 마음으로 의회의 결정을 기다리겠습니다.

평안하시기를 빌며
텔 올림

긴급 통신 기록 / 11 사이클, 3 유닛
코버넌트 1급 군사령부 관계자 이외 접속 금지.
무단접속 발각 시 사형 선고.

기록 번호 34589/9070454—정화
신성한 휴식 함대와 특별한 정의 함대가 행성계 외곽으로 진입하여 봉
쇄망을 구축하고 탈출하는 적함을 제거. '리치'라 불리는 인간 행성에
대한 정화 작업 진행.

기록 번호 90907/9090304—적 탈주
특별한 정의 함대는 343950-410958 좌표에서 C-Ⅱ형 인간 공격함과
교전. 슬립스페이스 파열을 탐지함에 따라 분견대가 대응.

기록 번호 86911/9103362—추격 돌입

진행 경로 확인 후 특별한 정의 함대의 분견대가 달아난 인간 함선을 추격, 즉각 슬립스페이스 운항에 돌입. 노멀 스페이스에 진입하기까지 소요되는 예상 시간은 34905유닛. 정확한 목적지는 아직 불명.

기록 번호 45751/9157545—도달

목적지 도착 직후 거대 인공 구조물을 발견. 구조물은 두 행성형 천체 사이에 위치했으며, 표면을 따라 복잡하고 세밀한 눈금이 각인되어 있음을 확인. 함대는 인근에서 위치를 고수. 곧 구조물의 정체가 신성한 헤일로로 확인됨. 텔 바담이 함대 사령관의 보안 수칙 발령에 따라 헤일로 반대편에서 접근 중인 C-II형 인간 공격함을 기다림.

기록 번호 59045/9231487—교화

헤일로가 실존함을 확인함에 따라 산 시움 지도부가 이를 몸소 확인할 필요성이 대두됨. 부사제는 헤일로가 군사적 문제가 아니라 종교적 문제라고 주장하며 자기 지시에 따라 즉각 교화 작업을 시행할 것을 요청.

기록 번호 14075/9245455—숭고한 자애

부사제와 함대 사령관은 진리의 추구자에서 합석하여 성서 해석의 정확성 여부를 판가름하고자 숭고한 자애에 교신을 시도. 함대 사령관은 위협이 될지도 모르는 인간 군대를 앞에 두고 과연 함대 통솔권을 이양해야 하는가에 관해 회의적. 숭고한 자애와 교신 불가능. 일단 결정 보류.

기록 번호 68245/9290304—포위망 돌파

인간 공격함이 도착하여 즉각 교전에 돌입. 부사제는 신성한 헤일로에 손상을 입힐 것을 심려하여 맹공격을 금지함. 함대 사령관은 이를 무시하고 즉각 반격에 나섬. 부사제는 적함에 아군 병력을 침투시킬 것을 명함. 이에 오수나를 파견.

기록 번호 68245/9290304—가스 채취소
부사제가 선조의 유물임이 명백한 가스 채취소에 원정대를 파견. 원정대는 세사 라룸이 및 로카 반돌이가 통솔. 함대 사령관은 이를 탐탁잖게 보고 근거리 주파수대를 통해 헤일로에 진을 친 인간 군대에 군사력을 집중할 것을 촉구.

기록 번호 68245/9390304—선조 시설
부사제가 헤일로 내부의 오지에 위치한 선조의 무기고에 2차 및 3차 유물 복구대를 파견. 복구대와 통신이 두절되자 부사제는 4차 복구대를 증파. 함대 사령관은 군사력 월권 및 직권 남용을 즉각 중단할 것을 권고하는 서신을 재차 사제에게 전달. 사제는 회신을 거부.

기록 번호 68245/9400304—긴급 조치
함대 사령관은 인간 군대의 저항이 약해질 때까지 부사제의 직무를 해제시키기 위해 초대형 항공모함 우월한 정의에 1개 보병 부대를 파견. 해당 부대는 항공모함에 접근하던 도중 연락이 두절됨. 사제는 앞으로 자신의 지휘에 반기를 드는 세력은 그와 같은 참혹한 최후를 맞이할 것이라고 경고.

기록 번호 45865/9410781—무한의 조력자
무한의 조력자에서 비상 신호를 발신. 위협분석 결과 적의 정체는 정확히 확인되지 않았으나 인간의 소행으로 의심. 상황을 파악하고 특사로 파견된 인과부 장관의 신병을 확보, 진리의 추구자로 구출해오기 위해 특수전 부대를 파견.

기록 번호 68245/9450304—임무 실패

선조의 과학 시설을 확보하지 못한 죄목을 물어 부사제가 소하 로람이를 사형에 처할 것을 명함. 출처 불명의 중대한 위협 세력이 헤일로에서 발견됨. 함대 사령관은 보안 실패와 관련한 자료를 추가로 보고할 것을 지시. 사령관은 부사제를 직무에서 해제시키기 위해 보안 타격대를 이끌고 직접 우월한 정의로 거동.

기록 번호 68245/9490304—특수전 사령관

특수전 사령관 르타스 바둠이가 심각한 부상을 입은 상태로 진리의 추구자로 귀환. 무한의 조력자에 침입한 적은 인간이 아니라 플러드로 드러남. 특사로 파견된 인과부 장관은 사망. 함대 사령관은 최우선 명령으로 긴급 격리 조치를 발령. 감염되지 않은 전 함선은 감염원을 태운 함선을 발견하는 즉시 해당 함선을 파괴하라는 지시를 하달.

기록 번호 89531/9609243—이탈

부사제가 개인 호위대를 대동하고 우월한 정의에서 진리와 귀의로 이동. 부사제는 승무원들에게 함내의 기강을 바로잡으라고 지시하며, 설령 함대 사령관이라 할지라도 봉헌식을 방해하려 드는 자는 모조리 감금하라는 엄명을 하달.

기록 번호 68245/9620304—우월한 정의

함대 사령관이 우월한 정의에 탑승. 총격전은 발생하지 않음. 승무원은 함대 사령관의 지시에 따라 편제를 재편성하여 우월한 정의에 탑승한 사령관 일행을 보조.

기록 번호 68245/9670304—진리와 귀의

인간 군대가 진리와 귀의를 장악. 보안 침입 발생. 부사제와 호위대는 포로로 잡혀 구금됨. 부사제는 근방에 위치한 전 코버넌트 함선에 긴급 구조령을 하달. 구조 신호는 차질 없이 전달.

기록 번호 68245/9690304—대피

구조 요청 신호를 수신받음. 함대 사령관은 구조 요청을 기각함. 헤일로 파괴가 임박. 사령관은 전 잔존 함대에 가스 행성 뒤로 엄폐하라는 지시를 하달.

⟨\ **파일:** ▇▇▇▇▇ – ▇▇▇▇▇ – ▇▇▇▇▇ 날짜: ▇▇▇▇

⟨\ **사용자:** 기밀 [▇▇▇▇ 등급 초과]

⟨\ **명령어:** 47–2396/10763

⟨\ **허가서:** 기밀 [▇▇▇▇ 등급 초과]

⟨\ **분류:** 음성 기록

⟨\ **제목:** 사건이 발생한 동안 [▇▇▇▇] 일병이 국제연합 우주사령부 범블비급 구명정 LFA–19에서 발신한 구조 신호 분석

⟨\ **목적:** ▇▇▇▇로 지명된 외계 구조물에서 접촉한 전염성 외계 생명체로 인하여 증대되는 위협과 관련한 ▇▇▇▇ – ▇▇▇▇ – ▇▇▇▇ 번 파일 내용을 포함한 분석 정보

[자세히]

⟨\ **파일 분류:** 일반 [참가자 신상정보 및 보안허가 접근제한 변경안을 포함해 현재 문서와 관련된 여타 세부사항을 보려면 **여기**를 클릭하십시오.]

⟨\ **비고:** ▇▇▇▇ – ▇▇▇▇ 번 파일과 관련된 전체 기록을 검토하는 중. 조사가 종료될 때까지 최종보고 보류.

⟨\ **데이터:** 19–021/024 기록 열람 시작 [비고 포함]······

시스템: 전원 작동.

시스템: 시스템 시작 중.

시스템: 시스템: 온라인.

시스템: 표준 주파수: ▇▇▇▇

시스템: 신호 강도: 보통

시스템: 시스템: 수신 중. [받은 신호 0개]

시스템: 시스템: 발신 중. **[오류]**

시스템: 시스템: 발신 중. **[오류]**

시스템: 시스템: 발신 중. [999,999,999,999개 시스템 받음]

시스템: 시스템: 발신 중. **[오류]**

시스템: 신호 강도: 보통

시스템: 음성 입력: 온라인.

음성: "〈숨소리〉…… 작동하나……?"

[0001]

시스템: 영상 입력: 오프라인.

음성: "이거…… 기록되고 있는 거겠지…… 기록 중일 거야…… 그런데 누가 듣
[0002] 고 있는 건가? 여보세요……? 아무도 없어요……? 아무도?"

음성: [비고: 불확실한 움직임. 경과 시간: 00:00:07:59. 상세한 전체 분석을 보
[0003] 려면 **여기**를 클릭하십시오.]

음성: "나는…… 〈숨소리〉…… ███████…… 다. 군번은 ██████. 나는……
[0004] 그러니까…… 〈숨소리〉…… 빌어먹을…… 전부…… 전부 다…… 〈숨소리〉
…… 죽었어…… 죽던가…… 아니면…… 훨씬 더한 꼴을……"

음성: [움직임. 불확실한 움직임. 경과 시간: 00:00:32:06.]
[0005] [비고: 상세한 전체 분석을 보려면 **여기**를 클릭하십시오.]

음성: "작동하는 거 맞나? 제발 도와줘…… 제발…… 〈숨소리〉 제발 누구라도 듣
[0006] 고…… 누가 와서…… 구해줘. 제발 구해줘…… 〈숨소리〉 대답 좀 해줘, 제

발…… 우리 좀 〈숨소리〉 나 좀 살려줘……"

음성: [비고: 침묵. 경과 시간: 00:00:32:06. 상세한 전체 분석을 보려면 **여기**를
[0007] 클릭하십시오.]

음성: "난…… 그…… 어…… 필라 오브 어텀에…… 배치된…… 제79 보병 대대
[0008] 소속…… 〈숨소리〉……필라 오브 어텀은, 어텀은 격침됐다…… 전부 다 죽
었어. 제발 구해줘……다른 사람들은 전부……"

음성: [비고: 불확실한 움직임. 경과 시간: 00:07:12:41. 상세한 전체 분석을 보
[0009] 려면 **여기**를 클릭하십시오.]

음성: "놈들은 코버넌트가 아냐. 잘은 몰라…… 대체 우리가 어디에 와 있는
[0010] 지…… 도통…… 모르겠어…… 하지만 여기에는…… 〈숨소리〉…… 놈들
이 있어…… 코버넌트보다 훨씬 더 끔찍한 것들이……"

음성: [비고: 흐느껴 우는 소리. 불확실한 움직임. 경과 시간: 00:00:05:19 상세
[0011] 한 전체 분석을 보려면 **여기**를 클릭하십시오.]

음성: "발신되고 있는 거겠지? 내 말 들려요? 아무도? 제발……제발 좀 연결돼라!
[0012] 이 신호는 알파 긴급 구조 신호다! 아군이 이곳에 불시착했고, 여기가 정확
히 어디인지는 모르겠다…… 그리고 이놈들이…… 생명체가…… 〈숨소리〉
…… 괴생명체가…… 사방에 널렸다…… 놈들이 끝도 없이 몰려와……"

음성: [비고: 흐느껴 우는 소리. 불확실한 움직임. 경과 시간: 00:00:17:03 상세
[0013] 한 전체 분석을 보려면 **여기**를 클릭하십시오.]

음성: "집에 가고 싶어…… 〈숨소리〉 더는…… 〈숨소리〉…… 더는 여기 있기 싫
[0014] 어…… 들리나? 제발…… 누구든 좋으니 뭐라고 말 좀 해봐……"

음성: [비고: 불확실한 움직임. 경과 시간: 00:00:58:13. 불확실한 외부 소음. 움
[0015] 직이는 소리로 추정. 경과 시간: 현재 진행 중. 외부 소음 증가. 접근 중. 음
성 기록자 이외의 제3자가 존재. 상세한 전체 분석을 보려면 **여기**를 클릭하
십시오.]

음성: "놈들이 온다. 벌레처럼 몰려들어…… 〈숨소리〉…… 무슨 커다란 바퀴벌레
[0016] 처럼…… 어…… 어디서 오는지는…… 나도 잘…… 놈들은 괴물 같아……
싸울 수가 없어…… 싸울 수가…… 내 힘으로는 도저히……"

음성: [비고: 흐느껴 우는 소리. 불확실한 움직임. 경과 시간: 00:00:13:27 불확
[0017] 실한 외부 움직임. 경과 시간: 현재 진행 중. 상세한 전체 분석을 보려면 **여
기**를 클릭하십시오.]

음성: "아무도 없나…… 아무도 없어…… 아무도 안 들어…… 아무 소리도……
[0018] 내가 하는 말도…… 난 그저…… 〈숨소리〉 너무나 두려워. 〈숨소리〉…… 집
에 가고 싶어…… 하지만 아무도…… 〈숨소리〉…… 아무도 응답을 안
해…… 아무도, 한 명도 없어…… 나 혼자밖에…… 나랑 저놈들밖에……
나홀로 여기에……"

음성: [비고: 흐느껴 우는 소리. 불확실한 움직임. 경과 시간: 00:00:08:10 불확
[0019] 실한 외부 움직임. 경과 시간: 현재 진행 중. 상세한 전체 분석을 보려면 **여
기**를 클릭하십시오.]

음성: "놈들 소리가 들려…… 놈들이 움직이는 방식…… 놈들이 하는 짓거리
[0020] 가…… 무슨…… 꼭…… 머릿속을 후벼파는 것만 같아…… 그냥 그러고
말면 모르겠지만…… 〈숨소리〉…… 놈들은 아예 속을 뒤집어버려…… 사
람을 보면 죽이려 들어……그것도 얌전히 죽이지 않고…… 몸을 아예 뒤바
꿔버려…… 난 도저히……"

음성: [비고: 흐느껴 우는 소리. 무언가 날뛰는 불확실한 움직임. 경과 시간:
[0021] 00:00:17:11. 불확실한 외부 소음. 움직이는 소리로 추정. 경과 시간: 현재
진행 중. 상세한 전체 분석을 보려면 **여기**를 클릭하십시오.]

음성: "놈들이 왔어……"
[0022]

음성: [비고: 불확실한 움직임. 경과 시간: 00:00:06:43. 불확실한 외부 소음. 경
[0023] 과 시간: 현재 진행 중. 상세한 전체 분석을 보려면 **여기**를 클릭하십시오.]

음성: "혹시 누구라도…… 〈숨소리〉 누구든 이 말을 듣는 사람이…… 보는 사람이
[0024] 있다면…… 미안하다……"

음성: [비고: 음향 분석. M6C 단발 격발음으로 판명. 상세한 전체 분석을 보려면
[0025] **여기**를 클릭하십시오.]

음성: [비고: 불확실한 움직임. 경과 시간: 00:00:01:02. 불확실한 외부 움직임.
[0026] 경과 시간: 현재 진행 중.]

음성: [비고: 기밀 분류. ███████ – ███████ – ██████ 번 파일과 관련된 음
[0027] 성/영상 기록 접근은 등급 이상의 기밀 취급 인가가 승인된 인원만 허용]

\\ 기록 종료〉〉

굶주림

소리가 난다.

춥다. 춥다.

배고프다. 소리가 들린다. 움직인다. 춥다. 움직인다. 배고프다. 가로막혔다.
배고프다.

빛이다. 소리가 들린다. 배고프다. 온기가 느껴진다. 해방이다. 배고프다.
찾자. 차자. 배고프다. 온기가 느껴진다. 소리가 들린다. 두려움이 느껴
진다.

찾자.

뛰어라.

살갗. 축축함. 소리. 다른 무언가가 있다. 먹잇감인가? 먹잇감 아니다. 배
고프다.

소리가 들린다.

배고프다.

찾자. 찾자. 고통스럽다. 소리가 들린다. 찾자. 배고프다.

소리가 들린다. 찾자.

뛰어라.

먹잇감이다.

제물로 삼아주마.

파고들자. 제물로 삼아주마. 변이되어라. 변이되어라. 변이되어라.

......*제발―멈춰―하느님―맙소사―나한테서―나가―저리―떨어져*
변이되어라. 등뼈. 뚫어라. 바꿔라. 제물로 삼아주마. 자라나라. 먹잇감
이다.

먹잇감이 많다. 변이되어라.

생일―사랑―이럴―수가―너무―아파―

처음으로-그녀를-만났을-때가-

존슨-하사님은-어디-계시지?-

세상에-너무-아파-너무-고통스러워

변이되어라. 으스러뜨려라. 제물로 삼아주마. 갈기갈기 찢어라. 하나하나 짜맞춰라. 파고들어라. 변이되어라.

신병-훈련소-이름이-뭐니?-애너-생일-

놈이-날-갈가리-찢고-있어-

존슨-하사님은-어디-계시지?-날-죽여줘요-날-죽여줘-

제발-너무-고통스러워

변이되어라. 옥죄어라. 보인다. 냄새가 난다. 고통이 느껴진다. 썩어문드러진다. 움직여라. 애너. 일어서라. 먹잇감. 만들어라. 변이되어라.

배고파-죽겠다-내일이-아들-생일인데-

축하해주지-못할-것-같아-아파-

너무 아파-나는-난-잠든-아들-권총-

그만-끝내줘-아들아-아들아

변이되어라. 무기다. 쇠로 된. 손. 다른 놈들도 변이된다. 아들. 폴. 움직여라. 쏴라. 배고프다. 변이되어라.

배고파-다른 사람들-함께-아냐-녀석을-건드리지-마-나-

폴-도망쳐-도망쳐-도망쳐-같이-

마지막-표적이-쓰러졌다-성공이다-

같이-도망쳐

변이되어라. 다른 놈들도 변이된다. 놈들이 여기 왔다. 많다. 코버넌트도 있다.

어텀. 먹잇감. 많다. 해방이다. 어텀. 함선. 변이되어라.

배고파-필라-오브-어텀-폴-아냐-배고파-안-돼-

애너-먹잇감-생존자들-근처에-엔진실이-

4층에−배고파

변이되어라. 함선. 해방이다. 먹잇감이다. 폴. 애너. 먹잇감이다. 변이되
어라.

배고프다−하느님−맙소사−폴−정말−미안하다−

끝이−없어−먹잇감−

해방이다−뻗어나가−배고프다

변이되어라. 해방이다. 먹잇감이다. 함께. 변이되어라.

먹잇감. 폴. 변이되어라.

변이되어라.

날−용서해라

변이되어라.

변이되어라.

변이되어라.

주카 자맘이가 진리와 귀의에서 기록한 일지 발췌문

계시
구원

당신께서 무슨 연고로 제 목숨을 살려두셨는지는 잘 압니다. 구원의 길을 향한 제 헌신이 흔들리고 믿음이 허물어질 적마다, 당신께서는 저를 지켜봐 주셨사옵니다. 하오나 저는 무엇과도 견줄 데 없는 무기가 되고자, 찬란하게 빛나는 검이 되어 코버넌트의 앞길을 가로막는 존재를 쓰러뜨리고자 노력했사옵니다. 그러함에 있어 저는 조금도 흔들리지 않았사옵니다. 뚜렷한 계시를 받은 날은 많지 않았으나, 무엇에 쓰고자 저를 이토록 단련시켜 오셨는지를 비로소 깨달았사옵니다. 바로 이 크나큰 난제를 해결하기 위해 저로 하여금 실력을 갈고닦게 하셨던 것이옵니다. 언제나 시험대 위에서 시험을 받았던 것이옵니다. 하사하신 시험을 달게 받겠나이다. 제게 주어진 첫 고행이 무엇을 위한 것인지는 분명하옵니다. 이제 제가 이곳까지 오게 된 이유를 알겠사옵니다.

제 경험에 그 데몬처럼 사악한 존재는 일찍이 접한 적이 없었사옵니다. 놈이 어쭙잖게 활개를 치는 꼴을 보자니 구역질이 날 정도이옵니다. 그놈은 당신의 신도에게 입에 담기 힘들 정도로 잔악무도한 짓을 저질러왔사옵니다. 그리고 어찌하여 그 미개한 이단자를 저의 앞길에 놓아두셨는지 잘 아옵니다. 데몬을 처단케 함으로써 제 앞에 위대한 고행으로 가는 열쇠를 마련해주신 것이옵니다. 기필코 놈을 찾겠사옵니다. 그리하여 반드시 당신의 뜻을 이루겠나이다.

강적
인내

제게 난관을 내려주셨으나, 인내하고 받아들이겠사옵니다. 이미 당신께 한 번 등을 돌린 과오가 있는 자에게 구원의 길을 호락호락 내주리라고는 감히 생각지 아니하옵니다. 고행을 향한 길에 가로놓인 장벽에, 믿음을 가로막은 방해물에 정화의 세례를 내리겠사옵니다. 그 사악한 데몬은 제게 선물과 같사옵니다. 놈을 처단함으로써 제 영혼이 한층 더 성숙할 기회를 주셨사옵니다. 참으로 현명하신 판단에 탄복하며 저는 결의를 더욱 굳혔사옵니다. 그 어떤 인간도 저를 막을 수는 없사옵니다. 사제들이 아무리 욕심을 부린다 한들 당신께 바칠 영광을 빼앗지는 못하나이다. 선택받은 이는 바로 저이오며, 그 뜻을 받들 이 또한 저이기 때문이옵니다.

미혹
인도

제게 최고 지휘권을 내려주신 덕택에 많은 인간을 물리쳤사오나, 이곳에 발을 디딘 인간들은 제게 주신 또 다른 시험임을 익히 아옵니다. 오늘 데몬을 또 봤사옵니다. 비록 제가 당신의 신도를 이용했을지는 모르겠사오나 이 또한 당신의 뜻임을 아옵니다. 제게 영광을 불어넣어 주셨으니, 놈들은 모조리 제 손에 쓰러질 것이옵니다. 전투복으로 무장한 그 짐승을 어찌해야 하는지는 잘 아는 바이니, 이제 당신의 뜻을 이루겠나이다.

의혹
허락

놈의 잇따른 출몰에 머리가 뒤숭숭하옵니다. 데몬이 자행한 학살과 널브러진 죽음이 꿈에서까지 저를 괴롭히옵니다. 놈은 당신의 영광에 반하나이다. 누구 하나 놈의 행보를 저지하지 못했사옵니다. 놈을 대적하는 것이 정녕 제 운명이란 말이옵니까? 저는 이미 당신의 뜻에 믿음을 저

버린 적이 있는 불충한 자이지 않사옵니까? 당신이 점지하신 '사제'들의 명령을 공공연히 거역했던 자가 누구이옵니까? 당신의 종인 엉고이를 웃음거리로 여긴 자는 또 누구였사옵니까? 자비로운 축복을 내려주신 것이 당신의 은총이라면, 저는 이제부터 당신의 명을 받들 검이자 그릇임을 고하옵니다. 이 영광스러운 유물은 제 이름을 노래하게 될 것이나이다.

심판
축복

위대한 성전의 용사에게도 전령이 필요한 법이옵니다. 당신께서 내려주신 많은 선물은 난관으로 겹겹이 둘러싸여 있사옵니다. 제게 전령으로 비겁한 야얍을 붙여주셨을 적에, 제 가슴속에서는 당신을 의심하는 마음이 자라났었음에 창피스러울 따름입니다. 혹시라도 총애를 잃게 될까, 나약한 믿음의 대가로 심판을 받게 될까 두려웠사옵니다. 하지만 어찌하여 영악한 야얍을 제게 보내주셨는지를 이제는 아옵니다. 그것은 제가 두 번째 시험을 통과했기 때문이옵니다. 참된 사제들이 제게 은총을 내려주었으니, 영광으로 알고서 제게 말씀해주신 것을 찾아오겠나이다.

순교
환희

당신의 영광을 위해 덫을 놓아왔음을 만방에 알려주옵소서. 모두 당신의 분부를 받들고 우리의 영광을 보증코자 책략을 구상해왔사옵니다. 데몬은 여전히 제 꿈자리를 괴롭히며, 신성한 헤일로를…… 우리의 운명을 우롱하고 있사옵니다. 당신의 권세가 얼마나 신성함은 알고 있사오나, 이제 당신께서 항시 저를 도구로 쓰고자 하셨음을 증명할 것은 그 권세밖에 없나이다.

은총

승천

제 여정이 여기까지 이르렀사옵니다. 축복을 내려주시어 두려움을 씻어주셨기에 저는 결의를 더욱 굳게 다졌습니다. 항상 목적으로 충만하오나 언제나 저주받은 육신에 얽매여 있었습니다. 저는 당신의 뜻을 받들 그릇일 뿐이옵니다. 이제 나아갈 길은 명확하옵니다. 구원받는다는 것이 어떤 느낌인지는 알고 있사옵니다. 이제 저는 당신의 축복으로 승천하옵니다…… 이만 보내주시옵소서…….

단일개체 상태보고: 배열 시설 1번

(동시_배열_상태_보고)

모니터 343 길티 스파크

기록: 정신/검사합/데이터/보전성/불가_명목상 입증

긴급 벌크 데이터 폐기 요청

현재_정신_상태_저장

교신 중

송신 중

완료 중

~데이터_수집_요청_승인/보안_송신_확인/343_길티_스파크_재코드화_관련_추가_쌍방향_ 송신_대비_송신_오류_보고_정정.

시작/

   우선 한동안 보고를 소홀히 했음을 시인하겠습니다. 최근 발생한 일련의 사건을 통해 그간 게을렀던 것을 만회해야겠다는 생각이 들었기에, 이 보고는 다소 두서가 없을지도 모릅니다.

   현재 침입자들은 심각한 위험으로 간주됩니다. 이런 종류의 원시적 공격을 막고 시설을 방어하는 데는 제 성능, 그보다는 권한에 제약이 있으며, 지표면 방어 시설의 일부는 방해 및 훼손으로 손상되었습니다. 여기서 후자는 제 잘못임을 시인합니다. 그래서 혹시나 다른 부분의 유지 보수에 느슨한 면이 있지는 않았는지 확인하는 중입니다.

   침입자는 2단계 기술력을 보유한 종교/정치 연맹 집단입니다. 그들은 알파 시설 내부의 저장 및 연구 시설에 심각한 피해를 입혔습니다. 앞서 말씀드렸다시피 이로 인해 격리 체계에 구멍이 뚫리고 말았습니다. 현재 기생체가 구조물 전역에 확산되어, 2단계 및 3단계 기술력 보유 종을 학살하며 힘과 지능을 축적하는 중입니다.

기생체는 대참사 이전의 행동 양식을 답습하며 칼슘 밀도가 허용하는 한도 안에서 대략 1.68 비율로 팽창하고 있습니다.

2차 침입자는 더욱 큰 문제를 일으켰습니다. 두 세력을 가두어 분리하려 했지만 큰 소득은 없었습니다. 두 세력은 경쟁 관계로 추측되며, 기생체가 자신들을 공격하는 와중에도 서로 교전했습니다.

판단력을 최대한 발휘해 확인한 결과, 그중 한 세력은 계승자임이 밝혀졌습니다.

DNA 견본을 통해 이를 확증했으나, 솔직히 말해 그들이 계승자라는 사실은 한눈에 알아보았습니다. 그들 중 한 명은 원시적인 전투복을 착용하고 있었으며, 매우 열등하나 호기심이 강한 앤실라와 함께 다니며 상호보완 관계를 이루고 있었습니다. 처음에는 이 사태가 일종의 시험이 아닐까, 제 기능성을 측정할 용도로 재코드화 과정에 삽입된 환상을 보는 것은 아닐까 의심도 했습니다. 그 실체를 진즉에 파악해야 했는데……

외부 정보와 내부 데이터를 대조해 확증을 내렸으나, 이들은 결코 환영이 아니며, 대참사 이후 복원 상태를 고루 나타냄으로써 라이브러리 프로젝트가 어느 정도 실효를 거두었음을 나타냈습니다. 상세한 정보 없이는 정확히 판단을 내리기가 힘듭니다. 보다 나은 상황이었더라면 좋았을 텐데, 현재 상황에서는 혼란과 걱정만 가중됩니다.

아직은 제가 생각하는 이상적 조사 또는 접촉 여건에 미치지 않지만, 오히려 기뻐해야 할지도 모릅니다. 현재 상황에 비해 시설 보안 및 격리 수칙이 더 중요하기 때문에, 일단은 행동 수칙에 따르는 것을 제1 목표로 간주하겠습니다. 계승자 한 분과 계속해서 접촉하며 도움을 청할 생각이지만, 지금은 그와 무관한 정보를 알아봐야겠습니다. 하지만 아직은……

10만 년이라는 오랜 세월을 홀로 보내왔습니다. 저와 같은 책무를 짊어진 이들 모두 시설 관리가 고독한 일이 되리란 사실을 익히 예상했으나, 이렇게까지 오래 지속될 줄은 몰랐습니다. 제가 일종의 불규칙한, 그보다는 부정확한 결정을 내린 탓에 지금과 같은 정신 상태에 이르렀다고 봅니다. 그렇다고 해서 목석이 된 것은 아닙니다.

시설 관리를 업무로 택했던 적만 해도 아직 어렸으나 지금은 폭삭 늙었습니다. 이제 제게 충고해줄 이는 아무도 없습니다.

그러므로 무엇이 옳은가 스스로 결정해야 합니다. 저는 우리가 남긴 유산을 능력껏 보호할 것이며 수호자의 의무를 짊어지기로 했을 적에 약속했던 대로, 필요하다면 죽음까지 불사할 생각입니다.

/종료

터미널 L

보고 번호 12

배치 단위 416

조사 기간 1445

방어선 너머에서 이루어지는 군사 활동이 갈수록 걷잡을 수 없을 정도로 번져간다. 그에 비하면 이곳 상황은 너무나도 평온해 긴급한 분위기를 느끼기 힘들다. 문득 정신을 차려보니, 나는 어느 새부터인가 그들이 보낸 보고를 읽으며 열을 올리고 있었다.

하지만 내가 작성한 보고서에는 딱히 이렇다 할 내용이 없다.

예상대로 해양생물은 육지 및 포유동물보다 분류 작업을 오래 끌었다. 목록 작성을 오랫동안 끌어온 이유는 압력이나 마찰 또는 깊이 때문이 아니라, 분류 기준이 간략해졌기 때문이다. 단일 서식지에서 지능을 갖춘 생명체를 이토록 많이 접하기란 매우 드문 일이다. 표준 지성을 갖춘 포유동물과 더불어 스키조포아 및 세파로포다 같은 해양생물을 발견함으로써 과거 이 행성에서 일종의 간섭이나 실험이 진행되었을 것이라는 가설에 더욱 힘이 실렸다. 지능 분포가 고른 점으로 미루어보아 매우 정교한 실험이었을 가능성이 크다.

살아 있는 표본을 대상으로 한 가혹한 모의공격 검사 과정 때문에 더욱 복잡하다. 필수불가결한 작업이라는 사실을 알면서도, 도리에 어긋나는 짓이라는 생각을 떨쳐버리기 힘들다. 모형이나 가상 검사를 통해 전 과정을 처리할 수 있다면 좋으련만. 하지만 안전이 우선이다. 결국에는 기준 척도마저 더욱 간소화될 공산이 크다. 마지막에 가서는 과학적으로 마무리를 짓지 못하고 임의로 경계선을 긋게 될 것이 뻔하므로 더욱 마음이 불편하다.

원시 유인원의 경우 비교를 통해 어렵잖게 분류가 가능하다. 하지만 보다 발달한 고등 유인원의 경우는 딱 잘라 가르기가 무척 어렵다.

대상과의 직접적인 접촉을 선호하는 편이지만, 싫어도 포획을 해야 한다는 사실이 애석하기 그지없다.

해당 지역에서 번성하는 각종 종종 및 아종 때문에 골치가 아프다. 유전적으로는 매우 가까울지 몰라도, 문화나 행동에서 확연히 차이가 난다. 대체로 이러한 차이는 신체적 차이에서 기인한다. 놀랍게도 C형은 B형보다 덩치가 더 크고 힘도 더 센 데 반해 공격성과 호전성은 덜하다. 사실 C형은 농경을 하므로 B형보다 외양이나 행동이 온순할 수밖에 없다. 장기적으로 볼 때 이러한 점 때문에 진행이 더뎌질 가능성도 있다.

A형은 잠재 도덕지능이 가장 높다. 하지만 이들은 신체적으로 열등한 까닭에, 도구를 사용하고 문화적으로 더 발달한 B형 및 C형과의 직접적 경쟁을 꺼렸기에 그럴 가능성도 배제하기 어렵다. 그래도 나는 A형에 큰 기대를 걸고 있다. A형 개체들과 어울리는 것이 즐겁다. 정작 자신들은 내가 누구인지, 왜 이곳에 왔는지 이해하지 못하지만.

B형은 호기심에 내가 A형과 교류하는 모습을 거리를 두고 지켜보지만, 사교성이 낮아서 가까이 접근해오는 일이 드물다. C형은 우리를 산이나 강물을 보듯 크게 염두에 두지 않는 듯하다.

하지만 친구들이 그립다. 누구만큼은 특히 그립다.

이곳 시설은 정말 인상적이다. 이토록 많은 기술에 접속할 수 있다는 사실에 오히려 내가 어쩔 줄 모를 지경이다. 하지만 그들의 '문명'과 내가 아끼고 사랑하는 이들에게 이토록 가까이 있으면서도, 보안 수칙 때문에 좀처럼 만나기가 힘들어 좌절감이 든다. 언젠가는 시설의 문을 활짝 열고 이곳에 왕래하면서, 심오한 수수께끼의 중심에 더욱 가까이 다가가리라.

하지만 언젠가 우리 손으로 문제를 해결할 날이 반드시 오리라고 장담한다. 난 언제나 낙천적이었으니까.

송신 종료.
L.